Mamen Sánchez

Heftiges Umarmen im Eingangsbereich der Pension verboten

PIPER

Zu diesem Buch

Ein fremder Netzstrumpf verändert Cecilias Leben von einem Tag auf den anderen. Sie verlässt ihren untreuen Ehemann, zieht in das alte Haus ihrer Großeltern und plant, eine zauberhafte Pension für Studentinnen zu eröffnen. Doch schon bei der Renovierung kommt es zu hitzigen Wortgefechten mit dem ruppigen Bauleiter Andrés Leal, der alles besser weiß. Ein geheimnisvolles Medaillon, das bei den Umbauarbeiten in einer Zwischenwand gefunden wird, sorgt für weitere Verwirrung. Mit dem Einzug der ersten Pensionsgäste – der schüchternen Noelia, der wunderschönen Ivana und der kriminalistisch veranlagten Catalina – stellt Cecilia kuriose Hausregeln auf, um unangenehme Überraschungen zu vermeiden. Doch Regeln sind dazu da, um gebrochen zu werden. Und auch Cecilia kann nicht verhindern, dass nach vielen Turbulenzen die Liebe Einzug hält in der schönsten Pension der Welt …

Mamen Sánchez, geboren 1971, studierte in ihrer Geburtsstadt Madrid Kommunikationswissenschaften, dann Literaturwissenschaften an der Pariser Sorbonne und an den Universitäten von London und Oxford. Heute ist sie die stellvertretende Chefredakteurin der spanischen Zeitschrift »Hola!« und Chefredakteurin der mexikanischen Ausgabe. Sie ist verheiratet und hat fünf Kinder. Mit dem Roman »Die schönste Art, sein Herz zu verlieren« erzielte die Journalistin und Autorin in Spanien einen grandiosen Durchbruch.

Mamen Sánchez

Heftiges Umarmen im Eingangsbereich der Pension verboten

Roman

Übersetzung aus dem Spanischen
von Anja Rüdiger

PIPER

Mehr über unsere Autoren und Bücher:
www.piper.de

Von Mamen Sánchez liegen im Piper Verlag vor:
Die schönste Art, sein Herz zu verlieren
Heftiges Umarmen im Eingangsbereich der Pension verboten

MIX
Papier aus verantwortungsvollen Quellen
FSC® C083411
FSC
www.fsc.org

Ungekürzte Taschenbuchausgabe
ISBN 978-3-492-31233-2
Piper Verlag GmbH, München 2018
Juni 2018

Titel der spanischen Originalausgabe:
»Se prohíbe mantener afectos desmedidos en la puerta de la pensión«,
Espasa Libros, Madrid 2015

Umschlaggestaltung: © U1 berlin/Patrizia Di Stefano nach einem Entwurf von Christina Krutz Design
Umschlagabbildung: Christina Krutz und © Jenn DiGuglielmo/Trevillion Images
Satz: Christine Paxmann • text • konzept • grafik, München
Druck und Bindung: CPI books GmbH, Leck
Printed in the EU

Für Caro, die mir den Titel und die Idee
für diesen Roman geschenkt hat.

Für Ana Rosa und Miryam,
die mir ihren Enthusiasmus schenken.

Und für Mónica, die begeistert sein wird.

1

Dinge zu beklagen, die dem gesunden Menschenverstand widersprechen, ist untersagt

Eigentlich hatte Cecilia statt »zu beklagen« »zu beweinen« schreiben wollen, dann jedoch dachte sie, dass es nach einer mehr oder weniger angemessenen Zeit durchaus möglich wäre, dass ihre Tränen aufhören würden zu fließen, während sich die Traurigkeit nicht so rasch aus ihrem Haus vertreiben ließ, sich zwischen dem Dach und dem Fußboden, in den Türangeln oder den Fensterrahmen einnistete, die Luft vergällte und darin kondensierte wie der Wasserdampf in den Wolken, um dann viele Jahre lang einen bitteren Regen zu produzieren.

Also musste die Traurigkeit ein für alle Mal verbannt werden. Sie schrieb *Traurig zu sein ist untersagt* und ging zu Bett.

Da der Tag, an dem ihre Tränen endlich versiegten, allerdings noch nicht gekommen war, weinte sie noch etwa eine Stunde lang, bevor sie endlich einschlief.

Das mit den *Dingen, die dem gesunden Menschenverstand widersprechen* war ihr am Morgen in den Sinn gekommen, nachdem sie zum tausendsten Mal die Gründe analysiert hatte, die ihren Mann bewogen hatten, sie zu verlassen, und die im Grunde die folgenden waren: dass er sie nicht mehr liebte, dass ihm nun, nach zwölf Jahren Ehe und kurz vor seinem vierzigsten Geburtstag, klar geworden war, dass er keine Kinder wollte, und dass er sich selbst finden musste.

Alle drei Gründe konnten leicht damit entkräftet werden, dass sie schlichtweg dem gesunden Menschenverstand widersprachen. Denn erstens hörte man nicht von einem Tag auf den anderen auf, jemanden zu lieben. Zweitens gab man nicht einfach so etwas derart Fundamentales auf wie den Wunsch, Vater zu werden, wenn man zwölf Jahre lang versucht hatte, seine Frau zu schwängern. Und drittens war es unmöglich, sich selbst zu finden, wenn das Einzige, wonach man wirklich suchte, die Strümpfe waren, die die Geliebte im ehelichen Schlafzimmer vergessen und die die Haushälterin gefunden und, ohne groß danach zu fragen, gewaschen und sorgsam bei der Unterwäsche der Ehefrau einsortiert hatte, die in ihrem ganzen Leben noch keine Netzstrümpfe getragen hatte, weil sie sie halbseiden fand.

Daher hatte sie geschrieben *Dinge zu beklagen, die dem gesunden Menschenverstand widersprechen, ist untersagt* und dies zur ersten Regel der Hausordnung ihrer Pension erhoben.

Sie hatte die Vorstellung nicht ertragen können, noch länger in der Penthouse-Wohnung gegenüber dem Retiro-Park zu wohnen, die in den letzten Jahren ihr Zuhause gewesen war. Auf einmal war ihr eigenes Heim zu einem feindlichen Ort geworden, der sie verraten hatte. Selbst die Bettwäsche ekelte sie an.

Als der Moment der offiziellen Gütertrennung gekommen war – so der geschickt gewählte keimfreie und geruchlose Ausdruck, den die Anwälte verwendeten, wenn es um eine gescheiterte Ehe ging –, verzichtete sie daher auf sämtliche Immobilien und ließ sich dafür ein kleines Vermögen auszahlen. Er war sofort damit einverstanden, weil er sich schuldig fühlte. Und nachdem sie das Anwaltsbüro verlassen hatten, in dem die Scheidungsbedingungen ausgehandelt worden waren, nachdem ihre Liebe, die über Nacht zu einer geschäftlichen Angelegenheit geworden war, nicht mehr existierte – ein Vertrag, ein Händedruck, ein flüchtiger Abschied, und das war's –, waren die beiden Parteien, also ihr Mann und sie, nun schon bereits ohne gemeinsamen Namen und ohne gemeinsames Vermögen, getrennte Wege gegangen. Damit war ihre Ehe aufgehoben, aufgelöst, wie die Anwälte ihnen erklärt hatten. Dabei war es doch so: Er hob auf, sie verzehrte sich. Er löste alles auf, ihr wurde es eng im Hals.

Glücklicherweise war die Frage, wo sie von nun an wohnen würde, das Einzige, was Cecilia nicht belastete. Denn sie besaß ein Haus, das zwar weder besonders elegant noch sehr modern war, dafür aber voller schöner Erinnerungen.

In den Sechzigerjahren hatten ihre Großeltern dieses eher bescheidene Haus am Ufer des Manzanares gekauft, das, nachdem die Stadt sich bis dorthin ausgedehnt hatte, das Verkehrsnetz entsprechend ausgebaut und die Gegend um den Fluss um einiges verschönert worden war, an Wert gewonnen hatte und zu einem angenehmen Rückzugsort wurde. Inzwischen stand es seit drei Jahren leer, nachdem Cecilias Großeltern beide kurz hintereinander eines natürlichen Todes gestorben waren, er mit dreiundneunzig, sie mit einundneunzig, er an einer verschleppten Grippe, sie an einer Lungenentzündung, und beide waren sie gemeinsam in den

Himmel aufgefahren. Innerhalb eines Monats. Und da das Haus der Enkelin bereits vor deren Hochzeit überschrieben worden war, zählte es nicht zum ehelichen Vermögen.

»Ich kaufe euch das Haus ab, ich bezahle es in Raten, und ihr bleibt hier wohnen, solange ihr lebt, und irgendwann gehört es dann mir.«

»Du wirst es auf jeden Fall bekommen, wir haben ja keine anderen Enkel.«

»Gut, wenn es euch lieber ist, zahle ich euch eine Miete auf Rentenbasis. Es geht darum, dass ich euch finanziell unterstützen möchte, was nur fair ist.«

»Und deine Eltern? Sind die damit einverstanden?«

Natürlich. Einverstanden und glücklich mit dieser Lösung. Alle waren zufrieden: die Großeltern, um die sich nun jemand kümmerte, Cecilia, die nicht allein war in der großen Stadt, die Frage des Geldes war geklärt und das Haus vor dem Verfall bewahrt. Cecilias Eltern lebten weiterhin in Águila, im Herzen Kastiliens und der Tierra de Campos, direkt über der Buchhandlung Macondo, die der Familie gehörte, flanierten über die schattigen Alleen und gingen zur Messe in die Kathedrale. Cecilia beendete ihr Jurastudium in Madrid und begann, für eine namhafte Kanzlei zu arbeiten. Sie machte ihre Sache gut und wurde fest angestellt, sodass sie ohne Probleme die Raten für das Haus bezahlen konnte. So wurde sie bereits lange vor dem Tod ihrer Großeltern zur offiziellen Eigentümerin. Was, als es zum Scheidungsprozess kam, ihr großes Glück war.

Cecilia hatte ihren Namen ihrem Urgroßvater Cecilio zu verdanken, der ein bekannter Architekt gewesen war. In Erinnerung an seine großen Werke, darunter der Umbau der Stierkampfarena und die Errichtung eines Gemeindeclubhauses an der Plaza Mayor, hatte die Stadt Águila sogar eine Straße nach ihm benannt. Die Nachkommen dieses angesehenen Mannes genossen zwei Privilegien in der Stadt, die ihnen das Leben ungemein erleichterten: Sie brauchten als Clubmitglieder keinen Beitrag zu zahlen und konnten kostenlos zu allen Stierkämpfen gehen.

»Was willst du denn noch mehr vom Leben?«, fragten Cecilias Eltern daher ihre Tochter neugierig und verblüfft, als diese ihnen mitteilte, dass sie in Madrid Jura studieren wolle.

»Die Welt kennenlernen«, antwortete Cecilia darauf noch voller Illusionen.

Und so kam es zu jenem Übereinkommen, das am Telefon mit den Großeltern ausgehandelt wurde: »Dass Cecilia, wenn das für euch in Ordnung ist, während des Studiums bei euch wohnt.«

Am 1. Oktober 1990, einem Samstag, Cecilia würde diesen Tag nie vergessen, nahm sie schließlich den Zug, der sie in weniger als drei Stunden von der Kindheit in das Erwachsenenleben transportierte. Und am Ende des Weges erwarteten sie jene beiden wunderbaren Menschen, ihre Großeltern, die glücklich waren, sie in ihrem Haus am Fluss aufnehmen zu dürfen.

Sie hatten ihr das beste Zimmer gegeben, das größte und hellste, mit dem bodentiefen Fenster, dem Einbauschrank und dem dazugehörigen Badezimmer, das nun ihr neues Zuhause sein sollte. Die Großeltern selbst hatten sich in eine dunkle Ecke des Hauses zurückgezogen, mit Blick nach hinten raus zur Straße.

Cecilia hatte sich strikt geweigert, dieses viel zu luxuriöse Zimmer zu beziehen. Sie hatte ihren Großeltern erklärt, dass sie viel lieber die Mansarde bewohnen wolle, wo sie sich unabhängig und frei fühlen und sich der Vorstellung hingeben konnte, in Paris in einem Dachzimmer über der Seine zu leben, wo sie sich auf der kleinen gefliesten Terrasse im Bikini sonnen konnte, als wäre sie auf Hawaii, und wo sie in Ruhe lernen konnte, während ihre Großeltern unten im Haus tun und lassen konnten, was sie wollten, laut wie zwei lärmende Trolle mit ihrem Orchester aus Küchengeräten und Gartenwerkzeugen.

Die Mansarde bestand aus zwei Zimmern mit schrägen Wänden und einem kleinen Badezimmer an der Treppe. Das größere Zimmer war das mit dem Zugang zur Terrasse und beherbergte außerdem einen großen Schrank. Das kleinere hatten die Großeltern bisher als Abstellkammer benutzt. Cecilia verbrachte mehrere Tage damit, alte Möbel und alles mögliche Gerümpel auf den Dachboden zu bringen. Ein paar Sachen rettete sie vor der Verbannung und nutzte sie, frisch verleimt, gestrichen und lackiert, um ihr neues Leben damit auszustatten. Das Ergebnis war erstaunlich: Die Mansarde erstrahlte in einem neuen Licht.

»Du solltest lieber Architektur studieren!«, rief Großmutter Teresa aus, als sie das Werk ihrer Enkelin sah. »Du kommst eindeutig auf deinen Urgroßvater Cecilio!«

Die Dachbalken waren abgeschliffen und weiß gestrichen worden, genauso wie das mottenzerfressene Kopfteil des Bettes in neuem Weiß glänzte. Die Nachttische mit den Marmorplatten und den kleinen Schranktüren leuchteten marineblau, und die alten Gardinen, die jahrzehntelang zusammengefaltet in der Truhe gelegen hatten, waren frisch gewaschen und dämpften nun das Licht der Nachmittagssonne, das weich durch den Spitzenstoff fiel. Auf der kleinen Dachterrasse blühten ein paar späte Geranien, und an den Wänden rankten sich Rosensträucher hinauf. Der Korbsessel, den die Großeltern eigentlich zum Sperrmüll hatten geben wollen, war nur dank einer frischen hellen Farbschicht und eines geblümten Kissens zu neuem Leben erwacht. Im Bad hingen weiße Handtücher, und auch der Rahmen des kleinen Fensters und die Wände waren weiß gestrichen worden. Die Abstellkammer hatte sich in ein kleines Arbeitszimmer verwandelt, mit Regalen voller Bücher, einem ausrangierten Schreibtisch, einem schmiedeeisernen Stuhl, einem Spiegel mit Goldrahmen und einer alten Stehlampe, die einen neuen Schirm aus Sackleinen erhalten hatte – wie modern: Das Neue sah alt aus und das Alte wie neu!

Cecilia bewahrte die Schlüssel zu dem Haus am Manzanares in einem Holzkästchen auf. Nach dem Tod ihrer Großeltern war sie nur einmal dort gewesen, an dem Tag, an dem sie und ihre Eltern die Schränke ausgeräumt und die Möbel zurück nach Águila gebracht hatten. All diese Dinge hatten sie unter den Verwandten und Freunden aufgeteilt, die gern eine Erinnerung an die beiden alten Leutchen behalten wollten, denn so hatten es die Großeltern gewollt und in ihrem knappen Testament geschrieben. »Nicht derjenige ist reich, der viel besitzt, sondern der, der wenig braucht, und wir sind immer unendlich reich gewesen«, hatte der Großvater stets gesagt, »denn wir haben nie mehr gebraucht als unsere Liebe, unser Haus und das Wenige, was sich darin befindet. Verschenkt alles, was ihr nicht brauchen könnt. Denkt immer daran: Das, was man nicht gibt, geht verloren.«

Da Cecilia zu dieser Zeit glücklich verheiratet war und in ihrer Penthouse-Wohnung am Retiro-Park ein sorgloses Leben führte, hatte sie nur das blau-weiße Geschirr aus Talavera-Keramik mit den Initialen T und M, die von Großmutter Teresa selbst bestickten Tischdecken und die hölzernen Pfeifen von Großvater Miguel behalten. Sie hatte im Beisein der Möbelpacker unzählige Tränen vergossen und, als die Umzugswagen schließlich um die Ecke bogen, hinter sich die Haustür abgeschlossen. Einige Tage später hatte ihre Mutter ihr von der Aufteilung der Dinge erzählt, von der Freude der Beschenkten, die so überraschend die Erinnerungsstücke aus dem Nachlass der Großeltern erhalten hatten, dem unverhofften Schicksal all der Bücher, den Kleidungsstücken, den Bildern, der Porzellandöschen-Sammlung, des Klaviers, der Kuckucksuhr und des Schaukelstuhls. Am Ende waren die Erinnerungen an ihre Großeltern über die ganze Provinz verstreut.

Cecilia hatte niemals daran gedacht, das Haus zu vermieten. Sicher wäre es nicht leicht gewesen, einen solventen Mieter für das alte, leer stehende Gebäude zu finden, das dringend einer Grundrenovierung bedurfte. Die Eisenrohre, die Kohleheizung und der alte Gasherd hätten ausgetauscht werden müssen. Die Investition hätte die zu erwartenden Einnahmen bei Weitem überschritten, zudem noch in diesen wirtschaftlich schwierigen Zeiten, in denen Nachrichten von Zwangsräumungen wegen Zahlungsunfähigkeit an der Tagesordnung waren und die Banken keine

Kredite gewährten. Da Cecilia also weder in der Lage war, die Sache anzugehen, und sich das Ganze finanziell auch nicht lohnen würde, hatte sie beschlossen, erst einmal abzuwarten. Vielleicht würde sie ja irgendwann doch noch schwanger werden und konnte es dann ihren Kindern überlassen, das Haus zu renovieren und mit neuem Leben zu füllen.

Doch das konnte sie nun wohl vergessen. Da sie mit dreiundvierzig Jahren wieder Single war, war es eher unwahrscheinlich, dass sich diese imaginären Kinder eines Tages der Renovierung des Hauses annehmen würden. Allein schon deswegen, weil sie gar nicht erst geboren werden würden.

Wobei sie natürlich auch noch eine alleinerziehende Mutter werden könnte, fiel ihr in einer der einsamen Nächte in der Penthouse-Wohnung am Retiro-Park ein, als sie zu dem Schluss gekommen war, dass ihr bisheriges Leben die größte Zeitverschwendung in der Geschichte der Menschheit gewesen war, und sie glaubte, noch etwas daran ändern zu können.

Sie hatte einen Termin in einem Zentrum für künstliche Befruchtung vereinbart und den Fehler gemacht, allein dort hinzugehen, ohne eine Freundin, an deren Schulter sie sich ausweinen konnte.

In einem kleinen, in keimfreiem Weiß gehaltenen Büro beschrieb man ihr in allen Einzelheiten die Maßnahmen zur hormonellen Stimulation, die unternommen werden müssten, und die dazugehörigen Nebenwirkungen. Sie erfuhr, dass sie in ihrem Alter auf eine Eizellenspende angewiesen sei, da die, die sie selbst produzierte, von nicht ausreichender Qualität seien. Danach zeigte man ihr das Angebot an Samenspenden, deren Preise zwischen dreitausend und fünfzehntausend Euro lagen. Und letztendlich machte man sie darauf aufmerksam, dass eine künstliche Befruchtung beträchtliche Risiken mit sich bringe, mindestens zwölftausend Euro koste und die Erfolgsquote lediglich bei siebenundzwanzig Prozent liege.

»Ich hätte gern ein blondes Kind mit blauen Augen«, wagte Cecilia anzumerken.

»Das könnte schwierig werden«, lautete die Antwort der Ärztin, »da es in Spanien nicht erlaubt ist, den Spender auszuwählen. Wir sind verpflichtet, darauf zu achten, dass die Eigenschaften des Kindes mit denen der zukünftigen Eltern übereinstimmen. Und da Sie selbst dunkelhaarig und eher klein sind, können Sie sich ja vorstellen, wie ihre Kinder ausgesehen hätten. Es ist schließlich nicht unüblich, dass Kinder ihren Eltern ähnlich sehen. Das gibt die Natur so vor.«

»Das stimmt nicht ganz«, protestierte Cecilia. »Bei der natürlichen Befruchtung kann man sich den Spender nämlich durchaus aussuchen, oder nicht? Und wenn ich einen Schweden geheiratet hätte, wären meine Kinder blond.«

»Möglich.«

»Also los, dann suchen Sie mir einen Schweden! Oder gibt es in Ihrem verdammten klinisch reinen schneeweißen, nach Geld stinkenden Krankenhaus keine schwedischen Samenspender?«

Mit Hilfe eines sofort von der Ärztin herbeigerufenen Psychologen wurde sie behutsam der Klinik verwiesen. Der Psychologe hatte gleich darauf ein negatives Gutachten erstellt, das er der Ärztin mit den Worten überreichte: »Falls diese Verrückte noch einmal wiederkommt.«

So viel zu Cecilias plötzlichem Wunsch, die Mutter eines kleinen Schwedenkindes zu werden.

Nachdem die Möglichkeit, das Haus ihrer Großeltern den eigenen Kindern zu hinterlassen, also definitiv gestorben war, tauchte der Wunsch danach immer häufiger in Cecilias Gedanken auf. Zunächst nur als Szenario in unerfüllbaren Träumen, doch nach und nach wurde der Wunsch konkreter. Wenn sie allein in ihrem zerwühlten Bett erwachte, hatte sie das Gefühl, dass diese Penthouse-Wohnung ihr nicht mehr gehörte, und sie verspürte den Drang, in die schützenden Arme ihrer Großeltern zurückzukehren, in die Mansarde mit den weißen Dachbalken, in den Garten, wo Großvater Miguel sein Gemüse angebaut, in die Wohnung, in der Großmutter Teresa Klavier gespielt hatte.

»Weißt du was? Ich ziehe aus der Penthouse-Wohnung, und du zahlst mich aus«, bot sie daher ihrem Mann ein paar Monate nach der Trennung an.

»Wirklich?« Er liebte das Haus am Retiro-Park mit den Restaurants in der Calle Alfonso XII, in denen er so gern speiste, den eleganten Geschäften in der Calle Serrano und der Calle Velázquez, den Galerien und den sommerlichen Terrassen, den Antiquariaten und den breiten Bürgersteigen, die zum Flanieren einluden.

»Ich will sie nicht.«

»Und wo wirst du dann wohnen?«

»Na ja, in meinem Haus. Dem an den Ufern des Manzanares.«

Ihr Mann brach in schallendes Gelächter aus.

»Köstlich, wie du von dieser Ruine sprichst! Man könnte meinen, dass nicht vom stinkenden Manzanares, sondern von der Île de la Cité die Rede ist.«

»In meinen Träumen ist es genau so.«

Er war mit dem Handel einverstanden. Der Wert der Penthouse-Wohnung wurde auf eine Million Euro festgelegt: hundertzwanzig Quadratmeter, einschließlich Terrasse, mit allen Möbeln und sonstigen Einrichtungsgegenständen und dem Parkplatz in der Tiefgarage. Gleich an dem Tag, an dem sie die Scheidungspapiere unterschrieben hatten, zogen Cecilias Ex-Mann und seine Freundin in der Wohnung am Retiro-Park ein, wo von Cecilias Anwesenheit überraschenderweise bereits nichts mehr zu spüren war.

2

Andere ungebeten zu bemitleiden ist untersagt

Cecilia hatte mit dem Bauunternehmer einen Termin um die Mittagszeit verabredet, an einem Mittwoch, einem ganz normalen Arbeitstag, den sie sich »aus persönlichen Gründen« freinahm. Der Personalchef der Kanzlei, in der Cecilia arbeitete, hatte sich angesichts ihrer privaten Probleme sehr verständnisvoll gezeigt. Seit ihrer Scheidung hatte er über ihre häufigen Abwesenheiten dezent hinweggesehen. Wenn sie ihn mit heiserer, näselnder Stimme anrief und vorgab, an Grippe erkrankt zu sein, klang das durchaus überzeugend, jedoch nicht für jemanden mit seiner Erfahrung.

»Du solltest dich wegen Depressionen krankschreiben lassen«, empfahl er ihr.

»Aber ich bin nicht depressiv«, entgegnete sie. »Ich bin traurig, wütend, verletzt, verängstigt, reizbar, mutlos, gekränkt, aber *nicht* depressiv.«

In jedem Fall aber ließ ihre Leistungsfähigkeit in den letzten Monaten zu wünschen übrig. Die Sitzungen mit ihren Kollegen verbrachte Cecilia schweigend und mit abwesendem Blick. Sie war ganz auf den Kampf konzentriert, der in ihrem Inneren tobte. Ihre Klienten beklagten sich über das mangelnde Interesse, das sie ihren Angelegenheiten entgegenbrachte. Und sogar bei Gericht begann man hinter ihrem Rücken zu tuscheln. Sie, die immer so auf ihr Äußeres geachtet hatte, ließ sich hängen. Sie wirkte fast wie eine Nonne in Zivilkleidung. Statt der eleganten Absatzschuhe trug sie flache Mokassins, und ihr Haar, in dem bereits graue Strähnen zu sehen waren, schlang sie achtlos zu einem Knoten im Nacken. Wegen ihrer überreizten Augen trug sie auch keine Kontaktlinsen mehr, sondern hatte sich eine Hornbrille zugelegt, und die figurbetonten Kostüme waren offenbar aus dem Kleiderschrank verbannt und wurden durch schlabbrige Pullover und bequeme Hosen ersetzt. Statt der dreiundvierzig Jahre, die ihr Ausweis ihr bescheinigte, wirkte sie wie Mitte fünfzig, und in der angesehenen Kanzlei, in der sich der Erfolg an der Designerkleidung und den teuren Uhren der Anwälte bemaß, schien sie allmählich fehl am Platz.

»Jedenfalls musst du ein bisschen vorsichtig sein!«, warnte der Personalchef. »Es ist besser, sich eine Weile krankschreiben zu lassen oder eine Auszeit zu nehmen, als so weiterzumachen und irgendwann die Kündigung zu bekommen.«

»Aber am Mittwoch kann ich mir doch freinehmen, oder?«

»Sicher. Ich ziehe den Tag von deinem Urlaub ab, kein Problem.«

Es war Viertel vor zwölf. Die Straße lag ruhig da, und die tief stehende Wintersonne sandte schüchtern ein paar Strahlen hinunter. Bevor Cecilia das Gartentor öffnete, fiel ihr auf, dass die Winden in den letzten drei Jahren derart gewachsen waren, dass sie inzwischen das Heidekraut komplett überwucherten. Im Geiste notierte sie sich, dass auch der Garten neu gestaltet werden musste, und sie konnte nicht umhin, an Großvater Miguel zu denken, der sich so sorgsam um die Pflanzen gekümmert hatte, stets mit der Gartenschere und der gelben Gießkanne bewaffnet, mit schlammbespritzten Gummistiefeln an den Füßen und schmutzigen Hosenaufschlägen. Er wäre sicher sehr traurig gewesen, wenn er den bedauernswerten Zustand seines Rasens hätte sehen können, den er immer so liebevoll gepflegt hatte.

Nachdem Cecilia durch das Gartentor getreten war, stellte sie dann jedoch erleichtert fest, dass das Haus weniger schlimm aussah, als sie befürchtet hatte. Das Dach hatte die einsamen Winter der letzten Jahre gut überstanden, alle Fensterscheiben waren noch heil, und auch die Haustür war noch intakt. Im hinteren Teil des Gartens waren noch Überreste des üppigen Gemüsegartens zu erkennen, der einmal das ganze Viertel mit frisch gepflückten Tomaten, bündelweise Möhren und Zwiebeln versorgt hatte. Ihre Großeltern hatten großzügig ganze Körbe an die Nachbarn verteilt, um sich für die Fürsorge zu bedanken, die sie ihnen entgegenbrachten, denn es verging nicht ein Tag, an dem nicht jemand vorbeikam, um sich nach ihrer Gesundheit zu erkundigen oder Besorgungen für sie zu erledigen.

Zehn Jahre lang war das Haus der Großeltern Cecilias Heim gewesen, die fünf Jahre ihres Studiums über, die zwei Jahre ihres Referendariats und drei weitere Jahre, in denen sie bereits mit ihrem zukünftigen Mann zusammen gewesen war. Von hier aus war sie sozusagen im Hochzeitskleid ausgezogen, bereit, an der Seite ihrer großen Liebe glücklich zu werden, dem Mann, mit dem sie eine Familie gründen wollte, die dann sonntags zu ihren Großeltern zu Besuch kommen würde. Damals hätte sie niemals für möglich gehalten, dass sie eines Tages allein hierher zurückkehren würde, mit gebrochenem Herzen und minderwertigen Eizellen. Wenigstens waren die Großeltern nicht mehr hier, um sie wie eine Schiffbrüchige aufzunehmen, natürlich freundlich und herzlich, doch auch in Sorge, genau wie ihre Eltern, die sich zwar bemühten, sich ihre Angst um sie nicht anmerken zu lassen, sich jedoch offensichtlich fragten, was denn nun aus ihr werden würde, ohne den Luxus der zwei Gehälter, die Penthouse-Wohnung, den Schutz ihres Mannes und die abgesicherte Zukunft. Hätten ihre Großeltern dies alles noch miterlebt, hätte Großmutter Teresa sie sicher fleißig mit beruhigendem Kräutertee bekocht und Großvater Miguel hätte sie mit seinen alten Geschichten gequält – über seine Jugend in der kastilischen Einöde, die derart abgeschieden von der Welt war, dass er vom Ausbruch des Bürgerkriegs erst etwas mitbekam, als Madrid bereits zwei Monate belagert war. Gut, dass sie das ganze Desaster ihrer Enkeltochter nicht mehr erleben mussten!

Doch Cecilia irrte sich. Denn auf der anderen Seite der Haustür war die Anwesenheit ihrer Großeltern überall zu spüren. Möglicherweise hatten sie ihre ewige Ruhe wegen des Kummers ihrer Enkelin unterbrochen, die sie unbewusst aus dem Jenseits herbeigerufen hatte, zurück in das Haus am Ufer des Manzanares.

Allerdings waren die beiden alten Leute alles andere als böse darüber. Wahrscheinlich fühlten sie sich im Himmel so wie in einer provinziellen Kleinstadt, in der man in Frieden lebte, ungestört und in völliger Ruhe, der man jedoch auch gern mal für eine Weile entfloh. Daher empfingen die Geister von Großvater Miguel und Großmutter Teresa Cecilia genauso erfreut, wie die beiden es im wirklichen Leben getan hätten. Cecilia fühlte ihre zärtlichen Umarmungen, erspürte sie in der Luft, die sie atmete, sah ihre Spiegelbilder in den Fensterscheiben und entdeckte ihre Fußspuren im Staub auf dem Boden.

Langsam ging Cecilia durch das Haus. Sie zog die Jalousien hoch, und das helle Licht brachte die Staubpartikel in der Luft zum Leuchten. Dabei tat es ihr im Herzen weh, die vergilbten Wände und Zimmerdecken zu sehen, an denen noch ein paar nackte Glühbirnen und Spinnweben hingen, oder die Staubschicht auf der Treppe, die dunklen Ränder, die die Bilder an den Wänden hinterlassen hatten, oder das bräunliche Wasser, das aus den Hähnen lief. Und dazu die Kälte zu spüren, die sich überall eingenistet hatte. Eine fest verankerte, schwer zu vertreibende Kälte.

Wie viele Stunden hatte sie in diesem alten Haus damit verbracht, sich vorzustellen, wie ihr späteres Leben einmal sein würde! Sie hatte sich als interessante vierzigjährige Frau gesehen, eine Dame von Welt, elegant und attraktiv. Mit der Liebe ihres Lebens an ihrer Seite und drei oder vier Kindern, die niemand für ihre Kinder halten würde, weil sie noch so jung aussah. »Unmöglich, Sie müssen die Schwester sein!«, würden die Leute sagen, wenn sie mit der ganzen Familie auf Rollschuhen durch den Rosengarten im Retiro-Park lief wie John John Kennedy durch den Central Park, ohne jemals alt zu werden.

Doch der Traum war wie eine Seifenblase zerplatzt. Kein Ehemann, keine Kinder, keine Eleganz, keine Frau von

Welt, nicht einmal mehr John John gab es, denn der Ärmste war in seinem Flugzeug abgestürzt – wie romantisch! –, dieser wunderbare schöne Mann für immer verloren in den Wassern von Martha's Vineyard!

In diesem Moment klopfte es heftig an der Tür.

»Ja doch! Ich komm ja schon, meine Güte!« Ihre Stimme überschlug sich. In letzter Zeit reagierte sie oft sehr gereizt. Eilig wischte sie sich mit dem Ärmel ihres Pullovers über die Augen und verschmierte damit die Reste ihrer Wimperntusche. Dann zog sie die Nase hoch und öffnete die Tür.

»Michelangelo Buonarroti«, stellte sich John John Kennedy vor, der plötzlich leibhaftig vor ihr stand, offensichtlich von den Toten erwacht und bei bester Gesundheit. Er streckte den muskulösen Arm aus, um ihr die Hand zu reichen.

»Cecilia Dueñas«, entgegnete sie in einer etwas höheren Tonlage als üblich.

Unbewusst drückte sie den Rücken durch und strich sich die Haare zurück. Michelangelo Buonarroti lächelte und fragte, ob er eintreten dürfe. Außerdem sagte er irgendetwas über einen Hund, was Cecilia angesichts ihrer Verblüffung nicht wirklich mitbekam.

»Es stört Sie also nicht, wenn er mit ins Haus kommt?«

»Wer?«

»Der Hund.«

»Ach so, nein, nur zu.«

Als sie sich wieder etwas gefasst hatte, führte Cecilia den Mann und seinen Labrador durch das Haus ihrer Großeltern und störte damit deren Frieden. Aus irgendeinem Grund fühlte sie sich in der ungewohnten Gesellschaft unwohl. Lag es am Karohemd, den Jeans, den schlammbespritzten Stiefeln, dem hinkenden Hund?

»Dem Hund fehlt ja ein Bein«, stellte sie betreten fest.

»Ja.«

Dann erst fiel ihr auf, dass Michelangelo Buonarroti noch auffälliger hinkte als sein Hund.

»Mein Bein ist leider auch nicht mehr, was es mal war«, erklärte er, ihre Gedanken erratend.

»Fällt kaum auf«, log Cecilia, den Blick immer noch auf sein Hosenbein gerichtet.

Michelangelo Buonarroti musste lachen.

»Sie sind eine schlechte Lügnerin.«

»Hinken Sie von Geburt an?«

Diesmal antwortete der Mann mit einem knappen »Nein«. Er lachte nun nicht mehr.

»Das ist also das Haus, das renoviert werden soll«, meinte er dann und ließ den Blick über den bedauernswerten Zustand der Böden, der Wände und der Decken schweifen. »Ich würde als Erstes mal die Strukturfarbe entfernen«, erklärte er, »ein Teufelszeug.«

Cecilia trabte hinter ihm her und schrieb das, was er sagte, in ein kleines Notizheft: Die Fenster mussten ausgetauscht werden, das Parkett abgeschliffen, die Küche war völlig veraltet, die Bäder grauenvoll, das Treppenhaus sollte weiß gestrichen werden, die Rollläden funktionierten heutzutage automatisch, die Rohre – wie furchtbar! – waren ja noch aus Eisen wie im letzten Jahrhundert. Ein Heizkessel musste eingebaut werden, was kein Problem war, allerdings musste im ganzen Haus der Sockel verändert werden, um die Heizkörper anbringen zu können.

Auf dem letzten Treppenabsatz, bevor sie in die Mansarde kamen, fürchtete Cecilia, ohnmächtig zu werden. Die Last auf ihren Schultern drückte sie nieder, denn das Ausmaß der Renovierungsarbeiten erschien ihr auf einmal unermesslich.

Sie setzte sich auf die oberste Treppenstufe, barg das Gesicht in den Händen und brach in Tränen aus.

»Was, zum Teufel …?«, rief Michelangelo Buonarroti ungnädig aus, der mühsam die Treppen erklomm, indem er sich mit den Armen am Geländer nach oben hievte und sein verletztes Bein hinterherzog.

Daher die muskulösen Oberarme!, dachte Cecilia unwillkürlich.

»Achten Sie nicht auf mich«, bat sie ihn leicht verlegen. »Machen Sie Ihre Arbeit, und vergessen Sie mich einfach.«

Als er an ihr vorbeikam, blieb er einen Moment stehen.

»Machen Sie mal Platz«, sagte er ohne jedes Mitleid. »Geben Sie mir das Notizheft, ich schreib dann auf, was oben noch anfällt.«

Cecilia hörte verblüfft auf zu weinen. Noch nie war sie auf ein derart unsensibles Wesen gestoßen wie diesen Buonarroti, der in der Lage war, den Kummer einer in Tränen aufgelösten Frau einfach so zu ignorieren. Ihr Selbstmitleid verwandelte sich in Wut. Entschlossen stand sie auf, klopfte sich den Staub von der Hose und folgte dem Bauunternehmer in die Mansarde. Als sie oben ankam, war Buonarroti schwer außer Puste. Die sechzehn Treppenstufen stellten für jemanden mit einem verletzten Bein zweifellos eine Herausforderung dar. Doch er verlor kein Wort darüber. Als er schließlich etwas sagte, war er noch immer außer Atem.

»Hier muss jemand gewesen sein«, erklärte er. »Sehen Sie all die Fußspuren?«

Tatsächlich war der staubige Boden mit Fußabdrücken übersät. Die wohl von Großvater Miguels Gummistiefeln stammten. Doch warum konnte der fremde Mann sie sehen? Cecilia war davon ausgegangen, dass sie nur in ihrer vom Valium benebelten Phantasie existierten. Auch ihr waren die Fußabdrücke aufgefallen, die überall im Haus zu sehen waren: in der Küche, im Badezimmer, im Treppenhaus … Nur dass sie sie bei ihrem nostalgischen Wandeln zwischen den Zeiten mit den Sohlen ihrer Mokassins verwischt hatte.

»Die sind wohl noch von meinem Großvater«, meinte sie verwirrt. »Er ist vor drei Jahren gestorben, aber wie Sie sehen …«

»Nein, das sind frische Spuren. Von heute, würde ich mal sagen. Wenn sie drei Jahre alt wären, wären sie jetzt von Staub bedeckt wie der Rest des Bodens.«

Cecilia schwieg und dachte, dass ihr Großvater offenbar aus dem Jenseits zurückgekehrt war, um sie zu trösten. Dass er gemeinsam mit Großmutter Teresa wieder in diesem Haus war, um ihr Gesellschaft zu leisten, bis sie allein zurechtkäme. Doch sie wollte lieber weiterhin als vernünftige Frau gelten, die von den Umständen zwar ein wenig aus dem Gleichgewicht gebracht worden war und nah am Wasser gebaut hatte, aber durchaus als zurechnungsfähig bezeichnet werden konnte. Deswegen hielt sie den Mund.

»Hier oben war jemand, glauben Sie mir«, bekräftigte Buonarroti. »Besser, wir gehen den Spuren nach, um zu sehen, wo der Eindringling hereingekommen ist.«

Sie gingen die Treppe hinunter, er ans Geländer geklammert, sie, ohne darauf zu kommen, ihm ihre Hilfe anzubieten, obwohl der Abstieg für ihn noch beschwerlicher war als der Aufstieg. Der Bauunternehmer rief nach dem Hund, der schwanzwedelnd und mit heraushängender Zunge angelaufen kam.

»Vorsichtshalber«, meinte der Mann.

»Falls sich ein Serienmörder in meinem Haus versteckt?«

»Mein weiß nie, auf was man in einem verlassenen Gebäude stößt.«

Die Fußspuren zogen sich durch das ganze Haus. Sie führten in jede Ecke und waren vor allem in der Küche und in der Toilette im Erdgeschoss besonders zahlreich.

»Diese Toilette hat jemand benutzt«, stellte Buonarroti triumphierend fest.

»Um Gottes willen!« Cecilia rümpfte die Nase. »Das ist ja ekelhaft!«

Bis zu diesem Moment war Cecilia die Anwesenheit des Geistes ihres Großvaters gegen jede Logik als möglich und wünschenswert erschienen. Doch dass jemand in die Toilette gepinkelt hatte, sprach eindeutig gegen ihre esoterische Theorie. Gespenster pinkeln nicht in Toiletten!, sagte sie sich. Sie verrücken Gegenstände, zünden Licht an, machen Klopfgeräusche oder verursachen mysteriöse Temperaturschwankungen, aber pinkeln müssen sie nicht!

»Na ja, es gibt Schlimmeres«, war alles, was dem Bauunternehmer zur Entspannung der Lage einfiel.

Die Fußspuren führten zur Hintertür, die auf den Teil des Gartens hinausging, wo sich das Gemüsebeet befunden hatte.

»Was ist in diesem Schuppen?«, fragte Buonarroti.

»Nichts. Dort hat mein Großvater seine Gartengeräte aufbewahrt. Er hatte einen wunderbaren Gemüsegarten, genau hier. Aber der Schuppen steht schon seit Jahren leer und ist verschlossen.«

»Weder das eine noch das andere«, meinte der Bauunternehmer und ging so entschieden, wie es ihm aufgrund seiner Behinderung möglich war, auf den Holzschuppen zu. Sein Hund, der kein wirklich guter Spürhund und nicht einmal ein guter Wachhund zu sein schien, folgte ihm brav und schwanzwedelnd.

Vorsichtig öffnete Michelangelo Buonarroti die dünne Holztür und Cecilia trat näher. Der Geruch in dem Schuppen traf sie mit voller Wucht und ließ sie zurückweichen. Der Schuppen war sehr klein, umfasste nur ein paar Quadratmeter und hatte ein Giebeldach aus Holz.

»Hier wohnt jemand. Sehen Sie die Feuerstelle in der Mitte, die ist noch warm. Und hier auf diesen Decken hat jemand übernachtet. An dem Nagel dort hängen Kleider, und der Boden ist voller Müll und Essensreste. – Bicho! Nicht fressen!«, fuhr Michelangelo Buonarroti seinen Hund an.

»Ein Hausbesetzer!«, stammelte Cecilia. »Gütiger Gott, ein Hausbesetzer in meinem Schuppen!«

»Wir müssen die Polizei verständigen«, sagte der Bauunternehmer. »Diese Dinge sind nicht leicht zu regeln. Wir geben Bescheid, verschwinden, bevor der Hausbesetzer zurückkommt, und überlassen alles Weitere der Polizei. In Ordnung?«

»Einverstanden«, flüsterte Cecilia.

Allerdings blieb ihr keine Zeit mehr, das Handy aus der Tasche zu ziehen. Denn im selben Moment trat ein groß gewachsener junger Mann in den Garten und starrte sie mit offenem Mund an. Er war nicht älter als zwanzig Jahre und seine Haut schwarz wie Ebenholz. Das Weiß in seinen Augen wirkte gelblich, und er war schmutzig. Schmutzig und staubbedeckt.

»Bicho, nicht beißen!«, rief der Bauunternehmer seinem Hund zu, der friedlich mit dem Schwanz wedelte und den Neuankömmling freudig begrüßte. Dieser Hund hätte nicht einmal einer Fliege etwas zuleide getan. Cecilia begriff, dass der absurde Befehl eine Schutzstrategie sein sollte, die jedoch genauso nutzlos war, wie den Geist von Großvater Miguel zu Hilfe zu rufen, damit er sie mit seinen übernatürlichen Kräften verteidigte.

»Ich tue nichts«, sagte der junge Mann mit afrikanischem Akzent und hob die Hände.

Aus irgendeinem Grund tat Cecilia die schlaksige Gestalt, die da vor ihr stand, auf einmal leid. Sie wollte den Mann gerade nach seinem Namen fragen, als sie Buonarrotis drohende Stimme hörte.

»Jetzt bist du dran, Bürschchen!«, stieß er grimmig hervor. »Die Polizei ist auf dem Weg, um dich ins Gefängnis zu bringen. Verstehst du: Gefängnis?«

»Ich tue nichts!«, wiederholte der Hausbesetzer nun ängstlich. »Ich kümmere mich um das Haus, mache nichts kaputt, mache keinen Lärm.«

»Wie heißt du?« Cecilias Stimme ließ beide Männer innehalten.

»Justice«, sagte der junge Mann.

»Lieber Gott, er heißt *Justice*!«, rief Cecilia aus.

Michelangelo Buonarroti konnte nicht glauben, was gerade geschah. Diese Frau wurde weich und sah den Jungen mit einfältigem Blick an.

»Er tut mir so leid«, meinte sie leise.

Buonarroti nahm sie zur Seite.

»Sind Sie verrückt? Solchen Leuten darf man auf keinen Fall vertrauen! Der kann jederzeit ein Messer zücken und Sie auf der Stelle niederstechen!«, warnte er. »In den Ländern, aus denen die kommen, ist ein Leben keinen Pfifferling wert.«

»Ich weiß, aber er ist noch so jung. Fast noch ein Kind.«

»Ein Kind von ein Meter achtzig mit der Kraft eines Hafenarbeiters. Wir müssen die Polizei rufen.«

Der Hausbesetzer unterbrach das im Flüsterton geführte Gespräch.

»Keine Polizei. Bitte!«

In diesem Moment traf Cecilia die unvernünftigste Entscheidung ihres Lebens. Doch immerhin hatte sich ihr durchaus wohlüberlegter Entschluss, ihren Mann zu heiraten, als katastrophal erwiesen. Und deswegen würde sie von nun an mit ihrem Herzen entscheiden und nicht mehr mit dem Kopf. Spontan und nicht mehr misstrauisch, kalkuliert und durchdacht. Wenn mir danach ist zu weinen, dann weine ich eben. Wenn mir danach ist zu schreien, schreie ich. Und wenn mir danach ist, einen illegalen Schwarzafrikaner bei mir aufzunehmen, der möglicherweise gefährlich ist und aus einem Land kommt, in dem ein Menschenleben keinen Pfifferling wert ist, dann tue ich das auch.

»Du kannst in dem Schuppen bleiben«, entschied sie. »Zumindest solange die Renovierungsarbeiten andauern. Danach sehen wir weiter.«

Michelangelo Buonarroti gab sich geschlagen.

»Machen Sie, was Sie wollen. Aber sagen Sie nachher nicht, ich hätte Sie nicht gewarnt.«

Justice lächelte und zeigte seine weißen Zähne. Sein angespannter Körper entkrampfte sich, und er wirkte nicht länger wie ein aggressiver Riese, sondern wie ein großes, verlorenes, vielen Gefahren ausgesetztes Kind.

»Hast du Hunger, Justice?«, fragte Cecilia.

»Ja. Großen Hunger.«

»Dann los, gehen wir ein Steak essen!«

Während der junge Mann in Cecilias Auto einstieg, sprachen sie und Buonarroti noch einmal über die anstehenden Renovierungsarbeiten. Sie vereinbarten, dass er in einer E-Mail noch einmal die zu erledigenden Arbeiten und die Kosten auflistete, damit Cecilia sie absegnen konnte, bevor mit der Arbeit begonnen würde.

»Und seien Sie vorsichtig«, warnte Buonarroti sie noch einmal und wies dabei mit dem Kopf auf den jungen Mann, der im Auto am Radio herumspielte. »Man sollte niemanden ungebeten bemitleiden. Das führt nur zu Enttäuschungen.«

Cecilia begriff, dass dieser Mann seine Theorien konsequent in die Praxis umsetzte: Er sprach nicht gern über den Grund seines Hinkens; er war die Treppe hinaufgegangen, ohne um Hilfe zu bitten; er hatte nicht versucht, sie zu trösten, als sie in seiner Gegenwart in Tränen ausgebrochen war; er nahm keine Rücksicht auf die Verletzung seines Hundes und auch dem armen, hungrigen jungen Mann gegenüber hatte er sich jegliches Mitgefühl verboten. Was für ein ungehobelter Klotz, der auch noch stolz auf seine Unmenschlichkeit ist!, dachte sie.

»Na, dann sehen wir uns ja bald wieder«, verabschiedete er sich nun und hielt ihr erneut seine Pranke hin. »Und übrigens: Ich heiße nicht Michelangelo Buonarroti. Das ist der Name meiner Firma, ich dachte, das wäre klar«, sagte er mit einem spöttischen Grinsen. »Ich heiße Andrés Leal.«

»Cecilia Dueñas«, entgegnete sie und schüttelte ihm mit säuerlicher Miene die Hand.

»Ja, das sagten Sie bereits bei der Begrüßung«, entgegnete er süffisant. »Na, wie auch immer. Ich wünsche Ihnen jedenfalls viel Glück, Cecilia Dueñas. Sie können es brauchen.«

3
Hilfsbedürftige Asylanten im Gartenschuppen unterzubringen ist untersagt

Während des üppigen Mahls in einem Restaurant in der Nähe des Hauses von Cecilias Großeltern verschlang Justice unter Cecilias staunenden Blicken eine große Portion Paella, gefolgt von einem gewaltigen Steak und einem süßen Flan zum Nachtisch. Sie selbst schaffte nicht einmal das kleine Steak, das sie sich bestellt hatte.

»Wenn du noch Hunger hast, kannst du den Rest von meinem Steak auch noch essen«, bot sie an.

Erst als der junge Mann keinen Bissen mehr herunterkriegte, war er bereit, der unbekannten, leicht überfordert wirkenden Frau, in deren Haus er nun offiziell leben würde, seine Geschichte zu erzählen. Justice war in Kenia geboren, seine Großeltern stammten jedoch aus Somalia; neben seinen Eltern gab es noch vier kleine Geschwister, die alle in einer elenden Hütte an einem stinkenden Fluss hausten, wo ständig ein alter Fernseher lief, in dem immerzu Menschen gezeigt wurden, die in beneidenswertem Überfluss lebten.

Eigenartig, wie sehr sich die Wahrnehmung der Realität unterscheidet, je nachdem, wer vor dem Bildschirm sitzt, dachte Cecilia, die üblicherweise den Sender wechselte, wenn ihr das, was sie sah, nicht gefiel. Sie konnte Reportagen über die Armut in der Welt nicht ertragen, in denen unterernährte Kinder und Flüchtlingslager gezeigt wurden, oder die Nachrichten, wenn sie von den maroden Flüchtlingsbooten berichteten, die an den Stränden von Cádiz ankamen. Niemals wäre ihr eingefallen, dass das Fernsehen ein Bild des Überflusses vermittelte, wie Justice es gerade beschrieben hatte, sondern eher das Gegenteil.

»Du bist doch nicht etwa auf einem dieser furchtbaren Flüchtlingsboote hergekommen, oder?«

»Nein, nein«, antwortete Justice. »Ich bin geschwommen.«

Justice hatte sich zunächst als blinder Passagier auf ein Luxusboot geschlichen. Wie er Cecilia erzählte, war er in Rabat an Bord einer Jacht geklettert, als der Wachmann gerade abgelenkt war, und hatte, unter Planen versteckt, gewartet, bis das Boot nah genug am Hafen von Algeciras vorbeigesegelt war, um ins Wasser zu springen und ans Ufer zu schwimmen. Da es mitten in der Nacht war, war niemandem der dunkle Schatten aufgefallen, der aus dem Wasser gekrochen war und sich an einem einsamen Strand im Gestrüpp versteckt hatte. Er hatte sich von Erdbeeren und Weintrauben ernährt und sich, als es kalt wurde, entschieden, sein Glück in Madrid zu versuchen.

»Ich habe im Supermarkt gearbeitet«, erklärte er mit seinen spärlichen Sprachkenntnissen, »den Frauen mit den Einkäufen geholfen. Sachen eingepackt und Einkaufswagen weggebracht und so.«

Nach und nach konnte Cecilia sich ein Bild machen. Justice lebte seit etwa einem halben Jahr in Madrid und ernährte sich von den Spenden der Kundinnen eines Supermarktes, die ihm ab und zu etwas dafür gaben, dass er ihnen half, ihre Einkaufstaschen zu tragen. Manchmal gab es eine Tüte Chips oder ein *Panecillo* mit Käse oder ein wenig Obst. Oft erhielt er auch ein paar Münzen, von denen er die meisten in einer Dose sammelte, die er im Schuppen aufbewahrte.

»Für meine Familie, wenn ich zurückkomme.«

Sie bestellten Kaffee mit Zucker – Justice' Lächeln nach zu urteilen offenbar ein absoluter Luxus, und während sie schweigend tranken, grübelte Cecilia darüber nach, wie sie dem jungen Mann helfen könnte. In ihrer blühenden Phantasie malte sie sich aus, dass Andrés Leal vielleicht jemanden brauchen konnte, der die Baustelle im Auge behielt, wenn er selbst nicht da war, oder einen Botenjungen, sodass Justice zumindest in den nächsten Monaten eine Arbeit hätte, um überleben zu können. Wenn er wirklich auf Dauer in dem Schuppen wohnen sollte, wären dort Veränderungen nötig. Möglicherweise konnte man den Schuppen zu einer Art Gartenhäuschen umgestalten, mit eigenem Badezimmer, soliden Wänden und einem richtigen Dach. Und eine Heizung musste installiert werden, denn natürlich durfte der Junge kein Feuer mehr im Schuppen machen, um sich aufzuwärmen, das war zu gefährlich. Der Boden musste mit imprägnierten Holzdielen ausgestattet oder gefliest und ein Fenster zum Lüften musste eingebaut werden. Wenn die Arbeiten im Haus beendet wären, würde Justice dann vielleicht bei Michelangelo Buonarroti fest eingestellt. Oder er konnte sich um den Garten und das Haus kümmern und dafür umsonst bei ihr essen und wohnen.

So schwer konnte es doch nicht sein, einem bescheidenen Flüchtling wie Justice eine annehmbare Zukunft zu bieten!

»Andrés Leal?«

»Am Apparat.«

»Ich bin's, Cecilia Dueñas, die Eigentümerin des Hauses, das Sie sich heute Morgen angesehen haben.«

»Ah, Sie leben also noch.«

»Natürlich lebe ich noch. Was glauben Sie denn? Haben Sie wirklich gedacht, der Junge würde mir etwas antun? Da sind Sie völlig auf dem Holzweg, wissen Sie? Und Sie haben eindeutig zu wenig Vertrauen in das Gute im Menschen.«

»Sie müssen es ja wissen.«

»Es hat sich herausgestellt, dass Justice ein ganz netter Kerl ist, der gern gegen ein kleines Gehalt für Sie arbeiten würde. Er ist stark, schlau und sehr arbeitswillig.«

»Nun mal langsam!«, protestierte Andrés Leal. »Wie kommen Sie auf den Gedanken, dass ich den Jungen einstellen könnte?«

»Das ist doch eine hervorragende Idee! Ist mir heute Nachmittag eingefallen. Schließlich bin ich diejenige, die die Renovierung des Hauses bezahlt, oder? Und ich denke, wir brauchen jemanden, der die Baustelle im Auge behält. Oder wollen Sie, dass Ihnen die Maschine gestohlen wird, mit der Sie die Strukturfarbe von den Wänden entfernen?«

»Also, dann will ich Ihnen die Sache mal erklären.« Andrés Leal hatte am anderen Ende der Leitung offensichtlich Mühe, nicht aus der Haut zu fahren. Bicho, der zu seinen Füßen lag, hob beunruhigt den Kopf, denn er hatte ein feines Gespür für den Gemütszustand seines Herrchens und merkte, wenn es in ihm brodelte.

»All das, was Sie da gerade vorschlagen, ist illegal. Man kann nicht einfach jemanden einstellen, der keinen Ausweis und keine Aufenthaltsgenehmigung hat. Und man kann auch nicht einfach jemanden in einem Schuppen einquartieren, der im Grunde gar nicht bewohnbar ist.«

»Das Problem habe ich bereits gelöst. Das mit dem Schuppen.«

»Ach ja?«

»Ja«, versicherte Cecilia eilig. »Ich habe beschlossen, mit den Arbeiten genau dort zu beginnen. Wir werden den Schuppen abreißen und kleines Gartenhaus errichten, in dem Justice wohnen kann. Mit einem Badezimmer, soliden Wänden und Holzboden.«

»Jetzt hören Sie mal!« Das Telefon schien zu qualmen. »Wir haben doch gar keine Baugenehmigung! Bisher ging es ja nur um eine Renovierung. Und jetzt reden Sie auf einmal von einem Anbau, von Betonwänden, Elektroinstallation, fließendem Wasser, Heizung …«

»Und vielleicht einem kleinen Fenster zum Lüften, genau.«

»Seit wann kennen Sie diesen jungen Mann?«

»Na, seit heute Mittag, genau wie Sie.«

»Und jetzt fühlen Sie sich bereits für sein Leben verantwortlich? Haben für ihn schon eine Wohnung und eine Arbeitsstelle organisiert?«

»Seine Zukunft, ja, Señor Leal, der Junge soll eine Zukunft haben!« Cecilias Stimme kippte. Erneut stiegen ihr die Tränen in die Augen. Was Andrés Leal offenbar nicht verborgen blieb.

»Oh Mann!«, knurrte er. »Schon wieder dieses Geflenne! Wollen Sie einen Rat von mir? Nehmen Sie ein Beruhigungsmittel, und gehen Sie schlafen. Und lassen Sie mich mit Ihren verrückten Ideen von illegaler Arbeit und illegalen Verträgen in Ruhe! Was sind Sie von Beruf? Bestimmt arbeiten Sie für eine dieser Non-Profit-Organisationen, was?«

»Keineswegs, Señor«, entgegnete Cecilia und riss sich zusammen. »Nur damit Sie es wissen: Ich bin Anwältin.«

»Wer hätte das gedacht!«, entgegnete Andrés Leal unbeeindruckt.

Cecilia verbrachte die Nacht damit, über das Gespräch mit dem unmenschlichsten Bauunternehmer der Welt nachzugrübeln. Zwischendurch weinte sie immer mal wieder ein bisschen. Dann wieder wurde sie so wütend, dass sie diesem Leal am liebsten die Augen ausgekratzt und gegen sein verletztes Bein getreten hätte. Doch dann fiel ihr Justice wieder ein, der allein und frierend im Schuppen saß.

Als es schließlich hell wurde, hatte sie die zweite unvernünftige Entscheidung ihres Leben getroffen: Sie würde den Umbau des Schuppens mit ihren eigenen Händen erledigen – und denen von Justice – und sich nicht von irgendeinem intoleranten, menschenverachtenden Mann abhängig machen. Wenn sie sich den Rest der Woche freinahm, würde sich der Schuppen in vier Tagen intensiver Arbeit sicher in eine angemessene Unterkunft verwandeln lassen.

Am Donnerstag lieh sie sich einen Lieferwagen, forderte Justice auf einzusteigen, fuhr in den Baumarkt und war bass erstaunt. Dieser Ort war ein Paradies für illegale Umbauten! Es gab bereits fertige Dächer, leicht einbaubare Fenster, Wände und Fußböden nach Maß, Bretter in jeder Länge, Türen mit Scharnieren und Werkzeug jeder Art. Voller Eifer und Justice' Entsetzen ignorierend, wies sie ihn an, den

Lieferwagen mit allem zu beladen, was nötig war, um ihren Plan in die Tat umzusetzen.

»Du kannst im Haus schlafen, solange wir am Schuppen arbeiten«, bot Cecilia an. »Ich schalte den Strom ein, damit du Licht hast, und wenn dir kalt ist, besorgen wir einen elektrischen Heizkörper. Nimm am besten gleich einen mit. Im dritten Gang rechts habe ich welche gesehen. Neu und ganz günstig.«

Sie beschlossen, einen Schritt nach dem anderen anzugehen, und begannen mit dem Fußboden. Den ganzen Tag über waren sie damit beschäftigt, Bretter aus Pinienholz auf eine Unterkonstruktion zu nageln, nachdem sie diese in Teilen aus einer riesigen Kiste befördert und zusammengebaut hatten. Dabei waren drei Stunden nötig, um die Teile zusammenzufügen, und weitere zwei, um mit Hilfe einer Schaufel und eines Rechens den Boden zu begradigen. Ohne Protest befolgte Justice sämtliche von Cecilias Anweisungen.

Am Freitagnachmittag waren sie mit dem Boden fertig. Beide waren sie völlig erschöpft, ihre Hände voller Splitter, und ihre Rücken schmerzten.

»Es ist noch etwas wackelig«, musste Cecilia zugeben. »Vielleicht muss der Boden noch irgendwie befestigt werden.«

Am Samstag machten sie sich daran, den Beton für die Wände herzustellen, den sie in einem großen Plastikbottich anrührten und mit einer Schubkarre zum Schuppen fuhren. Dort verfüllten sie die Wandelemente mehr schlecht als recht mit dem Mischmasch. Am Ende schnitten sie mit einer Elektrosäge, die sie sich zu einem günstigen Preis ausliehen, das Loch für das Fenster aus. Dabei ließ sich nicht vermeiden, dass der Beton dort herauslief, wo sie den Fensterrahmen einsetzen wollten, den sie erst noch zusammenbauen mussten.

Am Sonntag erlitt Cecilia in Justice' Anwesenheit einen Nervenzusammenbruch. Der Schuppen hatte sich in eine hässliche Baracke verwandelt, aus der an allen Seiten der Beton herausquoll, und der Anblick war wirklich zum Heulen. Cecilias Tränen drohten den ganzen Garten zu überschwemmen, während der völlig überforderte Justice sie mit auf Suaheli gesprochenen Worten zu trösten versuchte.

Plötzlich tauchte inmitten des Chaos ein schwanzwedelnder Hund auf.

»Bicho!«

Um die ganze Sache noch schlimmer zu machen, war Andrés Leal an diesem Sonntagnachmittag nichts Besseres eingefallen, als bei Cecilia vorbeizuspazieren, um nachzusehen, wie es ihr ging.

»Sie heulen doch nicht etwa schon wieder?«, rief er ihr schon vom Gartentor aus zu, in einem derart hämischen Tonfall, dass es sogar Justice mit seinen geringen Sprachkenntnissen auffiel.

Mit schleppendem Schritt und einem unverschämten Grinsen zwischen den Bartstoppeln näherte er sich dem Schuppen.

»Sie wollen sich doch nicht etwa schon wieder über mich lustig machen?«, entgegnete Cecilia schnippisch.

»Was für ein großartiges architektonisches Werk, herzlichen Glückwunsch!«

»Ach, scheren Sie sich zum Teufel!«

Andrés schwieg eine Weile, um Cecilia die Gelegenheit zu geben, ihren Unmut zu verdauen.

»Also«, begann er schließlich. »Mir ist eine praktikable Lösung für Ihr Problem eingefallen.«

»Tatsächlich?«

»Ich habe Ihnen einen Katalog mit vorgefertigten Holzhütten mitgebracht, die über fließendes Wasser und Elektrizität verfügen und ohne Baugenehmigung an der hinteren Wand eines Hauses errichtet werden dürfen. Erinnern Sie sich, dass Antonio Flores, der Sohn der Sängerin Lola Flores, mal in einer Hütte im Garten des Familienanwesens El Lerele gelebt hat? So etwas.«

Cecilia blickte zum Karohemd des Bauunternehmers auf.

»Mit Fenster?«

»Mit zwei Fenstern sogar. Einem an jeder Seite. Einer kleinen Veranda mit Geländer, Boden mit Unterkonstruktion und einem Holzdach mit Schieferabdeckung.«

Die folgende Nacht sowie fünfzehn weitere Nächte – so lange dauerte es, bis die Hütte aus Galicien geliefert wurde –, wohnte Justice, bequem untergebracht, in einem der drei Schlafzimmer im ersten Stockwerk des Hauses von Cecilias Großeltern. Mit einem elektrischen Heizofen, Matratze und Sprungfederrahmen. Mit neuen Laken, Wolldecken und einem Federkissen, damit er sich im Schlaf nicht den Hals verrenkte.

»Und wenn Sie den Jungen einstellen wollen, dann tun Sie das. Ich bin nicht bereit, das Risiko einzugehen und mich strafbar zu machen. Für niemanden und schon gar nicht für einen Flüchtling ohne Papiere.«

»Gut«, beendete Cecilia das Thema, die bereits die vage Vorstellung einer kühnen Idee hatte, die ihr Leben für immer verändern würde. »Überlassen Sie das einfach mir.«

4

Tätowierungen, Piercings, Volltrunkenheit, Kiffen und Männer sind in der Pension strengstens untersagt!

Nach der Trennung von ihrem Mann war es für Cecilia zur Gewohnheit geworden, jedes Mal, wenn ihr neues Leben sie zu überfordern drohte, ihre Eltern zu besuchen. Als wäre sie wieder ein kleines Mädchen, hatte sie das Bedürfnis, sich erneut von den Menschen beschützen zu lassen, die sie noch nie in ihrem Leben enttäuscht hatten. Ihre Eltern hatten nie an ihrer Entscheidung gezweifelt und nicht nach dem Grund gefragt, warum sie ihre Ehe – die ihnen bis dahin glücklich und solide erschienen war – beendet hatte, sondern die Katastrophe als unvermeidlich hingenommen und ihre Kräfte darauf konzentriert, ihre Tochter zu trösten. Um ihren Schmerz zu lindern – die arme Cecilia war in Tränen aufgelöst in Águila angekommen –, hatten sie sie mit heißer Schokolade und geröstetem Brot verwöhnt, ihr eine Wolldecke übergelegt und ihr den besten Platz auf dem Sofa direkt gegenüber dem Fernseher überlassen. Ihre Mutter hatte ihr altes Kinderzimmer für sie hergerichtet und sogar angeboten, ihren hastig gefüllten Koffer auszupacken.

Nach Hause zurückzukehren war Balsam für Cecilias geschundene Seele, wieder das verwöhnte Einzelkind zu sein und die Hilfe anzunehmen, die das Leben ihr bot, genau wie der Personalchef es ihr geraten hatte: »Du bist nicht allein, Cecilia. Es gibt viele Menschen, die für dich da sind und dir helfen wollen: deine Eltern, deine Freunde, deine Kollegen …«

Hilfe – ach, was für ein wunderbares Wort, das jede Art der Not linderte.

Doch seit Cecilia Andrés Leal mit seinem mangelnden Mitgefühl begegnet war, hatte sich ein furchtbarer Verdacht in ihre Gedanken geschlichen: War die verständnisvolle, sich in das Schicksal ergebende Art ihrer Eltern vielleicht ein Zeichen dafür, dass sie nicht in die Fähigkeiten ihrer Tochter vertrauten?

Wenn sie an die Zeit ihres Studiums zurückdachte, fiel Cecilia auf, dass ihre Eltern nie mit ihr geschimpft hatten, wenn sie mal bei einer Prüfung durchgefallen war. »Solche Enttäuschungen gehören zum Studium dazu«, hatte ihre Mutter immer gesagt, wenn sie sie getröstet hatte, anstatt ihr böse zu sein. Und all ihre Erfolge waren mit großem Enthusiasmus gefeiert worden – mit Freudenfesten, Geschenken, Umarmungen und Küssen –, als hätten ihre Eltern im Grunde gar nicht daran geglaubt, dass sie es schaffen könnte. Die Nachricht über den erfolgreichen Abschluss ihres Studiums hatte den gleichen berauschenden Effekt auf ihren Vater gehabt wie Jahre später der Sieg der spanischen Fußballnationalmannschaft bei der Weltmeisterschaft in Südafrika.

In ähnlicher Art waren – wie ihr nun bewusst wurde – ihre Verlobung und die darauf folgende Heirat als ein Wunder des heiligen Antonius angesehen worden, wenn Cecilia damals dem Jubel ihrer Mutter und den Lobpreisungen des

Heiligen durch ihren Vater auch keine weitere Bedeutung beigemessen hatte, da sie sie sympathisch und volkstümlich fand. Erst jetzt wurde ihr klar, dass ihre Eltern tatsächlich dafür gebetet hatten.

Denn die unvorstellbare, grausame Wahrheit war, dass ihre Eltern niemals an sie geglaubt hatten.

»Du hast also eine gute Idee?«, fragten sie sie nun mit entsetztem Blick und sich an den Händen haltend.

»Eine hervorragende Idee!«

Der Plan war dank der Begegnung mit Justice und seiner Bedürftigkeit in ihr gereift. Angesichts der Größe des Hauses ihrer Großeltern und seines heruntergekommenen Zustands war der Kostenvoranschlag der Firma Buonarroti auf eine extrem hohe Summe hinausgelaufen; etwa so, als ginge es darum, die Sixtinische Kapelle von oben bis unten neu zu streichen, beklagte sich Cecilia bei Andrés Leal, bevor sie klein beigab und den Vertrag unterzeichnete. Denn schließlich musste sie ja auch noch neue Möbel, Haushaltsgeräte, Tisch- und Bettwäsche, Vorhänge und andere Dinge kaufen.

Cecilia hatte ausgerechnet, dass die Summe, die ihr danach noch auf dem Konto blieb, in etwa der entsprechen würde, die Justice in seiner schmutzigen Dose hortete. Zumal der Verkauf ihres Anteils der Penthouse-Wohnung an ihren Ex-Mann sich als nicht ganz so lukrativ erwiesen hatte, wie sie meinte, da der Kredit noch nicht abbezahlt war und die entsprechende Summe von dem Verkaufspreis abgezogen wurde. Und nicht zuletzt musste das Haus ja unterhalten werden, was beträchtliche Fixkosten mit sich brachte, Steuern, das Gehalt einer Haushaltshilfe und die Unterhaltung von Justice und seiner Hütte. Wenn sie all das nur von ihrem Gehalt bezahlen wollte, würde sie den Lebensstil, an den sie sich gewöhnt hatte, nicht aufrechterhalten können.

»Ich glaube, ich habe eine Lösung gefunden, wie ich meine finanzielle Situation verbessern kann … Die nicht *problematisch* ist – jetzt seht mich nicht so an! –, aber eben auch nicht mehr so gut wie vorher.«

»Wenn du Geld brauchst, mach dir keine Sorgen, mein Kind. Papa und ich haben schon vor langer Zeit ein Sparkonto auf deinen Namen eröffnet, falls du mal in Schwierigkeiten gerätst. Stimmt's, Liebling? Das Geld steht dir zur freien Verfügung. Du musst nur mit deinem Ausweis in die Bankfiliale in der Calle Miguel de Unamuno gehen und dich bei dem Filialleiter Facundo Quintero melden. Du sagst ihm einfach, dass du unsere Tochter bist und das Geld abheben oder auf ein anderes Konto überweisen willst.«

Cecilia schluckte. Zum ersten Mal in ihrem Leben lehnte sie die Hilfe, die ihre Eltern ihr anboten, ab.

»Nein, Mama. Vielen Dank. Ich habe ja schon gesagt, dass ich mir Gedanken gemacht und einen Plan habe.«

Denn es ging nicht einfach nur ums Geld. Die Idee, die ihr in den Sinn gekommen war, als sie zugesehen hatte, wie Justice hungrig sein Steak verschlang, hatte nicht allein mit dem finanziellen Aspekt ihres Lebens zu tun. Da gab es noch ein anderes Problem, das sie belastete und das viel schwieriger in den Griff zu bekommen war: Sie befürchtete, sich in dem leeren Haus einsam zu fühlen.

An dem Morgen, als sie die Tür des alten Hauses ihrer Großeltern geöffnet hatte und ihr die kalte Luft des unbewohnten Gebäudes entgegenschlug, hatte sie nicht gewagt, sich der Einsamkeit zu stellen. Erst später, am Nachmittag zur Kaffeezeit, hatte sie sich in der Lage gefühlt, ihr die Stirn zu bieten. Denn in der Zwischenzeit war Justice in ihr Leben getreten. Zwar hatte das Schicksal ihr den Ehemann genommen, ihr dafür jedoch einen jungen mittellosen Menschen gesandt. Hieß es nicht, wenn Gott eine Tür zumachte, öffnete er ein Fenster?

»Gut. Und wie lautet dieser phantastische Plan, wenn ich fragen darf?«

Cecilia atmete tief durch und nahm ihren ganzen Mut zusammen.

»Ich werde im Haus der Großeltern eine Pension eröffnen.«

Es folgte ein Moment der Stille, während ihre Worte erfolglos versuchten, in sinnstiftender Weise den elterlichen Verstand zu erreichen. Vater und Mutter zwinkerten heftig und hielten den Atem an. Offensichtlich ein totaler Aussetzer. Cecilia begriff, dass es an ihr lag, diesen Trancezustand zu beenden.

»Ich habe mir überlegt, dass ich die drei Schlafzimmer und das Badezimmer im ersten Stock vermieten könnte, während ich wie vor meiner Ehe in der Mansarde wohne. So wären nie mehr als drei Gäste gleichzeitig im Haus, und ich würde eine Haushaltshilfe einstellen, die das Kochen, Putzen, Waschen und Bügeln übernimmt …«

Sie schwieg einen Moment, wartete ab, ob ihre Eltern irgendwie reagierten, und als das nicht der Fall war, sprach sie weiter und legte voller Begeisterung ihre Pläne dar, bis sie zu Justice und dem Gartenhäuschen kam.

»Ach du gütiger Gott!«, brachte ihre Mutter mühsam hervor.

Ihr Vater, der wesentlich rationaler veranlagt war, bemühte sich, seiner Tochter plausibel zu machen, dass dies die schwachsinnigste Idee war, die sie jemals gehabt hatte – einschließlich ihres Einfalls mit sechs oder sieben Jahren, als sie ihre Seidenraupen in ein Schaumbad geworfen hatte, damit sie weichere Kokons produzierten, und anschließend in Tränen ausgebrochen war, weil sie kurz darauf alle ertrunken mit dem Bauch nach oben im Wasser schwammen.

»Hör mal, Cecilia, mein Schatz«, begann er genauso rücksichtsvoll wie damals, als er ihr erklärt hatte, dass die Natur die Raupen nun einmal nicht mit der Fähigkeit zu schwimmen ausgestattet hatte. »Ich will dich nicht entmutigen, aber hast du wirklich genau über diese Sache nachgedacht? Wie willst du allein eine Pension führen? Ist dir nicht klar, in welche Schwierigkeiten du geraten würdest? Und dass du diesen Flüchtling ohne Papiere in einer Hütte im Garten wohnen lässt … ist das legal?«

»Ich habe alles bedacht, Papa«, wagte Cecilia zu entgegnen. »Das mit Justice ist nicht legal, aber nur für den Moment, denn ich kann ihn als Hausmeister einstellen und das Ganze legalisieren. Ich schließe eine Haftpflichtversicherung für ihn ab, und das war's. Ganz einfach.«

»Wer weiß, wen du dir da ins Haus holst?« Mit einem Schlag war auch ihre Mutter aus der Erstarrung erwacht. »Es könnten Verbrecher darunter sein, Mörder, Vergewaltiger …«

»Ganz ruhig, Mama«, entgegnete Cecilia, deren Selbstsicherheit mit jedem Moment wuchs. »Es soll eine Pension für junge Frauen sein. Studentinnen von der Uni, die ganz in der Nähe des Hauses liegt. Ich weiß nicht, ob du es so genau vor Augen hast, aber die Unigebäude und die Studentenwohnheime sind nicht weit entfernt. Es ist eine sehr studentische Gegend.«

In Cecilias Kopf hatte sich absurderweise die Vorstellung von vorbildlichen Studentinnen mit Zöpfen und Uniformen mit Schottenröcken, die brav im Haushalt halfen, gegen das wesentlich unangenehmere Bild durchgesetzt, in dem Tätowierungen, Piercings, Trunkenheit und sonstiger Drogenkonsum vorkamen. Derartige Dinge wären in ihrer Pension natürlich strikt untersagt. In Erinnerung an die Bewohner, die dort fünfunddreißig Jahre lang gelebt hatten, sollte auch die Pension ein anständiges, ehrenhaftes und taktvolles Haus sein.

»Das Semester fängt im September an. Das heißt, mir bleiben noch sechs Monate, um das Haus zu renovieren und die organisatorischen Dinge zu regeln. Und die ersten Schritte sind bereits getan.«

In diesem Moment kam Cecilias Mutter die segensreiche Erinnerung an die Worte ihrer Freundin Victoria in den Sinn, die ihr vor Kurzem erzählt hatte, dass ihre Enkelin Noelia zum Studium nach Madrid gehen wolle. Vielleicht war die Idee mit der Pension doch nicht so schlecht, schließlich wäre Cecilia dann immerhin nicht mehr allein. Sie fürchtete um die emotionale Stabilität ihrer Tochter und nun, da sie mit einem muskulösen zwanzigjährigen Kenianer sozusagen unter einem Dach lebte, durchaus auch um ihre körperliche Unversehrtheit. Wenn es ihr gelingen würde, Victoria zu überzeugen, ihre Enkelin in dem Haus wohnen zu lassen, hätte sie selbst zukünftig eine Sorge weniger, denn letztendlich würde der Junge eine Frau seines Alters sicher vorziehen. Während ihr Mann noch versuchte, Cecilia zur Vernunft zu bringen, indem er vor der Möglichkeit eher unwahrscheinlicher Brände und Überschwemmungen warnte, begann sie bereits, eigene Pläne zu schmieden.

»Cecilia, meine Liebe«, sagte sie. »Du wirst diese Studentinnen sehr genau auswählen müssen. Vergiss nicht, dass sie sehr jung sein werden und sicher Eltern wie uns haben, die sich um das Wohl ihres Kindes sorgen. Am Ende bist du als Eigentümerin der Pension auch für ihre persönliche Sicherheit verantwortlich.

»Ich will kein Internat eröffnen, Mama«, wandte Cecilia ein, »sondern eine Pension. Eine Art kleines familiäres Hotel.«

»Gut. Aber du musst auf jeden Fall eine Hausordnung aufstellen. Meiner Meinung nach. Ruhezeiten, Regeln … Du wirst doch sicher nicht erlauben wollen, dass Männer in dem Haus übernachten, oder?«

»Nein, natürlich nicht.« Cecilia zögerte kurz, bevor sie die knappe Antwort auf diese Frage gab, die sie sich bis zu diesem Moment noch gar nicht gestellt hatte.

»Denn wenn du das zulassen würdest, weiß ich nicht, mit welcher Art junger Frauen du es zu tun hättest. Oder mit welcher Art Eltern. Ich zumindest würde dich niemals in einem Haus wohnen lassen, wo solche Dinge erlaubt sind.«

»Denk mal, was das mit sich bringen würde!«, meinte nun auch Cecilias Vater. »Partys, nächtliches Ausbleiben bis zum frühen Morgen, Drogen …«

Cecilia wurde unsicher. Vielleicht wäre es doch besser, sich auf andere Pensionsgäste zu konzentrieren: ältere Leute zum Beispiel. Aber bei all den Treppen würde das schwierig werden. Außerdem fand sie keinen wirklich guten Zugang zu älteren Menschen. Bei ihren Großeltern war das etwas anderes gewesen. Sie hatten sich gegenseitig vertraut, und sie war ihre Wehwehchen und ihre Manien gewohnt gewesen, genauso wie daran, ihre Gebisse im Badezimmer vorzufinden. Aber bei fremden Leuten? Sie hatte sich nie gut mit den Bekannten ihrer Großeltern unterhalten können, ihr hatte die nötige Geduld gefehlt und das Gefühl dafür, wie laut sie sprechen musste, damit sie sie verstanden, oder wie leise, wenn sie Hörgeräte trugen.

Während Cecilia diesen Gedanken nachhing, machte ihre Mutter den entscheidenden Vorstoß.

»Sollen wir vielleicht mal mit meiner Freundin Victoria reden? Ich weiß, dass ihre Enkelin im nächsten Semester ein Studium in Madrid beginnen wird.«

Cecilia sah ihre Mutter gleichzeitig überrascht und erleichtert an.

»Du hältst es also für eine gute Idee?«

»Warum in die Ferne schweifen, wenn das Gute so nah liegt?«

»Ihr seid beide komplett verrückt«, stellte Cecilias Vater fest. »Macht, was ihr wollt, aber ich betone noch einmal, dass ich das Ganze für einen Fehler halte. Ich sehe schon vor mir, wie du weinend und voller Reue wieder hier ankommst.«

»Und du mir sagst, dass du genau das befürchtet hast.«

»Jawohl.«

»Dass du mich ja gewarnt hast.«

»Ja, genau.«

Cecilia erhob sich vom Sofa. Sie hielt ihrer Mutter die zitternde Hand hin und sagte: »Komm, wir reden mit deiner Freundin Victoria.« Dann küsste sie ihren Vater auf die Stirn, strich sich die Bluse glatt, hob den Kopf und zerriss die Kette, mit der in der Geschichte von Jorge Bucay der Elefant an den winzigen Pfahl gebunden war. Jene alte, rostige Kette, die so leicht zu durchtrennen gewesen wäre und die das arme Tier für unzerstörbar hielt, weil es sie einmal, als es noch ganz klein war, zu zerreißen versucht hatte und es ihm nicht gelang. Was für ein furchtbarer Tag, als es sich für immer in sein Schicksal ergab und auf seine Freiheit verzichtete.

Noelias Großmutter, Victoria Señora de Villanueva de Campos, lebte in einem Palacio in der Calle Mayor. Einer Villa mit Wappen an der Fassade und Balkonen mit gemauertem Geländer. Das elegante hölzerne, mit Nägeln beschlagene Eingangstor war riesig, damit – in den vergangenen Jahrhunderten – auch Kutschen hindurchpassten, und äußerst imponierend, weil es wirkte wie der Zugang zu einer mittelalterlichen Burg mit Zugbrücke, die mit drei Schlössern und einer Eisenkette versehen war.

Diesen märchenhaften Prinzessinnenzauber zerstörte Cecilias Mutter mit einem Schlag, als sie ihr Mobiltelefon zückte und ihre Freundin anrief, damit diese die Haushälterin schickte, um die Seitentür zu öffnen, die eine Gegensprechanlage hatte, was viel praktischer war, aber auch wesentlich weniger glamourös.

Bedauerlicherweise war Doña Victoria nicht die hochherrschaftliche Dame, wie Cecilia sie sich vorgestellt hatte, sondern eine moderne Großmutter von fünfundsechzig Jahren mit Strähnchen im Haar, karierter Hose und Kaschmirpullover. Sie empfing ihre Gäste in einem gemütlichen Wohnzimmer, servierte ihnen Coca-Cola, Chips und Oliven und entschuldigte sich für ihr Aussehen.

»Es tut mir leid, dass ich euch in diesem Aufzug begrüße, aber in zehn Minuten werde ich zum Golfspielen abgeholt. Spielt ihr Golf?«

»Ich fürchte, unser Lebensstil ist da ein wenig rustikaler«, antwortete Cecilias Mutter zu deren Entsetzen darauf.

Dabei stimmte es. Die einzige sportliche Betätigung, die in ihrer Familie ausgeübt wurde, solange sie zurückdenken konnte, war, alles zu plündern, was die Landschaft hergab. Jeden Sonntag hatten ihr Vater, ihre Mutter und sie sich mit Cordhosen und Gummistiefeln gerüstet und die ganze Provinz durchstreift, auf der Suche nach sämtlichen Früchten, die Mutter Natur auf ihrer großzügigen Tafel servierte: Brombeeren, Pilze, Äpfel, Kirschen, Pflaumen, Schlehenfrüchte, Fliederblüten, Pfingstrosen, wilde Blumen, Nüsse, Kastanien, Mandeln und sogar den ein oder anderen Trüffel mit der Hilfe eines Schweins namens Rommel, das ihnen von einem Freund ihres Vater zu diesem Zweck ausgeliehen wurde. Ihr Lebensstil war mehr ländlicher Art. Klar.

»Wie schade!«, meinte Victoria nur. »Denn Golf ist ein phantastischer Sport.« Sie hatte eine stramme Kehrseite und möglicherweise hatte sie sich auch das Gesicht straffen lassen, drückte sich sehr gewählt aus und wirkte trotz allem sehr sympathisch. »Also, meine Lieben, welchem Anlass habe ich euren freundlichen Besuch zu verdanken?«

Cecilia überließ die Angelegenheit ihrer Mutter und deren Diplomatie. Letztendlich war sie diejenige, die Victoria Villanueva de Campos kannte, regelmäßig mit ihr plauderte und jeden Donnerstag mit ihr im Gemeindeclubhaus Canasta spielte, also dieselbe Sprache sprach.

Dementsprechend erläuterte sie Victoria – ein wenig pathetisch – die Geschichte von Cecilias Großeltern, ihrem absurden Wunsch, in der Hauptstadt zu leben, und ihrem romantischen Einfall, ein Haus am Ufer des Manzanares zu kaufen.

»Als mein Vater in Rente ging, packten sie ihre Sachen und zogen nach Madrid. Nur meine Eltern. Da war ich bereits verheiratet und Cecilia war geboren, um mich brauchten sie sich also keine Sorgen mehr zu machen. Ich weiß es nicht, aber ich könnte mir vorstellen, dass es für sie so etwas wie eine zweite Hochzeitsreise war.«

Dann folgte der traurige Teil von Cecilias Scheidung – das arme Kind! – und die Erläuterung der hervorragenden Idee, in der entzückenden kleinen Villa eine Unterkunft für Studentinnen zu eröffnen – bewusst vermied sie das Wort »Pension«, das ihrer Tochter so gut gefiel, und ersetzte es durch »Residenz für Studentinnen«, was, wie sie meinte, vornehmer klang.

»Und dann ist mir heute Morgen deine Enkelin Noelia eingefallen, die doch in Madrid studieren möchte.«

Victoria Villanueva de Campos vollführte einen Freudensprung. Wortwörtlich. Dabei verschüttete sie fast ihre Coca-Cola.

»Was für eine hervorragende Idee!«, rief sie aus. »Ihr ahnt ja gar nicht, welche Sorgen wir uns um das Mädchen machen! Sie hat sich in den Kopf gesetzt, Schriftstellerin zu werden. Von Liebesromanen! Den ganzen Tag liest sie Bücher von Rosamunde Pilcher und Corín Tellado, und jetzt hat sie *Fifty Shades of Grey* für sich entdeckt, ich weiß nicht, ob ihr davon gehört habt, aber das ist ziemlich pornografisch.« Cecilia nickte. Sie war wie hypnotisiert. »Und Valentín, mein Sohn, hat ihr gesagt, dass sie werden kann, was sie möchte, dass sie jedoch vorher studieren soll. Ich nehme an, um Zeit zu gewinnen und zu erreichen, dass sie sich für einen anderen einträglicheren Beruf entscheidet. Die Kleine ist einverstanden und will sich für Philologie einschreiben. Und jetzt sind sie auf der Suche nach einem Zimmer in irgendeinem Studentenwohnheim in der Nähe der Uni.«

»Cecilias Haus liegt ganz nah bei der Universidad Complutense.«

»Noelia!« Victoria Villanueva de Campos hatte eine Sopranstimme und die Lungen eines Tauchers.

»Ist das Mädchen denn hier?«

»Ja, meine Liebe, sie verbringt die meiste Zeit ihres Lebens lesend in Julios Bibliothek. Du ahnst ja nicht, wie gut sie sich mit ihrem Großvater versteht!«

Ein paar Minuten später erschien Noelia im Türrahmen. Diesmal war der Auftritt dem einer Prinzessin würdig. Jane Eyre oder Josephine March oder sonst eine Heldin aus einem Roman des neunzehnten Jahrhunderts schien wie durch Zauberkraft in der Gegenwart wiederauferstanden zu sein.

Noelia Villanueva de Campos war klein und zierlich, mit heller Haut, melancholischem Blick und schwebendem Gang.

Sie wirkte so schutzbedürftig, dass Cecilia auf der Stelle verstand, warum Großmutter Victoria sich sorgte. Die junge Frau machte den Eindruck, als könnte sie jeden Moment an Schwindsucht sterben.

Noelia hatte lockiges Haar, das ihr bis zur Taille reichte und das wie von einem Diadem mit einem Seidenband zurückgehalten wurde. Ihr langes cremefarbenes Kleid mit Spitzenbesatz auf Brusthöhe schien nicht von dieser Welt zu sein, sondern aus einem Paralleluniversum zu stammen, wo sich kein spanischer Teenager auf der Straße über ein Mädchen wie sie lustig machte.

»Dieses hübsche Wesen ist meine Enkelin Noelia«, stellte Victoria sie vor.

»Sehr erfreut, Sie kennenzulernen«, sagte das Mädchen daraufhin mit leiser Stimme.

Die nächsten fünf Minuten verbrachten sie gemütlich auf der mit grünem Samt bezogenen Polstergarnitur im Wohnzimmer der Familie Villanueva de Campos, wobei Großmutter Victoria im Gedenken an ihre Golfpartie immer wieder unauffällig auf die Uhr schielte.

»Ich bin auch eine begeisterte Leserin«, erklärte Cecilia. »In der Mansarde in meinem Haus war schon immer meine kleine Bibliothek untergebracht. Die ist sicher nicht so gut ausgestattet wie die deines Großvaters, aber mit großer Liebe zusammengestellt, voller wunderbarer Bücher. Ich leihe sie dir gern.«

»Und wer wird sonst noch in dem Haus wohnen?«

»Die anderen Hausbewohnerinnen stehen noch nicht fest«, gab Cecilia zu. »Du bist die erste.«

»Und könnte ich bei der Auswahl der anderen Mädchen mitreden?«

Was für eine Frage! An etwas Derartiges hatte Cecilia noch gar nicht gedacht. Sollte man die Mieterinnen einer Art Auswahlverfahren unterziehen, in dem Vorzüge wie gute Erziehung, Gesundheit oder eine vertrauenswürdige Herkunft zur Debatte standen?

»An welche Kriterien denkst du denn dabei?«

»So genau weiß ich das noch nicht«, antwortete Noelia, »aber ich würde nicht gern mit irgendwelchen seltsamen Mädchen zusammenleben, die Alkohol trinken, rauchen und Piercings oder Tätowierungen haben. So etwas.«

»Natürlich gibt es eine Hausordnung«, versicherte Cecilia eilig. »Ich bin noch dabei, sie zu erstellen.«

»Mit eindeutigen Regeln«, fügte Cecilias Mutter hinzu.

»An die sich alle halten müssen«, beendete die leicht überforderte frisch gebackene Pensionswirtin das Thema.

»Kann ich mir ein Zimmer aussuchen, weil ich die Erste bin?«

»Ich denke schon.«

Es folgten noch viele Fragen und viele vage Antworten. Was war mit dem Essen? Mit der Kleidung? Ob es eine nächtliche Pyjamapflicht gab, überhaupt auf korrekte Kleidung geachtet wurde? Was war mit Lärm? Waren Freunde im Haus erlaubt …? Allmählich machte Noelia Cecilia ein wenig Angst. Und wenn sie eine Vampirin war? So, wie sie sich gab, so bleich, wie sie war, und mit ihrer Art, beim Reden die Augen so weit aufzureißen?

»Das Haus wird gerade renoviert. Ich schätze, Ende Juli wird es fertig sein, und dann kannst du kommen und es dir ansehen. Ich verspreche, es wird dir gefallen.«

»In Ordnung. Ich rede mit meinen Eltern.«

Die Versammlung löste sich auf, als dieselbe Haushälterin, die ihnen die Haustür geöffnet hatte, ins Zimmer kam und verkündete, dass die Freunde der Señora Villanueva de Campos vorgefahren seien und sie, mit Golfschlägern bewaffnet, erwarteten. Cecilia verabschiedete sich von Noelia mit dem Versprechen, in Kontakt zu bleiben. Als das Mädchen sie schüchtern umarmte, flüsterte sie ihr nur zwei Worte ins Ohr: »Danke, Cecilia.«

5

Den Finger in die offene Wunde zu legen ist verboten

»Verdammt, eine *Pension*? Was für ein Schwachsinn!«

Warum überraschte Cecilia die Reaktion von Andrés Leal kein bisschen? Genau mit einem solchen Kommentar hatte sie gerechnet, wenn sie ihm von ihren wunderbaren Plänen erzählen würde, und deswegen hatte sie es vorgezogen, ihm die Neuigkeiten von Angesicht zu Angesicht zu eröffnen und nicht am Telefon. Aus irgendeinem Grund amüsierte es sie, ihn wütend zu machen, seine festgefahrenen Vorstellungen zu erschüttern, seine Welt auf den Kopf zu stellen. Es verlieh ihr eine gewisse Macht, die Oberhand zu haben und zuzusehen, wie er sich gegen seinen Willen fügen, seinen Stolz hinunterschlucken, sich mit dem neuen Blödsinn, mit dem sie ihn überfiel, arrangieren musste.

»Und wer soll das Ganze bezahlen? Ich etwa?«

Entnervt knüllte Andrés Leal die Pläne des Hauses, die er in den Händen hielt, zusammen.

»Aber das sind doch nur ein paar kleine Änderungen«, meinte Cecilia. »Ein zusätzliches Badezimmer da, wo der Einbauschrank ist, hier hinten eine weitere Tür und fertig.«

Sie hatten mit der Renovierung des Hauses begonnen, sobald Justice in seinem neuen Häuschen im Garten untergebracht war – ein weiterer Tag, den Cecilia von ihrem Sommerurlaub opferte, um dabei sein zu können. Wenn sie so weitermachte, würde sie im August arbeiten müssen, sie, die in ihrem gesamten Berufsleben alles immer so erledigt hatte, dass sie die Sonne und den Strand genießen konnte. Doch in ihrer Vorstellung war der Arbeitsbeginn in ihrem Haus ein feierliches Ereignis, das mit einer Rede, einer Segnung oder zumindest mit einem angemessenen Willkommensgruß für die Bauarbeiter begangen werden musste, die nun über Monate die Freuden der Renovierung ihres Hauses mit ihr teilen würden. Sie hatte ein paar Flaschen Sekt gekauft, um auf den Erfolg des Unternehmens anzustoßen, und mit Käse gefüllte *Bollitos*, damit niemandem der Alkohol zu Kopf stieg.

Allerdings stand den Männern – die alle mit einer weißen Staubschicht bedeckt waren, die sich inzwischen schon gar nicht mehr abwaschen ließ – morgens um acht nicht wirklich der Sinn nach einem Glas Sekt.

»Sie trinken nicht viel Alkohol, oder?«, hatte Andrés Leal gleich mit Kennermiene festgestellt.

»Nicht wirklich, warum?«

»Mein Vater hat auch niemals Alkohol getrunken«, erzählte er, »und wir fanden es immer äußerst komisch, wenn er morgens um zehn mit einer Flasche Gin und einer Zitrone ins Wohnzimmer kam und den Gästen etwas zu trinken anbot.«

»Ah! Um diese Zeit also noch nicht«, meinte Cecilia und nickte verstehend.

»Nein. Aber trotzdem danke. Wenn Sie drauf drängen, vielleicht in der Mittagspause.«

Sie wollte dem unhöflichen Leal gerade sagen, dass sie gut darauf verzichten konnte, dass er sich dazu herabließ, ihren

Sekt zu trinken und ihre Käsehäppchen zu essen, als Justice erschien, bereit, sich in die Arbeit zu stürzen. Er hatte sich die Ärmel seines Hemdes aufgekrempelt und sich die lockigen Haare mit Wasser gekämmt, was nicht wirklich auffiel, da sie bereits wieder wie Draht von seinem Kopf abstanden.

»Ich helfen«, sagte er.

»Du Supermarkt, Junge«, entgegnete Andrés Leal.

»Ich helfen, *brother*«, insistierte Justice.

»*Broder?* Was sagst du? *Broder?* Hau ab, bevor ich richtig sauer werde!«

Da Cecilia irgendetwas tun wollte, um die Diskussion zu unterbrechen, begann sie zu weinen. Und das hatte genau den Effekt auf Andrés Leal, den sie beabsichtigt hatte.

»Hören Sie, Cecilia Dueñas, stellen Sie sofort das Geheule ein, oder ich sammle mein Zeug zusammen, und Sie sehen mich nie mehr wieder! Und du, Junge, geh zu Ahmed …« Er wies auf einen marokkanisch aussehenden Mann, »… und lass dir Sandpapier geben. Dann kannst du Holz abschleifen. Aber pass auf, dass du keinen Splitter abbekommst!«

Von diesem Tag an richtete sich Justice brav nach den Anweisungen von Andrés Leal und seinen Männern, half bei der Arbeit und lief bei der Entfernung der Strukturfarbe zu Hochform auf.

»Wissen Sie, was Ihr Problem ist, Leal?« Cecilia genoss die Situation wie ein Schulmädchen, das den Lehrer ausgetrickst hat. »Es ärgert Sie, dass Sie nun eine Pension aus dem Haus machen müssen. Denn Sie haben sich darauf gefreut, eine Luxusvilla zu renovieren. Im Grunde sind Sie ein Snob und nicht besser als ich. Wie haben Sie das Projekt offiziell bezeichnet?«

»Einfamilienhaus.«

»Pech gehabt.«

Sie standen im üblichen Streitgespräch vor der Haustür auf der Veranda, als sie von der Stimme einer älteren Dame mit engem Rock und Dauerwelle unterbrochen wurden. Sie sprach in einem eigenartigen Singsang, und Cecilia hatte sie noch nie gesehen.

»Entschuldigen Sie, ich suche Don Miguel und Doña Teresa Quintana.«

Cecilia spürte einen Stich in der Brust. Doch bevor sie der Fremden irgendwelche Erklärungen gab, wollte sie erst erfahren, was sie wollte.

»Und mit wem haben wir das Vergnügen?«

»Ich heiße Azucena Fernández«, stellte sich die Frau vor. »Dann wohnt das Ehepaar Quintana wohl nicht hier. Entschuldigen Sie, offensichtlich habe ich mich geirrt.«

»Nein, Sie haben sich nicht geirrt«, erklärte Cecilia. »Miguel und Teresa Quintana waren meine Großeltern. Aber sie sind vor drei Jahren gestorben. Nun werde ich hier einziehen.«

Wäre Cecilia weniger verunsichert gewesen, wäre ihr sicher aufgefallen, wie sehr diese Eröffnung die Dame aus dem Gleichgewicht brachte. Azucena Fernández wurde blass und musste sich an der mit Heidekraut bewachsenen Mauer festhalten. Doch sie riss sich gleich wieder zusammen, strich ihren Rock glatt und atmete tief durch.

»Es tut mir leid, dass ich Sie belästigt habe«, sagte sie mühsam. »Ich hatte die Hoffnung, noch rechtzeitig zu kommen. Aber nun bin ich wohl doch zu spät.«

Die Frau sah Cecilia auf seltsame Weise an. Ein wenig zu eindringlich, könnte man sagen. Andrés Leal zog die Augenbrauen zusammen.

»Was wollten Sie denn von dem Ehepaar Quintana?«, fragte er.

Die Frau zögerte einen Moment, bevor sie antwortete. Als sie sich schließlich entschied zu reden, tat sie dies mit einer Vehemenz, die bei Andrés Leal den Eindruck hinterließ, sie wolle sich einer großen Last entledigen.

»Ich bin wegen der Zeitungsanzeige hier, die sie aufgegeben hatten«, sagte sie. »Um mich zu erkundigen, ob sie immer noch nach einer Haushaltshilfe suchen. Ehrlich gesagt, bin ich nun ziemlich enttäuscht, weil ich dringend Arbeit brauche, wissen Sie?«

Cecilias Augen begannen zu leuchten. Das war zweifellos ein Zeichen des Himmels! Ihre Großeltern hatten ihr aus dem Jenseits ein wunderbares Geschenk gesandt: die Hilfe, die sie brauchte, um ihr Projekt zu realisieren. Es war ein Wink des Schicksals, dass genau in diesem Moment diese sechzigjährige arbeitssuchende Mary Poppins auftauchte.

»Ich brauche dringend eine Haushaltshilfe!«, rief sie daher zu Leals Entsetzen überschwänglich aus. »Können Sie kochen?«

»Na ja, normale Dinge schon«, entgegnete Azucena. »Tortilla, Linsen, einen einfachen Braten …«

»Perfekt.«

Sie vereinbarten ein Treffen in ein paar Monaten, wenn das, was Andrés Leal in eine Ruine auf einem Acker verwandelt hatte, zumindest wieder einen Boden und Wände haben würde, um gemeinsam den Hausstand einzurichten –

so nannte es Azucena: »Hausstand«, woraufhin Cecilia beinah wieder in Tränen ausgebrochen wäre. Dann verabschiedeten sie sich mit einer Umarmung, als wären sie schon eine Ewigkeit miteinander bekannt, und Cecilia sah noch lange der kleinen Gestalt hinterher, die sich auf der Straße am Fluss entfernte. Sie hatte sich der Frau auf eine ganz besondere Weise verbunden gefühlt. »Verwandte Seelen«, erklärte sie Andrés Leal. »Aber was wissen Sie schon davon, Sie glauben ja nicht mal ans Jenseits.«

»Haben Sie den Unsinn mit der Zeitungsanzeige wirklich geglaubt?«, fragte er belustigt. »Ich bitte Sie! Wer bewahrt denn länger als drei Jahre eine Anzeige auf und meldet sich dann erst?«

»Ein weitblickender, ordentlicher, verantwortungsvoller Mensch …«

»Und Ihre Großeltern, waren die verrückt?«, fuhr er fort. »Eine Zeitungsanzeige! Wie leichtsinnig! Stellen Sie sich vor: zwei alte Leute allein in diesem Haus – die perfekte Einladung für Gauner, Diebe, Gesindel, Mörder.«

»Nun lassen Sie die Kirche mal im Dorf! Sah diese Azucena etwa aus wie eine Mörderin?«, fragte Cecilia, bevor sie in ein nachdenkliches Schweigen verfiel.

Andrés Leal fuhr noch eine Weile damit fort, über die Unvernunft der Großeltern zu schimpfen – irgendwoher musste die Enkelin das ja haben –, ohne zu bemerken, dass Cecilia sich vorübergehend aus der Realität verabschiedet hatte, um eine nostalgische Reise in die Vergangenheit zu unternehmen, so wie es immer geschah, wenn von diesen beiden geliebten Menschen die Rede war.

Doch diesmal erfasste sie anstatt des üblichen beruhigenden Friedens, den sie stets empfand, wenn sie an die alten Zeiten dachte, ein ihr völlig neues unangenehmes Gefühl, das sie zunächst gar nicht einordnen konnte, das jedoch immer stärker wurde, bis es kaum noch erträglich war: ein quälendes Schuldgefühl. Das war es.

In Gedanken ging sie in die Zeit zurück, als sie das Haus der Großeltern verlassen hatte, um zusammen mit ihrem frisch gebackenen Ehemann einen eigenen Haushalt zu gründen, blind vor Liebe, bereit, glücklich zu sein, koste es, was es wolle – das wurde ihr nun klar –, ohne auf irgendjemand anderen Rücksicht zu nehmen. Nachdem sie all die Jahre über mit ihren Großeltern den Tisch und das Sofa geteilt hatte, ihre Sorgen und Freuden, die Aufgaben im Haushalt und die Nachmittage, an denen sie lange Spaziergänge am Fluss unternommen hatten, hatte sie die nun folgenden seltenen Besuche in dem Haus am Manzanares auf einmal als die Pflicht der liebevollen Enkelin angesehen, die großzügig auf die sonntägliche Siesta verzichtete, um den alten Leuten ein wenig Gesellschaft zu leisten. Sie kam zum Essen, es waren angenehme Nachmittage, und sie nutzte sie, um sich davon zu überzeugen, dass es den Großeltern gut ging, das Haus nicht herunterkam, die Speisekammer gut gefüllt war und die Heizöfen funktionierten. Ihr Mann begleitete sie nie. Er meinte, die Ruhe am Sonntag sei ihm heilig, und nutzte Cecilias Abwesenheit lieber dafür, Kunstgalerien zu besuchen.

Wenn die Großeltern sie jeden Abend um Punkt neun Uhr angerufen hatten, um ihr gute Nacht zu sagen, hatte Cecilia immer im Flüsterton reden müssen, damit ihr

Mann, der jedes Mal ein genervtes Gesicht machte, nicht bei den Nachrichten gestört wurde. So war Großmutter Teresa, klug wie sie war, schließlich zu dem Schluss gekommen, dass ihre Enkelin sehr gut auch ohne den abendlichen Gruß auskam, und hatte nicht mehr angerufen.

Auf diese Weise waren die Großeltern in den letzten neun Jahren ihres Lebens ziemlich einsam gewesen. Sehr einsam. Gut versorgt, regelmäßig besucht, in materieller Hinsicht mit allem ausgestattet, mit dem Klavier und dem Garten beschäftigt, von den Nachbarn sehr geschätzt und sich gegenseitig stützend, aber doch sehr einsam.

»Als mein Vater in Rente ging, packten sie ihre Sachen und zogen nach Madrid. Nur die beiden. Ist das nicht verrückt?« Cecilias Mutter wurde nicht müde, diese Geschichte jedem zu erzählen, der ihr zuhörte. Vielleicht fühlte auch sie sich ein wenig schuldig. Weil sie in Águila geblieben war. Weil sie so ihre Eltern im täglichen Leben nicht unterstützen konnte. Trotz der regelmäßigen Besuche in Madrid und der Einladungen, auch gern für längere Zeit nach Águila zu kommen, wurde sie möglicherweise ebenfalls von dem unangenehmen Gefühl geplagt, das nun auch Cecilia quälte.

Das schicksalhafte Auftauchen von Azucena Fernández, die plötzliche Wahrheit, hatte einen negativen Beigeschmack. Wie es schien, hatten Cecilias Großeltern ab einem gewissen Zeitpunkt Hilfe gebraucht. Nicht die Art von Hilfe, die sie ihnen von ihrem Balkon mit Blick auf den Retiro-Park aus hätte geben können, sondern die Hilfe von jemandem, der sich wirklich um sie kümmerte. Weil Großvater Miguel vielleicht irgendwann inkontinent wurde oder Großmutter

Teresa die Füße wehtaten. Weil sie die kleine Schrift auf den Beipackzetteln der Medikamente nicht mehr lesen konnten oder die vermaledeiten Treppen nicht mehr allein rauf und runter kamen.

Eine Zeitungsanzeige. Nachdem ihre Enkelin fort war, hatten sie eine Haushaltshilfe gesucht. Die kochen konnte und Knöpfe annähen. Die sie zum Gottesdienst begleitete, die Betten machte und in der Lage war, auf eine Leiter zu steigen, um die Schränke zu säubern.

»Azucena, sind Sie am Apparat?« Am selben Abend noch rief Cecilia vor dem Schlafengehen bei ihrer zukünftigen Haushälterin an.

»Ja, Señora. Was kann ich für Sie tun?«

»Bitte nennen Sie mich nicht Señora. Sagen Sie Cecilia oder Doña Cecilia. Vergessen Sie nicht, dass dies eine Pension ist und kein Luxushotel. Sagen Sie mal, Azucena, haben Sie den Zeitungsausschnitt noch?«

»Welchen Zeitungsausschnitt?«

»Den mit der Anzeige.«

»Äh … nein. Ich habe mir nur die Adresse und die Telefonnummer aufgeschrieben.«

»Erinnern Sie sich noch, was drinstand?«

»Dass sie eine Haushaltshilfe suchen.«

»Sonst nichts?«

»Dass sie kochen können sollte, glaube ich.«

»Die Anzeige ist sicher in *ABC* erschienen, stimmt's? Bei den Kleinanzeigen. Mein Großvater hat sie immer alle gelesen. Meine Großmutter dagegen war mehr an den Todesanzeigen interessiert.«

»Ja, in *ABC.*«

»Und wann sind Sie darauf gestoßen?«

»Vor drei Jahren etwa. So ganz genau weiß ich es nicht mehr. Damals habe ich in Österreich gearbeitet. Die Anzeige ist mir aufgefallen, weil ich zu der Zeit in Madrid in Ferien war. Ich habe mir die Kontaktdaten aufgeschrieben, falls ich irgendwann mal zurückkommen würde. Und nun bin ich tatsächlich wieder hier und habe auf diese Art Arbeit gefunden.«

»Schade, dass Sie meine Großeltern nicht mehr kennengelernt haben. Sie hätten sie sicher sehr gemocht.«

»Ganz sicher.«

Nachdem Andrés Leal auf der Veranda noch eine Weile vor sich hin monologisiert hatte, war ihm irgendwann dann doch aufgefallen, dass Cecilia ihm gar nicht mehr zuhörte. Mit geistesabwesendem Gesichtsausdruck hatte sie den Blick auf einen Punkt zwischen seinen Augenbrauen gerichtet, ohne jedoch etwas anderes zu sehen als die widerstreitenden Gefühle, die offensichtlich in ihrem Inneren tobten.

Andrés kannte diesen fatalen Zustand, gleichzeitig anwesend und abwesend zu sein, nur zu gut. Es hatte ihn mehr als zwei Jahre gekostet, dem Labyrinth seines eigenen Gefängnisses zu entkommen, und noch immer dachte er mit Schrecken daran, dass es ihm lange Zeit unmöglich gewesen war, sich mehr als ein paar Zentimeter von dem gefährlichen Abgrund zu entfernen. Die drohende Tiefe war so nah gewesen, dass ein Lufthauch ausgereicht hätte, um ihn hinabstürzen zu lassen.

Bicho wurde allmählich unruhig, und so nutzte er die Gelegenheit, Cecilia vorzuschlagen, eine Runde um den Block zu gehen. Eine Art Waffenstillstand.

»Ich verspreche auch, dass ich nicht versuchen werde, Ihnen das Leben zu retten oder Sie vor Flüchtlingen, Angreifern oder Dieben zu schützen. Wir müssen uns auch gar nicht unterhalten, wenn Ihnen das lieber ist.«

Zu dieser Jahreszeit blühten am Ufer des Manzanares die Pflaumenbäume, und dazwischen standen ein paar Pappeln und Weiden, an deren Ästen die ersten Knospen sprossen. Andrés und Cecilia kauften sich ein paar *Bocadillos* und zwei Dosen Coca-Cola und setzten sich an eine Stelle am Fluss, die sonst eigentlich von Anglern genutzt wurde.

»Mein Großvater hatte eine Angelrute, so eine mit Schnur und Spule, Blei und Plastikköder, wissen Sie, was ich meine? Er hat sein ganzes Leben über geangelt. Als Kind im Fluss Arlanzón, später im Carrión, manchmal im Pisuerga und im Alter im schmutzigen Manzanares. Wenn er dann mal einen der radioaktiven Fische gefangen hatte, hat er ihn einer Straßenkatze zu fressen gegeben, die immer unter dem Puente Colorado schlief. Später, als der Boden und das Wasser des Flusses endlich gesäubert, die Enten hier angesiedelt worden waren und es hieß, dass man das Wasser des Manzanares nun wieder trinken könne, kam bei uns manchmal ein Karpfen oder eine Barbe auf den Tisch, die einzigen Fische, die in diesen Breiten überleben. Er hat sie gegrillt, im Garten neben dem Gemüsebeet. Mein Großvater mochte das einfache Leben sehr, obwohl er bei der staatlichen Eisenbahngesellschaft beruflich Karriere gemacht hatte und eine Frau heiratete, die gebildet war und eine Buchhandlung geerbt hatte. Übrigens die bedeutendste in ganz Águila.« Cecilia lächelte.

»Als ich noch bei meinen Großeltern wohnte, haben meine Großmutter und ich ihm manchmal etwas zu essen hinuntergebracht. Dann haben wir uns an den Fluss gesetzt, genau hier, und zusammen die *Bocadillos* oder die Schinken-Sandwiches gegessen, die meine Großmutter gemacht hatte. Das war einfach wunderbar! Gegen Abend sind wir dann zusammen zurück nach Hause gegangen.«

»Sind Sie unterwegs nie überfallen worden?«, unterbrach Andrés Leal sie. »Dieses Viertel ist doch voller Gesindel.«

»Um Himmels willen! Ich beschreibe Ihnen hier die beschaulichste Szene, die man sich vorstellen kann, und das Einzige, was Ihnen dazu einfällt, ist, ob wir mal überfallen worden sind?«, protestierte Cecilia.

Doch dann wurde ihr klar, dass Andrés Leal, der sie mit einem Grinsen ansah, sie zum ersten Mal, seit sie sich kannten, auf den Arm nahm und sich, was noch verwirrender war, gleichzeitig auch über sich selbst lustig machte. Über seine eigene misstrauische Art.

»Das meinen Sie jetzt nicht ernst, oder?«

»Nicht wirklich«, entgegnete er.

Sie sahen auf den Fluss, redeten ein wenig und schwiegen miteinander und genossen die laue Brise und die Gerüche des beginnenden Frühlings. Und erst eine Stunde später, als sie bereits auf dem Rückweg waren, zerstörte Cecilia diesen Zauber. Wie sehr ärgerte sie sich später über ihre Taktlosigkeit, ihre dumme Neugier, ihr mangelndes Feingefühl, den bei ihr nicht vorhandenen Filter, über den andere Menschen verfügten und der dafür da war, die Gedanken, die im Kopf in der Rohform aufkeimten, erst einmal in Form zu bringen und in passende Worte zu kleiden, bevor sie ausgesprochen wurden!

»Was ist eigentlich mit Ihrem Bein passiert?«

Andrés Leals gute Laune stürzte von einem Moment auf den anderen in dunkelste Sphären.

»Ein Unfall«, erwiderte er knapp.

»Ein Autounfall?«

»Hören Sie, Cecilia«, sagte er nun wieder im üblichen mürrischen Tonfall. »Vielleicht ist es Ihnen noch nicht aufgefallen, aber dieses Thema ist nicht gerade eines meiner liebsten. Könnten Sie bitte damit aufhören, in offenen Wunden zu bohren!«

So war es nun einmal. Cecilias Wunden heilten am besten an der frischen Luft, die von Andrés Leal dagegen mussten hinter verschlossenen Türen behandelt werden und durften vor allem niemals ans helle Sonnenlicht.

Die letzten Meter legten sie in angespanntem Schweigen zurück, das erst gebrochen wurde, als sie in die Calle de la Lanzada einbogen und Justice ihnen höchst aufgeregt und völlig außer Atem entgegeneilte, um ihnen mitzuteilen, dass Ahmed und seine Männer beim Einreißen einer Wand im oberen Stockwerk in einer kleinen Öffnung zwischen den Mauersteinen einen dort versteckten Schatz gefunden hatten.

»Kommen Sie gucken, schnell!«, drängte er und zog Cecilia an der Jacke.

Im Inneren des Hauses waren die Arbeiten auf Anweisung von Ahmed eingestellt worden, der lieber Andrés' und Cecilias Rückkehr abwarten wollte, um nachzufragen, wie er sich angesichts des Fundes verhalten sollte. Die Bauarbeiter hatten sich an einem der Fenster versammelt und rauchten.

Als ihr Chef und die Hausbesitzerin eintrafen, drückten sie eilig die Zigaretten aus und warfen sie aus dem Fenster.

»Ich habe euch schon tausend Mal gesagt, dass während der Arbeit nicht geraucht wird!«, schimpfte Andrés Leal. »Die Baustelle ist voller leicht entflammbarer Materialien, und der Schutt brennt wie Zunder, nur, damit ihr das wisst. Und setzt gefälligst eure Schutzhelme auf! Wer bin ich eigentlich? Eure Mutter, oder was? Zur Hölle noch mal!«

Cecilia, die hinter ihm stand, hüstelte.

»Wie ich gehört habe, haben Sie hier einen Schatz gefunden«, sagte sie mit der freundlichsten Stimme, die sie auf Lager hatte.

»Na ja, nicht unbedingt einen Schatz«, meinte Ahmed. »Eine Kiste.«

Cecilia näherte sich der Fundstelle, dicht gefolgt von Justice, der offenbar das Gefühl hatte, in einem Abenteuerroman gelandet zu sein. Und tatsächlich war zwischen den Steinen einer halb eingerissenen Wand ein kleines Kästchen zu sehen.

»Da Sie die Hauseigentümerin sind, gehört Ihnen auch der Inhalt des Kästchens«, erklärte Ahmed. »Deshalb habe ich es in Ihrer Abwesenheit nicht geöffnet.«

»Das haben Sie sehr gut gemacht«, entgegnete Cecilia, die inzwischen genauso aufgeregt wie Justice war.

Die vier oder fünf Männer, die an diesem Tag auf der Baustelle arbeiteten, versammelten sich im Halbkreis um sie herum und warteten gespannt darauf, dass sie das Geheimnis lüftete.

Cecilia nahm das Kästchen aus seinem Versteck, öffnete es und runzelte die Stirn.

»Es ist eine Kette drin, mit einem Medaillon«, sagte sie erstaunt.

Vorsichtig nahm sie den Anhänger heraus und stellte fest, dass er aus Gold war, das Bild eines Schutzengels trug und an einer dünnen, ebenfalls goldenen Kette hing. Es gab keine Inschrift oder sonst etwas, was erklärt hätte, wem das Schmuckstück gehörte und warum es in diese Wand eingemauert worden war.

»Wie seltsam!«, sagte Cecilia und wusste nicht, was sie noch weiter sagen sollte.

»Ist die Kette von Ihrer Großmutter?«, fragte Andrés Leal.

»Ich weiß es nicht. Ich habe sie noch nie gesehen.«

»Vielleicht wissen Ihre Eltern etwas darüber.«

»Möglich«, erwiderte Cecilia zweifelnd. »Sie ist auf jeden Fall sehr hübsch.«

»Wie auch immer«, sagte Andrés Leal, um die Angelegenheit zum Abschluss zu bringen. »Jetzt gehört sie Ihnen, und Sie können damit tun und lassen, was Sie wollen. Und wir machen uns wieder an die Arbeit, Jungs!«, befahl er, an die Bauarbeiter gewandt. »Ihr könnt jetzt auch noch den Rest der Mauer abreißen.«

Cecilia steckte das leere Kästchen in ihre Tasche. Aus irgendeinem abergläubischen Grund wollte sie den goldenen Anhänger nicht mehr aus der Hand geben, ihn nach Hause bringen, den Safe öffnen und ihn schnellstmöglich in das Schmuckkästchen legen, in dem sie ihre Wertgegenstände aufbewahrte: das Goldkreuz, das sie zur Kommunion bekommen hatte, ihren Verlobungsring, die Ohrringe, die ihre Großmutter ihr hinterlassen hatte, die Perlenkette, die ihre Eltern ihr zur Hochzeit geschenkt hatten, und die zwölf Geburtstagspräsente, mit denen ihr Mann sie jedes Jahr hatte glauben machen wollen, dass er sie liebe.

6

Falsche Hoffnungen zu hegen ist nicht erlaubt

Mitte Juni, nach Monaten heftiger Diskussionen mit Andrés Leal über so unterschiedliche Themen wie die richtige Position der Steckdosen, korrekte Sockelhöhen, die Qualität des Parketts oder die Dicke der Wände – wobei der Bauunternehmer die Weisheit mit Löffeln gefressen hatte (so Cecilia) und Cecilia sich für die Königin des guten Geschmacks hielt (so die Worte von Andrés), bot das Haus der Großeltern schließlich einen deutlich modernisierten und verjüngten Anblick.

Die Fenster wirkten größer, die Decken höher, die Zimmer geräumiger, und das Treppenhaus schien weniger ausladend.

»Das liegt an der weißen Farbe«, erklärte Andrés Leal. »Ich habe dir ja gesagt, dass das weiß gestrichene Treppenhaus und der Zedernholzboden sich gut machen werden.«

Als die Schreinerarbeiten abgeschlossen und die Malerarbeiten an der Reihe waren, hatten sie beschlossen, sich zu duzen; das war etwa Anfang Mai gewesen. Zu dieser Zeit war es bereits so lange hell, dass abends um sieben, wenn »Ahmeds Männer« – wie Justice sie nannte – Feierabend machten, noch die Sonne schien und es angenehm warm war. Cecilia hatte es sich zur Gewohnheit gemacht, nach der Arbeit am Haus vorbeizuschauen, um die Fortschritte der

Renovierung zu verfolgen, Justice etwas zu essen zu bringen und sich ein wenig mit Andrés Leal zu streiten. Diese drei neuen täglichen Rituale taten ihr so gut, dass der Personalchef in der Kanzlei sie eines Tages, als sie zufällig gemeinsam den Aufzug benutzten, fragte, ob sie verliebt sei. »Ich weiß nicht, Cecilia, aber du achtest wieder mehr auf dich, wirkst zufrieden und siehst richtig gut aus.«

Sie entgegnete ihm, dass eine neue Liebe zwar nirgendwo in Sicht sei – was das anging, sei ihr Leben nach wie vor eine Katastrophe –, sie sich aber endlich wieder an den Dingen erfreuen könne, die ihr auch früher schon Spaß gemacht hatten, zum Beispiel schöne Kleider und regelmäßige Besuche beim Friseur. Sie erzählte dem Personalchef auch von ihrer Idee, im Haus ihrer Großeltern eine Pension für Studentinnen zu eröffnen, und von ihrem Wunsch, die Wände der Zimmer in lindgrüner Farbe zu streichen.

»Grün??? Nur über meine Leiche!«, war Andrés Leals wie üblich nicht sehr gewählt ausgedrückter Kommentar dazu gewesen.

Am Ende musste sie ihm recht geben. In seinem sanften Weiß wirkte das Haus wesentlich heller und irgendwie beruhigend.

»Außerdem scheint es so größer.«

Bis es zu diesem Ergebnis kam, hatten sie beide unter endlosen Scharmützeln allerdings darum gewetteifert, wer seine Meinung durchsetzen würde, was damit endete, dass jeder von ihnen, mit einem Pinsel, einer Farbwalze, Farbe, einer Leiter und Kreppband bewaffnet, ein komplettes Zimmer gestrichen hatte: Cecilia eins in Grün; Andrés eins in Weiß.

An drei aufeinanderfolgenden Tagen hatten die beiden Streithähne sich nach der Arbeit im Haus getroffen, die Maleranzüge übergestreift und sich ans Werk gemacht.

Als es dunkel wurde, war Justice mit ein paar *Bocadillos* aufgetaucht, die er in der Küche seines Gartenhäuschens eigenhändig belegt hatte, und die drei hatten sich gemeinsam auf die Veranda gesetzt, um während des Essens zu reden und Bier aus der Flasche zu trinken. Justice war es auch, der am Ende zum Schiedsrichter bestellt wurde, und trotz der Zuneigung, die er für seine Hausherrin empfand, war sein Urteil eindeutig: »Weiß ist besser.«

»Jetzt müssen wir das Zimmer wieder neu tapezieren, denn um das Grün zu überdecken, müssten wir mindestens vier Mal mit Weiß darüberstreichen.«

So kam es, dass Cecilia irgendwann, als sie im Baumarkt darüber stritten, welcher weiße Farbton sich am besten für den Neuanstrich des hässlichen grünen Zimmers eignete, zu Andrés etwas in der Art gesagt hatte wie: »Du bist unerträglich!«, woraufhin er entgegnete: »Genau wie du.«

Seitdem war ihre Beziehung wesentlich herzlicher und weniger formal. Und von da an duzten sie sich beim Streiten, wie es sich ja eigentlich auch gehörte.

Was Justice anging, hatte sich dieser in den letzten Monaten auffallend verändert. Seit er in seinem Häuschen im Garten lebte und sich von Cecilia verwöhnen ließ, sah er aus, als wäre er einem Katalog von Abercrombie & Fitch entsprungen. Seine neue Garderobe setzte sich aus Karohemden, Jeans, Steppwesten, Pullovern mit den Logos von amerikanischen Universitäten, Timberland-Schuhen, Polohemden und Kapuzenshirts zusammen. Auf den Rat seiner persönlichen Stilberaterin hin hatte er modische Tricks gelernt wie zum Beispiel, ein T-Shirt unter dem offenen Hemd zu tragen, den Kragen seines Polohemds aufzustellen, die Hemdärmel aufzukrempeln oder den Bund seiner Boxershorts aus der Jeans herausschauen zu lassen. Er war zu einem regelrechten Dandy geworden, der nach einem guten Herrenduft roch und sich mit einer neuen Selbstsicherheit bewegte. In seinen Wortschatz hatten sich einige von Ahmeds marokkanischen Ausdrücken und von Andrés Leals verbalen Volkstümeleien eingeschlichen, was ihm zusammen mit seinem afrikanischen Akzent und dem ihm eigenen heißblütigen Sprachrhythmus, der an Urwaldtrommeln und schleichende Leoparden denken ließ, eine exotische Persönlichkeit verlieh, die man durchaus attraktiv nennen konnte.

Cecilia war davon überzeugt, dass, sollte er am Ende doch nicht, wie beabsichtigt, bei Michelangelo Buonarroti fest eingestellt werden, für ihn sicher die Möglichkeit bestand, im Dschungel der westlichen Zivilisation als Model für Werbekampagnen zu überleben, wobei es zu ihrer Erleichterung allerdings nicht den Eindruck machte, als ob dies nötig wäre. Seit die Renovierungsarbeiten begonnen hatten, war der Kenianer nicht mehr in den Supermarkt zurückgekehrt. Er schuftete zehn Stunden am Tag im Haus und übte sich im Schleifen, Nageln, Verkitten, Reinigen, Zusammenbauen und Streichen. Er hatte bereits viel gelernt und stellte sich äußerst geschickt an. Andrés Leal kratzte sich jedes Mal nachdenklich im Nacken, wenn er den jungen Afrikaner mit Ahmeds Männern über die Eigenschaften des Materials und die Details der Verarbeitung reden hörte. Der Junge, der in seinem ganzen Leben nichts als bittere Armut kennengelernt hatte, schien für das Bauhandwerk geboren zu sein.

Nach und nach hatte sich im Haus von Cecilias Großeltern eine gewisse tägliche Routine eingestellt, die morgens um acht begann, wenn Bicho mit wedelndem Schwanz auftauchte und Justice bellend aufforderte, das Gartentor zu öffnen, und abends um acht endete, wenn Ahmeds Männer gegangen waren. Zu diesem Zeitpunkt erschien Cecilia, mit der Aktentasche in der Hand und wie eine Anwältin aus einem Gerichtsfilm gekleidet, und traf auf Andrés Leal, der noch mit irgendeinem Detail auf der Baustelle beschäftigt war. Dann setzten sie sich wie während des Malerwettstreits zu viert auf die Veranda: Cecilia, Andrés, Justice und Bicho, und tranken gemeinsam etwas, während die Hitze nachließ und die Strahlen der Sonne immer mehr verblassten.

Bauen, kreativ sein, einrichten, verschönern, das waren Aufgaben, die so viel Spaß machten, dass sie niemanden ermüdeten. Im Gegenteil, sie alle fühlten sich voller Energie, als ob jeder Stein, den sie hinzufügten, Balsam für die Seele wäre und sie stärker machte und jeder neue Farbanstrich sie verjüngte.

»Ich weiß nicht, was aus mir werden soll, wenn das Haus erst mal fertig ist«, gestand Cecilia eines Abends. »Die Arbeit hier hat mir sehr gutgetan und mich von meinem Kummer abgelenkt. Vorher habe ich nachts wach gelegen und mich voller Selbstmitleid im Bett hin- und hergewälzt, meine Wunden geleckt, wie man so schön sagt, und versucht zu verstehen, warum mein Mann mich verlassen hat. Mich als Versagerin gefühlt, weil ich offenbar nicht in der Lage gewesen bin, ihn zu halten und ihn glücklich zu machen. Jetzt komme ich so erschöpft nach Hause, dass ich sofort schlafe wie ein Baby.«

»Das ist der Vorteil der körperlichen Arbeit«, meinte Andrés Leal. »Man kann dabei auch mal abschalten. Sie lenkt einen von unangenehmen Gedanken ab. Weißt du, warum ich Maurer geworden bin?«

»Du bist kein Maurer!«, protestierte Justice. »Du bist der Chef.«

»Vorher war ich der Chef«, widersprach Leal. »Ich habe eine große Baufirma geleitet, viel Personal eingestellt, habe mich um die Buchhaltung, die Gehälter, den Einkauf, die Steuererklärung, die Versicherungen, die behördlichen Angelegenheiten und die Ausschreibungen gekümmert. Ich war sehr erfolgreich, habe Michelangelo Buonarroti zu einem florierenden Unternehmen gemacht und sehr viel Geld verdient«, erklärte er.

»Und dann kam die Krise«, vermutete Cecilia. »Die berühmte Immobilienblase.«

Andrés Leal lächelte.

»In meinem Fall war es keine Krise, sondern der totale Zusammenbruch. Und es lag nicht an der allgemeinen Krise, sondern an mir persönlich. Tatsächlich habe ich meinen Posten aufgegeben, als die Wirtschaft gerade boomte. Nein, die berühmte Wirtschaftskrise war nicht der Grund.«

»Hatte es etwas mit deinem … Unfall zu tun?«, fragte Cecilia vorsichtig.

»Ja, es war eine der Folgen davon«, räumte er ein. »Eines Tages saß ich an meinem Schreibtisch im Büro und war nicht mehr in der Lage, mich zu konzentrieren. Ich wusste, dass ich dringend mein Leben ändern musste. Darum habe ich mir ein Boot gekauft, ein Segelboot.« Er beugte sich vor, um seinem Hund über den Kopf zu streicheln. »Bicho und ich haben zwei Jahre auf dem Meer verbracht.«

»Die ganze Zeit auf dem Boot?« Justice konnte nicht glauben, was er gehört hatte.

»Ja, nur wir beide. Wir sind von Hafen zu Hafen gesegelt, haben manchmal an irgendeinem Steg angelegt oder sind in einer Bucht vor Anker gegangen; wir haben gegessen, was wir aus dem Wasser gezogen haben, uns wie die Piraten in der Karibik betrunken, sind im Regen nass geworden und haben uns von der Sonne verbrennen lassen. Einmal haben wir drei Monate lang keine Menschenseele gesehen.«

»Das muss ja wirklich eine sehr tiefe Krise gewesen sein«, meinte Cecilia.

Andrés sagte nichts dazu. Er streichelte weiter seinen Hund und trank einen Schluck Bier.

»Jedenfalls musste ich mich diese zwei Jahre über ganz allein um mein Boot kümmern. Denn ich habe ja darauf gewohnt. Ich musste es sauber halten und kleine Reparaturen erledigen. Manchmal, nach einem Unwetter zum Beispiel, waren auch größere Reparaturen notwendig. Und so habe ich nach und nach all die handwerklichen Tätigkeiten gelernt. Erst als mir das Geld ausging, entschied ich mich, in die Zivilisation und in mein altes Leben zurückzukehren.«

»Und dann?«

»Dann saß ich wieder in meinem Büro, und es wurde mir klar, dass dies nicht das Leben war, das zu mir passt.

Ich bin nicht zum Unternehmer geboren, Cecilia. Genauso wenig wie dazu, Künstler oder Mathematiker zu sein …«

»Natürlich bist du ein Künstler«, protestierte Justice. »Sieh dir mal das Haus an, das du renoviert hast. Das ist doch wunderschön!«

Das Haus war fast fertig. Sie hatten gerade die neuen gut isolierten, einbruchsicheren Alu-Fenster eingebaut, und am nächsten Tag würden sie das Dach ausbessern und die Fassade streichen. Die Betonmischmaschine, die noch vor Kurzem wie eine Skulptur von Botero im Garten gestanden hatte, war bereits abgeholt worden, und ein paar von Ahmeds Männern hatten sich schon von Cecilia verabschiedet und mit ihren weißen, mit Gipsstaub bedeckten Händen ihre Hand geschüttelt. Cecilia schätzte, dass sie in wenigen Wochen, wenn die Möbel, die Vorhänge, die Teppiche, die Lampen und die anderen Einrichtungsgegenstände geliefert wurden, die sie teils im Geschäft, teils in der Mittagspause mit Mayonnaise an den Fingern am Computer bestellt hatte, auch Andrés Leal nicht mehr sehen würde, und das machte ihr eine unerklärliche Angst. So sehr, dass sie nicht weiter darüber nachdenken wollte. Sie schob den Gedanken beiseite und nahm einen Schluck von dem kühlen Bier, das sie sich auf der Veranda in Gesellschaft der beiden Männer und des Hundes gönnte, die derzeit den Mittelpunkt ihres Lebens bildeten.

»Ja, es ist nicht übel geworden«, brummte Andrés.

»Und was hast du mit deiner Firma gemacht?«, wollte Cecilia wissen.

»Nichts.« Er lächelte. »Ich habe einen Geschäftsführer eingestellt und bin Bauarbeiter geworden.«

»Du hast dir selbst einen Chef eingestellt?«

»Genau. Mein Chef heißt Juan Antonio Valbuena. Die Situation macht ihm ganz schön zu schaffen, dem Armen. Er kümmert sich um die gesamte Geschäftsleitung und verdient ein üppiges Gehalt. Ungefähr das Doppelte von meinem.« Andrés Leal lachte, als er Cecilias und Justice' ungläubige Mienen sah. »Es war fast schon surreal, als ich den Vertrag unterschrieben habe, mit dem ich auf meine sämtlichen Rechte und Pflichten als Geschäftsführer verzichtet habe und zum einfachen Angestellten in meiner eigenen Firma wurde. Vielleicht werde ich mich eines Tages noch selbst entlassen.«

»Ich glaube nicht, dass du das *kannst*«, belehrte ihn die anwesende Anwältin. »Das müsste dann schon dein Chef machen, dieser Valbuena. Du könntest höchstens kündigen. Aber dich selbst zu entlassen, mit einer Abfindung und allem Drum und Dran, das ist wohl nicht möglich.«

»Ich finde das völlig verrückt!«, staunte Justice.

Cecilia jedoch schwieg und versuchte zu begreifen, warum ihr die kuriose Entscheidung Andrés Leals zu ihrer eigenen Überraschung nach und nach immer sinnvoller erschien.

»Und dein Boot?«

»Das gibt's noch.«

»Wo?«

»In Santander. Manchmal fahre ich am Wochenende mit Bicho hin, und wir segeln ein bisschen übers Meer. Dieser verrückte Hund ist ein leidenschaftlicher Schwimmer. Wenn wir hier fertig sind, machen wir beide vielleicht eine kleine Tour, was, Bicho?«

Die erneute Erwähnung vom bevorstehenden Abschluss der Renovierungsarbeiten sorgte dafür, dass sich Cecilias Herz einmal mehr zusammenzog. Nun hatte sie dabei zudem noch das Bild vor Augen, wie Andrés und Bicho an Bord eines Bootes in den Sonnenuntergang segelten, während sie allein am Hafen stand, der Wind ihr ins Gesicht blies und sie den beiden mit einem weißen Taschentuch nachwinkte.

Das war zu viel. Sie brach in Tränen aus.

»Was ist los, Cecilia?«, fragte Justice erschrocken. Seit der taktisch geschickten tränenreichen Szene am Tag des Baubeginns, der er seinen Hilfsarbeiterjob zu verdanken hatte, hatte er Cecilia nicht mehr weinen sehen. »Warum weinst du denn?«

»Keine Sorge, das ist ganz normal bei ihr«, beruhigte ihn Andrés Leal mit einem Grinsen. »Cecilia hat ziemlich nah am Wasser gebaut.«

»Und du bist der unsensibelste Klotz, den ich kenne!« Cecilia sprang auf, wischte sich mit dem Ärmel ihrer Bluse über das Gesicht und zog ihr Handy aus der Jeans. Mit der Verve eines Pianisten in Ekstase hieb sie auf die Tasten ein und schrie fast in den Apparat: »Azucena? Morgen früh um zehn erwarte ich Sie hier im Haus, damit wir alles für den Haushalt einkaufen können! Je früher wir das erledigen, desto besser!«

Dann verabschiedete sie sich mit einem knappen »Bis Morgen« und ließ Justice und Andrés an der Türschwelle stehen.

»Ich glaube, sie möchte, dass du sie auf deinem Boot mitnimmst«, meinte Justice, nachdem er eine Weile schweigend überlegt hatte.

Andrés entgegnete nichts darauf. Er strich lediglich weiter seinem Hund über den Kopf und beschränkte sich auf ein stummes Nicken, als sei diese Idee ihm auch schon gekommen, jedoch gleich wieder verworfen worden.

»Es ist besser, keine falschen Hoffnungen zu hegen«, meinte er schließlich, bevor er mit einem Zug sein Glas leerte.

7

Das Vertrauen in sich selbst zu verlieren ist untersagt

Fünfundvierzig Jahre in Österreich prägen den Charakter. Ein ganzes Leben, in dem man sich fremd fühlt, immer mit dem Gefühl, nur vorübergehend an diesem Ort zu sein, von Mietwohnung zu Mietwohnung zu ziehen, denn warum sollte man sich etwas kaufen, wenn man sich nicht zu Hause fühlt. Nicht unter Menschen zu sein, die zu einem gehören, in Gedanken stets den einen Wunsch formulierend, zurückzukehren – *volver, volver, volver,* wie es in dem Lied von Vicente Fernández hieß –, ohne mehr als vier Sätze in der fremden Sprache lernen zu wollen, um sich einen Kaffee bestellen und einkaufen gehen zu können und nicht verhungern zu müssen.

Eine Zeit, die einen prägt, weil man sich irgendwann des Gedankens nicht mehr erwehren kann, dass die anderen im Grunde vielleicht doch recht haben, dass sie wichtiger sind, besser aussehen und auch klüger sind und dass, wenn ein Gast die Toilette beschmutzt, die Spanierin doch putzen soll, schließlich ist sie dafür nach Österreich gekommen, oder?, um Böden und Toiletten zu putzen, um das festgebackene Fett aus den Pfannen zu kratzen, um im Morgengrauen aufzustehen, bis spät in die Nacht wach zu bleiben, im Regen nass zu werden und in der Sonne zu schmoren.

Fünfundvierzig Jahre einer solchen Haltung zu begegnen machen aus dem selbstbewusstesten Menschen ein scheues Reh, aus dem geschicktesten einen Elefanten im Porzellanladen, aus dem mutigsten einen Hasenfuß. Vor allem aber erfüllen sie jeden mit Traurigkeit, der einst, als er bei der Ankunft aus dem Zug stieg, einen Koffer bei sich trug, der mit dem Traum von Größe, der Hoffnung auf Reichtum, einer strahlenden Zukunft und greifbar nahem Wohlstand gefüllt war.

Die Azucena, die Anfang der Siebzigerjahre Madrid verlassen hatte, war jung und fröhlich gewesen, hatte einen Freund, der Soldat war und sie heiraten wollte – auch wenn es nur eine einfache Hochzeit sein würde, im kleinsten Kreis mit einem bescheidenen Mahl, ohne Silberbesteck und Hochzeitsreise. Schließlich hatte sie ihr ganzes Leben lang den Luxus genießen können, den es umsonst gab: die Sonnenuntergänge, die laue Brise im Sommer, fröhliche Volksfeste, den Sternenhimmel und die Küsse jenes Liebsten auf dem Treppenabsatz im Dienstbotentrakt, wenn er dienstfrei hatte.

Sie war nie besonders groß und schlank gewesen, hatte jedoch ein hübsches Gesicht und eine ansprechende Figur; war ehrlich, fröhlich, tatkräftig und stets gut gelaunt gewesen. Mit fünfzehn Jahren hatte sie eine Stelle in einem eleganten Haus angenommen, wo sie zuerst als Küchenhilfe, dann als Serviermädchen und schließlich als Gesellschafterin einer großherzigen alten Dame gearbeitet hatte, die sie sehr mochte.

Die Idee, dass sie nach Österreich gehen sollte, um dort mehr Geld zu verdienen – nicht um reich zu werden, falls der Eindruck entstanden sein sollte –, nur genug Geld, um ein Haus anzahlen zu können, um einen Kühlschrank und eine Waschmaschine kaufen zu können, der Rest würde sich dann schon ergeben, war die des Soldaten gewesen. Er hatte sie zum Zug gebracht, hatte ihr drei leidenschaftliche Briefe geschrieben und dann einen eher sachlichen. In Letzterem hatte er ihr erklärt, dass die Entfernung ihm die Augen geöffnet habe, dass er sie in Wahrheit nicht liebe, dass er sie nicht vermisse und dass er nach dem Wehrdienst in seinen Heimatort zurückkehren wolle, um dort Aprikosen anzubauen, wie es in seiner Familie traditionell üblich sei.

Und Azucena hatte fünfundvierzig Jahre in Österreich verbracht, als wären es fünfundvierzig Tage, hatte eine Arbeit nach der anderen erledigt, hatte Kleidung ausgebessert, geputzt, gekocht, sich mit dieser seltsamen Sprache rumgeschlagen und sich minderwertig gefühlt.

Wenn sie an Madrid dachte, dann hatte sie sich nach dem Waisenhaus, in dem sie aufgewachsen war, geradezu gesehnt. Sie wusste, dass sie von den Franziskanerinnen, die sich von klein auf um sie gekümmert hatten und die stets freundlich zu ihr gewesen waren, immer wie eine Tochter empfangen werden würde. Besonders von Schwester Petra, der kleinen, alten, stets lächelnden Nonne mit den vielen Falten im Gesicht, die für Azucena im Leben das gewesen war, was wohl am ehesten einer Mutter gleichkam, deren Taschen stets voller Bonbons gewesen waren und die Hände rissig von der harten Arbeit.

Ihr tyrannischer Chef war der Grund dafür gewesen, dass Azucena während Schwester Petras letzten Tagen nicht bei ihr sein und ihren Tod beweinen konnte – zusammen mit den anderen erwachsen gewordenen Heimbewohnerinnen, die ihre Familie gewesen und nun wie sie selbst zum zweiten Mal verwaist waren, einige genauso bescheiden lebend wie sie, andere vermögend und gepflegt, denn letztendlich ist nicht entscheidend, woher man kommt, sondern welches Schicksal einen erwartet, in welchen Zug man steigt und in welches Land man am Ende der Reise gelangt.

»Die Anzeige habe ich vor etwa drei Jahren entdeckt, in den Ferien in Madrid, als ich noch in einem Kaffeehaus in Wien gearbeitet habe, und vorsichtshalber habe ich mir die Kontaktdaten notiert, falls ich eines Tages zurückkehren würde.«

Cecilia bestellte noch einen Kaffee. Das Gespräch war nun genau an dem Punkt angelangt, der sie am meisten interessierte. Zu schade, dass Azucena den Zeitungsausschnitt nicht aufbewahrt hatte, denn sie hätte den Hilferuf ihrer Großeltern gern Wort für Wort gelesen! Eine Haushaltshilfe, die kochen kann … Und was sonst noch? Erfahrung im Umgang mit alten Leuten? Grundkenntnisse in Krankenpflege? Die Frau, die ihr nun im IKEA-Café gegenübersaß, hätte in dem Haus am Ufer des Manzanares ihre Nachfolgerin werden können. Dann hätte sie in ihrer Mansarde gewohnt und ihre Großeltern lieb gewonnen. Dann hätte sie das Glück gehabt, mit ihnen die letzten Jahre ihres Lebens genießen zu können, anstatt wie sie selbst in einem Penthouse am Retiro-Park mit einem Mann zusammenzuleben, der sie nicht liebte und nicht verdiente.

»Es ist nämlich so, dass sowohl meine Mutter als auch ich sehr betroffen darüber sind, dass die beiden diese Anzeige aufgegeben haben.« Cecilia rückte etwas näher an

Azucena heran, als wäre das, was sie ihr nun anvertraute, ein Geheimnis. »Meine Großeltern waren immer sehr auf ihre Eigenständigkeit bedacht und haben darauf bestanden, unabhängig zu sein. Meine Mutter sagt, dass sie ihnen oft ins Gewissen geredet hat, damit sie jemanden einstellen, der sie im Haushalt unterstützt.« Sie machte eine dramatische Pause. »Aber nichts. Stur haben sie sich geweigert, sich helfen zu lassen. Sie meinten, sie erlebten gerade ihren zweiten Frühling und hätten keine Lust, irgendjemandem Erklärungen geben zu müssen, immer die Form zu wahren oder sich nach Zeitplänen oder sonstigen Regeln zu richten. Echte Hippies, meine Großeltern.«

»Waren sie wirklich Hippies?«

»Nein, Azucena, natürlich nicht.« Cecilia lächelte. »Im Gegenteil. Sie haben ein ganz normales Leben geführt. Aber manchmal, vor allem im Winter, sind sie bis mittags im Bett geblieben. Und hin und wieder haben sie abends ein paar Whiskys getrunken und getanzt.«

»Getanzt?«

»Oh ja.« Cecilia schloss die Augen. »Wie Fred Astaire und Ginger Rogers, Walzer, Bolero, Pasodoble und Chachacha. Sich in den Armen haltend wie zwei Verliebte, sind sie dann durch das Wohnzimmer gewirbelt, haben dabei gelacht und sind gegen die Möbel gestoßen. Und dann war da noch die Angewohnheit meines Großvaters, nackt zu schlafen.« Azucena zog die Augenbrauen hoch, was Cecilia an Bicho erinnerte, wenn er die Ohren aufstellte. Sie lachte. »Das war meiner Großmutter gar nicht recht. Sie hat immer gesagt, dass ein anständiger Mann im Bett einen Pyjama tragen sollte. Und nach dem Aufstehen einen Morgenmantel natürlich. Aber mein Großvater hat nicht auf sie gehört. Er hat immer unbekleidet geschlafen, und wenn er nachts Durst hatte, na ja, dann ist er nackt, wie Gott ihn schuf, in die Küche hinuntergegangen. Ein paarmal bin ich ihm so auf der Treppe begegnet. Dann hat er mir mit nacktem Hintern gute Nacht gewünscht, als wäre es das Normalste von der Welt, ohne sich auch nur im Geringsten zu schämen.«

Azucena lachte.

»Oh, da hätte mich sicher zu Tode erschreckt«, räumte sie ein.

»Meine Großeltern waren einfach genial«, meinte Cecilia seufzend. »Deshalb habe ich auch solche Schuldgefühle, dass ich mich am Ende nicht mehr genug um sie gekümmert habe. Wenn ich gewusst hätte, dass sie eine Haushaltshilfe suchen, wäre ich zu ihnen gegangen und hätte alles organisiert. Dann hätte ich jemanden eingestellt, der sie angemessen versorgt hätte; ich hätte ihre Einkäufe erledigt, zumindest per Internet, und darauf geachtet, dass sie jeden Tag ein leckeres Essen auf dem Tisch haben …«

»Aber was reden Sie denn da?«, unterbrach sie Azucena. »Jetzt ist mir klar, warum Ihre Großeltern lieber für sich behalten haben, dass sie Hilfe brauchten: damit Sie und Ihre Mutter sie in Ruhe lassen. Es ist eine Sache, wenn für ein paar Stunden jemand Fremdes zum Putzen kommt, und eine andere, wenn die Enkelin den ganzen Tag um einen herum ist und über jeden Schritt, den man macht, informiert werden will.«

»Glauben Sie?«

Tatsächlich, wenn man es auf diese Weise betrachtete, machten Azucenas Worte Sinn. Vielleicht war der Grund für die Anzeige ja tatsächlich der Wunsch ihrer Großeltern gewesen, auf ihre Art weiterleben zu können, so wie sie es das ganze Leben über getan hatten.

»Natürlich, meine Liebe! Machen Sie sich keine unnötigen Gedanken. Ich bin mir sicher, dass Ihre Großeltern ihren zweiten Frühling sehr genossen haben.«

An jenem Abend kehrte Azucena, erschöpft von ihrer Einkaufstour – vier große Einkaufswagen voll mit Pfannen, Töpfen, Sieben, Küchenwerkzeugen und allen möglichen anderen Haushalts- und Putzutensilien –, dem anschließenden Einladen in Cecilias Auto und dem von Justice unterstützten Ausladen an der Pension, in ihr kleines Apartment in der Avenida de Valladolid zurück, wo sie seit ihrer Rückkehr aus Österreich lebte.

Es war höchste Zeit, dass sie endlich wieder zu arbeiten begann, da die Miete nicht billig war und sie ihre Ersparnisse fast aufgebraucht hatte. In den letzten Monaten hatte sie keine andere Arbeitsstelle annehmen wollen, um sofort zur Verfügung stehen zu können, wenn Cecilia sie anrufen würde. Das Ganze war ein riesiger Glücksfall für jemanden, dem das Schicksal ein Leben lang die kalte Schulter gezeigt hatte, sodass sie sich diese Chance auf keinen Fall vermasseln wollte.

Einige der Dinge, die sie Cecilia erzählt hatte, stimmten – zum Beispiel, dass sie drei Jahre zuvor die Anzeige in der Zeitung *ABC* entdeckt hatte, dass sie eine hervorragende Haushaltshilfe war, dass sie kochen, nähen und sauber machen konnte und dass sie ihr halbes Leben in Österreich verbracht hatte.

Wenn man das Wort »lügen« großzügig auslegte, also das, was man unter lügen eigentlich verstand, dann hatte sie nicht gelogen.

Das Einzige, was sie getan hatte, war, eine delikate Information zu verschweigen. Gab es eine umgangssprachliche Ausdrucksweise für die Sünde der Unterlassung? Nicht wirklich. Nein, die gab es nicht. Na ja, vielleicht »verheimlichen«, dachte sie, doch sie entschuldigte sich damit, nicht vorsätzlich etwas verheimlicht zu haben. Cecilia hatte nur nicht die entsprechenden Fragen gestellt, und sie selbst hatte sich nicht in der Pflicht gesehen, von sich aus etwas zu sagen. Es war ganz einfach.

In jedem Fall hasste sie es zu lügen. Es war nicht ihr Stil. Sie hatte bei allem, was sie machte, immer die Wahrheit gesagt, ohne an die Folgen zu denken, und vielleicht war das einer der Gründe dafür, dass sie es auf keinen grünen Zweig gebracht hatte, im Gegensatz zu vielen anderen Ausländern im Exil, die kein Problem damit hatten, die Wahrheit so zu drehen, wie es ihnen gerade passte.

Dies jedoch war ein besonderer Fall. Denn es ging nicht darum, Cecilia zu belügen, sondern darum, sie nicht zu erschrecken. Es war besser, geduldig auf den richtigen Moment zu warten, um nichts zu überstürzen und am Ende genau deswegen ohne Arbeit dazustehen. Und das fiel ihr schwer genug, da Geduld noch nie ihre große Stärke gewesen war, weil sie schlecht stillhalten und ein Geheimnis bewahren konnte.

Azucena machte sich eine *Tortilla francesa* und Erbsen mit Speck und goss sich dazu einen Orangensaft ein, um dann im Pyjama vor dem eingeschalteten Fernseher zu essen. An diesem Abend ging ihr so viel durch den Kopf, dass sie sicher nicht würde einschlafen können. Zeit für ein Schlafmittel, diese segensreiche Erfindung!

Sie stand auf, öffnete die Schublade der Kommode, in der sie die Schachtel mit den Tabletten aufbewahrte, und bevor sie sich mit Hilfe der Chemie in Morpheus' Arme begab, strich sie zerstreut über die beiden Dinge, von denen sie sich niemals trennte: den Zeitungsausschnitt aus *ABC* mit den wenigen Informationen, die sie über Miguel und Teresa Quintana hatte, und den Anhänger mit dem Schutzengel, den sie, seit sie ein kleines Mädchen gewesen war, wie einen Schatz hütete.

8

Geheimnisse, Intrigen und Betrügereien sind untersagt

Den ersten Tag der Einschreibungsfrist an der Madrider Universidad Complutense, der auf den 20. Juli fiel, hatte Cecilia sich als spätestes Datum gesetzt, an dem die Renovierung des Hauses abgeschlossen sein sollte. Bis dahin sollte jedes Möbelstück an seinem Platz stehen, die Betten sollten bezogen sein, sämtliche Teller in die Küchenschränke geräumt, die Handtücher gefaltet und die Vorhänge vor den Fenstern hängen, damit die Zimmer besichtigt werden konnten.

Noelia kündigte ihren Besuch ein paar Tage vorher an. Sie wollte die Reise nach Madrid dazu nutzen, in der Pension vorbeizukommen und sich ihr Zimmer auszuwählen, und fragte, ob Cecilia ihre Bücher bereits wieder in die Mansarde geräumt habe und ob das Angebot noch bestehe, dass sie sich ein paar davon ausleihen könne. Außerdem empfahl sie Cecilia, einen jener Aushänge vorzubereiten, auf denen unten ihre Telefonnummer zum Abreißen angegeben war, und bot an, diesen am Schwarzen Brett der Universität anzubringen.

»Und was soll da draufstehen?«, fragte Cecilia, die im Leben nicht auf diesen Gedanken gekommen wäre.

»›Pension für Studentinnen sucht Mieterinnen‹ oder ›Zimmervermietung an Studentinnen in einer Pension in Universitätsnähe‹ – so etwas in der Richtung.«

Daraufhin hatte Cecilia eine schlaflose Nacht verbracht, in der sie versucht hatte, in einer Zeile zu erklären, was diese radikale Veränderung ihres Lebens für sie bedeutete. Schließlich war das Haus ihrer Großeltern für sie nicht einfach nur eine Pension im üblichen Sinne, und auch sie als Besitzerin hatte ganz spezielle Erwartungen. Am Ende entschied sie sich für folgende Formulierung: *Biete zwei wunderbare Zimmer in der schönsten Pension der Welt.* Das schrieb sie mit einem dünnen schwarzen Tintenroller auf eine violette Briefkarte. Noelia fand dies für einen Aushang ein wenig kitschig, äußerte jedoch nur den Einwand, dass nicht erklärt war, welche Art Mieterin gesucht wurde.

»Das ist doch logisch«, protestierte Cecilia, »brave, sensible, romantische Mädchen wie du. Wer sonst würde auf diesen Aushang reagieren?«

Die Aussage, dass es sich um die ›schönste Pension der Welt‹ handelte, stellte dagegen für Noelia überhaupt kein Problem dar. Für sie war das Haus genau wie für Cecilia einfach perfekt.

Das Gartentor war in strahlendem Weiß gestrichen worden und von Rosen umrankt. Ein schmaler Steinweg führte zur Haustür und endete an den drei Stufen vor der Holzveranda am Eingang. Links und rechts von der Tür befand sich jeweils ein Fenster mit weißem Rahmen, von denen eins das Wohnzimmerfenster und das andere das Küchenfenster war.

Im Inneren des Hauses teilte das helle Treppenhaus den Wohnbereich wie ein gekonnt gezogener Scheitel in zwei Hälften. Hier und dort waren einige farbige Details platziert – die zarte Stickerei auf einem Kissen, ein Gardinenschmuck oder die Abschlussverzierung an einem Teppich –, doch die vorherrschende Farbe war Weiß. Dieses Prinzip setzte sich im ersten Stock fort, wo das warme, elfenbeinfarbene Weiß von einigen ockerfarbenen, grauen oder indigoblauen Einsprengseln gebrochen wurde; den drei Farbtönen, die den Zimmern ihre Namen gaben.

Noelias Wahl fiel auf das größte der Zimmer, das auf den Garten hinausging und in dem fünfunddreißig Jahre lang Cecilias Großeltern geschlafen hatten. Allerdings war der Boden darin sorgfältig abgeschliffen, gebeizt und gewachst worden, sodass die Spuren der früheren Bewohner für immer verschwunden waren. Neben dem Bett zog sich ein Einbauschrank über die gesamte linke Wand, dessen Türen ebenfalls gebeizt und dabei blauweiß gefärbt worden waren, genau wie der Rest des Mobiliars: das hölzerne Kopfteil des Bettes, die Nachttische, der romantische kleine Schreibtisch und der Korbstuhl. Auf der rechten Seite des Schranks befand sich die Tür, die in das kleine kokette, mit vielen Spiegeln ausgestattete Bad führte. Die Handtücher waren blau, da dieses Zimmer den Namen *Agua*, Wasser, trug.

»Könnte ich noch die beiden anderen Zimmer sehen, bevor ich mich endgültig entscheide?«, hatte Noelia gebeten.

Daraufhin hatte Cecilia sie durch den schmalen Flur in den hinteren Teil des Hauses geführt, der auf den Gemüsegarten und auf den zum Blockhaus umgebauten Schuppen hinausging, in dem Justice wohnte. Die Namen der anderen Zimmer waren *Tierra*, Erde, und *Fuego*, Feuer. Beide hatten die weiß gestrichenen Wände und den abgebeizten Boden gemein, unterschieden sich jedoch im Farbton der Details und der Handtücher.

Noelia trat ans Fenster und schaute hinaus: auf die Calle de la Lanzada, die weiter hinten in einem kleinen Wäldchen aus Maulbeerfeigenbäumen verschwand, und den hinteren Teil des Gartens, wo ein schwarzer junger Mann mit einer Hacke in der Hand in einem Gemüsebeet arbeitete. Als sie ihn so sah, kamen der begeisterten Romanleserin sofort jene Szenen aus *Die Farbe Lila* von Alice Walker in den Sinn, die Baumwollfelder und die senkrecht einfallende Sonne, die wie ein sengender Blitz die trockene Erde verbrannte. Dann begann der junge Mann in ihrer Vorstellung zu singen, schnalzte dabei mit der Zunge und klopfte mit den Handflächen rhythmisch auf seine Jeans, was wohl ein Stammestanz war, das Lied wahrscheinlich das afrikanische *Shosholoza* über den überfüllten Zug, der die schwitzenden Feldarbeiter nach Hause brachte. Und es war, als öffnete sich der Himmel, um Wasser hinabzusenden, oder als wäre ganz Afrika, komprimiert in diesem kleinen Kartoffelacker, plötzlich nach Spanien verlegt worden.

»Wer ist das?«, brachte Noelia mühsam heraus.

»Der junge Mann, der im Garten arbeitet?«, vergewisserte sich Cecilia, als sie Noelias erstaunten Gesichtsausdruck bemerkte. »Das ist Justice, er kommt aus Kenia und wohnt in dem Blockhaus. Er kümmert sich um kleinere Reparaturen im Haus und um den Garten. Möchtest du ihn kennenlernen?«

Noelia nickte. »Aber vorher sollte er sich ein Hemd anziehen, ja?«, fügte sie verlegen hinzu.

Der für Cecilia inzwischen alltägliche Anblick war für Noelia äußerst ungewohnt und hatte sie zutiefst beeindruckt: Justice arbeitete barfuß und mit nacktem Oberkörper so wie immer, so wie in Kenia, so wie in der Phantasie jeder Frau, die ihn nicht als eine Art Adoptivsohn ansah.

Während Cecilia die Treppe hinunterging, um Justice zu holen, stürzte Noelia zum Spiegel, öffnete ihre Tasche, frischte das Rouge auf ihren Wangen auf, kämmte sich das Haar, strich sich das Kleid glatt, trug Gloss auf ihre Lippen auf, tupfte etwas Parfüm auf ihren Hals und übte einen leicht schutzbedürftigen Gesichtsausdruck. Dann schwebte sie langsam die Treppe hinab, wobei sie sich an dem weißen Geländer festhielt, mit wallendem Haar, wallendem Kleid und wallendem Gang. Justice hatte den Eindruck, dass dieses Mädchen, das ihm da entgegenkam, aus Porzellan bestand. Dass sie, wenn sie stolpern und die Treppe herunterfallen würde, in tausend Stücke zerspränge. Und von diesem Moment an nahm er sich vor, sie auf ewig vor allen Stürmen zu beschützen.

Wenn Cecilia das Drama, das sich anbahnte, in diesem Augenblick bereits kommen sah, dann war sie sich dessen entweder nicht bewusst oder sie verdrängte es. Denn es war klar, dass sie, wenn sie sich selbst eingestand, den Blitz, der die beiden soeben getroffen hatte, gesehen zu haben, zwischen Justice und Noelia hätte wählen müssen; nur war sie nicht bereit, auch nur auf einen einzigen Protagonisten in ihrem neuen Lieblingsfilm zu verzichten. Mit einem leichten Kribbeln im Rücken und hochstehenden Nackenhaaren, die von der elektrischen Spannung herrührten, die sich gerade entlud und die Fundamente des Hauses erzittern ließ, sagte sich Cecilia, dass es schon schwierig genug war, Andrés Leal irgendwie an sich zu binden, als dass sie nun auch noch über andere sich anbahnende mögliche Probleme hätte nachdenken können. Alles zu seiner Zeit, sagte sie sich, denn warum sollte man ein Pflaster auflegen, wo es noch gar keine Wunde gab.

Leal war ein paar Tage zuvor überraschend aufgetaucht, wobei er stärker als sonst gehinkt und Bicho an der Leine hinter sich her gezogen hatte, der sich aus irgendeinem Grund geweigert hatte, durch das Gartentor zu gehen.

»Cecilia, hiermit übergebe ich dir offiziell die Schlüssel deines Hauses«, hatte er mit feierlicher Stimme gesagt. »Mit Justice und Bicho als Zeugen dieses historischen Moments und in der Gewissheit, gute Arbeit geleistet zu haben. Wie du siehst, hatte ich in allem recht: was die Farbe der Wände angeht, den Marmor im Badezimmer, die Balken in der Mansarde und sogar die Hütte im Garten.«

Anschließend hatte er mit einer zeremoniellen Verbeugung eine kleine Pappschachtel in Cecilias Hände gelegt, in der drei Schlüsselbunde an drei Schlüsselanhängern mit den Initialen MA und einer kleinen Plastikversion von Michelangelos *Pietà* lagen.

»Dann ist das jetzt also das Ende?«, hatte Cecilia mit leisem Bedauern gesagt. »Das Werk ist vollbracht?«

»So ist es. Herzlichen Glückwunsch«, hatte er entgegnet.

»Und was wirst du jetzt machen? Ein anderes Haus renovieren?«

»Nein«, lautete die Antwort. »Kein neues Projekt bis September. Also werde ich Urlaub machen und mit Bicho segeln gehen.«

Cecilias Gesichtsausdruck verdüsterte sich, als sie bemerkte, dass Justice hinter ihrem Rücken eindeutige Zeichen machte: Mit einem diskreten Kopfnicken schien er

Andrés Leal animieren zu wollen, sie an Bord seines einsamen Segelbootes einzuladen. Doch der ließ sich nichts anmerken oder tat zumindest so, als ob ihn das Ganze nichts anginge, indem er einfach den Blick abwandte. Ein unbequemes Schweigen folgte.

»Na dann alles Gute«, hatte Cecilia schließlich mit schiefem Lächeln gesagt.

»Wir sehen uns, wenn ich wieder zurück bin«, hatte Andrés Leal gemeint, bevor er sich auf den Weg gemacht hatte.

Mit diesem vagen Versprechen hatte Cecilia ihn, dicht gefolgt von seinem Hund, in Richtung Fluss ziehen lassen.

»Andrés!«, rief sie, als er gerade das Gartentor hinter sich schloss.

»Was?«

»Und was mache ich, wenn ein Rohr explodiert oder der Heizkessel kaputtgeht oder der Wasserhahn verstopft ist oder der Ofen brennt oder die Gardinen runterfallen oder das Gas abgestellt wird?«

»Na, dann rufst du mich an.«

»Ich rufe dich an?«

»Klar.«

Das war alles. Und jetzt fehlte nur noch, dass an irgendeinem Tag, an dem man am wenigsten damit rechnete, möglicherweise gleich im September, jemand vergaß, den Wasserhahn an der Badewanne zuzudrehen, und es eine riesige Überschwemmung auf dem Treppenabsatz gab. Was in diesem Haus wohl alles passieren wird?, hatte Cecilia seufzend gedacht, … welche kleinen und großen Katastrophen!

Andrés Leal seinerseits spürte erneut das unbequeme Gefühl des Unwohlseins, das ihn in den vergangenen

Monaten immer wieder gequält hatte. Wie jeden Abend seit dem Tag, an dem er sich zum ersten Mal mit Cecilia gestritten hatte, betrat er leise seine Wohnung, schloss die Augen, steckte die Hand in die Hosentasche, atmete tief durch, nahm den Ehering heraus und steckte ihn an den Ringfinger seiner rechten Hand. Wo eine kleine Einkerbung in der Haut ihn schon ungeduldig erwartete.

Nie im Leben hätte Cecilia gedacht, dass ihre violette Briefkarte auf so viel Interesse stoßen würde, vor allem so schnell. Es war noch keine zwei Stunden her, dass sie sich von Noelia verabschiedet hatte, als ihr Handy bereits mit außerordentlicher Hartnäckigkeit zu klingeln begann.

»Ja?«

»Spreche ich da mit der Besitzerin der schönsten Pension der Welt?«

»Genau.«

Catalina Carrión de los Condes, das Mädchen mit den drei C, stand, wie am Telefon mit Cecilia vereinbart, pünktlich um sieben Uhr abends vor der Tür.

Sie war dunkelhaarig, zierlich und wirkte äußerst aufgeweckt. Trotz der umständlichen Wegbeschreibung ihrer zukünftigen Vermieterin hatte sie das Haus ohne Probleme gefunden. Sie präsentierte sich mit einem entschiedenen Türklingeln, einem festen Händedruck, einem offenen, vorbehaltlosen Lächeln und einer Natürlichkeit, als wäre sie schon seit Jahren mit Cecilia befreundet. Und sie schien fest dazu entschlossen, von nun an in dieser Pension zu leben.

Hätte Justice nicht bereits ohnmächtig vor Liebe Noelia zu Füßen gelegen, hätte er wahrscheinlich sofort sein Herz an Catalina verloren, an ihre lebhaften Augen, ihre hinreißende warme Stimme, ihren geschmeidigen Gang, der an eine Indianerin vom Stamm der Comanchen erinnerte, ihre verrückten Ideen, ihre Bereitschaft, jeden Unsinn mitzumachen, und ihren Wunsch, eines Tages die Agatha Christie des einundzwanzigsten Jahrhunderts zu werden.

»Nein, Noelia Villanueva de Campos kenne ich nicht«, antwortete sie auf Cecilias Frage, »aber wenn du mir zwei Stunden gibst, finde ich alles über sie heraus: ihre Vorstrafen, ihre Krankheitsgeschichte, ihre offenen Rechnungen … wenn es um solche Dinge geht.«

»Nein, so habe ich es nicht gemeint«, entgegnete Cecilia verwundert. »Ich habe dich nur gefragt, weil sie an derselben Fakultät studiert wie du und die Mieterin des blauen Zimmers ist. Es war reine Neugier.«

»Ach so. Also nein. Ich kenne dieses Mädchen nicht. Aber ich bin sicher, wir werden uns gut verstehen. Möchte sie auch Schriftstellerin werden?«

»Ich glaube, ja. Aber soweit ich weiß, bevorzugt sie romantische Liebesromane.«

»Romantische Liebesromane? Wirklich? Diesen Quatsch von Vampiren und gefallenen Engeln oder eher im Stil von *Fifty Shades of Grey*?«

»Keine Ahnung. Sofern ich das nach der kurzen Zeit, die wir uns kennen, beurteilen kann, mehr in der Art von *Betty und ihre Schwestern*.«

Catalina hatte sich für das Zimmer *Tierra* entschieden, offenbar vor allem, weil im Badezimmer eine alte Badewanne mit Bronzefüßen stand und Agatha Christie sich immer in der Badewanne hatte inspirieren lassen, während sie Äpfel gegessen hatte. Oder war das eine ihrer Heldinnen gewesen? Natürlich war das völlig nebensächlich, denn dieser Ort war einfach phantastisch: ein wenig düster und sehr ruhig. Der antike Schreibtisch, der dunkle Schrank aus dem neunzehnten Jahrhundert, die Spitzengardinen und die Nachttische mit den Fächern für den Nachttopf und den Marmorplatten – nicht einmal in ihren Träumen hätte Catalina zu hoffen gewagt, jemals in einem solchen Zimmer zu schlafen!

»Gibt es keine Bücher in diesem Haus?«

»Natürlich gibt es Bücher.«

Cecilia führte Catalina die Treppe hinauf in die Mansarde. Das Zimmer gegenüber der Treppe, das auf die große Terrasse mit den alten bemalten Fliesen hinausging, war ihres. Von ihren Mieterinnen erwartete sie, dass sie dies respektierten und ihr die nötige Privatsphäre zugestanden.

»Aber das Zimmer dort hinten, das mit der kleinen Tür, die aus irgendeinem Grund an den Eingang zum Wunderland erinnert, das mit der Dachluke und den alten Holzbalken ist die Bibliothek. An allen vier Wänden stehen Regale mit Büchern. Die meisten davon sind Romane, aber es gibt auch Essays und Gedichtbände, ein paar Dramen, ein Kunstlexikon, ein Medizinlexikon, eine Sammlung von Geschichtsbüchern und das Gesamtwerk von Oscar Wilde, der mein Lieblingsschriftsteller ist. Die Bücher sind sorgfältig geordnet, und so soll es auch bleiben. Du darfst dir jedes Buch gern ausleihen, solange du es wieder an seinen Platz zurückstellst, wenn du es gelesen hast.«

Catalina sagte nichts. Sie war zu verblüfft, sprachlos, perplex.

Das Licht fiel durch die Dachluke senkrecht in den Raum, und kleine Staubpartikel führten in dem einzigen Bereich, in dem sich keine Bücher befanden, einen verliebten Tanz auf. Dort stand ein kleines weißes Podium mit einem Ledersessel darauf. Die Stehlampe daneben stieß fast an die Dachschräge, auf dem Boden lag ein dicker heller Teppich, und abgerundet wurde diese kleine Lese-Oase von einem runden Tischchen. Obwohl der Raum kaum größer war als Harry Potters Zimmerchen unter der Treppe, war es die schönste Bibliothek, die Catalina jemals gesehen hatte.

»Und ich darf wirklich hier heraufkommen?«

»Wann immer du möchtest.«

»Morgen?«

Noch am selben Abend zog Catalina in die Pension. Sie brachte zwei riesige Koffer mit, von denen einer komplett mit Kriminalromanen gefüllt war. Und ohne weiteres Aufhebens ordnete sie diese einfach zwischen Cecilias Bücher in die Regale der Bibliothek ein, als könnten sie sich so mit den anderen Bänden verbrüdern, um zu einem festen Bestandteil dieser literarischen Illusion zu werden. Catalina war nämlich aufgefallen, dass es in Cecilias kleiner feiner Bibliothek keine Mörder, Leichen, Rätsel, Geheimnisse, Spuren, Indizien, Inspektoren und aufgeweckte alte Damen, Fünf Freunde, britischen Detektive, skandinavischen Ermittler, Psychopaten, Königsmörder, Vatermörder oder Verbrechen aus Leidenschaft gab. Ein bisschen Realität in all dem rhetorischen Wohlgefühl konnte nicht schaden. Denn: »Die menschliche Natur ist überall ziemlich gleich«, wie Miss Marple sagen würde.

Cecilia hatte nicht damit gerechnet, dass Catalina solch ein Tempo an den Tag legen würde. Eigentlich hatte sie sich vorgestellt, dass die Mieterinnen im September, wenn die Vorlesungen begannen, nach und nach einziehen würden und sie vorher einen angenehmen und ruhigen Sommer in ihrem neuen Haus genießen könnte. Dass sie vielleicht für ein paar Tage zu ihren Eltern fahren könnte, um sich dann an irgendeinem Strand ein hübsches kleines Hotel zu suchen und schließlich erholt und gebräunt zum Haus der Großeltern zurückzukehren, wo Justice sie mit den reifen Tomaten für das *Gazpacho* erwarten würde. Ihr standen noch fünfzehn Tage Urlaub zu, und sie hätte dringend ein wenig Abstand zu ihrem turbulenten Arbeitsalltag in der Kanzlei gebraucht.

Doch nun hatte Catalina ihre Pläne durchkreuzt. Cecilia konnte ja schlecht die Pension allein lassen, nachdem der erste Gast gerade eingezogen war. Zudem war sie gezwungen, vorerst ohne Azucena klarzukommen und mögliche aus dem Umbau resultierende Unwägbarkeiten ohne die Hilfe von Andrés Leal in den Griff zu bekommen, denn beide hatten sich bis September verabschiedet. Auf das Meer und die sommerliche Beschaulichkeit würde sie also verzichten müssen.

Cecilia seufzte. Nun, dann würde sie eben im heißen August in der Kanzlei weiterarbeiten und sich ihren Urlaub für später im Jahr aufheben. Immerhin hatte sie jetzt eine kleine Pension.

Das Zimmer, das den Namen *Fuego* trug und das im Bad mit flammend roten Handtüchern ausgestattet war, wurde telefonisch von einer jungen Frau namens Ivana reserviert, die erklärte, russische Staatsbürgerin zu sein und über ein

Stipendium für die Uni zu verfügen. Sie überwies gleich im Voraus die Miete für zwei Monate, um sicher zu sein, dass ihr nicht jemand anderes, der sich in die Pension verliebte, den Platz wegnahm. Cecilia sagte der russischen Studentin das Zimmer zu, ohne sie gesehen zu haben, weil sie die angenehme Stimme eines sensiblen, freundlichen Menschen hatte, mit dem weichen Akzent ihrer Heimat, mit dem sie die umgangssprachlichen Wendungen garnierte, die sie in der Sprachschule gelernt hatte, wo sie seit drei Jahren spanische Sprachkurse absolvierte. Ein Freund hatte ihr Cecilias Telefonnummer weitergeleitet, und sie hatte sofort angerufen, weil sie Studentenwohnheime genauso hasste wie Studenten-WGs oder winzige Einzimmer-Apartments, die ihr bisher angeboten worden waren.

Als Ivana dann einen Monat später ihren triumphalen Einzug hielt, stellte sich heraus, dass das Zimmer mit dem Namen *Fuego* für sie vorbestimmt zu sein schien: Man konnte kaum den Blick abwenden von dieser strahlenden feurigen Schönheit, die jeden Raum in Flammen zu setzen schien.

Cecilia bereute es fast ein wenig, den Mietvertrag ohne ein persönliches Kennenlernen abgeschlossen zu haben. Eine derart attraktive Frau konnte nicht gut für das Zusammenleben in der Pension sein. Wegen Ivana würde es Eifersüchteleien, Unsicherheit und Missverhältnisse geben, vielleicht sogar Untreue und unglückliche Liebschaften. Hoffentlich würde Andrés Leal ihr niemals über den Weg laufen! Hoffentlich würden sie sich niemals auf der weißen Holztreppe oder auf dem schmalen Steinweg im Garten begegnen. Hoffentlich würde sie, Cecilia, ihn nicht eines Tages dabei ertappen, wie er sich umdrehte, um auf Ivanas festen

Hintern zu starren, oder wie er auf die für ihn typische Art mit ihr herumflachste.

Jede Menge Vorurteile. Eine himmelschreiende Ungerechtigkeit! Der Wunsch, diese alles überstrahlende Person so schnell wie möglich unter irgendeinem unsinnigen Vorwand aus dem Haus ihrer Großeltern zu werfen: dem Geruch ihrer Füße, der Unordnung in ihren Schubladen, dem unerklärlichen Verschwinden entrahmter Joghurts aus dem Kühlschrank oder dem nächtlichen Klingeln ihres Handys. Wehe, sie würde auch nur ein Glas zerbrechen! Wehe, sie würde auch nur ein Mal die Tür offen lassen, das Licht im Flur nicht ausschalten oder den Telefonhörer nicht richtig auflegen!

Doch Ivana, die solche negativen Reaktionen, die sich aus ihrer beängstigenden Schönheit ergaben, gewohnt war und auch damit umzugehen wusste, stellte sich als vorbildlich, umsichtig, rücksichtsvoll, akkurat, reinlich, geschickt, klug, vornehm, elegant, makellos, engelhaft, aufmerksam, liebenswert, einfühlsam, respektvoll, friedliebend und faszinierend heraus, wie Cecilia, Noelia, Catalina und Azucena entsetzt und eher gequält feststellen mussten – wohingegen sämtliche Herren der Schöpfung wie Andrés Leal, Justice sowie sämtliche Briefträger, Pizzaboten, Kommilitonen, Polizisten, Verwandte anderer Hausbewohnerinnen, Interviewer bei Meinungsumfragen oder Nachbarn die junge Frau einfach unwiderstehlich fanden.

Doch zu diesem Zeitpunkt war die weibliche Hausgemeinschaft in einem Hexensabbat aus verschlagenem Schweigen und machiavellistischen Gedanken schon stillschweigend übereingekommen, der schönen Ivana das Leben schwer zu machen.

9

Sich in die Angelegenheiten anderer einzumischen ist untersagt

Der Hauptgrund, warum Cecilia sich entschlossen hatte, ihre kleine Pension zu eröffnen, war wirtschaftlicher Natur. Ihren Berechnungen zufolge würde sie in etwa drei oder vier Jahren das Geld, das sie in die Renovierung des Hauses gesteckt hatte, wieder hereinverdient haben und könnte endlich in jenen Abschnitt der Eigenständigkeit und Unabhängigkeit eintreten, den einige junge Single-Frauen bereits mit dem Erreichen der Volljährigkeit begannen, wenn sie zum Entsetzen ihrer Mütter das elterliche Nest verließen, um sich ohne Fallschirm und schützendes Netz allein ins Leben zu stürzen. Das, was man überall außer bei Cecilia zu Hause »Emanzipation« nannte, wo man dieses Verhalten – wenn Cecilia es denn gewagt hätte, ihren Eltern ein derartiges Ärgernis zuzumuten – als »auf der Straße landen« bezeichnet hätte. Aus diesem Grund und weil sie zunächst bei ihren Großeltern in Madrid gewohnt hatte und wegen ihrer frühen Heirat direkt nach Abschluss des Studiums hatte Cecilia niemals jene häusliche Ichbezogenheit kennengelernt, die hauptsächlich darin bestand, zu tun, was man wollte und wann man es wollte, egal, ob es die Essgewohnheiten, die Ausgehgewohnheiten, die Schlafgewohnheiten oder das Telefonier- und Fernsehverhalten betraf. In der Männersprache hieß diese Art zu leben »tun, worauf man Bock hatte«, was sich in der Regel auf fußballerische Themen bezog, auf den unkontrollierten Bierkonsum oder auf den ständig wachsenden Berg schmutziger Wäsche an irgendeinem Ort des einzigen Schlafzimmers.

Beinah genauso wichtig wie die finanzielle Absicherung war es Cecilia jedoch, in dem großen Haus nicht allein zu sein, und glücklicherweise ergaben sich aus dem Umstand, dass man das Wohnzimmer gemeinsam nutzte, viele zwanglose Begegnungen. Die Gegenwart von Catalina in dem ansonsten noch leeren Haus, wo sie morgens nicht zu hören war, am Nachmittag Cecilia jedoch herzlich begrüßte, ihre unterhaltsamen Gespräche und die amüsanten Abende, die sich unter dem Genuss von Rotwein und viel Gelächter bis tief in die Nacht hineinzogen, machte die Studentin trotz des Altersunterschiedes und der wenigen Gemeinsamkeiten, die sie verbanden, schon nach kurzer Zeit für Cecilia zu so etwas wie einer Freundin.

Das tat gut, denn mit der Scheidung hatte Cecilia auch den Kontakt zu den meisten befreundeten Ehepaaren, mit denen sie sich sonst immer getroffen hatten, verloren. Nach und nach aber wurde diese Lücke nun durch neue Bekanntschaften ausgeglichen. Und am Ende hatte man fast den Eindruck, dass Cecilia als Gewinnerin aus der Situation hervorging.

»Du schreibst also fleißig«, stellte Cecilia fest, nachdem sie mehrere Nächte lang die Tastatur von Catalinas Computer hatte klappern hören.

»Ja«, bestätigte diese zufrieden.

»Einen Roman?«

»Nein. Eine Kurzgeschichte.«

»Und wovon handelt sie?«

»Es ist die Geschichte eines Lesers, der sich in eine Person aus einem Roman von Agatha Christie verliebt. Und auf Seite hundertzwanzig muss er feststellen, dass sie das Opfer des Verbrechens ist.«

»Wie furchtbar!«

»Ja, aber es gelingt ihm, in die Geschichte zu gelangen und ihr das Leben zu retten.«

»Sehr romantisch!«

»Das Problem ist nur, dass er, um sie zu schützen, den Mörder beseitigen muss, und anschließend verzweifelt Hercule Poirot daran, dass er den Fall nicht lösen kann.«

Cecilia mochte Catalinas Fähigkeit, Realität und Fiktion zu einem schmackhaften Cocktail zu vermischen. Manchmal hatte sie den Eindruck, dass die kleine Prise magischen Realismus, mit der Catalina ihre Geschichten würzte, den Ereignissen des Tages eine neue hyperbolische Dimension verlieh. Als Justice sich einmal mit dem Brotmesser in den Finger schnitt, beschrieb Catalina das sprudelnde Blut, das auf sein Hemd spritzte. Doch nachdem der Junge ihnen später das Pflaster an seinem Finger gezeigt hatte, der nicht einmal genäht werden musste, gebot diese gnadenlose Wahrheit Catalinas überbordender Phantasie auf der Stelle Einhalt. Desgleichen, als die Nachbarin von gegenüber eines Abends schwitzend, mit wirrem Haar und verrutschter Kleidung nach Hause stolperte und laut Catalina angeblich vergewaltigt worden war, was sich später als eine Runde abendlichen Joggings herausstellte. Und der Briefträger, dieser böse Mann, der in seinem Postsack etwas Lebendiges versteckte, da Cecilia gesehen hatte, wie der Sack sich bewegte, als befände sich ein strampelndes Baby darin – »Du wirst sehen, er entführt kleine Kinder!« –, erwies sich als der friedlichste Mensch der Welt, als Familienvater und treuer Ehemann.

Eines Tages im August wollte es nach einem besonders heißen Tag auch nachts nicht abkühlen, und auch unbekleidet oder mit Ventilator war nicht an Schlaf zu denken. Sogar Justice hatte seine Matratze nach draußen gezerrt, weil die Hütte zur Sauna geworden war, und Cecilia und Catalina saßen bei einem kühlen Bier auf der Veranda, als Cecilia sich verplapperte.

»Wenn du so sehr an Geheimnissen interessiert bist«, sagte sie ausgerechnet zu Catalina mit ihrer ausgeprägten Neigung, aus jeder Mücke einen Elefanten zu machen, »habe ich eine ganz besondere Geschichte für dich. Die sich außerdem noch in diesem Haus ereignet hat.«

Und ohne all die Ausschmückungen, die Catalina später dem Ereignis hinzufügte, das sie nur noch »das große Geheimnis« nannte, berichtete Cecilia ihr von der eingerissenen Wand und dem eingemauerten Kästchen, das die Arbeiter dort gefunden hatten.

»Und darin verbarg sich ein goldenes Medaillon mit einem Schutzengel.«

»Wahnsinn! Kann ich die Kette mit dem Anhänger mal sehen?«

»Ja, natürlich. Ich zeige sie dir gleich, Sherlock Holmes, aber sag mir erst, was du als angehende Krimiautorin darüber denkst. Was ist deine Theorie? Wie ist das Medaillon dorthin gekommen?«

»Oh Mann, so ganz spontan fällt mir da keine glaubwürdige Handlung ein. Ich brauche mehr Einzelheiten. Wann wurde diese Mauer errichtet? Denn offensichtlich hat derjenige, der sie gebaut hat, damals dort das Medaillon versteckt. Aber aus welchem Grund?«

»Wo würdest du mit den Ermittlungen beginnen?«

»Ich würde als Erstes mal deine Eltern fragen.«

»Das habe ich schon getan.«

Es stimmte. Als ihre Mutter sich damals am Telefon gemeldet hatte, war ihr die Frühjahrsmüdigkeit anzuhören. Offenbar war es einer jener Tage, an denen die Buchhandlung, die sie führte, im Halbdunkeln lag und die Stunden sich ewig hinzogen. Cecilia sah sie vor sich, wie sie auf dem Schemel hinter dem Verkaufstresen saß und zum x-ten Mal die neue Vorschau irgendeines elitären Verlages durchblätterte, wobei sie die geringe Kaufkraft ihrer Kunden beklagte, die niemals eine derart hohe Summe in eine Luxusausgabe des *Don Quijote* investieren würden, so viel gehämmertes Leder und Blattgold auch darin verarbeitet war. Möglicherweise regnete es gerade an diesem Vormittag, und wie stets war ihr Vater mit dem Frühstück in der Buchhandlung aufgetaucht. Er brachte seinen nassen Regenmantel, seinen Filzhut, seine kalten Füße und das Päckchen aus der Konditorei mit, das ein mit Marzipan gefülltes *Tortel* und eine *Ensaïmada* enthielt, sorgsam in Cellophan eingepackt, und, unter den Arm geklemmt, die Zeitung. Ihre Mutter machte wie immer auf dem Verkaufstresen Platz, schob sämtliche Bücher und die Kasse zur Seite, kochte im Hinterzimmer Kaffee, und anschließend setzten sie sich gemeinsam hin, um wie zwei jung Verliebte das Gebäck abwechselnd in die einzige Tasse zu tunken.

Und dann hatte wohl das Telefon geklingelt. »Das muss unsere Kleine sein«, hatte sie wahrscheinlich mit besorgter Stimme und einer ebenso besorgten Miene gesagt, und auch er hatte sein Ohr dem Hörer genähert, um die Katastrophe, die Cecilias Anrufe mit sich zu bringen pflegten, nicht zu verpassen.

Cecilia hing einen Moment den Erinnerungen an dieses merkwürdige Telefonat nach, bevor sie weitersprach.

»Meine Mutter war völlig überrascht. Es kam ihr äußerst seltsam vor, dass es sich um ein Medaillon mit einem Schutzengel handelte und nicht mit dem Christus von Águila, den meine Großeltern sehr verehrt haben. Ihrer Meinung nach muss das Schmuckstück schon dort versteckt gewesen sein, bevor sie in dem Haus gewohnt haben.«

»Sehr gut. Aber wir dürfen keine Möglichkeit ausschließen. Das, was deine Mutter gesagt hat, ist letztendlich, genau wie du es genannt hast, eine Meinung und keine Gewissheit. Die Tatsache, dass sie nichts von diesem Medaillon gewusst hat, kann verschiedene Gründe haben, und einer davon ist eben, dass der Anhänger schon dort war, bevor deine Großeltern in das Haus gezogen sind.«

»Und welche anderen Gründe könnte es geben?«

»Da fallen mir auf Anhieb gleich mehrere ein: dass es sich um ein Stück aus einer Diebesbeute handelt, dass es aus einer Erbschaft stammt, dass irgendjemand es unbedingt haben möchte und zu allem bereit ist, um es zu bekommen, dass es verflucht ist oder unter einem Bann steht, dass es dem, der es trägt, Unglück bringt oder in der Lage ist, Tote zu erwecken …«

»Komm, hör auf!«, sagte Cecilia, die vor Lachen beinah erstickte. »Du bist ja schlimmer als Antoñita la Fantástica!«

»Ich bin einfach völlig hin und weg von dem Fall«, entgegnete Catalina. »Was für ein großartiges Geheimnis! Man könnte sicher einen phantastischen Roman um dieses Medaillon schreiben.«

»Meinst du wirklich? Na, dann los!«, ermutigte Cecilia Catalina. »Fang mit den Ermittlungen an. Ich helfe dir.«

Diese Worte, die eigentlich nur Catalinas Phantasie herausfordern und ihre kreativen Fähigkeiten auf die Probe stellen sollten, lösten bei der Nachwuchsschriftstellerin eine Art Besessenheit aus. Am nächsten Tag sprach sie gleich um neun Uhr morgens beim Grundbuchamt vor und bat darum, die Eigentümerliste des Hauses in der Calle Ribera del Manzanares 7 an der Ecke Calle de la Lanzada einsehen zu dürfen. Kurz nach Mittag hielt sie schließlich die Kopie des Dokuments in den Händen. Und als Cecilia Dienstschluss hatte, wartete Catalina bereits vor der Kanzlei.

»Ich weiß, wem das Haus von deinen Großeltern vorher gehört hat«, überfiel sie sie gleich, bevor Cecilia auch nur die Tür hinter ihr schließen konnte. »Mal sehen, ob die Namen dir etwas sagen: Don Danilo und Doña Inmaculada Leal.«

Cecilia war vor Überraschung wie erstarrt.

»Hast du gesagt, Leal?«

»Ja. Danilo Leal«, bestätigte Catalina. »Er ist als erster Eigentümer des Hauses eingetragen, zusammen mit seiner Frau Inmaculada. Von 1965, dem Jahr, in dem die Baufirma Huarte das Gebäude errichtet hat, bis 1976, als sie es an deine Großeltern verkauft haben: Miguel und Teresa Quintana.«

Cecilia musste sich hinsetzen. Sie merkte, wie ihr schwindlig wurde.

»Oje, was machst du denn für ein Gesicht?«, fragte Catalina besorgt. »Du bist ja weiß wie die Wand. Was ist los? Kennst du das Ehepaar Leal denn?«

»Du meine Güte, das gibt's doch nicht!«, war das Einzige, was Cecilia herausbrachte.

Nachdem sie ein Glas Wasser getrunken hatte und aus der Fotokopie des Grundbucheintrags eilig ein improvisierter Fächer gebastelt worden war, gelang es Cecilia wieder, ein paar Sätze zustande zu bringen.

»Der Bauunternehmer, den ich mit der Renovierung beauftragt habe«, stammelte sie, »er heißt Andrés Leal.«

»Das ist ja der Hammer! Und wie hast du ihn gefunden?«

»Da war ein Aufkleber auf dem Gartentor«, gab Cecilia ein wenig beschämt zu. »Darauf stand: *Michelangelo Buonarroti, Umbau und Renovierungen* und eine Telefonnummer.«

»Und sonst hast du keine weiteren Informationen über das Unternehmen eingeholt?«

»Nein. Ich habe dem Ganzen blind vertraut. Irgendwie habe ich gedacht, dass es ein Wink des Schicksals ist, dass meine Großmutter den Aufkleber angebracht hat, damit ich dort anrufe.«

»Und dieser Leal hat dir nicht gesagt, dass das Haus einmal seinen Eltern oder Großeltern oder seinem Onkel oder … na ja jemandem aus seiner Familie gehört hat?«

»Nein«, entgegnete Cecilia kläglich. »Aber es könnte ja auch ein Zufall sein, meinst du nicht?«

»Es gibt keine Zufälle, mein lieber Watson«, klärte die angehende Romanautorin sie auf.

10

Alte Wunden aufzureißen ist verboten

Dass es Catalina gelang, in nur drei Tagen die Eltern von Andrés Leal ausfindig zu machen, war für die leicht beunruhigte Cecilia ein Wunder. Nachdem sie nun wusste, wo sie das Ehepaar Leal finden konnte, war sie ängstlich und aufgeregt zugleich. Wie ihre persönliche Privatdetektivin ihr erklärte, lebten die ehemaligen Eigentümer des Hauses ihrer Großeltern seit sechs Jahren in der Gemeinde El Boalo am Fuße der Sierra de Guadarrama in einer Finca, die im Grundbuch auf den Namen ihres Sohnes eingetragen war, Andrés Leal.

Da Andrés gerade in Begleitung seines Hundes irgendwo auf dem Meer herumschipperte und sein Handy seit Tagen ausgestellt oder ohne Empfang war, reduzierte sich die Sache für Cecilia auf die einzige Frage: Sollte sie nach El Boalo fahren oder nicht?

Eine andere Möglichkeit wäre gewesen, das Ehepaar Leal anzurufen und ihnen die ganze Geschichte am Telefon zu erzählen, angefangen vom Tod der Großeltern, über Cecilias Scheidung, den Entschluss, in ihr ehemaliges Zuhause am Ufer des Manzanares zurückzukehren, die Begegnung mit ihrem Sohn Andrés, die Renovierungsarbeiten, bis hin zu dem Geheimnis, um das es nun ging: der Mauer, dem Kästchen und dem goldenen Medaillon mit dem Schutzengel, um dann ganz nebenbei die beiden entscheidenden

Fragen zu stellen: ob der besagte Anhänger vielleicht ihnen gehörte und, wenn sie dies erzählen wollten, warum sie ihn in der Wand versteckt hatten?

Diese Möglichkeit verwarfen Cecilia und Catalina jedoch sofort, weil ihnen klar war, dass kein vernünftiger Mensch sich freiwillig mehr als zehn Minuten lang anhören würde, was eine Unbekannte ihm über ihr Leben zu erzählen hatte.

»Außerdem: Wenn sie wirklich einen Grund hatten, diesen Anhänger verschwinden zu lassen, glaube ich nicht, dass wir ihnen diesen am Telefon entlocken können«, stellte Catalina fest.

Und so schwankten Cecilias Gefühle etwa drei Tage lang zwischen dem brennenden Wunsch, ihre Neugier zu befriedigen, und der Angst, auf ein furchtbares Geheimnis zu stoßen, das Andrés Leal plötzlich und für immer zum Bösewicht in ihrem schönen Film machte.

In diesen heißen Augusttagen, an denen sich auf den Azoren ein Hochdruckgebiet mit der gleichen Hartnäckigkeit breitgemacht hatte wie ein Sonnenanbeter am Strand der Costa del Sol, betrachtete Cecilia vom Fenster ihrer Mansarde aus immer wieder die gewaltige, geheimnisvolle Sierra in der Ferne und hörte den Ruf der Wildnis. Die Kriegstrommeln. Das Pochen ihres Herzens.

»Morgen früh fahren wir nach El Boalo«, erklärte sie schließlich und teilte Catalina diesen Entschluss in einer schlaflosen Nacht durch die Zimmertür mit.

»Setz die Segel und lass uns dem Geheimnis auf den Grund gehen!«, entgegnete die aus ihren Träumen gerissene Miss Marple, bevor sie sich auf die andere Seite drehte und weiterschlief.

An den Samstagen während der langen Sommerferien erwachte El Boalo am Morgen eher spät. Viele Familien frühstückten auf ihren Terrassen oder im Garten, und auf dem Marktplatz hatte sich vor der Tür der Bäckerei eine Schlange gebildet. Die Uhr am Rathaus zeigte zehn Uhr an, was einige Kirchenglocken mit ihrem Läuten bestätigten, als Cecilia am Steuer ihres Wagens durch den Ort fuhr und von der wohlklingenden Stimme ihres Navigationsgeräts zu einem pinienbestandenen Weg geleitet wurde, der sich in einem Waldstück befand. Sie parkte unter einer Steineiche gegenüber von einem sehr hübschen zweistöckigen Haus, das von einem Garten umgeben war, Wände aus Granitsteinen hatte, ein Schieferdach und große Fenster. Das Ganze sah so perfekt aufeinander abgestimmt aus, dass es eher in die Schweiz gepasst hätte als in die Sierra de Guadarrama.

»Ist es das?«, fragte Catalina und wies mit dem Kopf auf das Gebäude.

»Schau mal, die Fenster! Sind das nicht die gleichen wie in der Pension?«

Ein grasbewachsener Sandweg führte zur Haustür, neben der zwei Zypressen standen. Die beiden in freundlicher Absicht kommenden zierlichen dunkelhaarigen Frauen gingen einträchtig nebeneinander her, wenn auch auf völlig unterschiedliche Weise: Catalina entschiedenen Schrittes, Cecilia eher zögernd.

Im oberen Stockwerk bewegte sich eine Gardine, und dahinter tauchte die Gestalt einer ungekämmten Frau in einem seidenen Morgenmantel auf.

»Sie beobachtet uns«, flüsterte Cecilia. »Und ich wette um eine Million Euro, dass es die Mutter von Andrés Leal ist. Sie macht das gleiche böse Gesicht wie er, wenn man etwas tut, was ihm nicht passt.«

Zwei Minuten später jedoch machte ihnen dieselbe Frau, perfekt gekleidet und zurechtgemacht, als käme sie direkt vom Friseur, mit einem genervten Lächeln die Tür auf, um den auswendig gelernten Satz: »Wir brauchen weder Lexika noch eine Versicherung, noch einen neuen Telefonvertrag, vielen Dank, und wir haben auch nicht die Absicht, Zeugen Jehovas zu werden«, herunterzuleiern. Doch Catalina ließ sie gar nicht erst zu Wort kommen und überfiel sie gleich mit der Frage:

»Sind Sie Doña Inmaculada, die Mutter von Andrés Leal?«

Cecilia wäre niemals so direkt gewesen. Sie hätte erst einmal freundlich gegrüßt, sich vorgestellt, wie es sich gehörte, um dann für die Störung am Wochenende um zehn Uhr morgens um Verzeihung zu bitten …

»Du hättest dich also erst mal eine Stunde lang entschuldigt«, zog Catalina sie auf, als sie später darüber sprachen.

Andrés Leals Mutter riss also die Augen auf und hielt erschrocken inne.

»Was ist mit meinem Sohn passiert?«, fragte sie ängstlich.

Hinter ihr erschien ein Mann in T-Shirt und Bermudas, der Andrés Leal extrem ähnlich sah: der gleiche energische Zug um den Mund, der stolze Blick, das kräftige Haar im Bürstenschnitt und die breiten Schultern eines Holzfällers, der gerade nichts zu tun hatte.

»Wer sind Sie?«, fragte er, während er schützend den Arm um seine Frau legte.

»Wir sind Freundinnen von Andrés«, log Catalina. »Und es geht ihm bestens mit seinem Boot und seinem Hund auf dem Meer, keine Sorge. Wir würden Sie nur gern etwas fragen, was uns sehr beschäftigt. Da Andrés derzeit nicht erreichbar ist, haben wir gedacht, dass Sie uns vielleicht weiterhelfen könnten.«

»Ich bin Cecilia Dueñas«, gelang es Cecilia, sich über Catalinas Gerede hinweg verständlich zu machen. Sie streckte ihre Hand aus, die niemand schüttelte. »Meine Großeltern haben vor fünfunddreißig Jahren von Ihnen das Haus am Ufer des Manzanares gekauft, ich weiß nicht, ob Sie sich noch an sie erinnern: Miguel und Teresa Quintana aus Águila.«

Es folgte ein unangenehmes Schweigen, in dem nur das Zwitschern der Vögel und das Zirpen der Grillen zu hören war, während das Ehepaar Leal diese hastig von zwei Fremden an der Tür hervorgestoßenen Informationen verarbeitete.

»Also geht es Andrés gut, oder wissen Sie in Wirklichkeit gar nichts von ihm? Ich versuche nämlich seit einer Woche vergeblich, ihn auf dem Handy zu erreichen.«

»Eine ganze Woche schon?«, fragte Cecilia besorgt, und der Ton ihrer Stimme verriet Catalina einiges.

»Ja, eine ganze Woche schon. Dieser Mistkerl!«, entgegnete Danilo Leal, der offensichtlich genauso gern fluchte wie sein Sohn. »Dabei weiß er genau, dass seine Mutter sich Sorgen macht. Aber nein, er meldet sich nicht. Das ist doch zum Kotzen, oder?«

»Ja, das ist zum Kotzen«, bestätigte Catalina in scherzhaftem Ton.

»Bitte kommen Sie doch rein«, lud er sie daraufhin mit einem freundlichen Lächeln ein. »Möchten Sie etwas trinken? Einen Gin Tonic vielleicht?«

»Oje, Danilo, um zehn Uhr am Morgen? Lass uns lieber einen Kaffee kochen.«

Andrés Leals Eltern stellten sich als hervorragende Gastgeber heraus. Nur fünf Minuten später servierten sie auf dem Teakholztisch, der auf der Veranda hinter dem Haus stand, ein komplettes Frühstück mit Kaffee, *Tostadas* mit pürierten Tomaten, Schinken und Orangensaft. Sie erzählten den Besucherinnen ein paar Anekdoten aus ihren ersten Ehejahren, als sie das viel zu große Haus am Ufer des Manzanares gekauft hatten, eine völlig blauäugige Aktion des jungen Paares, absolut jenseits ihrer finanziellen Möglichkeiten, sodass sie sich für die nächsten vierzig Jahre ihres Zusammenlebens verschuldeten. »Daher blieb uns nichts anderes übrig, als zusammenzubleiben, denn getrennt hätten wir die Zinsen gar nicht bezahlen können.«

»Nach Andrés' Geburt, der unser drittes Kind war, das jüngste, haben wir zum ersten Mal überlegt, das Haus zu verkaufen. Aber wir waren so glücklich dort, direkt am Fluss mit dem Casa-de-Campo-Park vor der Tür …«, erzählte Inmaculada. »Jeden Sonntag haben wir ein Picknick gemacht. Sogar wenn es regnete. Und vom Haus aus konnten wir die Vorortzüge hören, die über den Puente de los Franceses fuhren. Die Kinder sind oft hingelaufen, um sie sich anzusehen, und ich dachte, dass mindestens eines von ihnen sicher einmal Lokführer werden wird.«

»Doch als ich 1976 wie die Hälfte aller Spanier arbeitslos geworden bin – ich weiß nicht, ob Sie wissen, dass damals eine große Arbeitslosenwelle das ganze Land erfasste –, blieb uns keine andere Möglichkeit«, fuhr Danilo Leal fort. »Wir mussten das Haus verkaufen.«

»Und meine Großeltern haben es gekauft.«

»Ihre Großeltern schickte der Himmel, um uns von unseren finanziellen Schwierigkeiten zu erlösen. Sie haben gleich die komplette Summe bezahlt.«

»Und Andrés hat so geweint! Er war immer das sensibelste meiner Kinder«, meinte Inmaculada, und Cecilia fragte sich im Stillen, wie unsensibel dann erst die beiden anderen Geschwister sein mussten. »Damals hat er geschworen, dass er später, wenn er erwachsen wäre und genug Geld hätte, das Haus zurückkaufen würde.«

Catalina kam ein Gedanke.

»Hat er damals vielleicht etwas in dem Haus versteckt? Eine Art Schatz, den er wiederbekommen würde, wenn sich sein Schwur erfüllt?«

Das Ehepaar Leal sah sich verwundert an.

»Haben Sie etwa einen vergrabenen Schatz gefunden?«

»Nein«, sagte Catalina. »Nicht vergraben. Er war in einer Wand versteckt. Ein goldenes Medaillon mit einem Schutzengel.«

Cecilia öffnete ihre Tasche und nahm das Kästchen heraus. Zögernd zeigte sie dem Ehepaar den Anhänger und versuchte von ihren Gesichtern eine der beiden möglichen Reaktionen abzulesen: Überraschung oder Wiedererkennen.

»Sieht aus wie ein Medaillon, das man zur ersten heiligen Kommunion oder zur Taufe bekommt«, meinte Andrés

Leals Mutter gleichmütig. »Aber unserem Andrés gehört er nicht. Ich habe ihn noch nie gesehen.«

»Und Sie sagen, er war in einer Mauer versteckt?«

»Ja, in einer Zwischenwand.«

»In welcher Zwischenwand?«

»Zwischen dem oberen Badezimmer und dem Lüftungsschacht.«

»Meinen Sie mit ›oben‹ die Mansarde?«

»Ja.«

»Zu unserer Zeit gab es oben in der Mansarde kein Badezimmer«, erklärte Andrés Leals Vater. »Wir haben diese Etage komplett als Speicher genutzt. Die Kinder haben gern dort oben gespielt und sich Gruselgeschichten erzählt.«

»Und es gab wirklich kein Badezimmer?«

»Nein«, bestätigte Danilo Leal kopfschüttelnd. »Ich gehe mal davon aus, dass Ihre Großeltern es später haben einbauen lassen.«

Andrés' Mutter gab den Schatz der legitimen Eigentümerin zurück, die schweigend nickte und ihn wieder in das Kästchen legte.

An diesem Punkt beschloss Cecilia, die Befragung zu beenden. Es war eindeutig, dass die alten Leute ihnen bei der Aufklärung des Geheimnisses nicht weiterhelfen konnten. Zwar war es sehr angenehm, auf der schattigen Veranda in der leichten Gebirgsbrise mit dem Ehepaar Leal am Tisch zu sitzen und zu plaudern, doch aus irgendeinem Grund begann sie sich vor Andrés Leals Reaktion zu fürchten, wenn er erfahren sollte, dass Catalina und sie einfach unangekündigt zu seinen Eltern gefahren waren, um herumzuschnüffeln und ihnen vertrauliche Informationen über seine glückliche Kindheit und andere intime Details aus der Nase zu ziehen.

Andrés Leal war ein ziemlich verschlossener Mensch. Er war darauf bedacht, seine Gefühle zu verbergen. Und er hatte Geheimnisse. Mindestens zwei, die absolut keine unwichtigen Dinge betrafen: Was war der wahre Grund seines Interesses am Haus ihrer Großeltern? Und was war bei dem Unfall geschehen, von dem er sich zu erzählen weigerte?

»Dann möchten wir Sie nicht weiter belästigen«, sagte Cecilia abschließend. »Es ging uns nur darum, Ihnen das Medaillon zurückzugeben, falls es Ihres gewesen wäre«, log sie. »Da dies jedoch nicht der Fall ist, können wir ja nun nach Madrid zurückfahren. Und falls es Sie interessiert zu sehen, wie das Haus jetzt, nach der Renovierung, aussieht, kommen Sie doch einmal vorbei. Ich zeige es Ihnen gern.«

»Es ist sicher wunderschön geworden«, sagte Andrés Leals Mutter mit einem stolzen Lächeln.

Auch wenn ihr Ausflug gewissermaßen erfolglos gewesen war, hatte das Catalinas Begeisterung für die Sache keinen Abbruch getan. Im Gegenteil! Die ganze Rückfahrt über hörte sie nicht auf zu reden. Als gute Romanautorin vertrat sie den Standpunkt, dass das Geheimnis nun noch interessanter geworden sei. Es wäre ja auch zu einfach gewesen, gleich auf die Lösung des Rätsels zu stoßen.

Und da der Anhänger nicht der Familie Leal gehörte und die Zwischenwand, in der er versteckt gewesen war, in der Zeit gebaut worden war, in der Cecilias Großeltern in dem Haus lebten, mussten sie ihre Untersuchungen nun auf die Familie Dueñas Quintana konzentrieren.

»Und wenn deine Großeltern das Medaillon dort versteckt haben, ohne deiner Mutter davon zu erzählen«, meinte Catalina nachdenklich. »Vielleicht wäre es gut, gleich nach Águila zu fahren, so weit ist das ja nun nicht – jetzt sieh mich nicht so an –, um sich dort mal mit den Freunden deiner Großeltern zu unterhalten.«

»Und wenn von denen keiner mehr lebt?«, entgegnete Cecilia störrisch.

»Vielleicht lebt aber ein Kind oder Enkelkind.«

»Hör mal, Catalina«, begann Cecilia, ohne den Blick von der Straße zu nehmen und keineswegs in der Absicht, den Umweg über Águila zu machen, »ich glaube, es wäre das Beste, wenn wir die Sache einfach vergessen. Es geschehen nun einmal Dinge im Leben, für die es keine Erklärung gibt. Ohne dass irgendwelche Folgen daraus entstehen. Man zuckt mit den Schultern, das Leben geht weiter, und möglicherweise denkt man nie wieder daran.«

»Das ist ja wohl ein Witz!«, war die empörte Reaktion der jungen Agatha Christie, die neben ihr auf dem Beifahrersitz saß. »Willst du wirklich darauf verzichten herauszufinden, woher der Anhänger kommt?«

»Es ist einfach so, dass ich keine Lust habe, alte Wunden aufzureißen oder mich in Dinge einzumischen, die mich nichts angehen. Ich will keine Geheimnisse, Intrigen oder Betrügereien aufdecken. Und auch keine falschen Hoffnungen nähren, die am Ende doch nirgendwohin führen.«

Das stimmte. Kaum hatte Cecilia das Haus von Danilo und Inmaculada Leal verlassen, war sie in eine Zen-ähnliche Passivität verfallen. Sie fühlte sich absolut leer. Oder wie aus Stein. Oder Granit.

Auf dem kleinen Tisch im Eingangsbereich des Hauses, den sie unvermeidlicherweise hatten durchqueren müssen, um wieder zur Haustür zu gelangen, hatte sie die Familienfotos in den Silberrahmen gesehen: kleine Kinder, Schwarzweißaufnahmen der Großeltern, exotische Landschaften, einen paradiesischen Strand und ein farbiges Hochzeitsfoto von Andrés Leal im grauen Cut und einer sehr jungen blonden Frau in einem langen, engen weißen Kleid mit Schleppe und Schleier.

11

Das harmonische Zusammenleben im Haus zu stören ist untersagt

Nach dieser Episode kehrte das Leben in der schönsten Pension der Welt wieder zur Normalität zurück. Catalina wandte sich erneut ihrer Geschichte um den verliebten Literaten und Poirots Verzweiflung zu. Justice konzentrierte sich auf die Pflege und die Ernte der Gartenfrüchte, und Cecilia versuchte, das Bild des frisch verheirateten Andrés Leal aus ihrem Kopf zu vertreiben, indem sie sich um den Haushalt kümmerte, was zukünftig Azucenas Aufgabe sein würde.

Der September begann mit einem heißen Dienstagmorgen, an dem Cecilia sich freinahm, um ihre beiden neuen Mieterinnen gebührend zu empfangen. Sie kochte Kaffee, kaufte Gebäck, bestellte Blumen, putzte die beiden Zimmer, strich die Laken glatt, parfümierte die Schränke und wartete so sehnsüchtig wie eine Schwangere auf ihr Kind darauf, dass Noelia und Ivana am Gartentor eintrafen.

Gleich am frühen Morgen erschien Azucena im Sonntagsstaat. Sie trug ein himmelblaues Kostüm, hohe Schuhe und eine dazu passende Handtasche. In diesem Aufzug sah sie aus, als wäre sie zu einer Taufe eingeladen, und Cecilia fiel erst jetzt auf, dass sie weder eine Arbeitskleidung, noch die passenden Schuhe oder eine Schürze gekauft hatte. Darauf war sie gar nicht gekommen. Daher stiegen die beiden

Damen eilig ins Auto und machten sich auf den Weg in ein Geschäft, wo Azucena sich entsprechend ausrüsten konnte.

Da Catalina morgens immer sehr lange schlief, war der Einzige, der das Taxi kommen hörte und das zaghafte Klingeln am Gartentor vernahm, Justice.

Er hatte gerade geduscht und duftete frisch nach Rasierseife und Aftershave. Sein Haar war noch nass, sein Hemd sauber und die Jeans gebügelt.

»Herzlich willkommen«, begrüßte er Noelia mit einem strahlenden Lächeln, das von Herzen kam.

Ganz Gentleman half er ihr mit dem Gepäck und erklärte ihr, dass Cecilia gleich wieder da wäre, dass sie das Frühstück bereits vorbereitet habe und es ihr sicher äußerst unangenehm sein würde, dass sie während ihrer Abwesenheit bereits eingetroffen war, weil sie sich sehr darauf gefreut hatte, ihr einen denkwürdigen Staatsempfang zu bereiten, mit Pauken und Trompeten, rotem Teppich, Blumenbukett und Begrüßungsansprache, Banddurchschneiden, Gedenktafel, Salutschüssen und Feuerwerk. Sie mussten lachen und setzten sich auf die Veranda, um dort auf Cecilia zu warten und ihr die Begrüßungszeremonie nicht zu verderben. Dort erzählten sie sich ein paar Anekdoten aus dem Sommer und waren überrascht, dass sie, obwohl ihr Kennenlernen bereits zwei Monate zurücklag, das Gefühl hatten, als wären seitdem erst zwei Tage vergangen und als wären sie schon ewig befreundet.

Noelia hatte sich die vornehme Blässe der viktorianischen Heldinnen, die sie so sehr bewunderte, bewahrt. Sie hatte den Sommer mit ihren Eltern in Santander verbracht, wo es häufig regnete, aber ihrer empfindlichen Haut war der eigentliche Grund: »Sobald ich in die Sonne gehe, bekomme ich einen Sonnenbrand, sodass ich immer einen Hut und eine Sonnenbrille trage. Schau, wie weiß ich bin und wie braun du!« Sie lachten erneut und hielten die Arme zum Vergleich nebeneinander. Für einen flüchtigen Moment berührten sie sich, und danach konnte Justice nicht anders, als ihr über das lockige Haar zu streichen. Er konnte den Blick nicht mehr von Noelias honigfarbenen Augen, ihren Händen, die aus Porzellan zu sein schienen, ihrem Baumwollkleid, ihren Leinenschuhen, ihrem roten Mund und ihren weißen Zähnen abwenden.

»Ich sterbe vor Durst«, sagte sie mit roten Wangen.

»Ich hole dir ein Glas Wasser«, bot Justice an. »Mit Eis?«

»Ja bitte. Und mit ein paar Löffeln Zucker, wenn das möglich ist, denn ich bin schnell unterzuckert und werde dann leicht ohnmächtig.«

»Dann vielleicht lieber eine Limonade? Möchtest du?«

Wenn du Limonade möchtest, pflanze ich einen Zitronenbaum und warte an deiner Seite, bis er blüht und schließlich Früchte trägt. Und ich durchquere die Savanne, und ich steige auf den Gipfel des Kilimandscharo, wo der Schnee nie schmilzt, um dir im Sommer Eis zu bringen. Und ich klettere auf den Honigbaum, ohne mich vor den Stichen der Bienen zu fürchten, um deinen Mund mit Süße zu füllen. Ich forme mit meinen Händen einen Krug aus Ton für dich und lasse ihn an der Sonne trocknen, damit das Wasser nach Moos, nach nasser Erde, wilden Kräutern, Schatten, Gewitter, Honig und Zitrone schmeckt.

»Kann ich dafür Wasser aus der Leitung nehmen? Wasser aus der Flasche haben wir, denke ich, nicht da.«

»Aber natürlich, nimm es nur aus der Leitung.«

»Und du möchtest wirklich nicht reinkommen?«

Lass mich dir oben in einer Akazie zwischen den starken Ästen und den grünen Blättern ein Nest bauen, dort, wo die Zunge der Giraffe nicht heranreicht und man das Brüllen der Löwen nicht hört. Einen Balkon, um den Sonnenaufgang und den Sonnenuntergang zu betrachten, die die Welt in ein flammendes Rot tauchen. Damit die Adler bei uns rasten, während wir schlafen.

»Nein danke, mir gefällt es auf der Veranda.«

»Na ja, ich will nicht angeben, aber ich habe sie gebaut. Ich habe die Bretter festgenagelt, auf denen du jetzt sitzt. Und ich habe auch bei den Balken geholfen und das Geländer blau gestrichen.«

»Blau ist meine Lieblingsfarbe.«

Also werde ich meine Haut in blaue Farbe tauchen, meine Haare färben, meine Augen in blaue Teiche verwandeln, blaue Kleidung tragen und in einem See, umgeben von Flamingos mit blauen Federn, leben. Ich werde den Blick nicht vom Himmel abwenden, um nichts anderes zu sehen als dein Blau.

»Ich bin gleich wieder da. Mit der Limonade.«

»In Ordnung. Danke, Justice.«

Während der junge Mann in der Küche hantierte, hielt ein zweites Taxi vor dem Gartentor. Von der Veranda aus gelang es Noelia, einen Blick auf die unendlich langen Beine einer wahrhaft griechischen Göttin zu werfen, die aus dem Wagen geschwungen wurden, auf eine blonde Haarpracht, die den Rücken hinabfiel, auf das raffinierteste Kleid der

Welt und auf ein paar Schuhe mit Stiftabsätzen in schwindelerregender Höhe.

Dieses Bild von einer Frau stolzierte mit dem Gang eines Supermodels auf die Pension zu und klingelte am Gartentor. Noelia blieb nichts anderes übrig, als zu öffnen. Sie begrüßten sich mit den obligatorischen Wangenküssen und stellten sich einander vor: Noelia, Ivana. Dabei taten sie so, als fühlte sich die eine durch die Gegenwart der anderen absolut nicht gestört, gingen gemeinsam zur Veranda, und in diesem Moment erschien Justice mit dem Limonadenkrug in der Hand und machte ein äußerst dummes Gesicht.

Im Vergleich zu dieser neu aufgetauchten strahlend schönen Frau wirkte Noelia wie ein Porzellanpüppchen, wie ein unbedeutendes, kindliches Wesen. Die wahre Natur der Weiblichkeit verkörperte diese Klassefrau mit ihren verführerischen Kurven, die sich fortbewegte wie eine Gazelle, wie der Luchs, der die Gazelle jagte, wie ein Panther oder eine Löwin. Neben ihr erschien Noelias Kleid wie das Hemd eines braven Kindes, ihre Blässe sah kränklich aus, das malerisch aufgesteckte Haar wie ein Krähennest, und selbst ihr Lächeln verblasste. Da sie Ivana angeboten hatte, ihr mit dem Gepäck zu helfen, schleppte sie eine sehr schwere Tasche, setzte schwankend einen Fuß vor den anderen und lief allmählich rot an.

Justice stand wie gelähmt mit dem Tablett in der Hand, bis Ivanas verführerische Stimme ihn aus der Erstarrung riss.

»Ich bin Ivana«, stellte sie sich vor.

»Und das ist Justice«, sagte Noelia.

Der junge Mann stellte das Tablett auf dem Boden ab und eilte die drei Treppenstufen hinunter, die ihn von den

Mädchen trennten. Um seine männlichen Kräfte zu demonstrieren, trug er die beiden Taschen und Ivanas Koffer auf einmal in den Eingangsbereich des Hauses.

»Wir warten auf Cecilia, die Eigentümerin der Pension, damit sie uns die Schlüssel geben kann und alles andere«, erklärte Noelia eingeschüchtert.

»Ich habe eine Limonade gemacht«, fügte Justice hinzu. »Soll ich dir auch ein Glas holen?«

Doch dazu sollte er keine Gelegenheit mehr haben, denn exakt in diesem Moment war das unverwechselbare Aufheulen des Motors von Cecilias Auto zu hören, ihre ungeschickte Art einzuparken, schlagende Autotüren, das Schließen des Kofferraumes und die Stimmen zweier Frauen, die über irgendetwas diskutierten, das leise Quietschen des Gartentors und schließlich das Knarren der Haustür.

Und exakt in diesem Moment tauchte auch die völlig verschlafene und zudem völlig ungekämmte Catalina im Eingangsbereich der Pension auf. Sie hatte einen grässlichen Albtraum gehabt, in dem sie von einem Serienkiller verfolgt worden war, der sie mit dem Brotmesser töten wollte, und war vor Schreck wortwörtlich aus dem Bett gefallen. Mit ihrer zierlichen Gestalt und in dem Babydoll, den sie noch anhatte, sah sie aus wie ein Kind, das sich in die Arme seiner Eltern flüchten will. Von der Sonne geblendet kniff sie die Augen zusammen und musterte die Menschenansammlung, die mit einem Mal auf der Veranda stand: Cecilia, Azucena, Noelia, Ivana, Justice und dazu noch ein attraktiver Mann, der sich hinkend von der Straße aus näherte und ein längliches, sorgsam eingepacktes Geschenk auf der Schulter trug, das er im Garten der Pension abstellte, ohne dass Cecilia es bemerkte, um dann stillschweigend unten stehen zu bleiben.

»Andrés!«, rief Justice zu ihm hinunter.

Cecilia zuckte zusammen und drehte sich auf dem Absatz um. Vor ihr stand, verschmitzt lächelnd, ein einsamer Seefahrer mit sonnengebräunter Haut, kräftig, gesund und gut aussehend, der anstatt eines grauen Cuts ein weißes Poloshirt und die blauen Hosen eines Matrosen auf Landgang trug.

Cecilia merkte, wie ihr leicht schwindlig wurde angesichts dieses verrückten Tableaus, in dem sämtliche Protagonisten zur selben Zeit auf den Brettern der Veranda standen. Für einen Moment kam sie sich vor wie der Jongleur in einem jener Zirkusse, wo Bälle und Teller hin und her flogen, während die Seiltänzerin barfuß auf einem dünnen Seil ihr Leben riskierte und versuchte, das Gleichgewicht nicht zu verlieren, und sie fragte sich, warum, zum Teufel, sie auf den verrückten Gedanken gekommen war, eine Pension zu eröffnen, anstatt die Ruhe in ihrem Penthouse am Retiro-Park zu genießen.

Die körperliche Anziehungskraft zwischen Noelia und Justice war genauso deutlich zu spüren wie Noelias Abneigung gegenüber der schönen Ivana, welche unvermeidlicherweise zum Zentrum der männlichen Aufmerksamkeit geworden war und die Blicke von Andrés und Justice auf sich zog, zum Ärger aller anderen Frauen, vor allem von Azucena, die Ivana auf den ersten Blick als Gefahr für die häusliche Sicherheit erkannt und verdammt hatte. Und zu all dem kam als Krönung Cecilias Verdacht hinzu, dass Andrés ein verlogener, untreuer und verheirateter Mann war, gegen den Catalina heimlich wegen des Medaillons ermittelte. Auch wenn die angehende Krimiautorin ihn als Schlüsselfigur bereits aussortiert hatte, was ihn zum rätselhaften Nebendarsteller machte, wie Agatha Christie sie in ihre Romane einzubauen pflegte, damit die schöne, wehrlose Heldin am Ende des Romans die Liebe fand.

Schließlich war es Catalina, die die seltsame Erstarrung durchbrach, in die alle versunken waren. Mit zerzaustem Haar und noch schlaftrunkener Stimme sagte sie:

»Also, ich weiß nicht, wie es euch geht, aber ich sterbe vor Hunger.« Und setzte damit eine Maschinerie in Gang, die alle aus dem Dornröschenschlaf erwachen ließ.

Azucena machte sich daran, Eier zu braten und Milch zu erhitzen, während die beiden neuen Mieterinnen ihre wunderbaren Zimmer bezogen. Justice und Noelia konnten erneut die Augen nicht voneinander lösen, und Andrés gelang es mit seiner üblichen unverblümten Art, Cecilia von der imaginären Bühne in die Wirklichkeit zurückzuholen.

»Ich habe dir eine Angelrute mitgebracht«, sagte er und wies auf das Geschenk, das noch an der Veranda stand. »Falls du die alten Gewohnheiten beibehalten und weiterhin Fische aus dem Fluss grillen willst. Ich habe gehört, dass es im Manzanares von verschmusten Karpfen mit riesigen Augen und Barben mit Katzenschnurrbärten nur so wimmelt.«

»Na, das klingt ja sehr verlockend«, meinte Cecilia lachend, nachdem er ihr so den Wind aus den Segeln genommen hatte.

Und dort, am Ufer des Manzanares, unter Kastanienbäumen, Pappeln und Platanen, ließ sie zu, dass Andrés

Leal sie zum ersten Mal umarmte, weil ihr mit einem Mal klar wurde, wie sehr sie ihn vermisst hatte. Die bittere Reue überkam sie erst am Abend, als sie allein in ihrem Bett lag und ihr Verhalten schändlich fand. Das Schicksal spielte ihr gerade einen üblen Streich: War sie nicht selbst erst vor Kurzem Opfer des schmerzhaften Betrugs eines untreuen Ehemannes geworden? Und nun machte sie sich des gleichen Verbrechens schuldig? Das war die pure Ironie.

12

Jegliche Art der Prostitution, sei es innerhalb der Pension oder außerhalb der Räumlichkeiten, ist den Hausbewohnern strengstens untersagt. Wird jemand bei der Ausübung einer derartigen Tätigkeit erwischt, führt dies zum sofortigen Hausverweis

Dies würde also von nun an ihre Tarnung sein, sagte sich Ivana mit einem Blick in die Runde. Ihr Zimmer, das den Namen *Fuego* trug, war ja ganz hübsch. Vielleicht ein bisschen kindisch und einfältig – so wie diese Pensionswirtin, die so naiv war, dass sie die Geschichte von der vorbildlichen Studentin glattweg geschluckt hatte.

Nun war es zu spät, irgendetwas zu bereuen; der Mietvertrag war unterschrieben und das Zimmer bezogen. Von hier würde sie sich nicht mehr vertreiben lassen. »Solange du dich an die Hausordnung hältst und am Ende des Monats deine Miete bezahlst«, hatte die Pensionswirtin gesagt.

Der Inhalt ihres Koffers entsprach allerdings in keiner Weise dem einer Studentin. Jedes einzelne Kleidungsstück, das Ivana vorsichtig entfaltete und in ihren Schrank hing, war äußerst exklusiv und sehr teuer. Vor allem die zarte Wäsche aus Seide und Spitze, die sie in die Kommode legte und mit Rosenwasser besprühte. Viel eher schien es, als wäre die junge Frau gerade in Monte-Carlo gelandet, um dort als Gast eines arabischen Scheichs oder eines russischen

Millionärs die Ballsaison zu genießen. Als würde sie an diesem Abend an Bord einer Luxusjacht zum Cocktailempfang erwartet, um am nächsten Morgen zum Brunch in die Palastgärten zu gehen. Als wolle sie auf dem Rosenball tanzen, im Casino viel Geld verspielen, sich im Beach Club sonnen und Champagner auf der Terrasse des Hotel Hermitage trinken, während am Himmel über den teuren Jachten das Feuerwerk erstrahlte.

Ivana reiste mit einem Necessaire von Louis Vuitton und drei Taschen von Chanel, mit zwei oder drei Paar Schuhen mit Swarovski-Steinen, Kleidung von Gucci, einer Schmuckschatulle mit Sicherheitschloss und einem ganzen Labor an Kosmetikprodukten.

»*Honey*«, säuselte sie am Telefon dem Mann ins Ohr, den sie auf dem Handy angerufen hatte. »Ich bin angekommen.«

Dann trat sie ans Fenster und blickte nach draußen auf den Garten und das Gemüsebeet, das Gebirge im Hintergrund, den Fluss in der Ferne, das, was von der Stadt zu sehen war, und, jenseits des Waldes, den schützenden Himmel.

Ivanas Geschichte unterschied sich kaum von der vieler anderer junger Frauen ihrer Zeit. Sie war bettelarm in irgendeinem eisigen Winter in Russland geboren worden und gezwungen gewesen, erfinderisch zu sein, um die Chance auf eine Zukunft zu haben.

Damals war sie mager und schlaksig gewesen, hatte Augen, die vom Hunger erzählten, lange Beine, um schnell davonlaufen zu können, viel zu große Zähne und herausstehende Knochen und war eigentlich viel zu groß, um die leibliche Tochter ihrer molligen Mutter zu sein und die Schwester der drei jüngeren Töchter, die diese geboren hatte. Letzteres konnte Ivana bezeugen, die als große Schwester und als Assistentin ihrer Großmutter Neva, der Hebamme des Dorfes, bei den drei Geburten dabei gewesen war.

Sie hatte an einem Obststand Früchte und Gemüse verkauft, der im Grunde nur aus einem Holzkarren bestand, den sie jeden Morgen durch die Straßen der Stadt geschoben hatte, um an jedem Haus Station zu machen: Heute Rüben, morgen Bohnen, bitte kaufen Sie doch ein paar Kartoffeln, ich mache sie für Sie sauber, Sie können auch anschreiben lassen, das ist schon in Ordnung, wenn ich nur irgendwann Geld mit nach Hause bringen kann.

Und eines Tages war das Wunder geschehen. Aus dem hässlichen Entlein war mit einem Mal ein wunderschöner Schwan geworden. Ihre Beine waren wie griechische Säulen, ihre Kurven atemberaubend und ihre großen Augen die reine Versuchung. Und anstatt Kartoffeln zu verkaufen, erfüllte sie nun Begierden. Bis sie vierzehn war, nur ansehen und anfassen und auch später nur legale Praktiken.

Einer ihrer Kunden, ein Geschäftsmann auf der Durchreise, der die Liebe gern in Wäschekatalogen suchte, gestand ihr stammelnd, noch nie ein so schönes Wesen wie sie gesehen zu haben. Er, der sich durchaus für einen Experten im Aufspüren von jungen Talenten hielt, schwor ihr, dass sie ein unglaubliches Potential habe, und das nicht nur im Bett, sondern auch auf anderen Gebieten. »Hast du schon mal daran gedacht, Karriere als Model zu machen, Süße? Die Laufstege ernähren sich von ausgehungerten Mädchen wie dir, die in der Lage sind, auf ihr Essen zu verzichten, um den

Appetit der Chefs in den großen Modehäusern zu wecken. Je magerer, desto besser. Diese hungrigen Augen, Ivana, diese Figur, bei der man jeden Knochen zählen kann, und dieses Gesicht, von dem das Leid abzulesen ist, diese Traurigkeit, all das Mitleid und das begehrliche Schuldgefühl, das du in Männern wie mir erweckst, die wir Beschützer, Gönner und Wohltäter sind. Komm mit mir auf die andere Seite der Welt, mein Kind, und ich mache dich reich. Was ist schon ein bisschen vorgespielte Liebe, ein wenig Sklaverei, wenn man dafür Ruhm, Geld und Vergnügen bekommt.«

»Drei Jahre«, hatte sie entgegnet. »Und dann bin ich frei.«

Er war einverstanden. Weil er naiverweise dachte, die Zeit wäre lang genug, um Ivanas Herz aus Eis zum Schmelzen zu bringen und ein wenig wahre Liebe zu bekommen.

Eine Weile lebten sie in Paris, er mit seiner Familie in der Rue Cambon; sie allein in einem Apartment, das über einem Tanzstudio und einer Second-Hand-Boutique lag, mit Blick auf das Centre Pompidou. Auf die Art lernte sie Französisch, während er ihr englischen Sprachunterricht bezahlte; in einer Modelschule übte sie, sich wie eine Katze zu bewegen, und vor seinen ständigen Besuchen flüchtete sie sich in einen Schrank mit doppelter Wand, den sie dafür heimlich selbst gebaut hatte.

»Vögelchen, wo versteckst du dich?«, flötete er, während er sie in dem fünfzig Quadratmeter großen Liebesnest hoffnungsvoll suchte.

Ich war in der Schule, auf dem Markt, bei einem Foto-Shooting, bei der Arbeit, im Schrank versteckt, während du, du Wurm, dich schwarz geärgert hast, weil die vereinbarten drei Jahre beinah zu Ende sind und das, was du für blühende Landschaften gehalten hast, sich als unfruchtbare Ödnis erwiesen hat.

Als die Frist abgelaufen war, warf der Mann sie mit der Grausamkeit eines enttäuschten Tyrannen hinaus.

»Du willst unseren Vertrag nicht verlängern? Dann bist du frei. Aber du bist auch allein und sitzt auf der Straße. Ich brauche die Wohnung für eine Freundin.«

Seitdem hatte Ivana, die gelernt hatte, dass Laufstege keine geradlinigen Wege sind, sondern steile, mit fleischfressenden Pflanzen und giftigen Lianen bewachsene Wände, die es mühsam zu erklimmen gilt, ihr kleines Dachzimmer an der Seine selbst finanziert und dort nur mit Männern geschlafen, die sie sich ausgesucht hatte.

Als der britische Minister in diplomatischer Mission nach Paris flog, um einen Grenzkonflikt zu lösen, führte Ivana bereits ein recht komfortables Leben. Sie erhielt einige Aufträge über ihre Agentur und konnte sich dank ein paar Gelegenheitsjobs über den Luxus-Escort-Service, den einige Rezeptionisten in den Fünf-Sterne-Hotels der Stadt heimlich anboten, etwas dazuverdienen.

Ivana war begehrt bei Geschäftsleuten, Politikern, europäischen Adligen und arabischen Prinzen. Einmal war sogar ein König darunter und drei Mal derselbe Scheich, der von seinen Konkubinen gelangweilt war, außerdem Filmemacher mit unaussprechlichen Lastern und hin und wieder ein amtierender Präsident eines Landes im Kriegszustand, der eigentlich an der Front sein und die Konflikte seiner Heimat lösen sollte.

Sie ließ sich nur auf Männer ein, die sie nicht abstießen. Die nicht zu alt, nicht zu dick und nicht zu lüstern waren. Die Rezeptionisten riefen sie an, wenn sie eine Anfrage erhielten, und schickten ihr das eingescannte Foto aus dem Ausweis des Hotelgasts aufs Handy, um den dieser beim Einchecken gebeten worden war. Dann traf Ivana ihre Entscheidung.

Der Minister war noch keine fünfzig und einer der vielversprechendsten Männer seiner Partei, außerdem attraktiv, wohlerzogen und elegant. Ein Gentleman mit exzellenten Manieren und untadeliger Laufbahn. Er war seit zehn Jahren mit der Tochter eines englischen Adligen verheiratet, Vater von zwei Kindern, die auf ein Eliteinternat gingen, Besitzer eines Aston Martin, und er verfügte über ein unstillbares sexuelles Verlangen, das seine Frau allein nicht zu befriedigen vermochte, sosehr sie sich auch bemühte.

Er hatte schon immer mindestens eine feste Geliebte gehabt und eine, die auf Abruf zur Verfügung stand. Und er bestellte sich im Hotel mit der gleichen Selbstverständlichkeit Frauen aufs Zimmer wie das Frühstück. Das war gefährlich, wie er wusste, dieses heimliche Laster, für ein Mitglied des britischen Parlaments, das eher eine Veruntreuung verzieh als einen Seitensprung. Doch auf die gleiche Art, wie es ihm gelungen war, zum untadeligen Liebhaber zu werden, hatte er ein unfehlbares System ersonnen, um niemals aufzufliegen: Er sorgte dafür, dass seine Frau, sein persönlicher Berater und der Wahlkampfchef der Partei stets über seine sexuellen Eskapaden auf dem Laufenden waren, und informierte sie sofort über jeden vollzogenen Akt, sodass gleich darauf sämtliche Spuren verwischt und Beweise vernichtet wurden.

Sein Ehevertrag sah keine Strafe bei Untreue vor, und von seiner Partei wurde er zu sehr geschätzt, als dass man ihm kleinlicherweise seine fleischlichen Begierden vorwerfen würde. Er war ein Kennedy des einundzwanzigsten Jahrhunderts, dessen Schwäche für andere Frauen eines Tages nachlassen und in der Monogamie enden würde.

Jedenfalls nahm Ivana den Auftrag an, erschien mit britischer Pünktlichkeit und schweizerischer Präzision um Punkt sieben Uhr abends im Hotel, trank Champagner und teilte das Bett und das Vergnügen der körperlichen Liebe mit diesem Herrn, der angenehm nach Aftershave roch, um anschließend für ihren Service fürstlich entlohnt zu werden, bevor ihr beim Verlassen des Zimmers ein wie ein Beamter aussehender Mann damit drohte, ihre Mutter umzubringen, wenn sie auf den Gedanken kommen sollte, auch nur ein Wort über das, was in jener Nacht geschehen war, zu verlieren.

Diese Drohung verwunderte sie keineswegs. Es war üblich, dass Sekretäre in Anzug und Krawatte, Militärs in Uniform, Männer mit Turbanen oder mit Pistolen oder Säbeln bewaffnet sie mit derartigen Ankündigungen im Flur erwarteten. Ungewöhnlich war dagegen die Tatsache, dass sie in ihrer Unterwäsche eine Visitenkarte gefunden hatte, mit der knappen Nachricht: *Ruf mich an!* und einer englischen Handynummer darauf.

So zog sie nach London in eine elegante Wohnung im Viertel Mayfair und lebte in den folgenden Jahren wie eine – britische – Königin.

Sie gab den Modeljob auf, den sie schon immer gehasst hatte, und konzentrierte sich darauf, sich zu pflegen wie eine Teerose. Außerdem schrieb sie sich zum Studium an der Universität ein. Dank eines einzigen Anrufs beim Rektor wurden ihr die Schulbildung und das Abitur unter dem Vorwand anerkannt, dass der Studiennachweis der angeblichen Tochter eines bedeutenden russischen Investors keineswegs gefälscht oder völlig absurd, sondern lediglich von einer inkompetenten Sekretärin ins Englische übersetzt worden sei. Denn wer würde an dieser Geschichte zweifeln, wenn er sie direkt aus dem Mund des Pressesprechers der Regierungspartei hörte?

»Ich bin zum Botschafter in Spanien ernannt worden«, gestand ihr eines Tages ihr illustrer Liebhaber. »Wegen meiner diplomatischen Fähigkeiten.«

Daher wählte der Botschafter Cecilias Pension als *casa chica* aus – wie man in Mexiko die Häuser für die Zweitfamilie nannte. Das perfekte Alibi der schönen, fleißigen Studentin, die er hin und wieder zu einem angenehmen Stelldichein in ein Luxushotel einlud.

Ivana war nicht gerade glücklich über dieses Arrangement, nahm jedoch den Spanischunterricht und die erniedrigenden Einbuße an Lebensqualität in Kauf, um weiter studieren zu können, da sie fest entschlossen war, etwas aus ihrem Leben zu machen. Sie war zweiundzwanzig Jahre alt, hatte Talent für Sprachen und interessierte sich für internationale Beziehungen, Politik, Geschichte, Philosophie und Rechtswissenschaften. Und sie träumte davon, eines Tages bei den Vereinten Nationen einmal so richtig aufzuräumen.

Das einzige störende Element in diesem kunstvollen Geflecht war zu Ivanas Ärger jenes unbedeutende kleine Mädchen mit dem wirren Haar, das sie sofort mit kritischem Blick durchleuchtet hatte und zu dem einzig möglichen Schluss gekommen war: »Das ist eine Nutte, Cecilia. Eine russische Nutte. Ist dir das denn nicht aufgefallen? Du hast dir eine Edelprostituierte in die Pension geholt. Wenn du willst, recherchiere ich ein bisschen, dann wirst du schon sehen.«

Gab es eine Regel, die den Pensionsgästen untersagte, sich zu prostituieren?

13

Heftiges Umarmen im Eingangsbereich der Pension ist verboten

Ein paar Monate nach Semesterbeginn führte Cecilia ein Telefongespräch mit ihrer Mutter, das sie für mehrere Stunden derart beunruhigte, dass einige Tassen Kräutertee, ein warmes Bad und ein wenig stille Lektüre in der Einsamkeit ihrer kleinen Bibliothek nötig waren, um ihr seelisches Gleichgewicht wiederherzustellen.

»Cecilia, mein Schatz, du hast uns schon zwei Monate lang nicht mehr besucht. Und du rufst nie an. Papa und ich machen uns Sorgen um dich.«

»Aber, Mama, ich habe dich erst am Montag angerufen, und heute ist Mittwoch.«

»Ist denn alles in Ordnung?«

»Genau wie am Montag, ja. Alles gut.«

»Siehst du? Du erzählst nichts. Du weichst mir aus und antwortest einsilbig: ja, nein, gut, hallo und tschüss.«

»Das stimmt nicht. Du bist ungerecht. Ich erzähle dir alles.«

»Alles?« Cecilias Mutter schlug den gefährlichen Tonfall einer Grundschullehrerin an, die einen ihrer Schüler beim Stehlen des Pausenbrotes seines Sitznachbarn erwischt hatte. »Weißt du, was mir ein Vögelchen gezwitschert hat?«

»Was?«

»Dass Noelia, die Enkelin meiner Freundin Victoria, sich verliebt hat!« Cecilia blieb beinah das Herz stehen. Sie schluckte. »Wusstest du das? Offensichtlich ist es ein junger Mann, den sie in Madrid kennengelernt hat.«

»Keine Ahnung«, log Cecilia.

»Hat sie ihn denn noch nie mit in die Pension gebracht?«

»In die Pension dürfen keine Männer mitgebracht werden. Erinnerst du dich, wer mir empfohlen hat, diese Regel in die Hausordnung aufzunehmen?«

»Aber ist sie noch nie von einem jungen Mann nach Hause gebracht oder abgeholt worden? Wahrscheinlich bekommst du das gar nicht mit, zerstreut wie du immer bist. Sicher bringt er sie hin und wieder mit dem Auto nach Hause, begleitet sie zur Tür, küsst sie am Gartentor …«

Während Cecilia zuhörte, wie ihre Mutter die imaginäre Szene von Noelias Küssen beschrieb, die sie bis dahin für so brav und unschuldig gehalten hatte, wie es ihr puppenhaftes Aussehen mit dem Porzellanteint vermuten ließ, kam ihr ein anderes, deutlich gröberes und – wie sie befürchtete – bedeutend realistischeres Bild in den Sinn, auf dem Justice mit nacktem Oberkörper Noelia mit seinen kräftigen Armen an sich riss und seine Zunge gierig in ihren Mund steckte; das Bild von ihren sich auf und ab bewegenden Hüften, wie sie gegen die Wand stießen, mit zitternden Knien, voller Angst, entdeckt zu werden; von der verführerischen Hütte, wo sie sich lieben konnten, ohne gesehen zu werden; und schließlich von der Furcht vor den traditionellen Klassenunterschieden, von den Erklärungen, der zwingenden Geheimhaltung und dem Verstellen in der Öffentlichkeit, was ihre verrückte Leidenschaft nur noch mehr anheizte.

Ein Auto, das Noelia nach Hause brachte? Die Armen hatten ja keine Ahnung, ihre Mutter und das geheimnisvolle »Vögelchen«, das aus dem mangelnden Appetit, den erstickten Seufzern und dem verlorenen Blick seiner Enkelin seine Schlüsse gezogen hatte!

»Victoria hat es dir erzählt, stimmt's?«

»Sie ist sich vollkommen sicher. Dass das Mädchen sich verliebt hat. Wie süß!«

»Und sie hat dich gebeten, mich auszuhorchen.«

»Ach, Cecilia, was du immer denkst!«

Das einzige verdächtige Auto, das zweimal pro Woche vor dem Gartentor hielt, war ein schwarzer Mercedes mit Diplomatenkennzeichen, dem Ivana entstieg und sich dann den Rock glatt strich. Dieser fuhr regelmäßig dienstags und donnerstags gegen fünf Uhr nachmittags mit brummendem Motor über die Calle de la Lanzada heran, bremste abrupt vor dem Haus und wartete, bis die junge Frau auf der Beifahrerseite ausstieg und um den Wagen herumging. Dann fuhr er gleich wieder ab, noch bevor Ivana die Pension betreten hatte. Da der Mercedes abgedunkelte Scheiben hatte, war es unmöglich zu erkennen, ob ein Chauffeur in Uniform am Steuer saß oder der Staatspräsident höchstpersönlich. Wobei die gewitzte Catalina inzwischen herausgefunden hatte, dass es sich um den Wagen des britischen Botschafters handelte.

»Und woher weißt du das?«

»Na, wegen des Nummernschilds. Cecilia, meine Liebe, du bist wirklich nicht zur Detektivin geboren. Das Auto von Ivanas Freier, der, wie es aussieht, ein fester Kunde ist – sieh mich nicht so an! –, hat ein rotes Nummernschild und ein

Diplomatenkennzeichen. Das erkennt man an den Buchstaben CD, was so viel wie ›Corps Diplomatique‹ bedeutet. Die Nummer 92 ist Großbritannien zugeordnet und die 1 dem Amt, das der Inhaber des Fahrzeugs bekleidet, in diesem Fall also dem Botschafter. Was ist los?«

»Ich kann's nicht fassen!«

»Sie hat mir erzählt, dass sie zweimal pro Woche dem Botschafter Französischunterricht gibt, wer's glaubt, wird selig.«

Catalinas Spürnase war eine Berufung. Sie konnte nicht anders, als in den Angelegenheiten anderer Leute zu wühlen, Geheimnisse zu wittern, und so hatte sie die Pension systematisch durchsucht, was durchaus zu Ergebnissen geführt hatte. Als Erstes hatte sich ihr Verdacht in Bezug auf Ivanas geheime Tätigkeit bestätigt. Sobald die Russin zum ersten Mal das Haus verlassen hatte, um zur Uni zu gehen, war Catalina ohne Skrupel in ihr leicht zugängliches Zimmer eingedrungen. Und als Azucena sie dort dabei erwischt hatte, wie sie die Schubladen durchwühlte, den Wert der Wäsche aus Seide und Spitze kalkulierte, entzückt die Armbänder, Ohrringe und Goldketten in der von ihr irgendwie geöffneten Schmuckschatulle betrachtete und überall nach dem Umschlag voller Geld suchte – den sie schließlich unter der Matratze fand –, war ihr einziger Kommentar: »Unfassbar, was man in diesem Job verdienen kann!« Dies erzählte Azucena später Cecilia hinter verschlossener Tür, in der Annahme, Catalina als Diebin überführt zu haben, und musste dabei überrascht feststellen, dass ihre Chefin irgendwie in die Angelegenheit verwickelt zu sein schien, da deren einzige

Reaktion darin bestand, sich auf die Lippe zu beißen und Azucena zu bitten, niemandem zu erzählen, was sie gesehen hatte.

»Es ist nicht so, wie es aussieht«, erklärte sie, genau die Worte wählend, die ihr Mann damals gesagt hatte, als er ihr geschworen hatte, kein Verhältnis mit der Frau zu haben, die ihre Strümpfe in ihrer Wohnung vergessen hatte.

Cecilia hatte in letzter Zeit oft an diese Frau gedacht. Daran, wie wenig sie von ihr wusste, wie gleichgültig sie ihren Gefühlen und Absichten gegenüber gewesen war. Sie war einfach davon ausgegangen, dass die Geliebte ihres Mannes hinterhältig ihr heimisches Glück zerstört hatte – eine rücksichtslose, egoistische Frau, ohne Gesicht und ohne Vergangenheit und vollkommen gewissenlos. Doch nun, da sie sich mit ihrer schlimmsten Feindin zu identifizieren begann, erwachte allmählich ihre Neugier. Ob sie sich wohl auch irgendwann einmal vor ihren eigenen Gefühlen gefürchtet hatte so wie sie jetzt? Vor der fatalen und unwiderstehlichen Anziehungskraft, die dieser verheiratete Mann auf sie ausübte? War ihr das eigene Glück wichtiger gewesen als das Leid anderer? Und hatte die Tatsache, dass Cecilia und ihr Mann keine Kinder hatten, ihr die Sache erleichtert? Denn es ist sicher einfacher, irgendeiner dämlichen Tussi den Mann wegzunehmen als einen Vater seinen Kindern, sagte sie sich.

Die Sache wollte ihr nicht aus dem Kopf gehen. Noch immer sah sie ununterbrochen das Hochzeitsfoto von Andrés Leal vor sich. Schließlich hatte sie keine Ahnung, ob aus dieser Verbindung nicht vielleicht zwei oder drei schutzlose Wesen hervorgegangen waren, die jeden Abend darauf warteten, dass ihr geliebter Papa nach Hause kam. Das Einzige, was sie wusste, war, dass sie diesem Mann erlaubt hatte, sie zu umarmen, ihr kokette Worte ins Ohr zu flüstern und sie in der Abenddämmerung zum Ufer des Flusses zu begleiten, um ihr beizubringen, wie man ihre brandneue Angelrute mit der automatischen Rolle benutzte – ach, wie sehr Großvater sich gefreut hätte, wenn er das hätte sehen können! –, wobei er die Gelegenheit genutzt hatte, sich eng an sie zu schmiegen, was sie förmlich hatte dahinschmelzen lassen.

Noch hatten sie die Schwelle des Verrats nicht überschritten: Bisher war es weder zu einem leidenschaftlichen Kuss gekommen, noch hatten sie dem Verlangen nachgegeben, sich auf irgendeinem Hügel zu wälzen oder sich auf einem verlassenen Feld zu verstecken, um ihre Begierde zu stillen. Noch konnte Andrés nach Hause zurückkehren und ohne große Gewissensbisse neben seiner Frau einschlafen. Er konnte sich selbst etwas vormachen, indem er sich einredete, dass Cecilia nur eine von ihrem untreuen Ehemann verlassene Frau war, die unter Minderwertigkeitsgefühlen litt, schutzlos und verletzlich war und sich nach Zärtlichkeit sehnte. Dass er ihr lediglich half, ihr seelisches Tief durch unschuldige gemeinsame Spaziergänge und nette Worte zu überwinden.

Möglicherweise war auch er zwischen Pflichtgefühl und Versuchung hin und her gerissen. Und der einsame Sommer an Bord seines Segelbootes war für ihn die Hölle gewesen, weil er nachts nicht schlafen konnte und tagsüber vor sich hin gegrübelt hatte. Es war nicht leicht, eine Familie zu zerstören, zwei, drei oder vier Herzen zu brechen, die man einmal so sehr geliebt hatte, weil plötzlich ein neues Herz aufgetaucht war, ein verletztes Herz, das kurz davor gewesen war, stehen zu bleiben wie eine alte Wanduhr, die ihr Besitzer vergessen hatte aufzuziehen.

Andrés' Verhalten war durchaus widersprüchlich. Er warf ihr eindringliche Blicke zu und blickte dann wieder zur Seite. Er umarmte sie und zuckte dann zurück, er preschte voran und zog sich zurück, holte Luft, um etwas zu sagen, und stieß sie wortlos wieder aus.

Wenn es keinen anderen Hinderungsgrund gäbe als die normale Furcht vor der plötzlichen Liebe, hätte Andrés sie mittlerweile doch sicher schon viel tiefer in seine Welt eindringen lassen, dachte Cecilia. Er hätte sie ins Kino eingeladen oder zum Essen, hätte sie seinen zwei oder drei besten Freunden vorgestellt, hätte ihr Anekdoten aus seiner Vergangenheit erzählt, hätte von seinen Eltern gesprochen, die so nett waren und in El Boalo lebten, in einem hübschen Landhaus, das er mit seinen eigenen passionierten Maurerhänden gebaut hatte, oder von seinen beiden Brüdern. Von dem Unglück, in dem der Herr und sein Hund sich beide das Bein verletzt hatten, von dem Schmerz und der Angst, der Gewissheit, dass nichts mehr so sein würde wie vorher, und von der Neuerschaffung seiner Welt, seinem neuen Haus, seiner neuen Arbeit, seinem neuen Horizont.

Cecilia wusste, dass es keine gute Idee war. Dass sie sich auf einem Minenfeld bewegte, dass sie im Treibsand versinken würde, dass sie sich in die Höhle des Löwen wagte. Doch sie hatte die Qual der Unsicherheit satt, sodass sie eines Nachmittags, als Azucena nicht im Haus und Ivana in der Uni war und Noelia und Justice sich irgendwo ein Stelldichein gaben, an die Tür von Catalinas Zimmer klopfte.

»Ich brauche deine Hilfe.«

»Um ein Verbrechen aufzuklären?«

»Wobei sonst?«

Cecilia gestand Catalina, dass das, was sie für Andrés Leal empfand, allmählich außer Kontrolle geriet, dass sie nicht mehr schlief, zu keinem Schluss kam und an nichts anderes als an ihn mehr denken konnte. Und dass sie den Verdacht hatte, dass er verheiratet sei.

»Dir ist also auch das Foto aufgefallen«, folgerte Catalina.

Cecilia nickte bekümmert. »Aber sei um Himmels willen diskret, Catalina, bitte! Wenn er herausfindet, dass ich ihm hinterherschnüffle, ist alles vorbei. Ich kenne keinen Menschen, der mehr auf seine Privatsphäre bedacht ist als er.«

»Die Leute, die unbedingt ihre Privatsphäre wahren wollen, haben immer etwas zu verbergen«, erwiderte die Hobbydetektivin klarsichtig. Dann öffnete sie ihr Notizbuch, in dem sie alle Überlegungen zu ihren Kriminalgeschichten aufschrieb, zückte einen Kugelschreiber und notierte in Schönschrift:

»›Andrés Leal.‹ Alter?«

»Keine Ahnung.«

»Adresse?«

»Keine Ahnung.«

»Familienstand?«

»Darum geht es ja, Süße.«

»Stimmt. Name seines Unternehmens?«

»Michelangelo Buonarroti.«

»Na toll, dass du immerhin das über den Mann weißt, in den du dich verliebt hast«, witzelte Catalina. »Du machst es mir nicht gerade leicht.«

»Ich weiß viel über ihn«, protestierte Cecilia. »Ich weiß, dass er einen bärbeißigen Humor hat und ein großes Herz, dass er seinen Hund liebt, dass er ein Segelboot in Santander hat, dass seine Eltern Danilo und Inmaculada heißen und in El Boalo leben, dass er in dem Haus aufgewachsen ist, in dem wir beide uns gerade befinden, dass er offensichtlich eine Blondine geheiratet hat, dass er sich bei einem Unfall das Bein verletzt hat, dass er seinen eigenen Chef eingestellt hat, um seinen Traum zu verwirklichen, als Maurer zu arbeiten, dass er zwei Brüder hat und offenbar der sensibelste von allen dreien ist.«

Catalina schrieb eifrig mit.

»Jetzt hol mal Luft, um Gottes willen«, beschwerte sie sich lachend. »Ich denke, ich fange einfach damit an, ihn zu überwachen, ohne dass er es merkt. Leihst du mir dein Auto?«

»Auf keinen Fall!«, wehrte Cecilia erschrocken ab. »Er wird dich entdecken.«

»Ach was, keine Sorge! Vertrau mir! Ich weiß, wie man jemanden unauffällig beschattet. Ich mache Fotos für dich und alles, und er wird nichts bemerken.«

Das Erste, was Catalina einfiel, war, direkt vor Ort mit der Recherche zu beginnen.

Sie verglich alles, was sie über Andrés Leal wusste, mit dem, was sie im Internet über ihn fand, und sah dort tatsächlich einige der Informationen, die sie bereits hatte, bestätigt. Anschließend rief sie bei Andrés im Büro an und hoffte darauf, dass nicht er selbst, sondern eine Sekretärin ans Telefon gehen würde.

»Michelangelo Buonarroti, guten Tag«, meldete sich eine weibliche Stimme.

»Guten Tag«, entgegnete Catalina geschäftsmäßig, »General Electric hier. Ich rufe an, weil der Techniker, der Ihre Waschmaschine reparieren sollte, vor Ihrer Tür steht und niemand aufmacht.«

»Waschmaschine?«, wiederholte die Stimme am Telefon erstaunt. »Ich fürchte, Sie sind falsch verbunden. Dies ist ein Bauunternehmen, und wir haben keine Waschmaschine.«

»Ach was!« Catalina tat, als wäre sie verärgert. »Das heißt, ich bin nicht mit dem Anschluss von Don Andrés Leal verbunden?«

»Nein. Dies ist die Nummer der Firma«, antwortete die Stimme. »Welche Adresse hat man Ihnen denn gegeben?«

Catalina nannte irgendeine Straße und eine Hausnummer.

»Nein. Das ist ja eine völlig falsche Adresse.«

»Wie merkwürdig. Dann ist hier wohl ein Irrtum beim Ausfüllen des Auftragsscheins unterlaufen. Hier steht: ›Andrés Leal, Schaden an der Waschmaschine, dringend Reparatur erwünscht.‹ Und dazu die Nummer, die ich angerufen habe.«

»Gut, dann sagen Sie Ihrem Techniker, dass er zum Haus Nummer 15 in der Calle Juan Bravo gehen soll, vierte Etage. Keine Sorge, ich informiere Andrés über Handy.«

»Vielen Dank«, sagte Catalina so verbindlich, wie sie konnte, dann kam sie zum zweiten Teil ihres Plans. »Warten Sie!«, rief sie aus. »Jetzt weiß ich, worin der Fehler liegt. Es handelt sich um eine Baufirma, sagen Sie?«

»Ja.«

»Hier liegt der Hund begraben«, erklärte Catalina lächelnd. »Wie es aussieht, wurde der Name des Bauunternehmers und nicht der des Wohnungseigentümers angegeben.«

»Kann passieren.«

»Sie brauchen sich also keine Mühe zu machen und können sich den Anruf sparen. Den richtigen Namen finde ich im Computer. Entschuldigen Sie die Störung.«

»Kein Problem.«

»Nochmals vielen Dank«, meinte Catalina, bevor sie auflegte. »Sie waren mir eine große Hilfe.«

Um sieben Uhr morgens am nächsten Tag, einem düsteren, eiskalten ersten Freitag im November, begann Catalina mit der Observation in der Calle Juan Bravo. Sie saß in Cecilias Auto, das sie in sicherer Entfernung von dem Haus, in dem Andrés Leal lebte, abgestellt hatte, um nicht entdeckt zu werden. Sie hatte ihre Notizen und ein Fernglas mitgenommen.

Um halb acht kam der Pförtner. Um Punkt acht verließ ein Mann im Mantel das Haus. Um sechzehn Minuten nach acht eine junge Frau in Jeans und um halb neun erschien der Briefträger. Um zehn vor neun tauchten drei Kinder in Schuluniformen auf, die die Straße überquerten und in der Schule auf der anderen Straßenseite verschwanden. Und um neun, als Catalina schon begann, ihr Pech zu verfluchen, trat endlich Andrés Leal mit Bicho aus dem Haus. Nach einem kurzen Gassigang und der Verrichtung aller zu erledigenden Geschäfte stiegen Herr und Hund in einen schwarzen BMW und fuhren los.

Catalina wartete, bis das Auto um die nächste Straßenecke bog, dann nahm sie einen Strauß Dahlien vom Beifahrersitz und stieg aus dem Wagen.

»Guten Morgen. Ich bin von Interflora und habe einen Strauß Blumen für Señora Leal abzugeben«, teilte sie dem Pförtner mit. Der runzelte die Brauen. »Calle Juan Bravo 15, vierter Stock. Das ist doch hier, oder?« Catalina tat so, als sähe sie in ihrer Liste nach.

»Hier wohnt keine Señora Leal«, entgegnete der Mann.

»Nein? Sind Sie sicher?«

Und dann erledigte der unschuldige Pförtner mit einem einzigen Satz den kompletten Ermittlungsauftrag, der Catalina übertragen worden war.

»Die Blumen müssen für Don Andrés Leal sein«, vermutete er, »aber der lebt allein.«

»Dann gibt es also gar keine Señora Leal?«

»Nein«, bekräftigte der Mann. »Nur einen Señor Leal und einen Hund. Aber keine Señora. Wenn Sie möchten, können Sie die Blumen hier bei mir lassen. Ich gebe sie dann der Putzfrau mit, wenn sie nach oben geht.«

»Nein, vielen Dank. Ich überprüfe im Blumenladen lieber noch mal, ob die Angaben stimmen.«

Nachdem das Rätsel nun gelöst war, hatte Catalina eigentlich vor, eilig zur Uni zu fahren. Wenn sie sich beeilte, konnte sie vielleicht noch pünktlich zur ersten Vorlesung dort sein. Sie ließ den Motor an und wollte gerade aus der Parklücke fahren, als ein Blick in den Rückspiegel sie abrupt abbremsen ließ.

Der schwarze Mercedes mit den abgedunkelten Scheiben und dem Nummernschild CD 92-1, der dienstags und donnerstags um fünf Uhr nachmittags Ivana immer an der Pension absetzte, war am Ende des Blocks aufgetaucht und fuhr auf Cecilias Wagen zu. Und der Zufall wollte es, dass er kurz darauf direkt neben ihrem Wagen in zweiter Reihe anhielt.

Der Chauffeur stieg aus, ging um das Fahrzeug herum und öffnete die hintere Tür, aus der ein Junge und ein Mädchen von sechs oder sieben Jahren ausstiegen, die beide sehr blond und sehr sorgfältig gekämmt waren und sehr danach aussahen, die Kinder des Botschafters zu sein.

Catalina beobachtete die steife Verabschiedung samt Übergabe der schweren Rucksäcke und der Pausenbrote sowie den Empfang durch die Nonne an der Tür und konnte nicht umhin, die Worte zu wiederholen, die in letzter Zeit wie ein Mantra in ihrem Kopf herumspukten: »Dieses Flittchen!«

Sie wartete ein paar Sekunden, um sich zu beruhigen, und rief dann bei Cecilia an.

»Gute Nachrichten«, teilte sie ihr mit. »Es gibt keine Señora Leal. Du hast freie Bahn, Chefin.«

Anschließend machte sie sich auf den Weg zur Uni, hielt allerdings noch einmal an einem Farbengeschäft an, um sich eine Spraydose mit schwarzer Farbe zu kaufen. Sie verbrachte die vorgesehenen vier Stunden in den Vorlesungsräumen, aß allein in der Cafeteria zu Mittag und brachte dann die Zeit bis zum Ende der nachmittäglichen Vorlesungen in der Bibliothek herum. Es war bereits beinah acht Uhr abends, als sie, in den feuchtkalten Nebel gehüllt und sich vergewissernd, dass niemand sie sah, an eine Mauer gegenüber dem Fakultätsgebäude schrieb: *Ivana ist eine Nutte.*

Zufrieden mit ihrem Werk, stieg sie wieder in Cecilias Auto und kehrte zur Pension in der Calle Ribera de Manzanares zurück, in der sie keine Menschenseele antraf.

In der Küche lud sie sich eine Portion Reis mit Huhn, einen entrahmten Joghurt, ein Glas Milch und ein paar Kekse auf ein Tablett. Damit stieg sie in den zweiten Stock hinauf, ging in Cecilias Bibliothek und machte es sich in dem Sessel gemütlich. Das Mondlicht schien durch das kleine Dachfenster, und nachdem Catalina gegessen und eine Weile in ihrem Krimi geschmökert hatte, schlief sie schließlich ein.

Es war nicht das erste Mal, dass Catalina mitten in der Nacht aus dem Schlaf aufschreckte, sich komplett angezogen, mit verknitterter Kleidung und einem Buch auf dem Schoß irgendwo wiederfand und feststellte, dass sie drei oder vier Stunden lang geträumt hatte, jemand anderes zu sein. Oftmals waren es schwere Träume, die mit der Vergangenheit zu tun hatten und die Catalina mit einem Kloß im Hals zurückließen, den sie zu ignorieren versuchte, wenn sie dann zurücktaumelte und sich in der schützenden Einsamkeit ihres Zimmers auf ihr Bett warf und weiterschlief.

Diesmal war das, was sie aufgeweckt hatte, jedoch nicht die Erinnerung an ihren Vater, wie er Nacht für Nacht eine andere Frau bestieg, von denen sie einige kannte, andere nicht, sondern das unverwechselbare Geräusch eines lustvollen Stöhnens an der Tür der Pension.

Als wäre Catalina wieder acht Jahre alt und hätte aus Angst vor der Dunkelheit die Tür ihres Schlafzimmers offen gelassen, hörte sie das Keuchen und das Lachen, das rhythmische Seufzen, das Stoßen, das Flüstern und schließlich die finale Ekstase der Frau und die des Mannes direkt darauf, das gleichzeitige erleichterte und erfüllte Durchatmen, die flehende Stimme ihres Vaters, der immer mehr wollte, mehr Frauen, mehr Nächte, noch mal und noch mal, bleib doch noch ein Stündchen, ich gebe dir das Geld morgen, bleib heute Nacht hier, ich möchte neben dir aufwachen, als wären wir ein Paar und ich müsste nicht dafür bezahlen!

Catalina sah auf die Uhr. Es war Viertel vor drei und sie saß noch immer in dem Sessel der kleinen Bibliothek. Draußen konnten es höchstens fünf Grad sein. Catalina blickte durch das Dachfenster in den Sternenhimmel und auf den Vollmond, und das Einzige, was sie empfand, war eine unbändige Wut, die sich gegen jene richtete, die sich auf der Türschwelle heimlich der Liebe hingaben.

Sie vermied jedes Geräusch, lauernd, wie ein wildes Tier, das im Wald einen ungewohnten Laut gehört hatte, bis die Stille sich verdichtete und plötzlich die wahre Catalina, der Spürhund, in ihr erwachte und sie leise die Treppe hinuntereilte, um das Liebespaar in flagranti zu erwischen.

Es war beinah vollkommen dunkel im Haus. Im ersten Stock waren sämtliche Zimmertüren geschlossen, und der Flur wurde nur durch den Schein der Lampe aus dem Stockwerk darüber und dem fahlen Licht, das von draußen hereinfiel, schwach erhellt. Das Treppenhaus war komplett verwaist, die Küche leer, und auch im Wohnzimmer war keine Menschenseele.

Die einzige Möglichkeit herauszufinden, wer dort draußen an die Haustür gelehnt unverständliche Worte seufzte und flüsterte, bestand darin, durch den Spion zu schauen.

Doch zu Catalinas Enttäuschung hatte sich das Paar offenbar hingesetzt oder -gelegt und befand sich außerhalb ihres Blickfeldes. Daher kam sie auf den Gedanken, dass sie, wenn sie sich auf die Arbeitsfläche in der Küche stellte und sich dabei wie ein Schlangenmensch verbog, vielleicht in der Lage sein würde, zumindest einen Blick auf die Haare oder die Schuhe der Liebenden zu werfen, um deren Identität herauszufinden.

Entschlossen stieg sie auf einen Stuhl und von dort aus auf die Arbeitsfläche, doch aufgeregt, wie sie war, dachte sie nicht darüber nach, dass die Metallhalterungen ihr Gewicht möglicherweise nicht würden tragen können. Und dann geschah, was geschehen musste.

Die dünne Holzplatte krachte herunter, und Catalina stürzte zu Boden, wobei sie die Schublade mitsamt des Bestecks mit sich riss, das sich klirrend über den gesamten Boden verteilte, und ein Glas Mayonnaise, das jemand vergessen hatte, zurück in den Kühlschrank zu stellen, und das auf den Küchenfliesen in tausend Teile zersprang.

Der Lärm war so ohrenbetäubend, dass davon wahrscheinlich das halbe Viertel wach geworden war, doch in der schönsten Pension der Welt eilte niemand Catalina zu Hilfe.

Durch den Krach gewarnt, machte sich das Paar an der Tür eilig aus dem Staub, bevor sich die Ermittlerin, die von oben bis unten mit Mayonnaise bespritzt war und sich einige Prellungen zugezogen hatte, vom Boden aufrappeln und zum Fenster humpeln konnte. Und das Allerseltsamste war, dass sich am nächsten Tag weder Cecilia noch Noelia, noch Ivana daran erinnern konnten, in der Nacht irgendein Geräusch gehört zu haben.

»*Wann* soll das passiert sein, sagst du?«

»Um Viertel nach drei.«

»Wie seltsam!«

»Ich bin erst um vier nach Hause gekommen«, gestand Cecilia leicht verlegen.

»Bei mir ist es auch spät geworden. Wahrscheinlich war ich noch länger weg als du«, erklärte Noelia.

»Ich habe bei einer Freundin übernachtet«, entschuldigte sich Ivana.

Schließlich war es Azucena, die, um unbegründete Anschuldigungen zu vermeiden, dem Gespräch eine vernünftige Wendung gab.

»Das müssen Leute von der Straße gewesen sein. Irgendein Paar, das vorbeigekommen ist, das offene Gartentor gesehen hat und sich im Hauseingang herumgedrückt hat.«

Dennoch untersuchte sie die Wäsche aller Pensionsbewohnerinnen genauestens auf Spuren, um am Ende zu dem Schluss zu kommen, dass bei allen drei Frauen eindeutige Hinweise auf sexuelle Aktivitäten zu finden waren.

Diese Information, um die Catalina sie gebeten hatte, reichte zwar nicht aus, um die Schuldige zu überführen, sorgte aber dafür, dass die Theorie des unbekannten Liebespaares erst einmal in den Hintergrund trat. Denn wenn nicht der Vollmond am Ufer des Manzanares vor der Tür der Pension geseufzt und gestöhnt hatte, dann hatte sich, wie es aussah, eine der drei Hausbewohnerinnen zum ausufernden Austausch von Zärtlichkeiten im Eingangsbereich der Pension hinreißen lassen.

14

Aufrichtigkeit und Sittsamkeit der jungen Pensionsbewohnerinnen werden vorausgesetzt

Als Ivana beim Verlassen des Fakultätsgebäudes völlig unvorbereitet die Aufschrift an der Wand gegenüber sah, blieb sie wie vom Blitz getroffen stehen. Ein heftiger Schmerz schoss ihr in die Eingeweide und ließ sie sich krümmen. Ihre Zähne fingen an zu klappern, und sie merkte, wie ihr schwindlig wurde. Die Bücher, die sie im Arm hielt, glitten ihr aus der Hand, und auch die Stifte fielen zu Boden und verteilten sich wie Mikadostäbchen auf dem Asphalt. Hilfesuchend und einer Ohnmacht nahe klammerte sie sich an den jungen Mann, der neben ihr herging.

Auch dieser hatte die Schmiererei an der Mauer gesehen: *Ivana ist eine Nutte,* was ihn ebenfalls nicht kaltgelassen hatte. Heftige Wut hatte ihn erfasst, und seine Knie zitterten.

»Achte nicht drauf«, tröstete er Ivana. »Das war sicher Susana. Sie ist verrückt. Das hat sie nur gemacht, um es mir heimzuzahlen.«

Es war neun Uhr, und es war Freitagabend. Die Farbe war noch nicht trocken. Daher war es gut möglich, dass das Graffiti noch keinem aufgefallen war.

»Komm, wir holen ein Lösungsmittel und machen es weg, in Ordnung? Ich habe Terpentin in der Garage.«

Ivana weinte, während sie sich an der Jacke des jungen Mannes festklammerte, der sein Motorrad wie ein Raumschiff dem Ziel entgegensteuerte. Sein Name war Dani, und er lebte mit seinen Eltern, seinen Schwestern und einem kleinen Hund in einer Wohngegend am Stadtrand. Er war gerade zwanzig Jahre alt geworden und hatte zur Feier des Tages Ivana den ersten echten Kuss ihres Lebens gegeben. Einen romantischen Kuss, ohne sie zu drängen und ohne weitere Erwartungen, der nicht von irgendwelchen Grobheiten oder Fummeleien begleitet wurde, sondern von zärtlichen Worten und liebevollen Gesten.

Die erwähnte Susana war ein etwas labiles und leicht verrücktes Mädchen, das seit der Schulzeit mit Dani zusammen gewesen und davon ausgegangen war, dass sie nach dem Abschluss ihrer Studien heiraten würden, da er die Liebe ihres Lebens war und sie füreinander bestimmt seien.

Diese Vorstellung war Danis Eltern nicht unrecht gewesen – Susanas Familie war wohlhabend und angesehen –, weshalb sie der neuen Eroberung ihres Sohnes eher misstrauisch gegenüberstanden: einer russischen Studentin, bei der es sich nicht einmal um die verwöhnte Tochter eines jener Millionäre mit fragwürdigem Vermögen, Luxusjachten und Privatjets handelte, die mit teuer erkaufter Straffreiheit durch die Welt reisten. Die schöne Ivana machte eher einen etwas verlorenen und desorientierten Eindruck in diesem Land, das ihr völlig fremd war mit seinen seltsamen Gepflogenheiten und der für sie neuen Sprache.

»Ivana ist Model«, hatte ihr Sohn ihnen eines Sonntags am Esstisch stolz verkündet, was die Sache noch verschlimmert hatte.

Danis Mutter hatte daraufhin beinah einen Zusammenbruch erlitten. Das Mädchen, das ihr Sohn mitgebracht hatte, trug eine Lederjacke, eine enge Lederhose, Stiefel mit hohen Absätzen und eine riesige Sonnenbrille.

»Wie alt ist sie denn?«, fragte sie ihren Sohn flüsternd. »Dreißig?«

Doch nachdem sie den ersten Schrecken überwunden hatte und angemessen über alles informiert war, was sie wissen musste, um ruhig schlafen zu können (»Sie ist zweiundzwanzig, studiert mit mir, hat hervorragende Noten, spricht vier Sprachen, ist schon viel in der Welt herumgekommen und ist wunderbar, umsichtig, zurückhaltend, genau, sauber, geschickt, klug, vornehm, elegant, makellos, engelhaft, aufmerksam, freundlich, sensibel, entgegenkommend, respektvoll, friedliebend und einfach faszinierend!«), ergab sie sich in ihr Schicksal, da es sich hier offensichtlich um wahre Liebe handelte, und entschied, dem Rat ihres Mannes zu folgen, der gesagt hatte: »Wenn du deinen Sohn nicht verlieren willst, darfst du dich nicht gegen sie stellen.«

Daher hatte Susana in Daniels bis dato nicht gerade abwechslungsreichem Liebesleben aufgehört zu existieren und war mit chirurgischer Präzision durch Ivana ersetzt worden.

»Wir entfernen die Schweinerei, und ich lade dich zum Essen ein«, tröstete Dani die blasse Ivana nun. »Hör auf zu weinen und lächle wieder.«

Er hielt das Motorrad an, drehte sich um und küsste sie, ohne den Helm abzusetzen, was kein leichtes Unterfangen war. Beide mussten sie lachen.

Am Ende entschieden sie sich, anstatt die Schrift zu entfernen, einfach aus dem I ein S zu machen und aus dem V ein U und in der Mitte ein weiteres S einzufügen, sodass sie ohne großen Aufwand einfach den einen Namen durch den anderen ersetzten. Am Montag, wenn sich die Vorlesungsräume füllten, würde dementsprechend an der Wand des Fakultätsgebäudes der folgende Satz zu lesen sein: *Susana ist eine Nutte.*

»Denn es war garantiert sie, die das geschrieben hat. Sie ist wirklich verrückt.«

Dani hob Ivana hoch, setzte sie auf sein Motorrad, küsste sie erneut, und dann fuhren sie los.

Morgens um halb fünf, nach einem Dinner bei Kerzenlicht und einem anregenden Zug durch die drei oder vier angesagtesten Diskotheken der Stadt, brachte Dani Ivana zurück zur Pension. Sie stellten das Motorrad in der Nähe des Hauses ab, und als Ivana sich umdrehte, um die Haustür zu öffnen, schmiegte sich Dani von hinten an sie und umarmte sie heftig. Die Hitze und die Aufregung, die die Begierde mit sich brachte, waren deutlich zu spüren.

»Warte, Dani«, sagte sie, »bitte nicht hier vor dem Haus.«

»Ich liebe dich«, stotterte er, ohne zu ahnen, dass zuvor noch nie jemand diesen Satz zu Ivana gesagt hatte.

Völlig entwaffnet ließ sie ihn gewähren und gab sich der Liebe hin, wo und wie er es wollte. Er liebte sie mit der drängenden Hast eines Tauchers, der schon lange unter Wasser die Luft angehalten hatte und durch die Wasseroberfläche stieß, um endlich wieder atmen zu können.

Es war kalt, und ihre Lederkleidung knirschte. Ihre Stiefel stießen zwei oder drei Mal gegen die Tür der Pension, und als Ivana merkte, dass ihr Liebhaber kurz vor dem Höhepunkt stand, hielt sie ihm eilig den Mund zu, um zu verhindern, dass er das ganze Haus aufweckte.

»Willst du mich ersticken?«, protestierte er.

»Pst!«, machte sie und verschloss ihm erneut den Mund, diesmal jedoch mit ihren üppigen, feuchten Lippen.

Danach verabschiedete sich Dani, wobei er ihr ewige und aufrichtige Liebe schwor, nicht nur aus dem Überschwang der Gefühle heraus, sondern wohlüberlegt, bevor er, taumelnd vor Glück, den Steinweg zum Gartentor entlangging. Nachdem Ivana abgewartet hatte, bis sich das Geräusch seines Motorrads in der Ferne verlor, trat sie ins Haus.

Offenbar lag alles in tiefem Schlaf. Nirgendwo brannte Licht, keiner schien auf der Lauer zu liegen, und nicht einmal Catalina geisterte durch die Flure und das Treppenhaus.

Wenn es also stimmte, dass die Nervensäge mit dem wirren Haar eindeutige Geräusche an der Tür gehört hatte, dann waren das jedenfalls nicht ihre gewesen.

»Bist du sicher, dass du das Ganze nicht nur geträumt hast?«, wagte sie zu fragen. »Derartige sexuelle Phantasien entstehen oft aus Mangel und unterdrückten Sehnsüchten.«

»Und?«

»Nichts weiter. Vielleicht brauchst du nur ein wenig Ablenkung. Du gehst niemals aus, hast keinen Freund … Du bist ziemlich verklemmt, oder?«

In dem Moment sah Noelia sich gezwungen einzugreifen, indem sie plötzliche Kopfschmerzen vorgab, damit das Gespräch nicht in einen handfesten Streit ausuferte. Sie bat ihre beiden Mitbewohnerinnen, um Himmels willen, nicht so zu schreien, nahm eine Aspirintablette und floh die Treppe hinauf, damit Catalina sie nicht weiter ausfragen konnte.

Noelia hatte die Wahrheit gesagt. Sie war tatsächlich exakt um zehn vor vier nach Hause gekommen, sodass Catalina nicht sie gehört haben konnte. Justice war sehr vorsichtig gewesen, sehr leise, und auch sie hatte nur ganz leicht vor Schmerzen gestöhnt, als er in sie eingedrungen war, was sich ziemlich genau um Punkt vier Uhr ereignet hatte. Und nicht schon um halb vier, wie diese schreckliche Schnüfflerin behauptete.

Justice und sie hatten wie immer in letzter Zeit den Abend gemeinsam verbracht und hatten sich in der schützenden warmen Dunkelheit eines kleinen Cafés mit offenem Kamin in der Nähe der Pension stundenlang tief in die Augen geblickt. Danach waren sie durch die leeren Straßen der Stadt geschlendert und hatten sich spielerisch in jedem Hauseingang geküsst, bis sie bei dem ihren angelangt waren.

»Komm mit in meine Hütte«, hatte Justice sie nicht zum ersten Mal inständig gebeten.

»Nein.«

»Warum?« Und die Traurigkeit in seinen Augen hatte ihr Herz gebrochen.

Denn die Antwort auf dieses »Warum« war so grausam, dass Noelia sie nicht auszusprechen wagte: wegen deiner Hautfarbe, Justice; weil du nirgendwo für immer bleiben kannst, keine Arbeit und keine Zukunft hast; weil ich mich unmöglich in dich verlieben kann; weil ich nicht bereit bin, mit dir nach Kenia zu gehen; weil du ein illegaler Immigrant bist; weil deine Hütte nicht dir gehört, sondern du sie Cecilias Großzügigkeit zu verdanken hast; weil unsere

Liebe nicht sein darf; weil es unterschiedliche Rassen und soziale Schichten gibt und die Leute konservativ sind. Und weil ich feige bin, Justice, weil ich Angst vor meiner Mutter und noch mehr Angst vor meinem Vater habe, denn wenn ich ihnen von dir erzählen würde, würden sie uns trennen, würden sie mich zum Studium in die Schweiz schicken und dafür sorgen, dass du das Land verlassen musst, würden sie mich aus deinen Armen reißen, könnte ich mich nicht mehr zu dir flüchten, würde ich vor Kummer zugrunde gehen.

»Ist es, weil ich arm bin?«

»Nein, sondern weil ich reich bin.«

»Ist es, weil ich schwarz bin?«

»Nein, weil ich weiß bin.«

Doch Justice hatte die Fähigkeit verloren, zuzuhören und zu verstehen, und war nur noch in der Lage zu lieben. Er küsste sie an der Tür der Pension mit einer völlig neuen Leidenschaft, beinah wütend, sodass er sie fast verschlang. Dabei sagte er etwas wie: »Ich werde der sein, der ich für dich sein soll«, und sie ergab sich.

Sie ließ zu, dass Justice sie entkleidete und immer weiter streichelte, bis er zum Delta des Flusses Tana kam, ins Herz ihrer Diamantmine, auf den Gipfel des Kilimandscharo, die hohen Felsen hinauf, wo er eine Quelle aus rotem Blut aus dem Stein schlug.

»War es für dich das erste Mal?«, wunderte er sich. »Deswegen wolltest du nicht?«

Dies schien Noelia die perfekte Entschuldigung zu sein.

»Ich hatte Angst davor.«

»Du brauchst keine Angst zu haben«, beruhigte er sie und nahm sie in die Arme. »Hat es wehgetan?«

»Nein«, log sie.

»Möchtest du es noch mal tun? Mit mehr Ruhe?«

»Ja.«

»Dann komm mit in meine Hütte. Dort können wir uns die ganze Nacht lieben. Das ganze Leben.«

Das mit den Kopfschmerzen stimmte. Die schlaflose Nacht, die ununterbrochenen Freuden der Liebe, der Schmerz, das Neue, die Lust und die Freude, aus zwei wurde eins, Justice' Körper mit ihrem verbunden, sein animalischer Geruch, seine menschliche Zärtlichkeit, der Hunger, der Durst, Haut auf Haut, die feuchten Laken, die Dunkelheit, das Licht. Der Sonnenaufgang morgens um acht. »Ich muss gehen, Justice, gleich kommt Azucena, und ich will nicht, dass sie mich sieht.«

Nachdem Noelia die Kopfschmerztablette und ein Glas Milch zu sich genommen hatte, legte sie sich nackt unter die Bettdecke und dachte an Justice' Zärtlichkeiten, bis sie einschlief, erschöpft, gesättigt und von Frieden erfüllt.

»Ich bin der gleichen Meinung wie Sie, Azucena«, sagte Cecilia, um das leidige Thema zu beenden. »Es werden Fremde gewesen sein. Wir müssen unbedingt die Türen überprüfen. Ist das Gartentörchen beschädigt?«

»Nein, nichts zu sehen«, entgegnete Catalina, die schon alles unter die Lupe genommen hatte. »Entweder hat jemand die Tür aufgelassen, oder der Eindringling hatte einen Schlüssel.«

»Nun, was passiert ist, ist passiert«, meinte Cecilia abschließend mit einem Seufzer. »Da Andrés heute Nachmittag sowieso kommt, um die Arbeitsplatte in der Küche zu reparieren, kann er auch gleich die Schlösser austauschen. Sicher ist sicher.«

Catalina betrachtete sie mit schräg gelegtem Kopf, und ihre Augen blinzelten listig. Die leichte Röte auf den Wangen ihrer Vermieterin war ihr nicht entgangen. Cecilia bemerkte Catalinas inquisitorischen Blick und floh eilig die Treppe hinauf. Sie murmelte etwas von einem Prozess am kommenden Montag, auf den sie sich vorbereiten müsse, und verwies auf das gemeinsame Abendessen. Dann schloss sie sich in ihrer Mansarde ein, wo sie sich angeblich mit langweiligen Verträgen zu befassen hatte.

Ja. Sie, Cecilia, war es gewesen, die als Erste gegen ihre eigene Hausordnung verstoßen hatte. Sie war es, die gestöhnt, geseufzt, gebissen, geküsst und am Ende sogar Halleluja ausgerufen hatte. Um Punkt Viertel nach drei in der letzten Nacht. Eng mit Andrés' Körper verschmolzen und dies dank Catalinas Entdeckung, dass es keine Señora Leal gäbe, auch mit reinem Gewissen.

Diese gute Nachricht, die ihre persönliche Privatdetektivin ihr am Morgen zuvor per Handy durchgegeben hatte, hatte Gefühle in ihr geweckt, von deren Existenz sie bis dahin gar keine Ahnung gehabt hatte. Denn bisher hatte sie in erotischer Hinsicht eher zu den Braven gezählt, zu denen, die im Winter einen Flanellpyjama und im Sommer ein Nachthemd mit Puffärmeln trugen. Sauber und praktisch. Und ihr Ex-Mann war eher von der schnellen Sorte gewesen, mehr der Velociraptor-Typ, frei nach dem Motto: Er kam, sah und siegte, und sie wusste nicht, wie ihr geschah, aber Hauptsache, ihm hat's Spaß gemacht. Sein Repertoire als Liebhaber war eher eingeschränkt gewesen, mit einem Vorspiel in Rekordgeschwindigkeit.

Cecilia hatte sich nach dem kurzen Sturm der Lust dann jedes Mal sorgfältig wieder zurechtgemacht. War aus dem Bett aufgestanden, hatte die Laken glatt gestrichen, sich gewaschen und parfümiert, bevor sie sich die Nachtwäsche wieder angezogen und umsichtig zugeknöpft hatte; sie hatte sich gekämmt, sich noch einmal die Zähne geputzt und war ins Bett zurückgekehrt, wo ihr Mann bereits tief und fest geschlafen hatte.

Dieses Schema hatte sich mit der Präzision einer Schweizer Uhr zweimal pro Woche wiederholt, sodass Cecilia hochgerechnet 1.248 Mal in ihrem Leben Sex gehabt hatte, immer mit demselben Mann und immer mit dem gleichen vorhersehbaren Ablauf. Sie sah ein, dass die dramatischen Exzesse in erotischen Romanen und romantischen Filmen allein der Phantasie der Autoren und den Erfordernissen der Handlung entsprungen waren, dennoch fand sie den Unterschied erstaunlich: Das, was sie auf dem Bildschirm ihres Plasmafernsehers sah, und das, was sich anschließend in ihrem Bett abspielte, waren zwei derart voneinander abweichende Realitäten, dass man Ersteres nur dem Bereich der Phantasie zuschreiben konnte. Niemals hatte sie das empfunden, was man »Fleischeslust« nannte. Vielleicht das Bedürfnis, zärtlich geliebt, gestreichelt, verwöhnt, geherzt, beschützt zu werden, jedoch niemals den heißblütigen Ruf der Natur, den die Helden jener fiktiven Romanzen offenbar verspürten.

Jedes Mal, wenn ihr Mann mit ihr geschlafen hatte, war er einen Moment still verharrt und hatte sie gleichzeitig dankbar und beschämt angesehen, als ob er sich angesichts des Eindringens in ihre Intimsphäre schuldig fühle, als ob er ihr nun einen Gefallen schulde, während Cecilia mit geschlossenen Augen den Ansturm über sich hatte ergehen lassen.

Daher fiel es ihr so ausgesprochen schwer, das Feuer, die verzehrende Leidenschaft, die Begierde, das Erschaudern und das Zähneklappern zu begreifen, die Catalinas simple Feststellung »Es gibt keine Señora Leal« bei ihr entfesselt hatte. Das, was sie mit einem Mal empfand, konnte nur als unkontrollierbare und überbordende sexuelle Zügellosigkeit bezeichnet werden und kam der Todsünde der Wollust gleich.

Erhitzt und mit geröteten Wangen, hatte sich Cecilia in ihrem Büro in der Kanzlei eingeschlossen, denn ihr war schwindlig, und sie wurde von dem unwiderstehlichen Drang gequält, Andrés Leal die Kleider vom Leib zu reißen, ihm die Zunge in den Mund zu stecken und ihm den Rücken zu zerkratzen, bis er vor Wonne das Bewusstsein verlor. Von diesem Moment an war sie, bis sie achtzehn Stunden später das Ziel ihrer Wünsche erreichte, nicht mehr sie selbst.

Sie rief in der Personalabteilung an, um sich krankzumelden.

»Ich fühle mich gar nicht gut«, sagte sie zu der freundschaftlichen Stimme, die sich jedes Mal auf ihre Hilferufe hin meldete. »Mir ist schwindlig, meine Knie zittern, und ich bekomme kaum Luft.«

»Sicher eine Grippe.«

»Nein, das ist keine Grippe. Es muss etwas Nervliches sein.«

»Eine Art Angstneurose?«

»Nein. Auch nicht. Ich habe keine Angstzustände. Es muss etwas anderes sein. Eine Art seltsames Fieber. Tollwut vielleicht.«

»Cecilia, bitte! Du glaubst doch nicht ernsthaft, dass du Tollwut hast, oder?«

»Ach, ich weiß es nicht. Ich könnte laut aufheulen.«

»Komm, geh nach Hause und nimm ein Beruhigungsmittel. Ich schreibe auf, dass du dich wegen Grippe krankgemeldet hast, in Ordnung?«

Zurück in der Pension, hatte sich Cecilia trotz der Kälte draußen erst einmal unter die kalte Dusche gestellt. Die Wassertropfen schienen auf ihrer heißen Haut zu zischen wie verlöschende Kerzenflammen. Sie öffnete ihren Mund und stellte fest, dass ihre innere Hitze unaufhaltbar außer Kontrolle geriet.

Da klingelte es an der Tür.

Azucena ging, um zu öffnen. Sie begrüßte den Mann freundlich, streichelte den Hund und bat beide herein. Zuvorkommend bot sie dem Besucher eine Tasse Kaffee an und bat ihn, im Wohnzimmer zu warten, bis Cecilia herunterkommen würde.

»Señor Leal ist da!«, rief sie durch die Badezimmertür. »Er braucht Ihre Unterschrift unter irgendeinem Dokument der Verwaltung!«

Mit rasendem Herzen wickelte Cecilia sich in ein Handtuch.

»Sag ihm, ich bin gleich da!«, stammelte sie.

Sie griff nach einer seidenen Unterwäsche mit Spitzenbesatz, einem Wickelkleid, das ihrer Figur schmeichelte, und schwankte einen Moment zwischen einem Paar Pumps und Stiefeln mit hohem Schaft. Schließlich entschied sie sich für die Stiefel, schminkte sich wie für eine Hochzeit, kämmte sich das Haar, wobei fast schon eine Stunde vergangen war, sprühte sich mit Parfüm ein, probierte verschiedene Ohrringe und Ketten an, die sich in ihrer Schmuckschatulle befanden, und als ihr klar wurde, dass sie definitiv nicht mehr tun konnte, ging sie, um den Rest der Natur zu überlassen. Sie verließ ihr Zimmer und begegnete Azucena im Treppenhaus.

»Wow, sind Sie hübsch!«, rief die Haushälterin aus. »Dieses Kleid macht Sie mindestens zehn Jahre jünger. Sie sehen aus wie ein junges Reh. Und wie Ihre Augen glänzen, Cecilia, und die roten Wangen! Sie haben doch nicht etwa Fieber! Nicht dass Sie etwas ausbrüten!«

»Sind die Mädchen da?«

»Nein, alle in der Uni.«

»Und Justice?«

»Auch nicht. Er ist schon früh gegangen.«

In Cecilia erwachte ein animalischer Instinkt. Listig wie ein Fuchs, entwarf sie einen Plan.

»Azucena«, sagte sie mit schwacher Stimme. »Könnten Sie mir den Gefallen tun, zum Markt zu gehen und ein paar Kiwis zu kaufen?«

»Leiden Sie unter Verstopfung?«

»Und wie!«

»Dann laufe ich schnell und mache die Zimmer nachher.«

»Nur keine Eile!«, riet Cecilia. »So dringend ist es auch wieder nicht.«

Unterdessen wurden Herr und Hund, nachdem sie schon eine ganze Weile im Wohnzimmer saßen und warteten, allmählich unruhig. Andrés Leal hatte wie jeden Tag um Punkt neun Uhr die Wohnung verlassen, um mit Bicho Gassi zu gehen.

Welche seltsamen Streiche einem das Bewusstsein manchmal spielte! Nachdem er die ganze Nacht nicht geschlafen und über die Sache mit Cecilia nachgegrübelt hatte, hatte er sich am Morgen eingebildet, am Ende der Straße, in der er wohnte, ihr Auto stehen zu sehen. Offenbar eine Art Fata Morgana.

Es war nicht die erste Nacht gewesen, in der er lange wach gelegen und schlecht geschlafen hatte und irgendwann schweißgebadet und mit wild klopfendem Herzen im Dunkeln aufgeschreckt war. Sein Arzt schrieb dies dem posttraumatischen Schock seines Unfalls zu und beruhigte ihn damit, dass die Zeit alle Wunden heilen würde, sowohl die physischen als auch die psychischen, dass es irgendwann keine Albträume und nass geweinte Kissen mehr geben würde.

Seit dem Unfall waren inzwischen fünf Jahre vergangen. Er hatte sich an sein steifes Bein gewöhnt, sein Körper hatte sich wieder erholt, und nach und nach hatte er alle schmerzstillenden Medikamente absetzen können. Seine seelischen Wunden jedoch waren noch längst nicht verheilt und klafften noch immer weit offen wie schwarze Löcher, die das gesamte Universum zu verschlingen drohten.

An Bicho geklammert, hatte Andrés Leal auf dem großen blauen Meer wie ein Kind geweint, bis das Salz seiner Tränen den Ozean zu überschwemmen drohte.

»Das ist ein Teil des Prozesses«, hatte der Arzt gesagt. »Die Trauer.«

»Wie lange wird es noch dauern?«

»Das weiß ich nicht.«

»Ich werde mich nie wieder verlieben. Liebe tut weh.«

»Liebe heilt.«

Die Sache mit Cecilia, wie er es für sich nannte, war nichts weiter als die Schwärmerei eines Jugendlichen für die Klassenkameradin am Nebentisch. Am Ende des Schuljahres würde sich das Problem von allein lösen.

Doch die Renovierungsarbeiten waren schon seit Juli beendet, und es war bereits November. Und das Mädchen vom Nebentisch erschien immer noch, von Licht umkränzt, in seinen Träumen und küsste jede schmerzende Stelle an seinem Körper und seiner Seele. Er wachte, ihren Namen rufend, auf: »Cecilia!«, weil er geträumt hatte, dass sie das Auto fuhr, in dem sie beide in den Abgrund stürzten, dass sie es wäre, die wie eine Glasvase zerbrach, sie, der das Blut aus dem Mund sickerte. Bicho sprang zu ihm aufs Bett, leckte ihm die Tränen vom Gesicht und heulte mit ihm um die Wette.

Und dann war es Tag, und Cecilia lebte und stritt sich mit ihm um irgendwelche dummen Sachen, was in ihm ein altbekanntes Gefühl weckte – ein Gefühl, das er fürchtete und dem er auswich, um nicht mehr verwundbar zu sein, um sich zu schützen, in dem Betonbunker, in dem er sich verschanzt hatte.

Die Frau, die nun ins Wohnzimmer trat, hatte riesige Augen, weite Pupillen und vollere Lippen als sonst. Ihre Wangen waren gerötet, und ihr Körper war atemberaubend, anders als üblicherweise, wenn sie aus dem Büro kam. Sie sah viel jünger aus – und viel gefährlicher. Ihr Anblick traf ihn wie ein Schock. Damit hatte Andrés Leal um zwölf Uhr mittags nicht gerechnet.

»Wow!«, entfuhr es ihm. »Gehst du zu einer Party?«

»Einer Party?«

»Ja.«

»Nein.«

Auf ihren hohen Stiefeln leicht wankend, trat Cecilia näher.

»Aber ich war heute nicht im Büro.«

»Und machst du dich immer so hübsch, wenn du zu Hause bleibst?«

»Immer.«

»Du siehst heute phantastisch aus, ich weiß nicht, ob dir das bewusst ist. Und du riechst gut.«

»Danke.«

Es lag etwas Animalisches und Herausforderndes in Cecilias Blick. Andrés Leal fuhr sich durchs Haar und atmete tief durch.

»Komm her, meine Schöne«, sagte er dann und zog sie an der Taille dicht zu sich heran.

Das war der erste Kuss. Und er schmeckte nach getrockneten Tränen; zu Anfang leicht metallisch nach Panik und schließlich nach bedingungsloser Hingabe. Es war der erste von Millionen Küssen, die sie sich im Laufe jenes Tages gaben. In der Pension, während des Spaziergangs am Fluss, zwischen den Bissen einer Pizza, die sie sich in einer dunklen Ecke eines Bistros teilten; in der hin und her eilenden

Menschenmenge in der Stadt; beim Betreten und Verlassen eines Geschäfts; in jedem Eingang vor jedem Haus, beim Sonnenuntergang und beim Einfall der Nacht, bei der Rückkehr nach Hause. Sie gingen fest aneinandergeklammert und waren nicht in der Lage, sich zu trennen, als sie plötzlich vor der Tür der Pension standen und nicht mehr wussten, wie sie all die angestaute Hitze länger unter Kontrolle halten sollten.

Ja, es stimmte, sie war es gewesen. Sie bekannte sich schuldig, Regel Nummer dreizehn der Hausordnung übertreten zu haben. Ohne auch nur einen Augenblick zu überlegen. Hemmungslos und ohne Reue. Sie hatte Andrés Leals Verwirrung ausgenutzt, sich auf ihn gestürzt und seine Proteste mit Küssen und zärtlichen Bissen zum Schweigen gebracht. Verrückt vor Begierde, hatte sie diese im Sturm auf dem Holzboden gestillt, hatte mit den Absätzen ihrer Stiefel gegen die Tür getreten, hatte gestöhnt, geseufzt und gekratzt.

Er hatte inmitten dieser Liebestollheit gerade noch einen sinnvollen Satz herausgebracht: »Was, zum Teufel, ist denn in dich gefahren!«, bevor er wie ein Braunbär Cecilias Angriffe pariert und sich eng umschlungen mit ihr auf der Türschwelle gewälzt hatte.

Erst als Catalina zusammen mit der Arbeitsplatte in der Küche krachend zu Boden ging, holte sie dies mit einem Schlag in die Realität zurück.

»Was, zur Hölle …?«, fragte Andrés, dem die Hose auf den Fußknöcheln hing.

»Oh Gott, wie peinlich!«, rief Cecilia, die gerade wieder zu ihrem wahren, eher schüchternen Ich zurückgefunden hatte, während sie ihr Haar glatt strich, die Träger ihres Kleides richtete und sich die Strumpfhose hochzog. »Schnell, weg hier, bevor uns jemand sieht!«

Panisch stürzte sie die Treppe vor dem Haus hinunter, und mit einem Satz, der jeden Weitspringer vor Neid hätte erblassen lassen, war sie über den Steinweg beim Gartentor angelangt und rannte davon, mühsam gefolgt von Andrés, der ihr mit seinem lahmen Bein hinterherstolperte und gleichzeitig versuchte, die Knöpfe seiner Hose zu schließen.

Für einen Moment waren sie wie zwei Jugendliche, die davonrennen, weil sie etwas angestellt hatten, und das Leben hatte endlich wieder einen Sinn. Andrés war von seinen Eltern erwischt worden und Cecilia von ihren Großeltern, die zusammen im selben Zimmer an demselben Fenster standen. Dem großen, das hinaus zur Straße ging und nicht nach hinten in den Garten. Und das Haus am Ufer des Manzanares war in beiden Fällen die unvergessliche Kulisse ihrer ersten Begegnung.

»Señor Andrés Leal?«

»Am Apparat.«

»Hier spricht Azucena. Die Haushälterin aus der Pension am Manzanares. Cecilia lässt fragen, ob es möglich wäre, dass Sie heute Nachmittag oder spätestens am Montag mal vorbeikommen, um einen Schaden in der Küche zu reparieren? Die Arbeitsplatte ist heruntergebrochen und hat dabei drei von den großen Fliesen zerschlagen. Und wenn Sie bei der Gelegenheit auch noch das Schloss am Gartentor auswechseln könnten? Wie es aussieht, hat sich jemand letzte Nacht auf dem Grundstück rumgetrieben, der das

Tor geöffnet haben muss – wahrscheinlich wollte er etwas stehlen.«

»Sicher. Kein Problem«, entgegnete Andrés Leal.

Allerdings war da etwas in seiner Stimme, was Azucena denken ließ, dass der Bauunternehmer aus irgendeinem merkwürdigen Grund am anderen Ende der Leitung lächelte.

15

Es ist jederzeit Rücksicht auf die Privatsphäre der anderen Hausbewohner zu nehmen und deren Eigentum als solches zu respektieren

Das Erste, was Cecilia realisierte, als sie, endlich allein in ihrem Allerheiligsten, ihrem Schlafzimmer in der Mansarde, wieder zu Atem gekommen war, war das seltsame Gefühl, irgendetwas zu vermissen, ohne zu wissen, was. So wie, wenn einem plötzlich auffällt, dass ein Stück Papier auf dem Fußboden liegt, ein Buch nicht richtig im Regal steht oder die Gardine schief hängt, nur umgekehrt. Das Bewusstsein, dass irgendetwas nicht so ist, wie es sein sollte.

Da es jedoch wesentlich schwieriger ist, festzustellen, was fehlt, als neu Hinzugekommenes zu entdecken – sowohl im physischen als auch im spirituellen Sinne –, verharrte Cecilia mehrere Minuten mit zusammengezogenen Augenbrauen im Zimmer, während sie gedanklich ihre Besitztümer inventarisierte.

Alles war perfekt aufgeräumt, und auch an der Sauberkeit war nichts auszusetzen, nichts wies auf den ersten Blick darauf hin, dass jemand in ihre Privatsphäre eingedrungen war. Und doch war genau das passiert.

Cecilias Herz klopfte schneller.

Nachdem sie eine Weile im Nebel gestochert hatte, war ihr plötzlich wieder eingefallen, dass sie in dem fieberhaften Wahn am Morgen des Vortages – also gerade mal vor vierundzwanzig Stunden, unglaublich, seitdem schienen vierundzwanzig Jahre vergangen zu sein! – ihre Schmuckschatulle aus dem Versteck hinten im Schrank genommen, verschiedene Ohrringe und Ketten probiert und das Kästchen schließlich offen auf der Kommode stehen gelassen hatte. Wo nun weder die Ohrringe noch die Ketten, noch die Schmuckschatulle zu sehen waren. Ihr gesamtes in Schmuckstücke gefasstes Gefühlsleben war verschwunden.

Mit aufsteigender Panik suchte Cecilia ihr Zimmer ab, in der Hoffnung, eine logische Erklärung für das Verschwinden der Schatulle zu finden. Sie dachte, dass vielleicht sie selbst in dem Zustand des Schwindels und der Besessenheit, in dem sie sich befunden hatte, das Kästchen an einem anderen Ort als dem üblichen im Schrank versteckt hatte. Es war nicht das erste Mal, dass ihr so etwas passierte. Zum Beispiel hatte sie einmal das Handy in den Kühlschrank gelegt und die Butter draußen gelassen; und einmal hatte sie den Autoschlüssel stecken lassen und ihn dann in sämtlichen Taschen gesucht.

Doch nachdem sie eine halbe Stunde vergeblich gesucht hatte, kam sie zu dem einzig möglichen und erschreckenden Schluss, dass ihre Schmuckschatulle gestohlen worden war.

Mit zitternden Knien beschloss sie, dass es, bevor sie Alarm gab, sinnvoll wäre, erst einmal Azucena diskret zu fragen, ob sie zufällig wisse, wo das kleine Schmuckkästchen abgeblieben war, das sie auf der Kommode stehen gelassen hatte.

Azucena reagierte beleidigt. Natürlich habe sie die Schatulle gesehen, sagte sie, und sich dabei gedacht, dass es keine gute Idee sei, sie so offen herumstehen zu lassen. Cecilia war ein äußerst vertrauensseliger Mensch, hatte sie überlegt, und würde eines Tages eine große Enttäuschung erleben. »Gelegenheit macht Diebe«, hatte sogar Schwester Petra im Waisenhaus immer gesagt, obwohl sie stets vom Guten im Menschen überzeugt gewesen war.

Doch sie als brave Haushaltshilfe hatte nur mit den Schultern gezuckt und weiter Staub gewischt, wie sie es immer tat, denn in ihrem Beruf waren Diskretion und Ehrlichkeit eine fundamentale Tugend, so wie bei Anwälten oder Ärzten die Schweigepflicht.

»Also kommen Sie mir jetzt nicht mit Verdächtigungen und Argwohn, denn ich bin mindestens so ehrlich wie Mutter Teresa von Kalkutta, und wenn Sie jemanden beschuldigen wollen, dann sollten Sie nicht an mich, sondern an sich selbst und ihren Leichtsinn denken.«

»Ich beschuldige Sie nicht, Azucena, um Himmels willen, ganz ruhig! Im Moment bin ich mir noch nicht einmal sicher, ob es sich überhaupt um einen Diebstahl handelt.«

»Worum denn sonst? Glauben Sie, dass Ihre Schmuckschatulle nur gerade mal ein paar Tage Urlaub am Meer macht, oder was?«

An diesem Punkt angekommen, blieb Cecilia nichts anderes übrig, als alle Bewohnerinnen des Hauses zusammenzurufen. Sie versammelte die Mädchen auf dem Treppenabsatz und teilte ihnen mit Azucena als Zeugin die traurige Nachricht mit, dass jemand offenbar ins Haus eingedrungen war und etwas gestohlen hatte.

»Bitte seht nach, ob euch etwas fehlt.«

Wenig später teilte Ivana, in Tränen aufgelöst, mit, dass jemand einen Umschlag mit viel Geld gestohlen hatte, der unter ihrer Matratze versteckt gewesen war. Außerdem ein paar äußerst wertvolle Stücke aus ihrem Louis-Vuitton-Schmuckkästchen. Catalina vermisste hundert Euro und eine lederne Brieftasche. Und Noelia, der nichts fehlte, da sie ihre sämtlichen Wertgegenstände in Águila gelassen hatte, stolperte die Treppe hinunter, um Justice über die Katastrophe in Kenntnis zu setzen.

Doch sie fand die Hütte verwaist vor. Das Bett war zerwühlt. Die Kleidung lag zerknautscht auf dem Boden, und alles wies darauf hin, dass der junge Mann überstürzt aufgebrochen war.

»Justice ist nicht in seiner Hütte«, teilte sie den anderen mit, ohne dem größere Bedeutung beizumessen.

»Wie, er ist nicht da?«, wunderte sich Catalina.

»Na, er wird kurz mal weg sein«, meinte Noelia.

»Hat jemand mal versucht, ihn auf seinem Handy zu erreichen?«

»Justice hat gar kein Handy. Hatte er noch nie«, erinnerte sich Cecilia jetzt. »Das mit den Handys und überhaupt die ganze moderne Technologie ist nicht sein Ding«, fuhr sie fort. »Justice lebt in seiner eigenen Welt, ihr kennt ihn ja.«

Sie warteten noch eine Weile auf ihn. Bis zur Mittagszeit, während sie eine Liste der gestohlenen Dinge anfertigten.

»Wir sollten die Polizei rufen«, sagte Azucena schließlich.

Alle schwiegen bedrückt.

Ivanas Schweigen hatte einen Namen. Den des britischen Botschafters. Sie hatte Angst, von der Polizei befragt zu werden. Wer bezahlt Ihren Aufenthalt hier? Ihr Studium? Woher stammen die Dinge, die Ihnen gestohlen worden sind? Wer hat Ihnen die Schmuckstücke geschenkt? Wie sind Sie an das Geld gekommen, das Ihnen angeblich entwendet wurde?

Noelias Schweigen hatte dunkle Haut, dunkle Augen und dunkle Locken. So dunkel wie das Loch, in das sie gefallen war. War es möglich, dass er so etwas getan hatte? Dass er ihre Unschuld und ihre Träume gestohlen hatte? Dass er einfach gegangen war und jede Möglichkeit auf das Glück, die es für sie gab, mitgenommen hatte?

Cecilias Schweigen hatte die Stimme ihrer Eltern: »Wir haben dich gewarnt! Wir wussten, dass so etwas passieren würde. Eine Pension! Was für eine Schnapsidee. Kind, du bekommst einfach nichts auf die Reihe. Vergiss deinen Traum, pack deine Koffer und komm zurück nach Hause, du gescheitertes Mädchen ohne Ehemann, ohne Kinder, ohne Zukunft.«

Und Catalinas Schweigen war das einer Schriftstellerin in ihrem Element, in deren Kopf alle nötigen Zutaten für einen guten Kriminalroman herumschwirrten: eine russische Prostituierte, die sich als vorbildliche Studentin tarnte; wilder Sex im Hauseingang einer kleinen Pension am Ufer des Manzanares; ein geheimnisvolles Medaillon in einem Kästchen, das in einer Wand eingemauert war; ein hinkender Mann mit einer dunklen Vergangenheit und ein illegaler Immigrant mit unbekanntem Aufenthaltsort.

»Die Polizei?«, fragte Cecilia entsetzt.

»Aber sicher«, bekräftigte Azucena und blickte in die Runde. »Natürlich müssen wir die Polizei rufen, den Diebstahl anzeigen, Spuren suchen und solche Dinge.«

»Zu dumm!«, meinte Catalina. »Die Polizei wird alles durchwühlen, überall weißes Pulver verstreuen und am Ende doch nichts finden.«

»Das stimmt«, sagte Noelia. »Im Haus meiner Eltern wurde mal das gesamte Tafelsilber gestohlen, und wir haben nie erfahren, wer es gewesen ist.«

»Die Polizei in meiner Heimat ist vollkommen korrupt«, erklärte Ivana. »Manchmal behalten sie einfach, was sie finden, oder sie nutzen die Gelegenheit, um unschuldige Menschen anzuklagen und zu verfolgen.«

»Oder abzuschieben«, fügte Noelia mit zitternder Stimme hinzu.

»Ich würde sagen, dass die Polizei unsere letzte Option ist«, schlug Cecilia vor. »Nachher schließen sie mir noch die Pension. Besser wir rufen Andrés Leal an und fragen ihn, was er zu der Sache meint.«

»Oder wir suchen selbst nach Justice«, fügte Catalina mit einem Blick auf Noelia an, die erleichtert nickte. »Er kann überall sein. Vielleicht ist er ja doch unschuldig. Bevor wir jemanden beschuldigen, müssen wir erst einmal alle anderen Möglichkeiten ausschließen.«

Als Andrés Leal um eins mit seinem Werkzeugkasten kam, um die Arbeitsplatte in der Küche zu reparieren und das Schloss an der Tür auszutauschen, bot sich ihm ein Bild der Verzweiflung. Die fünf Frauen, die normalerweise voller Energie herumwirbelten, saßen alle zusammen schweigend im Wohnzimmer, mit hängenden Köpfen und jede mit einer immensen Last auf den Schultern. Die Szene wirkte wie eine Totenwache ohne Leiche. Oder besser: Alle fünf wirkten wie die Leichen bei einer Totenwache.

»Hallo, Andrés«, begrüßte ihn Cecilia, wobei von der Glut des Vortages nur noch ein Häufchen Asche übrig war. »Wir sind ausgeraubt worden.«

Noelia brach in Tränen aus, woraufhin Cecilia ihr einen Arm um die Schultern legte.

»Und Justice ist verschwunden«, fügte Cecilia mit zitterndem Kinn hinzu.

Andrés war so feinfühlig, keinen unnötigen Ärger zu provozieren, indem er darauf verzichtete, Cecilia daran zu erinnern, dass er sie genau vor so etwas gewarnt hatte. Sechs Leute, die in einem Haus zusammenlebten, ohne miteinander verwandt oder befreundet zu sein, wurden irgendwann automatisch zu sechs Wölfen, die sich gegenseitig behandelten wie Raubtiere. »Der Mensch ist des Menschen Wolf«, wie schon Thomas Hobbes gesagt hatte.

Er stellte den Werkzeugkasten auf dem Boden ab und ließ den Blick über die bedrückten Gesichter im Wohnzimmer schweifen. Aus Noelias Verzweiflung, die untröstlich schien, schloss er, dass sie am meisten bei dem Diebstahl verloren hatte. Ivana dagegen, überheblich wie immer, wirkte eher verärgert als bestürzt. Catalina war äußerst konzentriert, mit vorgerecktem Hals und wachsamem Blick, als notiere sie sich im Geiste die Reaktionen der anderen und unterziehe sie der kriminalistischen Analyse eines Sherlock Holmes.

Nicht einmal er war vor den Verdächtigungen der scharfsinnigen Detektivin gefeit, denn immerhin hatten er und seine Leute Zugang zum Haus gehabt. Doch Andrés Leal hatte absolutes Vertrauen in seine Männer. Er kannte sie so gut, als wären sie Familienangehörige. Er wusste Bescheid, wenn einer von ihnen mal finanzielle Schwierigkeiten hatte, und half ihm dann mit einer Lohnerhöhung oder einem zinslosen Darlehen. Und er kannte sogar ihre geheimen Laster und war in der Lage, sie beinah wie ein Psychiater mit weisen Ratschlägen zu kanalisieren und in die richtigen Bahnen zu lenken.

Andrés vergewisserte sich, dass weder das Schloss am Gartentor noch das an der Haustür beschädigt war, und kam zu dem gleichen Schluss wie alle anderen: Derjenige, der die Tat verübt hatte, hatte entweder beide Türen offen vorgefunden oder war im Besitz der Schlüssel.

Schließlich sprach er aus, was er dachte: »Wie es aussieht, muss es einer von uns gewesen sein.«

Diese schmerzliche Wahrheit verpestete derart die Luft und vergiftete die Stimmung dermaßen, dass zwischen den Helden des Dramas eine Mauer des Schweigens entstand.

Der Verdacht fiel in erster Linie auf Justice, hauptsächlich wegen seines plötzlichen Verschwindens, allerdings wagte niemand, dies laut auszusprechen, um Noelias eh schon angegriffenen Zustand nicht noch zu verschlimmern. Passend zu ihrem Aussehen einer tragischen Heldin aus dem neunzehnten Jahrhundert, schlich sie wie eine leidende Seele umher, ließ hin und wieder einen tiefen Seufzer hören, wurde hier und dort immer mal wieder ohnmächtig, und ihre natürliche Blässe nahm krankhafte Ausmaße an. Sie hatte aufgehört zu essen – angeblich wurde ihr von allem schlecht – und verbrachte die Zeit entweder schlafend in ihrem Zimmer oder auf einem der Sofas im Wohnzimmer, das man sich inzwischen kaum noch ohne ihren gemarterten Körper vorstellen konnte, unter der Decke, die Azucena jedes Mal mütterlich über sie breitete, wenn sie das Mädchen, frierend und leidend, zusammengerollt darauf fand.

Noelia ging nicht mehr zur Uni und vernachlässigte sogar die tägliche Körperpflege. Ihr Haar war ungewaschen und ihre Kleidung verknittert. Sie geisterte auf nackten Füßen wie eine Schlafwandlerin durchs Haus, manchmal auch nachts, und irgendwann erzählte sie Cecilia, dass sie sich mit ihrer Großmutter Teresa angefreundet habe, die genau wie sie einen leichten Schlaf habe und ihr Grüße aus dem Jenseits schicke. Sie beschrieb sie als eine kleine Frau mit mildem Gesicht und weichen Händen, einer flachen Nase, weißem Haar, einem Leberfleck auf der linken Wange und einem etwas staksigen Gang. Der Beschreibung nach trug sie eine geblümte Schürze, Hausschuhe und ein Seidentuch um den Hals. Cecilia holte eilig ihr Fotoalbum aus der Mansarde, und Noelia erkannte sie sofort wieder. »Das ist sie«, erklärte sie, »auch wenn sie jetzt ein bisschen anders aussieht, irgendwie von Licht umgeben, und sie geht, ohne den Boden zu berühren, ich weiß nicht, ob du mich verstehst? Sie schwebt eher.«

Wenn Noelia an Justice dachte, weinte sie leise, ein schuldbewusstes Weinen, das sie mit niemandem teilen konnte außer dem liebevollen Geist von Großmutter Teresa. Ihr hatte sie erzählt, dass sie ihn noch immer liebte, obwohl sie davon ausging, dass es stimmte, dass er tatsächlich mit dem Schmuck und dem Geld geflohen war. »Jedoch nicht, um es für sich auszugeben, sondern um es zu investieren, reich zu werden und als wohlhabender Mann zu mir zurückzukehren. Auf einem weißen Pferd reitend, mit den Händen voller Gold und Edelsteine, einem Heer an Dienstboten und einer Karawane von mit Schätzen beladenen Kamelen; denn er glaubt, dass mir die Reichtümer der Erde wichtig sind, dabei bedeuten sie mir nichts, und das Einzige, was ich will, ist, in seinem Schatten zu leben.«

16

An Türen zu lauschen ist verboten

Wieder war es Cecilias Mutter, die Alarm schlug. Victoria Villanueva de Campos hatte ihr beim Kartenspiel unauffällig zugeflüstert, dass Noelias Eltern sich Sorgen machten, weil sie so lange nichts von ihrer Tochter gehört hatten. Angeblich hatte das Mädchen seit mehr als einem Monat nicht mehr zu Hause angerufen und auch nicht auf die Anrufe der Eltern reagiert. Das Einzige, was sie von ihr wussten, waren die wenigen Informationen, die sie über Cecilias Mutter erhielten. Natürlich war es gut, wenn Noelia selbstständig wurde, aber deswegen musste sie ihre Familie ja nicht gleich komplett vergessen. Am meisten beunruhigte sie, dass sie vielleicht in schlechte Gesellschaft geraten sein könnte, daher wollten sie gern wissen, ob Noelia sich mit interessanten jungen Leuten angefreundet hatte oder ob sie sich eventuell mit unerwünschten Freigeistern, Reaktionären und Querulanten umgab.

Cecilia versuchte ihre Mutter zu beruhigen, indem sie ihr erklärte, dass Noelia nicht im Entferntesten eines jener problematischen Mädchen sei, die sich in derartige Schwierigkeiten brachten, sondern eine brave Studentin, ein wenig schüchtern und nicht sehr gesellig, ein bisschen zerbrechlich mit der Neigung zur Mutlosigkeit, allerdings sehr nett und liebevoll.

»Isst sie denn vernünftig?«, wollte Cecilias Mutter wissen.

Das war eine vertrackte Frage. Denn das, was man im Allgemeinen unter vernünftigem Essen verstand, zählte nicht zu Noelias täglichen Gewohnheiten. Seit Justice verschwunden war, hatte sie jeglichen Appetit verloren und erschien kaum noch bei Tisch.

Azucena, die sich inzwischen ernsthaft Sorgen machte, kochte ihr reichhaltige Hühnersuppen mit Gemüse, in die sie unauffällig auch ein wenig Eigelb mischte. Davon aß Noelia zwei Löffel und klagte dann über Magenschmerzen.

»Sie isst nicht wirklich viel, du weißt ja, wie dünn sie ist. Aber sie sieht nicht schlecht aus«, log Cecilia. »Kein Grund zur Beunruhigung.«

Der Anruf ihrer Mutter veranlasste Cecilia, sofort zu handeln. Schließlich fühlte sie sich für das Wohlergehen ihrer Pensionsgäste verantwortlich. Es war höchste Zeit, etwas zu tun, weshalb sie allen Mut zusammennahm und an Noelias Zimmertür klopfte, um ihr einen Vortrag über die negativen Auswirkungen von Liebeskummer auf die körperliche Gesundheit zu halten – einschließlich persönlicher Beispiele – sowie über die Notwendigkeit, einen Schlussstrich zu ziehen und von vorn anzufangen, die Sache ad acta zu legen und alles auf Anfang zu stellen – oder wie immer man die Tatsache, den Schmerz herunterzuschlucken, gute Miene zum bösen Spiel zu machen oder die Zähne zusammenzubeißen, auch nennen mochte. Zum Glück gab es für solche Situationen ja all diese abgedroschenen Redewendungen! Sie hatte die Aufzählung der guten Ratschläge, was man alles tun konnte, um den Kummer zu überwinden, bereits vorbereitet, die ihr selbst zwar alle nichts gebracht hatten, aber offensichtlich unerlässlich waren, als sie durch die Tür plötzlich eine neue Art des Weinens hörte. Dies war nicht mehr der übliche gleichmäßige Dauerregen, sondern ein heftiger Wolkenbruch.

»Ist alles in Ordnung, Noelia?«, fragte Cecilia vorsichtig.

»Geh weg!«, kam es donnergrollend von drinnen.

Cecilia stieß die Tür auf und fand Noelia in Tränen aufgelöst im zerwühlten Bett vor. Für einen Moment hatte Cecilia befürchtet, das Mädchen hätte eine Überdosis Tabletten genommen, sich an einem Dachbalken erhängt, sich in der Badewanne die Pulsadern aufgeschnitten oder sich die Taschen mit Steinen gefüllt, um sich wie die unglückliche Virginia Woolf in den nächsten Fluss zu stürzen – also eines jener schrecklichen Dinge unternommen, die manche Leute »sich etwas antun« nannten und die im Allgemeinen zu einem furchtbaren Ende führten. Immerhin war der Selbstmord im Laufe der Literaturgeschichte ein elegischer Ausweg für viele romantische Helden, Dichter, unglückliche Schriftsteller, elegante untreue Damen und künstlerische Bohemiens gewesen, weshalb es Cecilia absolut plausibel schien, dass eine derart dramatische Persönlichkeit wie Noelia diese Möglichkeit in Erwägung zog.

Ihre Befürchtungen erwiesen sich jedoch als unbegründet, denn als sie sich Noelia gegenübersah, war diese durchaus lebendig und hielt mit Panik im Blick einen Teststreifen mit einer dünnen roten Linie in der Hand.

»Ach du liebe Güte, um Himmels willen, Gott steh uns bei!«, rief Cecilia entsetzt aus.

»Sag es nicht meinen Eltern!«, flehte Noelia sie an. »Sie bringen mich um, wenn sie davon erfahren.«

Die rote Linie, die mit neunundneunzigprozentiger Sicherheit eine Schwangerschaft anzeigte, zitterte zwischen ihren Fingern.

Cecilia schloss vorsichtig die Tür, setzte sich ans Fußende des Bettes und sagte, ohne es zu wollen, das Erste, was ihr in den Sinn kam.

»Sie werden uns beide umbringen, Noelia.«

Sie sanken sich in die Arme und weinten wie zwei Schiffbrüchige auf dem offenen Meer, nicht in der Lage, einen einzigen klaren Gedanken zu fassen, und ohne einen Schimmer, was sie mit dem kleinen Wesen, das sich hinter dem Teststreifen verbarg, machen sollten, mit dem Baby von Justice (kaffeebraune Haut, großer Mund, schelmische Augen) und von Noelia (lange Locken, Pianistenfinger und glockenhelles Lachen).

Beide hatten sie das gleiche Bild im Kopf: ein hübsches kleines Mädchen voller Leben, das durch die Pension krabbelte, mit Azucenas lieben Worten und Andrés Leals Flüchen sprechen lernte, von Catalina überwacht, zu laufen begann, sich mit Ivanas Waffen verteidigen konnte, von Cecilia getröstet und Noelia geliebt wurde.

Doch dieser Traum zerplatzte schnell. In dem Moment, als Noelia wieder einigermaßen klar denken konnte.

»Was soll ich denn jetzt tun?«, jammerte sie. »Ich bin achtzehn Jahre alt, Cecilia, habe weder einen Freund, noch kann ich mein Kind ernähren, und es gibt niemanden, der mir helfen könnte.«

»Wie kannst du denn so etwas sagen!«, schimpfte ihre Pensionswirtin. »Du hast doch mich. Meine Pension. Meine Vorratskammer. Ich würde dich niemals im Stich lassen!«

Noelia reagierte darauf mit einem traurigen Lächeln. Sie war für die angebotene Unterstützung sehr dankbar, nur würden in dieser schwierigen Situation die gefüllte Vorratskammer der Pension und die Hilfe ihrer Vermieterin leider nicht ausreichen.

»Wenn meine Eltern von der Schwangerschaft erfahren, setzen sie mich vor die Tür, und ich muss die Universität verlassen«, gestand sie voller Angst ein. »Und was soll ich tun, wenn das Kind auf der Welt ist? Ich bin doch gar nicht in der Lage, Mutter zu sein, Cecilia, ich bin viel zu unsicher und kann mich ja noch nicht einmal selbst versorgen. Wie soll ich denn dann ein Kind großziehen?«

»Wer ist der Vater?« Einen Moment lang hoffte Cecilia, dass Noelias Sexualleben vielleicht doch ein wenig ausschweifender war, als es schien, und möglicherweise doch jemand anderes infrage kam.

»Justice natürlich. Wer sonst?«

»Aber wo und wann habt ihr denn dieses Kind gezeugt?«

»Unten in der Hütte. In der Nacht des Diebstahls.«

»In der Nacht war Vollmond, stimmt's?«

»Ja, er stand voll und rund am Himmel.«

Sie rechneten nach, und es stellte sich heraus, dass Noelia in der fünften Woche schwanger war.«

»Dann kommt das Kind im August«, meinte Cecilia, »ausgerechnet! In der größten Hitze, wenn alle Ärzte in Urlaub sind!«

»Das darf doch alles nicht wahr sein!« Noelia schluchzte verzweifelt auf. »Meine Familie wird mich verstoßen.«

»Aber, aber«, meinte Cecilia. »So schlimm wird es schon nicht sein. Wir leben doch nicht mehr im Mittelalter.«

»Du kennst meine Familie nicht!«

Die Familie Villanueva de Campos war eine der ältesten in der Region Tierra de Campos und zählte zum kastilischen Adel. Ihre Vorfahren hatten einst mit König Sancho die Mauren vertrieben, waren bei der Entdeckung Amerikas dabei gewesen, hatten Burgen und Schlösser gebaut, hatten über viel Land regiert, waren Lehnsherren und später Kaziken gewesen und nun Fabrikbesitzer und erfolgreiche Unternehmer. In dieser Familie wurde man reich und angesehen geboren und hatte ein entsprechendes Leben zu führen.

Aus dem Grund war davon auszugehen, dass ein ungewolltes Kind, noch dazu von einem Kenianer, wohl nicht in den Plänen von Noelias Großeltern Victoria und Julio oder ihren Eltern Valentín und Natalia vorkam.

Den Teil der »guten Ratschläge«, in dem es um die liebevolle Unterstützung durch die Familie, den Partner, das berufliche Umfeld oder Freunde ging, konnte Cecilia für ihre Mutmach-Rede also vergessen. Noelia war einsamer auf der Welt als die Zahl 1 in der Teilermenge von 7. Sie hatte nur sich selbst und zur Not noch Cecilia, um sich der größten Herausforderung zu stellen, die es im Leben gab.

»Weißt du, ich habe mir immer Kinder gewünscht«, gestand Cecilia Noelia. »Ich habe sogar mal an künstliche Befruchtung gedacht.«

»Und wärst dann eine alleinerziehende Mutter gewesen?«

»Klar. Lieber allein als in schlechter Gesellschaft, oder?«

»Denkst du wirklich so?«

»Nun, das habe ich zumindest damals gedacht.«

Sie vereinbarten, erst einmal niemandem von der Sache zu erzählen. Soweit Cecilia wusste, waren die ersten drei Monate einer Schwangerschaft eine kritische Zeit und die Möglichkeit einer Fehlgeburt hoch, daher wollten sie so lange lieber noch warten.

»Vielleicht fühlt sich das Baby ja in meinem Bauch so unwohl, dass es sich lieber gleich wieder davonmacht. Vielleicht werden meine Eltern niemals von dem ganzen Schrecken erfahren. Vielleicht bleibt es ja dabei, wird es nicht mehr als ein großer Schreck.«

»Vielleicht«, wiederholte Cecilia, »aber Noelia, Herzchen, auch wenn wir es noch für uns behalten und niemand sonst davon erfährt, sollten wir zu einem Arzt gehen. Um uns zu versichern, dass der Test sich nicht irrt und dass gesundheitlich alles in Ordnung ist.«

»Aber dann wird es zur Gewissheit«, entgegnete das Mädchen. »Dann ist es kein ›Vielleicht‹ mehr, sondern ein ›Sicher‹. Dann kann ich meine Übelkeit nicht mehr auf meinen Magen schieben oder die Müdigkeit auf den Liebeskummer. Dann bekommt es ein Gesicht und einen Namen.«

»Wir müssen den Tatsachen ins Auge sehen, Noelia. Denn sie sind nun mal da, auch wenn wir sie am liebsten ignorieren würden.«

»Und gehen nicht wieder weg.«

»Nein.«

Zwei Wochen später begleitete Cecilia Noelia zu der Gynäkologin, zu der auch sie selbst zur Vorsorge ging. Sie setzte sich ans Kopfende der Liege, während die Ärztin Noelia untersuchte, und drückte ihre Hand, als auf dem Bildschirm des Ultraschallgeräts die kleine, schüchtern pulsierende Erbse in der schwarzen Höhle erschien. Es war für beide das erste Mal, dass sie dieses winzige Etwas hörten und sahen, das nur von ein paar Schichten Haut, Muskeln und Gewebe von ihnen getrennt war. Sie hatten das Gefühl, als hätte das Kleine bereits Arme und Beine, Kopf und Augen, als sähe es sie schon erschreckt an, während es strampelte, die Arme ausstreckte und ihre Aufmerksamkeit forderte, um ihnen die wenigen Fähigkeiten vorzuführen, über die es bereits verfügte. So wie ein Kleinkind den ganzen Tag seine Mutter auffordert: »Guck mal, Mama, was ich mache! Wie ich hüpfe, wie ich laufe, wie ich ins Schwimmbad springe und schwimme und auf dem Trampolin hopse!«

Es hatte einen riesigen Kopf und einen runden Bauch, und seine Hände und Füße sahen aus wie kleine Schneebälle, die an seinem Körper klebten.

»Ich habe das Gefühl, dass es noch mehr Angst hat als ich«, sagte Noelia. »Als die Ärztin mich eben gefragt hat, ob ich über eine Abtreibung nachdenke, hat es sich furchtbar erschreckt; bis zu diesem Moment hat es wahrscheinlich noch gar nicht gewusst, dass einem so etwas überhaupt passieren kann. Wahrscheinlich ist es allein mit dem Herzschlag schon vollauf beschäftigt. Hast du gesehen, wie es sich für uns anstrengt?«

»Es hat garantiert nichts von der Frage nach der Abtreibung mitbekommen. Es hat ja noch keine Ohren.«

»Es hört auf eine andere Art. Es weiß, dass ich nachts weine, dass ich mich jeden Tag frage, wo Justice ist, und dass ich bis heute so getan habe, als ob es nicht existiert.

Deswegen will es sich unbedingt bemerkbar machen. Um mir zu beweisen, dass es nicht nur eine rote Linie auf einem Teststreifen oder reine Einbildung ist.«

Als sie wieder in der Pension waren und Noelia sich aufs Bett legte, während sie darauf wartete, dass die Badewanne voll Wasser lief, nahm Azucena Cecilia beiseite. Sie stellte ihr ein Glas Wasser vor die Nase, legte, um Ruhe bittend, einen Finger an ihre Lippen und setzte sich dann neben sie, um ihr das zu erzählen, was sie seit einer Weile bereits vermutete und dessen sie sich nun sicher war, nämlich, dass Noelia – oje! – ein Kind erwarte. Das habe sie daraus geschlossen, dass schon seit zwei Monaten in Noelias Wäsche kein Anzeichen einer Monatsblutung mehr zu finden gewesen sei, und aus den anderen Symptomen, die Cecilia verständlicherweise nicht auffielen, ihr, die sie bereits in mehreren Haushalten gearbeitet hatte, jedoch durchaus bekannt waren: die Müdigkeit, die Übelkeit, die Appetitlosigkeit, die extreme Blässe und ihr wachsender Brustumfang.

»Schwanger wie ein Kaninchen«, lautete ihr mitleidloses Urteil.

17

Die Gäste sind dazu angehalten, von rechtswidrigen oder unmoralischen Handlungen Abstand zu nehmen

Das Hotel, in dem Ivana und der Botschafter sich zweimal pro Woche trafen, lag in einer Straße im Zentrum von Madrid, die er von seinem Lieblingsrestaurant aus, leicht angeheitert, nach einem guten Essen und in angeregter Vorfreude auf die heimliche Verabredung, gut zu Fuß erreichen konnte. Es trug den Namen eines britischen Militärführers und Premierministers, der im Spanischen Befreiungskrieg zum Helden wurde und Napoleon in Waterloo besiegt hatte. Außerdem waren die englischen Gummi- und Jagdstiefel und ein Fleischgericht nach ihm benannt worden. Das waren gleich drei Gründe, warum dem Botschafter dieses Haus für seine verbotenen amourösen Eskapaden geeignet erschien.

Ivana kam jedes Mal pünktlich um halb vier dort an, bat um den Schlüssel, achtete darauf, dass sie allein im Aufzug nach oben fuhr, um – wie vorher vereinbart – zunächst zu duschen oder ein warmes Bad zu nehmen, mit viel Schaum und unter besonderer Beachtung der Intimzonen, damit diese sich ihrem Kunden anschließend besonders zart und appetitlich darboten. Eincremen sollte sie sich nicht. Darum kümmerte er sich anschließend. Und keine nassen Haare, da der Botschafter äußerst empfindliche Atemwege hatte und man sich in feuchten Kissen nun mal leicht erkältete. Sie erwartete ihn, in den Hotelbademantel gehüllt, die Tagesdecke lag gefaltet im Schrank, genau wie ihre Kleidung, die er unter keinen Umständen sehen wollte. Er hatte sie eindrücklich gewarnt: »Ich will dich nackt, epiliert und feucht. Wenn das auf natürliche Art nicht möglich ist, kauf dir ein Vaginalgel, die Kosten übernehme ich. Wenn du die Tür hörst, kannst du schon mal deine Brustwarzen stimulieren. Und keine Schminke, keine Seidenstrümpfe, keine Spitzenunterwäsche, denn das habe ich zu Hause. Du ziehst dir das Brillantarmband an, das ich dir geschenkt habe, schließt die Jalousien und legst dich aufs Bett. Ich will absolute Ruhe, weder Musik und natürlich keinen eingeschalteten Fernseher, und dein Handy bleibt zu Hause. Wenn ich irgendwann dein Telefon entdecke, wenn ich den Verdacht haben muss, dass wir aufgenommen werden oder über GPS lokalisierbar sind, werde ich dich zwingen, das Ding Stück für Stück zu schlucken. Diese Anweisungen gebe ich dir nur ein Mal«, hatte er zu ihr gesagt. »Heute, hier in der Piano-Bar, wo wir zusammen sitzen und etwas trinken, als wären wir ein echtes Liebespaar, bevor es zum ersten Mal miteinander schläft. Als hätte ich dich von meinen ernsten Absichten überzeugt, als würdest du mich wirklich lieben und begehren, als hätten wir jegliches Gefühl für die Zeit verloren. Als wäre sie für uns stehen geblieben. Als läge der Himmel für mich in deinen blauen Augen. Alles zwischen uns soll ganz ungezwungen ablaufen. Ich werde pünktlich erscheinen und ohne großes Vorgeplänkel mit dir schlafen. Wenn du schreien willst, dann schrei. Wenn du schweigen willst, dann schweig. Ich lasse dir das Geld in einem Umschlag zurück, wenn ich gehe, und mein Chauffeur bringt dich nach Hause, wenn du fertig bist. Vergiss nicht, dass er um halb sechs die Kinder von der Schule abholen muss. Also verlier keine Zeit. Nicht dass wegen dir meine Kinder im Regen nass werden oder in der kalten Winterluft frieren müssen. Dienstag und Donnerstag. Von halb vier bis halb fünf. Ich werde sagen, dass ich zum Squash-Spielen gehe, dass ich einen Personal-Trainer habe und etwas für meine Muskeln tun will. Du wirst sagen, dass du mir Französischunterricht gibst und deswegen von meinem Wagen nach Hause gebracht wirst.«

Ivana kuschelte sich in den Bademantel. Barfuß und auch sonst komplett entkleidet, lag sie auf dem Bett, wo sie ihn wie jeden Dienstag erwartete. Ihr Haar war nach hinten gekämmt, eine Schulter bedeckt, die andere nicht. Die perfekte Begrüßungsszenerie.

Als sie hörte, wie der Schlüssel im Türschloss umgedreht wurde, begann ihr Herz schneller zu klopfen, sie atmete heftiger und merkte, dass ihre Handflächen feucht wurden. Vorsichtshalber zog sie den Ärmel des Bademantels noch ein wenig tiefer über ihr Handgelenk.

Er trat ein, ein Dandy von Kopf bis Fuß, mit nassem Trenchcoat und feuchtem Haar. Eine nicht enden wollende Minute lang betrachtete er sie, dann begann er sich zu entkleiden, während sie lächelte. Der Trenchcoat fiel auf den Boden, das Jackett aufs Sofa, die Krawatte, die sich nicht ganz so leicht entknoten ließ, das Hemd, Knopf für Knopf, bis es ganz geöffnet war. Die Hose wurde gefaltet, die Socken in die eleganten Herrenschuhe gesteckt, und so, mit offenem Hemd und in blauen Boxershorts, stürzte sich der Botschafter wie ein nach Lavendel duftender Königstiger mit Zähnen und Klauen, gestreiftem Fell und katzenhaftem Blick auf seine Beute.

»Wo ist das Armband, das ich dir geschenkt habe?«, fragte er, als er Ivana den Bademantel abstreifte, mit dem sie bis dahin versucht hatte, das Fehlen des wertvollen Schmuckstücks zu kaschieren, das ihrem Liebhaber, wie sie vermutete, das Gefühl geben sollte, mit einer russischen Aristokratin zu schlafen, die irgendwie den Zerfall des Zarenreichs überlebt hatte.

Bis dahin hatte der Botschafter Ivana noch nie seine Wut spüren lassen. Manchmal war ihr aufgefallen, dass er wegen irgendeines Problems, mit dem sie nichts zu tun hatte, schlecht gelaunt zu ihrer Verabredung gekommen war. Bei diesen Gelegenheiten zog er sich schneller aus und erledigte auch alles Übrige in kürzerer Zeit, als wenn er guter Stimmung war. Seinem Ruf nach war er sehr streng und ließ keine Gnade walten, wenn einer seiner Untergebenen einen Fehler gemacht hatte. Außerdem ging das Gerücht, dass er irgendwann einmal während eines dummen Streits um die Gegenwartskunst den Kulturattaché zum Duell aufgefordert hatte.

»Es ist mir gestohlen worden, James. Es tut mir so leid.«

Der Königstiger richtete sich auf den Hinterpfoten auf.

»Was soll das heißen: Es ist dir gestohlen worden?«, entgegnete er. »Ich habe dir doch deutlich gesagt, dass du es nur zu unseren Verabredungen tragen und es sonst in einem Safe aufbewahren sollst. Damit es niemandem auffällt.«

»Das habe ich auch gemacht«, entgegnete sie flehend. »Es war in einem Schmuckkästchen in einer Schublade in meinem Schrank eingeschlossen. Aber letzten Freitag ist in der Nacht jemand in der Pension eingebrochen. Nicht nur meine Sachen wurden gestohlen, sondern auch Geld und Schmuck der Hauseigentümerin und der anderen Mädchen.«

»War denn niemand zu Hause?«

»Nein.«

»Und du? Wo warst du?«

»Ich war zum Lernen bei einer Freundin.«

»Nachts?!«

Der Botschafter sprang aus dem Bett. Seine Augen glühten und schossen Blitze.

»Hältst du mich für einen Idioten?«, fuhr er sie an. »Ich habe dir gesagt, dass ich auf Exklusivität bestehe. Dass es sofort vorbei ist, wenn du mit anderen Männern schläfst.«

Er donnerte mit der Faust gegen die Zimmerwand. Dann strich er sich mit den Fingern das Haar zurück und räusperte sich.

»Raus!«, befahl er, ohne sie anzusehen, und wies auf die Tür. »Nimm deine Sachen und geh! Ich will dich nie mehr wiedersehen!«

Ivana verstand, dass es besser war, nicht zu widersprechen. Vielleicht wäre der Zorn in ein paar Tagen verraucht und er würde sich wieder melden. Sie würde schwören, dass sie mit niemandem außer ihm schlief. Wenn nötig, würde sie weinen. Ihn sogar glauben machen, dass sie ihn auf ihre Art liebte. Wie ein Hund seinen Herrn liebte, aufmerksam auf ihn wartete und ihn bereits erahnte, bevor er aus dem Aufzug stieg. Dass ihr Leben ohne ihn keinen Sinn hatte und dass sie ihm derart vertraute, dass sie ihm blind ins Zentrum der Hölle folgen würde.

Eilig zog sie sich im Badezimmer an. Als sie wieder ins Zimmer trat, war der Botschafter bereits gegangen. Diesmal lag kein Umschlag für sie auf dem Nachttisch, und es wartete auch kein Wagen am Hoteleingang auf sie. Da es das erste Mal war, dass sie vom Hotel aus allein zur Pension zurückkehren musste, brauchte sie fast eine halbe Stunde, bis sie den richtigen Bus fand.

Im Bus der Linie sechsundvierzig sitzend, den Kopf ans Fenster gelehnt, während draußen die Regentropfen an der Scheibe hinunterliefen, versuchte Ivana sich über ihre Lage klar zu werden. Überrascht stellte sie fest, dass in dem Mischmasch aus Angst, Unsicherheit, Wut und Schutzlosigkeit, das sie empfand, das vorherrschende Gefühl jedoch das Bewusstsein war, plötzlich frei zu sein.

Seit sie Dani kannte, hatte sie einen vollkommen neuen Bezug zu ihrer eigenen Sinnlichkeit. Ihr Körper war aus der Starre erwacht, in der er bis dahin verharrt hatte, und reagierte nun vollkommen natürlich, ohne dass sie auf die Tricks, Hilfsmittel oder Täuschungen einer ausgehaltenen Geliebten zurückgreifen musste.

Die letzten Wochen waren sehr schmerzhaft gewesen. Ihr Körper hatte sich übersäuert und wund angefühlt, und auch psychisch war sie an einem Tiefpunkt angekommen. Wenn sie mit dem Botschafter zusammen gewesen war, hatte sie versucht, sich vorzustellen, dass es Dani wäre, aber das war kaum möglich gewesen. Denn der eine war zärtlich und liebevoll, der andere hingegen nahm sie einfach in Besitz.

Dem Botschafter hatte sie etwas vormachen müssen. Bei Dani konnte sie einfach loslassen wie ein Blatt, das sich vom Wind in den Fluss tragen lässt.

Sie hatte ihm erzählt, dass sie als Model arbeite, dass sie an der Philosophischen Fakultät studiere, dass sie in einer Pension für Studentinnen am Ufer des Manzanares wohne und dass es ihr Traum sei, irgendwann in ihr Heimatland zurückzukehren, um dort alles zu verändern. Um dort an der Universität zu unterrichten, bei der UNO vorzusprechen, die Ungerechtigkeit, die Armut, die Korruption und das System anzuklagen. Und er hatte ihr geglaubt und war der Meinung, mit einer jungen Version von Golda Meir auszugehen. Mit einer Angelina Jolie oder Rigoberta Menchú.

Und nun brach alles, was sie sich an Sicherheiten geschaffen hatte, zusammen. Die Sache mit der Schmiererei am Fakultätsgebäude war viel ernster, als es auf den ersten Blick schien. Ivana war nicht dumm, und sie ahnte, dass Susana nicht die Täterin war, wie ihr Ex-Freund vermutete. Daher hatte sie sich an jenem Montag hinter einer Hecke versteckt, um zu beobachten, wie das Mädchen reagierte, wenn sie das veränderte Graffiti sah. Sie hatte es gar nicht weiter beachtet, wie man es bei Dingen tut, die einen nicht betreffen. Susanas gab es an der Philosophischen Fakultät der Madrider Uni wahrscheinlich einige, und »Nutte« war ein gängiges Schimpfwort, das nur diejenigen wirklich traf und brandmarkte, die wirklich eine waren. Das bedeutete also, dass, wer auch immer diese Anschuldigung, die der Wahrheit so nahekam, dort hingeschrieben hatte, aus zuverlässiger Quelle wusste, dass Ivana zweimal pro Woche ihren Körper an den Herrn Botschafter verkaufte.

Und das war nur eins ihrer Probleme. Das andere, viel dringlichere Problem war die Frage, wovon sie nun leben sollte. Der Botschafter wollte sie nicht mehr sehen, und das Geld, was sie gespart hatte, war gestohlen worden. Wenn Cecilia Ende des Monats ihre Miete wollte, würde sie sie um einen Aufschub bitten müssen, weil sie pleite war.

Als Ivana schließlich, durchnässt bis auf die Knochen und vollkommen durchgefroren, zurück in die Pension kam, fiel ihr Noelias Gestalt ins Auge, die schlafend auf dem Sofa lag. Sie verachtete sie zutiefst für ihr geregeltes Leben und ihre Faulenzerei. Das verwöhnte Mädchen aus gutem Hause, das immer alles gehabt hatte, das nie hatte hungern oder frieren, niemals Angst oder Ekel hatte ausstehen müssen. In diesem Moment wünschte sie ihr sämtliche Übel, die es gab, auf einmal.

18

Die Miete ist pünktlich am letzten Werktag des Monats zu bezahlen

Andrés Leal verstand gar nichts mehr. Entweder war er das Opfer irgendeines rätselhaften Zaubers geworden und deswegen dermaßen von Cecilia besessen, dass er nicht mehr schlafen und nicht mehr essen konnte und den Bezug zur Realität verloren hatte, oder er hatte die Signale dieser unberechenbaren Frau dermaßen falsch interpretiert, dass er nun sogar an seinen tiefsten Überzeugungen zweifelte.

Das Spiel der Verführung ist ein spannendes Abenteuer, sagte er sich, wie der Krieg für einen Feldmarschall, wie die Jagd für einen Raubvogel, doch er hatte zum zweiten Mal in seinem Leben wie ein Teenager an die große Liebe geglaubt, sich ihr voller Unschuld schutzlos hingegeben und sich damit verletzbar gemacht.

Was spielte Cecilia für ein Spiel?

So wie er es sah, war sie es gewesen, die ihn mit Sirenengesang angelockt hatte, zuerst beinah unmerklich, schließlich unübersehbar, bis zu dem Tag, an dem er, ohne zu wissen, wie ihm geschah, mit der Hose um die Knöchel und mit klopfendem Herzen vor der Tür der Pension wieder zu sich gekommen war.

Das hätte doch eigentlich der Wendepunkt sein müssen, sagte er sich. Seiner bescheidenen Ansicht nach war der Moment, wenn man mit einer Frau ins Bett ging oder – na schön – zu Boden oder ins Heu oder in den Garten, also wenn das nach einer langen Eroberungsphase passierte, ein deutliches Anzeichen dafür, dass die Sache ernst wurde. Vor allem unter Erwachsenen, die nicht mehr jung waren und im Leben schon einiges mitgemacht hatten. Dann rechnete man doch nicht mehr damit, dass man halb angezogen die Flucht ergreifen musste, mit der Angst eines Fünfzehnjährigen, um von den Eltern des Mädchens nicht in flagranti erwischt zu werden.

Sollte man nicht im Gegenteil davon ausgehen, dass sich von diesem Moment an nach und nach die Türen des Hauses öffneten und man mit offenen Armen empfangen würde, einem der Weg zum Brautbett, mit Rosenblättern bestreut, offen stand, weil Liebe nicht in einer gemeinsamen Nacht bestand, sondern darin, nach einem ersten Anlauf die Technik zu verfeinern, bis man zu dem Schluss kam, dass es nichts Besseres gab, als zusammen einzuschlafen, zusammen aufzuwachen und zusammen zu leben?

Das Problem war nur, dass es ihm, obwohl seit der denkwürdigen Nacht bereits mehr als ein Monat vergangen war und er alles Mögliche versucht hatte, damit sich das amouröse Ereignis wiederholte – wenn ihm dabei auch das Bett lieber gewesen wäre als die Türschwelle –, nicht gelungen war, Cecilia erneut in eine leidenschaftliche Stimmung zu versetzen. Denn auf einmal hatte er es mit einer zerstreuten, bedrückten, etwas abweisenden Frau zu tun, die mit völlig anderen Dingen beschäftigt zu sein schien als mit der Liebe.

Tatsächlich. Genau wie Andrés vermutete, war Cecilia aus mehreren Gründen in heller Aufruhr, die nichts mit seinen

Eroberungsversuchen zu tun hatten. Was sie am meisten beunruhigte – und Cecilia war eine Meisterin darin, sich in etwas hineinzusteigern –, war Noelias Schwangerschaft, die noch immer ein Staatsgeheimnis war, von dem offiziell nur sie und dank ihrer weiblichen Intuition inoffiziell Azucena wussten.

Nach dem Termin bei der Gynäkologin war klar, dass Noelia fest entschlossen war, das Kind zu bekommen, mit oder ohne ihre Familie, mit oder ohne Justice' Unterstützung. Wie die werdende Mutter ihrer Vermieterin versichert hatte, stand etwas anderes nicht zur Debatte. Was nun jedoch noch zu klären war, war die heikle Frage, wie man das Ganze publik machen sollte.

»In ein paar Tagen fahre ich nach Águila«, hatte Noelia Cecilia mitgeteilt. »Wir feiern Weihnachten immer alle zusammen bei meinen Großeltern. Dann kommen auch meine Cousins und Cousinen aus Bilbao, die Schwestern meiner Großmutter, die Patenkinder meiner Eltern … Vielleicht ist das eine gute Gelegenheit, ihnen von der Schwangerschaft zu erzählen.«

»Nun mal langsam, du Einfaltspinsel! Seit du das Kind beim Ultraschall gesehen hast, hast du irgendwie ein Brett vor dem Kopf«, hatte Cecilia gemeint. »Glaubst du jetzt plötzlich, dass sich deine Eltern und deine Großeltern über die Nachricht freuen werden? Ich nämlich nicht. Im Gegenteil. Ich denke, dass du ihnen damit das Weihnachtsfest gründlich verderben wirst.«

»Was soll ich denn sonst machen? Darauf warten, dass ich kugelrund bin, und dann an irgendeinem Wochenende hinfahren und mich ihnen präsentieren?«

»Nein, so natürlich auch nicht! Aber ich finde, sie sollten behutsam darauf vorbereitet werden«, hatte Cecilia geraten. »Du willst doch nicht, dass dein Vater einen Herzinfarkt bekommt, oder? Du könntest damit anfangen, ihnen zu erzählen, dass du dich an der Uni in einen Jungen verliebt hast, der aus einer guten Familie kommt. Dann, ein paar Monate später, sagst du, dass du mit ihm Schluss gemacht hast, weil er ein Wüstling war. Und später, irgendwann im Frühjahr, kannst du entsprechende Andeutungen machen ... dass dir andauernd schlecht ist, dass du überall einschläfst ...«

Diese Strategie, die einzig und allein aus Cecilias Angst vor der Reaktion der Familie Villanueva de Campos, gefolgt von der ihrer eigenen Familie, resultierte, hatte immerhin den Vorteil, dass sie Zeit gewannen, bis es keine andere Möglichkeit mehr gab, weil Noelia bereits hochschwanger war und das Baby sehnsüchtig darauf wartete, sein Köpfchen – dunkelhäutig mit Rastalocken wahrscheinlich – in die ihm feindlich gesinnte Welt zu strecken, die es bass erstaunt empfangen würde. Dessen war sich Cecilia durchaus bewusst, doch sie wollte nicht nur Noelia, sondern auch ihren Eltern den Riesenärger am Weihnachtsfest gern ersparen.

»Wirst du mit mir kommen, wenn ich es ihnen erzähle?« Noelia hatte sie flehentlich angesehen, ihre einzige Vertraute, ihren letzten Rettungsanker.

Cecilia hatte genickt. Was sonst hätte sie tun sollen?

Und genau das war der Grund, warum, je näher der Tag des Geständnisses heranrückte, die Angst ihr nach und nach die Kehle zuschnürte, als würde sie von dem schwarzen Handschuh eines Mörders gewürgt.

Noelias Schwangerschaft war der Hauptgrund für Cecilias Panik, jedoch nicht der einzige. Denn ein paar Wochen nach dem Diebstahl hatte Ivana sie an einem Dienstagabend, als die anderen Mieterinnen sich bereits in ihre Zimmer zurückgezogen hatten, überraschend in ihrer Mansarde aufgesucht.

Die Russin, die sich bis dahin immer kühl und reserviert gegeben hatte, war vor Cecilias Augen regelrecht zusammengebrochen. Sie glaubte förmlich zu sehen, wie die Mansarde von dem Schmelzwasser des Eises, das die schöne Russin umgeben hatte, und ihren Tränen überschwemmt wurde. Ivana hatte Cecilia weinend gestanden, dass sie am Ende des Monats ihre Miete nicht würde bezahlen können. Bei dem Diebstahl waren ihre gesamten Ersparnisse abhandengekommen, genau wie die wenigen Wertgegenstände, die sie hätte verkaufen können, und um das Ganze noch schlimmer zu machen, hatte sie auch ihren einzigen Sprachschüler verloren.

»Verloren?«, hatte Cecilia verwundert gefragt. »Ist er gestorben?«

»Das könnte man so sagen«, hatte Ivana voller Bitterkeit geantwortet.

Und nur wenige Tage später, auch abends und auch in der Abgeschiedenheit von Cecilias Schlafzimmer, war Catalina, bleich wie der Geist ihrer eigenen Großmutter, bei ihr erschienen und hatte ihr mehr oder weniger das Gleiche wie Ivana mitgeteilt: dass es für diesen Monat extrem schlecht aussehe, dass die Geschäfte ihres Vaters schlecht liefen, ob sie ihr einen Monat entgegenkommen könne. »Du kriegst die Miete im Monat darauf mit Zinsen ausgezahlt, versprochen!«, dass sie ihr unendlich dankbar wäre, wenn sie so lange wohnen bleiben könne, bis alles wieder im Lot sei, was sehr bald der Fall sein würde. Sie würde schon sehen.

»Was macht dein Vater denn beruflich?«, wollte Cecilia wissen, die sich bis dahin noch gar nicht mit dieser Frage beschäftigt hatte.

»Er ist Geschäftsmann«, hatte Catalina etwas vage geantwortet. »Investiert an der Börse und so.«

Dazu kam, dass Cecilia angesichts Noelias schwieriger Lage und damit diese ihrer Familie nicht gestehen musste, dass sie ihr komplettes Monatsgeld für Arztkosten, Ultraschalluntersuchungen, Laboranalysen, pharmazeutische Produkte und sonstige medizinische Dinge ausgegeben hatte, zwei Tage, bevor Ivana mit ihrem Anliegen kam, und zehn oder zwölf Tage, bevor Catalina sie aufsuchte, freiwillig auf Noelias Monatsmiete verzichtet hatte.

Und drittens quälte sich Cecilia neben ihrer Angst und ihren finanziellen Problemen noch mit einem weiteren Kummer herum, der auch mit dem Diebstahl und dem möglichen Schuldigen zu tun hatte: Jede Nacht weinte sie heimlich wegen Justice, ihrem Schützling.

Sie war verbittert und deprimiert wie die Mutter eines Drogensüchtigen, die kurz davor ist, aufzugeben. Sie war enttäuscht, fühlte sich hintergangen und fragte sich, was, zum Teufel, sie falsch gemacht hatte. War es ein Fehler gewesen, ihn nicht gleich wieder wegzuschicken, als sie ihn in dem Schuppen entdeckt hatte? Oder hatte sie ihn zu sehr verwöhnt, indem sie ihm ein sorgloses Leben bereitet und ihm, ohne groß eine Gegenleistung zu verlangen, alles geschenkt hatte?

Und zu der allgemeinen Enttäuschung kam noch etwas anderes, das viel tiefer saß und längst nicht so offen in Erscheinung trat: Sie fühlte einen Schmerz, als hätte man ihr das eigene Kind entrissen. Denn Justice, das merkte sie erst jetzt, war für sie fast so etwas wie ein Sohn gewesen.

In dieser Situation des geballten heimlichen Leidens – denn über all das konnte sie ja mit niemandem reden – war es nur zu verständlich, dass für die arme Cecilia Andrés' Annäherungsversuche nicht mehr als ein fernes, kaum hörbares und vor allem völlig unpassendes Echo waren. Ihr Körper reagierte einfach nicht auf die Signale, die er aussandte. Sie war innerlich wie versteinert und äußerlich stets in Alarmbereitschaft, überempfindlich und reizbar wie eine heiße Pfanne auf dem Herd, in die aus dem Topf daneben ein Tropfen Wasser spritzte.

Andrés jedoch, der von all dem ja nichts wissen konnte, schob Cecilias schlechte Stimmung ausschließlich dem Diebstahl zu. Natürlich hielt er ihre Reaktion für vollkommen übertrieben, aber so war Cecilia nun mal. Sie machte aus einer Mücke einen Elefanten. In völliger Verkennung der Tatsachen glaubte der arme Andrés, dass es ausreichen würde, ihr den Schuldigen auf dem Silbertablett zu präsentieren, um ihre abwehrende Haltung zu überwinden. Und so erschien er eines Tages unangekündigt in der Pension und schwor Cecilia, den Dieb zu finden, die Beute zurückzubringen und ihr damit wieder Frieden und neue Lebensfreude zu schenken.

»Und wenn es Justice war?«, fragte sie ängstlich.

»Wenn es Justice war, werde ich ihn zwingen, euch das Gestohlene zurückzugeben, sich bei euch zu entschuldigen und, vor allem, euch zu erklären, warum er euch auf diese üble Art verraten hat.«

»Wirst du zur Polizei gehen?«

»Ich habe meine Kontakte, mach dir keine Sorgen. Ich werde ihn erwischen, ohne ihn offiziell bei der Polizei anzuzeigen, wenn du das meinst.«

Er blickte sich um.

»Ist sonst jemand hier?«

»Nein. Azucena ist schon weg, und die Mädchen haben irgendwelche Prüfungen an der Uni.«

Das war die Gelegenheit!

»Hör mal, Cecilia, ich muss dir etwas gestehen«, begann er vorsichtig. »An dem Tag, an dem du dir in den Kopf gesetzt hattest, dein Zimmer grün zu streichen, erinnerst du dich?, hätte ich mich deinem schlechten Geschmack einfach beugen können. Denn im Grunde hätte es mir ja egal sein können, ob du in einem Zimmer mit grünen Wänden schläfst oder nicht. Selbst wenn du sie schwarz hättest anmalen wollen, wäre das nicht meine Sache gewesen.« Er setzte sich neben sie aufs Sofa. »Aber ich musste seltsamerweise immer daran denken, wie es sein würde, wenn wir uns zwischen grünen Wänden lieben müssten. Am besten noch mit kitschigen Blumen an der Decke oder irgend so einem Blödsinn. Und die Vorstellung, in einem solchen Dekor aufzuwachen, fand ich einfach grauenvoll. Was ich damit sagen will, ist …« Er räusperte sich. »… dass ich mir nichts mehr wünsche, als in deinem weißen Zimmer mit dir zu schlafen. Seit Wochen sehne ich mich danach. Ich denke nur noch an dich. Mein Gott, Cecilia, was muss ich denn tun, um dich endlich ins Bett zu kriegen?«

»Finde Justice! Ich bitte dich um alles in der Welt, finde ihn!«, entgegnete Cecilia, bevor sie die Arme um ihn schlang und sich mit ihm in die Tiefe stürzte.

19

Jedwede Art von Ruhestörung in der Pension ist strengstens untersagt

Die Tage, die der gefürchteten Reise nach Águila vorausgingen, verbrachte Cecilia auf einer Wolke, die manchmal weich und aus Zucker war und zu anderen Zeiten tiefschwarz mit Unwetter drohte. Die Nächte, in denen Andrés bei ihr war, waren friedlich und heiter. Die Liebe ließ sie ihre Sorgen vergessen. Wenn sie aufwachte, schmiegte sie sich an den starken, festen Körper dieses gut aussehenden, liebevollen Mannes, mit dem sie das Bett teilte. Um den Studentinnen aus dem Weg zu gehen, holte sie den Kaffee morgens in der Küche und brachte ihn auf einem Tablett in die Mansarde hinauf, wo sie dann im noch schlafwarmen Bett zusammen frühstückten, während draußen die Stadt allmählich erwachte.

In den Nächten jedoch, die Andrés in seiner Wohnung in der Calle Juan Bravo verbrachte, wo Bicho ihn mit der aufrichtigen Sehnsucht des zurückgelassenen Hundes erwartete, wälzte sich Cecilia unruhig zwischen denselben Laken hin und her, die ihr am Morgen noch kuschelig weich erschienen waren und sich nun rau und unwirtlich anfühlten, und konnte vor Angst und Sorgen nicht einschlafen. Manchmal stand sie dann auf, ging auf die Terrasse hinaus oder betrachtete in der Bibliothek in dem fahlen Licht, das durch die Dachluke hereinfiel, ihre Bücher und streifte, in

Erinnerung an die Geister ihrer Großeltern, die nun offenbar in Frieden ruhten, durch die Flure und das Treppenhaus.

Nur einmal glaubte sie, Großmutter Teresa am Ende des Flurs im Erdgeschoss zu sehen. Sie trug die geblümte Schürze, von der Noelia gesprochen hatte, und das Seidentuch um ihren Hals und mühte sich damit ab, ein paar Gläser in die Anrichte zu räumen. Ohne etwas zu sagen, bewegte sie äußerst eindringlich die Lippen, um Cecilia zu warnen, dass etwas Großes bevorstand. Etwas, was mit einem kleinen, wehrlosen, verlassenen Mädchen zu tun hatte, das sowohl Cecilia selbst als auch das Kind sein konnte, das Noelia erwartete. Dann jedoch war ihr aufgefallen, dass das, was sich dort am Ende des Flurs befand, nur ein großer Spiegel war, der ihre eigene schlafwandelnde Gestalt wiedergab. Offensichtlich beunruhigte die bevorstehende Ankunft des Neugeborenen sie zutiefst, und die nächtlichen Streifzüge durch das Haus waren eine körperliche Reaktion darauf. Wobei sie jedoch keine Erklärung für die geblümte Schürze fand.

Am Morgen des 22. Dezember, einem Montag, zwei Tage vor Cecilias Abreise, ereignete sich etwas Unerwartetes. Um Punkt acht Uhr fuhr Azucena mit großem Hallo in einem Taxi vor. Sie bat den Fahrer, draußen zu warten, und stürmte laut rufend ins Haus.

»Raus aus den Federn! Kommt alle runter! Jetzt gibt es eine Bescherung!«

Nach und nach tauchten die verschlafenen Gesichter von Noelia, Ivana, Cecilia und Catalina an der Treppe auf. Draußen war es noch stockdunkel.

»Helft mir mal mit den Paketen!«, rief Azucena mit Blick nach oben.

Die vier Bewohnerinnen der Pension hatten keine andere Wahl, als sich die Stiefel anzuziehen und sich in den erstbesten Mantel zu hüllen, bevor sie in die Kälte hinaustraten, um das Taxi zu entladen.

Während der Paketberg im Wohnzimmer immer größer wurde, erhitzte Azucena Milch in einem Topf und löste darin eine große Tafel Schokolade auf.

Als schließlich alle noch etwas verschlafen um den Küchentisch herumsaßen und in kleinen Schlucken den heißen Kakao tranken, ergriff Azucena das Wort.

»Ich bin extra so früh gekommen, um sicher zu sein, euch alle hier anzutreffen«, erklärte sie feierlich. »Denn ich habe eine Überraschung für euch.«

»Die ist dir absolut gelungen«, bemerkte Catalina.

»Ihr müsst wissen, dass ich viele Jahre lang an Weihnachten immer allein war. In Österreich hatte ich keine Möglichkeit, irgendetwas zu feiern, und später, als ich nach Spanien zurückkam, war niemand mehr da, der mir etwas bedeutete. Daher war ich an Weihnachten immer sehr traurig.«

Sie machte eine dramatische Pause. »Aber in diesem Jahr habe ich gedacht: Was soll's! Jetzt lass ich es krachen! Ihr, meine lieben Mädchen«, sie sah eine nach der anderen an, »und Sie, Cecilia«, fügte sie, an ihre Chefin gewandt, hinzu, »seid für mich die Familie, die ich nie hatte. In den Paketen findet ihr jede Menge Weihnachtsschmuck und Geschenke, um sie unter den Baum zu legen. Ich weiß, dass in drei Tagen keine Seele mehr hier sein wird und dass ihr alle über Weihnachten wegfahrt. Deshalb will ich jetzt mit euch feiern! Ein richtiges Weihnachtsfest. Heute!«

Sie blickte zufrieden in die Runde.

»Ich habe einen Truthahn im Ofen, die Füllung habe ich zu Hause zubereitet und mitgebracht, und alles andere ist gleich fertig. Und während ich mich um das Essen kümmere, könnt ihr schon mal den Baum schmücken.«

Für einen Moment war es ganz still. Azucenas Worte schwebten durch den Raum und hallten in ihren Ohren nach. Der Duft nach Gebratenem stieg ihnen in die Nase, und vor dem Fenster fielen weiche weiße Flocken. Es hatte zu schneien begonnen.

Noelia brach gerührt in Tränen aus. Ivana umarmte Azucena, als hätte sie sie wirklich gern. Catalina hängte einen Mistelzweig auf, und Cecilia rief bei der freundlichen Stimme in der Personalabteilung an, um dieser mitzuteilen, dass sie an diesem Tag leider nicht zur Arbeit kommen würde.

Einhellig beschlossen sie, den Tag im Pyjama zu verbringen, fürstlich zu Mittag zu essen und es sich auch abends schmecken zu lassen. Die Siesta wollten sie gemeinsam, Schulter an Schulter und mit den Pantoffeln auf dem Tisch, auf dem großen Sofa im Wohnzimmer verbringen. Es würde ein unvergessliches Weihnachtsfest werden!

Und das wurde es auch. Das ganze Haus duftete nach mit Äpfeln gefülltem Truthahn. Die Türrahmen und der Kaminsims waren mit grünen Girlanden geschmückt, und hinten im Wohnzimmer, in der Lücke zwischen dem Esstisch und der Anrichte, stellten sie eine grüne Tanne auf, die mit bunten Kugeln und weißen Lichtern geschmückt wurde.

»Azucena, kannst du den Herd mal einen Moment allein lassen, um den Stern an der Spitze anzubringen!«, rief Cecilia von der Leiter herunter.

»Ich komme!«

Azucena hatte die Ehre, dem Baum die Krone aufzusetzen. Also stieg sie auf die Klappleiter und streckte sich, um an die Spitze zu gelangen. Sie erledigte diese Aufgabe ohne übermäßige Anstrengung, allerdings öffnete sich dabei ihr Ausschnitt ein Stück weit und offenbarte ein Medaillon, das an einer dünnen goldenen Kette um ihren Hals hing – und bei dem es sich um den Anhänger mit dem Schutzengel handelte. Denselben, der während der Renovierungsarbeiten in der nachträglich errichteten Trennwand zum oberen Badezimmer gefunden worden war. Denselben, den Cecilia sorgsam in ihrem Schmuckkästchen aufbewahrt hatte. Denselben, der in jener Nacht gestohlen worden war, als beinah alle Hausbewohnerinnen gegen die Regel Nummer dreizehn der Hausordnung verstoßen hatten.

Im Bruchteil einer Sekunde, die in den Augen der verblüfften Hauseigentümerin und der gewitzten Catalina wie in Zeitlupe ablief, überführte sich Azucena völlig ahnungslos und nur aufgrund ihres gewagten Ausschnitts selbst des Diebstahls.

Nach diesem ebenso kurzen wie fatalen Moment der Indiskretion verschwand der Schutzengel wieder in seinem üppig gerundeten Versteck.

»Hast du das Gleiche gesehen wie ich?« Cecilia hatte Catalina beiseitegezogen, als Azucena wieder in die Küche zurückgekehrt war, während die anderen beiden Mädchen in bester Stimmung die Krippenfiguren auspackten.

Catalina, die so weiß geworden war wie die Wand, nickte.

»Ich kann es nicht fassen!«, sagte sie leise.

»Und was machen wir jetzt? Sie zu einem Geständnis zwingen? Die Polizei rufen?«

Leise beratschlagten sie sich, was nun zu tun sei. Catalina war der Meinung, dass es besser sei abzuwarten.

»Aber worauf willst du denn noch warten, sie trägt den Anhänger!«

»Keine Ahnung. Manchmal liegen die Dinge anders, als es scheint. Es könnte doch sein, dass Azucena zu einer organisierten Einbrecherbande gehört. Dass das Ganze eine viel größere Sache ist, als wir denken. Oder kennst du sie schon lange?«

»Nein«, musste Cecilia zugeben, »ich habe sie ganz spontan eingestellt. Sie ist eines Morgens hier vor der Tür aufgetaucht und hat gesagt, dass sie zu meinen Großeltern wolle. Dass sie sich auf eine Anzeige hin melde, mit der die beiden nach einer Haushaltshilfe gesucht hätten. Allerdings schon vor Jahren. Ich habe gedacht, dass sie der Himmel schickt.«

»Hat sie dir die Anzeige denn gezeigt?«

»Nein. Sie hat mir gesagt, dass sie die Anzeige nicht aufbewahrt, sondern sich nur die Telefonnummer und die Adresse aufgeschrieben hat.«

»Da waren deine Großeltern aber ziemlich leichtsinnig, oder? Haben sie wirklich ihre Kontaktdaten einfach so in der Zeitung veröffentlicht? Haben sie nicht daran gedacht, dass jemand mit schlechten Absichten das ausnutzen könnte?«

»Meine Großeltern waren einfach total arglos. Auf so eine Idee wären die gar nicht gekommen.«

Schließlich kamen sie überein, dass es angesichts des bevorstehenden Weihnachtsfestes und der wenigen Tage, die noch blieben, bevor sie alle wegfuhren, besser war, die Sache erst einmal für sich zu behalten. In der Zwischenzeit würden sie sich genau über Azucena informieren, bevor sie sich für oder gegen eine Anzeige entschieden. Catalina bot an, Erkundigungen einzuziehen. Das Erste, was sie tun wollte, war, ins Zeitungsarchiv zu gehen und die Anzeige herauszusuchen, die Cecilias Großeltern, wie die Verdächtige behauptete, in *ABC* aufgegeben hatten.

»Das glaube ich ihr nicht«, meinte Catalina. »Ich denke, dass sie da schon gelogen hat und dass wir ihr anhand dieser Lüge auf die Schliche kommen.«

Das Schwierigste war, sich auf die Zunge zu beißen und den anderen nichts zu erzählen. Denn wenn Noelia die Wahrheit erfahren hätte, wäre sie sicher sehr erleichtert gewesen zu wissen, dass Justice zwar verschwunden war, jedoch nicht mit der Diebesbeute und ohne den Verrat begangen zu haben, dessen ihn alle beschuldigten. Und wenn sie Ivana eingeweiht hätten, wäre sie Azucena sicher an den Kragen gegangen, um sie zu einem Geständnis zu zwingen.

Andrés Leal wiederum, der versprochen hatte, Justice zu finden und zurückzubringen, würde vielleicht mit der Suche aufhören, wenn er wusste, dass der junge Mann unschuldig war. Seiner Art zu denken entsprechend, würde er höchstwahrscheinlich mit den Schultern zucken und etwas sagen wie: »Soll er mit seinem Leben anfangen, was er will«, und dann würde Noelia nie wieder glücklich werden. Dabei hatte sich Cecilia schon so auf das Wiedersehen des glücklichen Paares mit dem Baby im Arm vor der romantischen Kulisse der offenen Haustür der Pension gefreut!

Und so kam der Tag des Aufbruchs. Azucena verabschiedete sich von allen mit dem, was Cecilia und Catalina den Judaskuss nannten. Noelia warf widerstrebend ein paar Kleider in ihren Koffer und wartete darauf, dass Cecilia alles ins Auto geladen hatte, bevor sie mit schleppendem Schritt das Haus verließ. Ivana nahm ein paar Bikinis aus dem Schrank und machte sich mit Dani auf den Weg, der sie über Weihnachten auf die Kanaren eingeladen hatte. Nur Catalina blieb in der Pension.

»Wenn es für dich in Ordnung ist, würde ich die Feiertage gern hier verbringen«, hatte sie Cecilia gebeten. »Mein Vater ist auf Reisen, das heißt, ich bin sowieso allein. Außerdem bin ich völlig pleite. Und ehrlich gesagt brenne ich darauf, mit den Nachforschungen über Azucena zu beginnen.«

Cecilia ließ Catalina nicht gern allein in der Pension zurück. Am schwersten jedoch fiel ihr der Abschied von Andrés. In der letzten Nacht unter dem schrägen Dach in ihrer Mansarde hatte er Cecilia nicht einen Moment losgelassen, sodass die Feststellung seiner Mutter, dass er der sensibelste ihrer Söhne sei, allmählich doch Sinn machte. Wie jedes Jahr würde er die Weihnachtstage mit seinen Eltern und seinen Brüdern und deren vielen Kindern in El Boalo verbringen und früh schlafen gehen, bevor die anderen den Sekt entkorkten und auf die Familie anstießen. Er würde sich mit jener unbeschreiblichen Last auf den Schultern in sein Zimmer hinaufschleppen und, wenn er endlich allein war, eine Flut an Tränen vergießen, an seinem goldenen Trauring herumspielen und versuchen, sich den düsteren Schmerz der unermesslichen Trauer aus der Seele zu reißen.

»Ich werde dich Silvester um Punkt Mitternacht anrufen«, versprach Cecilia. »Dann ist es, als wären wir gar nicht getrennt.«

20

Das Unglück anderer zu ignorieren ist verboten

Während der zweieinhalbstündigen Fahrt, die Cecilia und Noelia hauptsächlich schweigend verbrachten, beschlossen sie, die Bombe erst am letzten Tag ihrer Ferien in Águila platzen zu lassen. Nach Silvester. Schließlich wollten sie niemandem das Weihnachtsfest verderben.

Sie verabschiedeten sich vor dem herrschaftlichen Gebäude, in dem Noelias Großeltern lebten, direkt unter dem Wappen der aristokratischen Vorfahren, das die Fassade zierte, umarmten sich fest und versicherten sich, dass sie sich sicher bei der Mitternachtsmesse in der Kathedrale, beim Einkaufen in der Calle Mayor oder beim Kaffee im Gemeindeclubhaus das ein oder andere Mal begegnen würden.

»Und vergiss nicht, dass ich dich am ersten Januar um fünf Uhr nachmittags hier erwarte!«, rief Noelia Cecilia, vor Angst zitternd, in Erinnerung.

Es waren eiskalte Wintertage, in denen die Windböen, die über das karge kastilische Hochland fegten, in die Haut schnitten und in denen man sich an den dunklen Nachmittagen mit dickflüssiger heißer Schokolade wärmte und am offenen Kamin saß. Hin und wieder schneite es sogar, wobei der Schnee nicht liegen blieb, aber Träume von weißen Hängen und glitzernden zugefrorenen Tümpeln weckte. Die alten Leute erinnerten sich an solchen Tagen an die tiefen

Winter in früheren Zeiten, als die verschneite Landschaft an die sibirischen Steppen erinnerte und die Kriegshelden der Blauen Division nach der Rückkehr aus Leningrad sagten, dass es dort genauso kalt wie in Burgos gewesen sei, Águila dies jedoch noch übertreffe.

Cecilias Eltern bemühten sich nach Kräften, Cecilia dieses – wie sie glaubten – traurige erste Weihnachtsfest als geschiedene Frau so angenehm wie möglich zu machen. Die üblichen Familientreffen wurden durch lange Spaziergänge ersetzt, von denen sie erschöpft und mit dem Wunsch, früh zu Bett zu gehen, zurückkehrten. Sie ersparten ihr die gefürchteten Fragen darüber, wie es in der Pension lief, und beschränkten sich darauf, sich scherzhaft zu erkundigen, ob sie ihr seltsames Projekt noch nicht bereue, und sie daran zu erinnern, dass es immer noch den für sie gesparten Notgroschen gab, über den sie jederzeit frei verfügen könne. Sie überschütteten Cecilia mit Aufmerksamkeiten, sie verwöhnten sie wie eine von der Straße aufgelesene Katze, sie bekochten und verzogen sie, und als der Tag der Abreise gekommen war, füllten sie ihren Koffer mit hausgemachter Wurst vom Metzger, im Kloster hergestellten Süßigkeiten, Eiern von glücklichen Hühnern, mit Rebhühnern und Kaninchen.

Andrés rief jeden Abend an. Wortkarg, wie er war, hörte er lieber zu, was Cecilia zu erzählen hatte, und beschränkte sich bei Nachfragen ihrerseits auf das unerlässliche »Alles gut«. Mit den Neffen und Nichten war alles gut. Mit den Eltern war alles gut. Das Essen war gut. Doch bevor sie das Gespräch beendeten, sagte er zum Abschied jedes Mal: »Mann, wie ich dich vermisse!«

Am ersten Januar verabschiedete sich Cecilia, das Auto voller kulinarischer Beigaben, von ihren Eltern und fuhr einmal quer durch die Ortschaft zum Anwesen der Familie Villanueva de Campos. Im schwachen Licht der Abenddämmerung wirkte das herrschaftliche Gebäude ein wenig düster. Durchaus imposant, solide und majestätisch, aber auch bedrohlich. Zudem hatte Cecilia den Eindruck, durch eine der Balkontüren, die trotz der Kälte eigenartigerweise weit geöffnet war, erzürnte Stimmen zu hören.

Im Schutz des großen Eingangstores hielt sie inne und lauschte. Sie meinte, ein Schluchzen zu hören. Türenknallen, ein Tablett, das zu Boden fiel, hastige Schritte und dann eine unheilvolle Stille wie die, die dem nächsten Donnerschlag vorausgeht. Doña Victoria Villanueva de Campos' Stimme war zu hören, kalt und unerbittlich:

»Geh und komm nie mehr wieder! Du hast leichtfertig die Ehre unserer Familie befleckt. Man wird in der Straße mit dem Finger auf dich zeigen, sich über uns lustig machen, auf so etwas haben die Leute nur gewartet. Wir alle werden für deinen Fehltritt bezahlen, Opfer der öffentlichen Häme werden, wir alle werden darunter leiden müssen. Du hast unseren Namen in den Schmutz gezogen und deinen Ruf ruiniert. Bisher hat man dich akzeptiert, weil du in unserem Haus aus und ein gegangen bist. Bilde dir nicht ein, dass das so bleibt. Jetzt werden die, die dich bisher freundlich gegrüßt haben, eine Hure nennen. So sind die Menschen nun mal. Sie sind alle gleich, und sie warten nur auf die Gelegenheit, sich großtun zu können und uns an die Kehle zu gehen. Du hast dich mit diesem Pack gemein gemacht. Schäm dich!«

Während Cecilia betroffen lauschte, öffnete sich plötzlich die Seitentür, und eine in Tränen aufgelöste junge Frau stürzte auf die Straße. Sie hatte die Hände vors Gesicht geschlagen und stolperte über die Pflastersteine des Bürgersteigs. Sie stürzte direkt an Cecilia vorbei, hielt jedoch nicht an, weil sie sie nicht bemerkte.

»Noelia!«, wollte Cecilia gerade der unglücklichen flüchtenden Gestalt hinterherrufen, die immer kleiner wurde und am Ende der Calle del Aire verschwand.

Von oben war nun ein Murmeln zu hören, das immer verständlicher wurde, als Doña Victoria sich der offenen Balkontür näherte. Sie beugte sich hinaus und blickte prüfend auf die Straße, als wollte sie den fliehenden Schatten verfolgen und ihn noch weiter weg stoßen, um ihn nicht mehr sehen zu müssen, bevor sie die Glastür, die Damastgardine und die Jalousie schloss, doch in diesem Moment entdeckte sie verwundert Cecilia, die halb versteckt am Tor stand.

»Cecilia? Cecilia Dueñas?«, fragte sie überrascht. »Bist du das, da unten?«

»Ja, das bin ich«, entgegnete Cecilia mit zitternder Stimme.

»Und warum kommst du nicht herauf, mein Kind? Hat man dich nicht gehört?«

»Ich habe noch nicht geklingelt«, gestand sie.

»Kommst du, um Noelia abzuholen?«

»Ja. Wir sind um fünf verabredet.«

»Ich schicke sofort jemanden runter, um dir zu öffnen.«

Tatsächlich erschien keine zwanzig Sekunden später dieselbe Haushälterin wie bei ihrem ersten Besuch, nur mit leicht veränderter Gesichtsfarbe, begrüßte sie, als wäre nichts geschehen, und geleitete sie ins Wohnzimmer.

Victoria Villanueva de Campos sah genauso tadellos aus wie immer. Auch diesmal war sie modern und elegant gekleidet, trug eine Bundfaltenhose aus Flanell, eine Seidenbluse und ein Tuch um den Hals.

»Noelia wird jeden Moment hier sein. Sie packt gerade noch ihren Koffer fertig«, sagte sie zur Begrüßung und trat auf Cecilia zu. »Möchtest du eine Tasse Tee?«

»Nein danke. Alles bestens«, entgegnete Cecilia mit einem Kloß im Hals.

Noelia ließ nicht lange auf sich warten. Wie durch Zauberei tauchte sie plötzlich im Salon auf, den schweren Koffer mit ungeahnten Kräften hinter sich herziehend, wie man sie einem derart zierlichen Mädchen nicht zugetraut hätte, das in letzter Zeit besonders mager, bleich und kränklich wirkte.

»Wir haben es ziemlich eilig …«, erklärte sie ihrer Großmutter, bevor die irgendetwas sagen konnte. »Heute Abend um Punkt acht müssen wir in Madrid sein.«

»Wie schade!«, entgegnete Victoria. »Gaudencia hat extra *Mantecadas* gebacken.«

»Beim nächsten Mal«, meinte Noelia rasch.

Ohne weitere Worte schob sie Cecilia aus dem Haus ihrer Vorfahren, eilte ihr, den Koffer vor sich herschiebend, nach, sah sich draußen suchend nach dem Auto um, das sie in die Freiheit bringen würde, und stürzte darauf zu.

Unterdessen stand Doña Victoria winkend auf dem Balkon.

»Geh ins Haus, Oma, es ist kalt!«

Als sie endlich unbeobachtet im Auto saßen, brach Noelia in ein verzweifeltes und beängstigendes Weinen aus, das Cecilia zutiefst bestürzte.

»Aber was ist denn passiert?«

»Du wirst es nicht glauben!«

»Wir waren doch verabredet, um heute deiner Familie zu erzählen, dass du schwanger bist, oder? Ich habe mich extra vorbereitet und genau überlegt, was ich sagen werde, und außerdem habe ich ein Beruhigungsmittel genommen, was man, wenn man Auto fährt, ja besser lassen sollte, und dann stürzen wir gleich aus dem Haus, als wäre der Teufel hinter uns her. Außerdem meine ich, gehört zu haben, dass deine Großmutter jemanden als Hure beschimpft hat. Ich dachte, das wäre an dich gerichtet.«

»Ach, Cecilia, du wirst es nicht glauben!«, wiederholte Noelia.

»Was werde ich nicht glauben?«

»Stell dir vor: Gaude, unsere Köchin, die, die die *Mantecadas* gemacht hat, ist auch schwanger. Ohne verheiratet zu sein. Und heute nach dem Mittagessen hat sie es uns gesagt.«

»Wirklich?«

»Ja. Wie meine Großmutter reagiert hat, hast du ja mitbekommen, aber du hättest erst mal meine Eltern erleben sollen. Sie haben sie sofort entlassen, Cecilia, einfach rausgeschmissen.«

Während Noelias Weinen das Innere des Wagens erbeben ließ, fuhr Cecilia schweigend los und wartete ab, bis das Mädchen sich beruhigt hatte – da waren sie bereits in der Provinz Segovia –, bevor sie das Gespräch wieder aufnahm.

Was Noelia dann unter Schluchzen und Schniefen erzählte, war, dass jene Gaudencia, die aus einem kleinen Dorf in der Provinz Águila stammte, sozusagen unter Doña Victorias Fittichen aufgewachsen war. Sie war erst vierzehn Jahre alt gewesen, als sie ins Haus gekommen war, und hatte sich in der komplizierten Hierarchie der Hausangestellten schnell nach oben gearbeitet. In zwölf Jahren hatte sie es von der Küchenhilfe zur obersten Köchin gebracht, wobei sie in der Zwischenzeit als Serviermädchen gearbeitet hatte und für die Lebensmittelversorgung des Hauses zuständig gewesen war, wobei Letzteres beträchtliche diplomatische Fähigkeiten erforderte, da sie auf dem Markt die Einkäufe erledigen und sich mit den Lieferanten auseinandersetzen musste. Dank ihrer stets guten Laune und ihrer angeborenen Verhandlungskünste war sie überall beliebt. Jeder kannte sie als das Mädchen der Villanuevas, sie hatte einen koketten Gang, wurde zum Kuchen in die Konditorei *La Delicada* eingeladen und zu einem Getränk ins Café *Comercial*, sie hatte den Ruf, äußerst schlau zu sein, und man sagte von ihr, dass sie nichts ohne guten Grund tat. Manche warfen ihr vor, dass sie sich für etwas Besseres halte, dass sie stolz und herablassend sei, und einer ihrer abgewiesenen Verehrer hatte ihr den Spitznamen *La Condenada* gegeben, weil sie offensichtlich auf einen *Conde*, einen Grafen, wartete und sonst *nada*, nichts, akzeptierte.

Für Noelia war Gaudencia beinah so etwas wie eine große Schwester gewesen, wenn sie auch nie besonders herzlich gewesen war, ihr jedoch viel beigebracht hatte. Von ihr hatte sie einige universale Weisheiten gelernt, zum Beispiel, dass das Leben hart ist, dass Männer nun mal sind, wie sie sind, dass Priester auch nicht immer die Wahrheit sagen und dass man einem alten Hasen keinen neuen Trick beibringen kann.

Noelia konnte sich noch gut daran erinnern, dass Gaude sie, als sie klein war, immer herumgetragen hatte wie einen Zirkusaffen. Und sie hatte ihr zum Entsetzen ihrer Mutter die ersten hochhackigen Schuhe geschenkt.

»Sie waren furchtbar«, gestand sie, »aber was zählt, ist die Geste.«

An diesem Morgen war Gaudencia mit dem Tablett in den Salon gekommen, um den Kaffee zu servieren, hatte es auf dem Tisch abgestellt, verlegen ein Küchentuch in den Händen verdreht und mit leiser Stimme zu erklären versucht, dass sie, ohne zu wissen, wie, leider schwanger sei.

»Ohne zu wissen, wie?«, hatte Noelias Vater spöttisch gefragt.

Dann hatte das Tribunal seinen Lauf genommen. Die junge Frau hatte angefangen zu weinen und war schließlich geflohen.

»Und ich habe nichts gesagt, Cecilia«, gestand Noelia voller Reue, »ich habe einfach feige geschwiegen.«

»Was hättest du denn tun können? Dich mit ins Verderben stürzen?«

»Ich weiß nicht. Aber ich hätte ihr irgendwie zur Seite stehen sollen.«

Unter Tränen und Schuldbekenntnissen waren sie inzwischen am Stadtrand von Madrid angekommen. In diesem Moment klingelte Cecilias Handy. Es war Catalina.

»Hör mal«, begann sie gleich, ohne ihr ein frohes neues Jahr zu wünschen oder sich nach ihrer Familie zu erkundigen. »Ich habe etwas über Azucena herausgefunden. Das ist der Hammer!«

Cecilia schluckte.

»Wir sind gleich da«, entgegnete sie dann, und ihr Herz schlug hart gegen ihre Brust. Catalinas gewichtiger Tonfall machte ihr Angst.

»Gut, dann erzähle ich es dir, wenn du hier bist.«

21

Wichtige Informationen zu verschweigen, die auch für die anderen Hausbewohner von Bedeutung sein könnten, ist untersagt

Nach einer Woche ohne Azucena ließ der Zustand des Hauses einiges zu wünschen übrig. Catalina hatte nicht ein Mal gefegt, Staub gewischt oder die Kissen aufgeschüttelt. In der Küche stapelten sich die schmutzigen Teller in der Spüle, und auf der Arbeitsplatte standen halb leere Bierflaschen.

Noelia wunderte sich, dass Cecilia nicht mit Catalina schimpfte. Normalerweise hätte ein solches Chaos sofort für eine neue Anweisung in der bereits zwanzig Regeln umfassenden Hausordnung gesorgt, dachte sie. Diesmal jedoch achtete die Hausherrin nicht weiter auf die Unordnung und wandte sich gleich praktischeren Dingen zu.

»Geh und ruh dich aus, Noelia!«, befahl sie. »Ich bringe dir gleich einen Tee nach oben.«

Noelia gehorchte, froh, sich in ihr Zimmer zurückziehen zu können. Sobald sie im Treppenhaus verschwunden war, wandte sich Cecilia ungeduldig an ihre private Ermittlerin.

»Was ist denn mit der los?«, fragte Catalina. »Die sah ja völlig verheult aus.«

»Ach was!«, widersprach Cecilia. »Der Armen ist nur im Auto ein wenig schlecht geworden.«

Energisch schloss sie die Wohnzimmertür und sah Catalina aufgeregt an.

»Los, erzähl!«

Die Detektivin lächelte. Sie genoss es, über eine Information zu verfügen, die Cecilia unbedingt erfahren wollte. Vielleicht hatte sie sich doch für den falschen Beruf entschieden und sollte sich, anstatt als Schriftstellerin Kriminalfälle zu erfinden, lieber auf die echten Verbrechen konzentrieren, Journalismus studieren oder zur Polizei gehen.

»Ich habe nach der Anzeige gesucht, die deine Großeltern angeblich vor drei oder vier Jahren in *ABC* veröffentlicht haben. Tatsächlich gibt es ein Online-Archiv, in dem unglaublicherweise alle Seiten der Zeitung bis zurück ins Jahr 1903 abgespeichert sind, einschließlich der mit den Anzeigen. Wie du dir vorstellen kannst, war die Recherche eine Sisyphosarbeit, weil jede Tagesausgabe mindestens zwei Anzeigenseiten enthält, hauptsächlich von Damen, die ihre Liebesdienste oder erotische Massagen anbieten, in ganz kleiner Schrift. Wenn man sich länger als eine Stunde am Stück damit beschäftigt, wird man verrückt.«

»Und? Hast du die Anzeige gefunden?«

Catalina zögerte den Moment der Wahrheit noch ein paar köstliche Minuten heraus.

»Nun … Es waren eine ganze Menge Anzeigen darunter, in denen Haushaltshilfen gesucht wurden. Meistens von irgendwelchen Arbeitsvermittlern, nur wenige von Privatleuten. Nachdem ich mir mehrere Tage lang die Augen aus dem Kopf geguckt habe, war ich kurz davor aufzugeben. Die Namen deiner Großeltern konnte ich nirgendwo finden … bis gestern.«

»Dann hast du sie also gefunden?«

»Ich habe tatsächlich eine Anzeige gefunden, die dein Großvater aufgegeben hat und in der sein Name steht: Miguel Quintana. Sie befand sich jedoch nicht in der Rubrik für Stellenangebote. Deshalb habe ich auch so lange gebraucht, sie zu entdecken.«

»Nicht?«

»Nein. Es war eine Anzeige in der Rubrik ›Kontakte‹.«

»Was? Du meinst zwischen den Massagesalons? Das kann nicht sein!«

»Wenn ich es dir doch sage!« Catalina machte es großen Spaß, Cecilia auf die Folter zu spannen. »Und weißt du, was noch seltsamer ist? Es hat sich herausgestellt, dass dein Großvater die Anzeige – du wirst es nicht glauben – fünfunddreißig Jahre lang einmal pro Woche veröffentlicht hat. Jeden Mittwoch, ohne Unterbrechung. Ich habe das bis ins Jahr 1976 zurück überprüft.«

»Hmm. Das ist ja merkwürdig. In dem Jahr haben meine Großeltern dieses Haus gekauft und sind nach Madrid gezogen. Mein Großvater hat bei der Eisenbahn gearbeitet und ist mit achtundfünfzig Jahren in Pension gegangen. Meine Mutter hat mir erzählt, dass meine Großeltern es mit dem Umzug unglaublich eilig hatten, dass sie aus Águila weg sind, als wäre der Teufel hinter ihnen her, und dass sie ihr einfach so die Buchhandlung überlassen haben, wie manche Leute ihren Hund an der Autobahn aussetzen, wenn sie in Urlaub fahren.«

»In diesem Jahr ist irgendetwas passiert, Cecilia«, entgegnete Catalina. »Etwas, das mit Azucena zu tun hat«, fügte sie hinzu. »Schau«, sagte sie und zog ein zerknittertes Stück Papier aus der Tasche ihrer Jeans. »Das ist die Anzeige.«

Cecilia setzte sich aufs Sofa und machte die Leselampe an, um die kleine Schrift auf dem Zeitungsausschnitt besser lesen zu können. Catalina blieb stehen und wartete unbeweglich auf die Reaktion ihrer Vermieterin.

Gesucht wird Azucena Fernández, die im Waisenhaus der Franziskanerinnen in Madrid aufgewachsen ist, in einer sie dringend betreffenden Familienangelegenheit. Bitte nehmen Sie unter der Adresse Ribera del Manzanares 7, Telefon 915757699 mit Miguel und Teresa Quintana Kontakt auf.

Cecilia hob den Blick und sah Catalina mit unergründlichem Gesichtsausdruck an.

»Ich habe keine Ahnung, was das soll«, gestand sie einigermaßen fassungslos.

Nun setzte sich auch Catalina aufs Sofa, direkt Cecilia gegenüber.

»Das liegt daran, dass du so plötzlich davon erfahren hast und noch keine Zeit hattest, darüber nachzudenken. Ich dagegen habe mir seit gestern schon einiges überlegt und habe so meine Theorien.«

Da Cecilia nicht reagierte, entschied Catalina, ihre Theorien darzulegen. Sie holte tief Luft und begann.

»Also: Nachdem ich die Anzeige in der Rubrik ›Kontakte‹ gefunden hatte, habe auch ich als Erstes an Prostitution gedacht, aber zu deiner Beruhigung: Ich habe bei der Zeitung angerufen, wo man mir erklärt hat, dass alle Anzeigen, in denen nach vermissten Personen oder Tieren gesucht wird, in dieser Rubrik erscheinen, daher habe ich gleich ausgeschlossen, dass Azucena einmal eine Prostituierte war und dein Großvater sie in irgendeinem sexuellen Kontext gesucht hat. Außerdem stand ja auch der Name deiner Großmutter in der Anzeige, was in diesem Zusammenhang ziemlich seltsam gewesen wäre.«

»Mein Gott, da bin ich froh!«, sagte Cecilia erleichtert, die noch ganz blass war.

»Nachdem mein erster Verdacht sich also nicht bestätigt hat, habe ich den Text der Anzeige genau analysiert und folgende Schlüsse gezogen: Deine Großeltern wussten viele Details über Azucena, ihren Vornamen, ihren Nachnamen und das mit dem Waisenhaus, in dem sie aufgewachsen ist. Hast du gewusst, dass Azucena als Kind in einem von Franziskanerinnen geführten Waisenhaus in Madrid gelebt hat?«

Cecilia nickte.

»Warum hast du mir das dann nicht gesagt, Mensch! Das hätte mir viel Mühe erspart!« Catalina räusperte sich und fuhr fort: »Wir haben also den Beweis, dass deine Großeltern nach Azucena gesucht haben. Nicht einfach nur nach einer Haushaltshilfe, wie Azucena es dich hat glauben lassen, sondern speziell nach ihr als Person; und nicht, weil sie bei ihnen kochen oder sauber machen sollte, sondern wegen einer ›sie dringend betreffenden Familienangelegenheit‹, wie es in der Anzeige heißt. Die Frage ist nun die folgende: Um welche Familie handelt es sich – um die von Azucena oder um deine, Cecilia?«

»Ich habe keine Ahnung.«

»Deine Großeltern haben Azucena dir gegenüber also nie erwähnt?«

»Nein.«

»Und deine Eltern?«

»Auch nicht. Als ich Azucena eingestellt habe, habe ich mit meiner Mutter darüber gesprochen. Ich habe die Anzeige damals sogar erwähnt und auch alles erzählt, was Azucena mir über ihre Kindheit im Waisenhaus berichtet hatte. Meine Mutter wusste von nichts, Catalina. Da kannst du sicher sein. Das Ganze wäre für sie genauso unerklärlich wie für mich.«

Nach einer kurzen dramatischen Pause nahm Catalina den Faden wieder auf.

»Die zweite Theorie, zu der ich gekommen bin, betrifft den Anhänger mit dem Schutzengel. Es kam mir gleich ziemlich seltsam vor, dass jemand, der ein Schmuckstück stiehlt, es in Gegenwart der Person, der er es entwendet hat, trägt, auch wenn er es nicht offensichtlich tut. Daher denke ich, dass das Medaillon, das wir gesehen haben, nicht deines ist, sondern eines, das genauso aussieht.«

»Du glaubst also, es gibt zwei von diesen Anhängern? Das würde ja bedeuten, dass wir Azucena als Diebin ausschließen können, oder?«, erkundigte sich Cecilia, wobei ihre Frage gleich eine weitere Überlegung enthielt, nämlich dass, wenn Azucena unschuldig war, der Verdacht wieder auf Justice fiel.

»Was wir nun herausfinden müssen, ist, welche Verbindung zwischen Azucena und deinen Großeltern besteht. Und was es mit den beiden Schmuckstücken auf sich hat.«

»Und warum meine Großeltern ihren Anhänger eingemauert haben, ihn also offensichtlich verschwinden lassen wollten.«

»Meine dritte und letzte Überlegung betrifft das Datum, das dabei eine Rolle spielt«, fügte Catalina hinzu. »Das

Jahr 1976. Falls du es vergessen haben solltest, erinnere ich dich daran, dass in diesem Jahr Andrés Leals Eltern deinen Großeltern ihr Haus verkauft haben. Im selben Jahr, in dem dein Großvater in Pension gegangen ist, Águila verlassen hat und angefangen hat, jede Woche diese Anzeige aufzugeben.« Sie sah Cecilia mit bedeutungsvollem Blick an. »Ich bin mir sicher, dass zwischen all diesen Dingen ein Zusammenhang besteht.«

»Und was sollen wir deiner Meinung nach jetzt tun?«

»Wir müssen mit Azucena sprechen«, entgegnete Catalina. »Sie weiß mehr, als sie sagt.«

22

Beschimpfungen, Streit und Türenknallen sind untersagt

In diesem Moment war aus dem Eingangsbereich zu hören, wie die Tür ins Schloss fiel, gefolgt von Ivanas flötender Stimme, die offensichtlich gerade eingetroffen war, mit ihren Koffern beladen und schöner denn je. Braun gebrannt, mit strahlenden Augen und geflochtenem Haar sah sie aus wie eine griechische Göttin, die nach einer himmlischen Liebesnacht gerade dem Olymp entstiegen war.

»Ist jemand zu Hause?«, rief sie noch im Mantel.

Noelia erschien oben an der Treppe. Cecilia und Catalina unterbrachen ihr konspiratives Gespräch und verließen das Wohnzimmer, um Ivana zu begrüßen, die von einem Lichtkranz umgeben schien.

»Ich habe großartige Neuigkeiten!«, verkündete sie lächelnd, »Dani und ich haben geheiratet!«

Sie hob die rechte Hand und zeigte ihren Ringfinger, an dem ein goldener Ring mit einem Diamanten von beachtlicher Größe funkelte.

Nach der ersten Überraschung und der unvermeidlichen Verblüffung – die vielleicht einen Augenblick zu lange dauerte, um sie nur der Verwirrung zuzuschreiben – trat Cecilia zu ihr hin und umarmte sie. Catalina und Noelia taten es ihr nach, wobei sich alle drei bemühten, möglichst aufrichtig klingende Worte der Gratulation zu finden.

»Es war völlig verrückt«, erklärte Ivana. »Wir waren so glücklich miteinander und haben das Zusammensein so sehr genossen, dass wir uns einfach nicht mehr trennen wollten. Und dann hat Dani mit mir im Mondlicht einen Spaziergang am Strand gemacht, ist vor mir auf die Knie gegangen und hat mich gebeten, ihn zu heiraten. Es war so romantisch!« Noch einmal zeigte sie den Ring. »Ein Freund von ihm arbeitet auf dem Standesamt, und der hat für uns den ganzen Verwaltungskram in vierundzwanzig Stunden erledigt, und so sind wir am nächsten Tag zum Rathaus gegangen und haben uns trauen lassen.« Sie blickte glücklich in die Runde.

»Guter Gott!«, rutschte es Cecilia heraus. »Wissen Danis Eltern es denn schon?«

»Noch nicht«, erklärte Ivana. »Wir erzählen es ihnen später. Vorerst wollen wir so weiterleben wie bisher«, fuhr sie fort, »er bei seinen Eltern und ich hier in der Pension. Zumindest bis wir das Studium beendet und eine Arbeit gefunden haben. Dann werden wir auch kirchlich heiraten. Und so richtig feiern, mit mindestens hundert Gästen, Tanz und Feuerwerk.«

»Und all das hat nicht zufällig etwas damit zu tun, dass dein Visum abgelaufen ist?« Catalinas Stimme klang grausam nach all den zuckersüßen Details. Mit einem Schlag waren die Romantik und das Glück, das Ivana versprühte, verpufft.

Eine höchst unangenehme Stille senkte sich über den Raum. Drei Augenpaare hefteten sich auf die Russin, die auf einmal zu schrumpfen schien, bis sie nur noch winzig war.

»Du mieses Flittchen!«, sagte Ivana, die damit zum ersten Mal ein Schimpfwort in der neu erlernten spanischen Sprache von sich gab.

»Das musst du gerade sagen!«, entgegnete Catalina und ihre Augen verengten sich.

»Hört doch auf, ihr seid wirklich unerträglich!«, flehte Noelia und legte sich instinktiv die Hände über die Ohren.

Daraufhin schoss Catalina auch auf sie einen Giftpfeil ab. Er traf mitten ins Schwarze.

»Nun fall mal nicht gleich in Ohnmacht, Prinzessin«, entgegnete sie bissig. »Wenn man schwanger ist, sollte man sich nicht aufregen. Das ist gar nicht gut für das Kind.«

Noelia erstarrte. Dann sah sie zu Cecilia hinüber, die genauso überrascht schien.

Cecilia zuckte die Achseln und breitete die Arme aus, um zu verstehen zu geben, dass sie das Geheimnis niemandem verraten hatte. Wahrscheinlich war ihre detektivische Mitbewohnerin selbst zu dem Schluss gekommen, doch Noelia schien davon auszugehen, dass Cecilia Catalina eingeweiht hatte. Sie starrte Cecilia an wie ein verletztes kleines Mädchen, und in ihrem Blick lag ungläubiges Erstaunen, in das sich eine grenzenlose Enttäuschung mischte. Und ich dachte, ich könnte dir vertrauen, schien der Blick zu sagen.

Cecilia öffnete den Mund, um ihre Unschuld zu beteuern, aber sie fand nicht sofort die passenden Worte. So verging ein quälend langer Moment.

Bis zu diesem Moment hatte Cecilia ihren sechsten Sinn, der sie vor Catalina gewarnt hatte, versucht zu ignorieren. Ihre weibliche Intuition klopfte schon eine ganze Weile an ihre Tür und bat darum, eintreten und ihr sagen zu dürfen, dass mit diesem Mädchen irgendetwas nicht stimmte. Woher kam diese ganze schlecht verborgene Verbitterung, diese negative Art, die so gar nicht zu einer gerade mal neunzehn Jahre alten Studentin passen wollte?

Catalina war offenbar nicht in der Lage, sich über das Glück anderer zu freuen. Im Gegenteil. Gute Nachrichten schienen ihr wie ein Lösungsmittel die Haut zu verätzen. Wenn Cecilia genauer über die Ereignisse in der letzten Zeit nachdachte, fiel ihr auf, dass jeder unangenehme Kommentar, jeder missgünstige Blick, jede üble Anschuldigung von Catalina gekommen war. Sie war die Einzige, die in jener schicksalhaften Nacht, in der es zu ausufernden Zärtlichkeiten vor der Tür der Pension gekommen war, einen Riesenaufstand gemacht hatte, sie hatte Ivanas Doppelleben entdeckt, hatte Justice des Diebstahls beschuldigt, ohne mehr Beweise als sein plötzliches unerklärliches Verschwinden zu haben, sie sah Noelia stets verächtlich an und strafte Azucena mit Missachtung. Cecilia spürte, wie eine riesige Wut in ihr aufstieg.

»Du bist wirklich die Pest, weißt du?«, schnauzte sie Catalina an. »Was ist eigentlich mit dir los? Musst du uns allen das Leben vermiesen?«

Die Versammlung im Hausflur löste sich genauso schnell auf, wie sie zusammengefunden hatte. Jede schloss sich in ihr Zimmer ein, und Abendessen gab es an diesem Tag nicht.

Catalinas böswillige Unterstellungen hatten sich wie eine Seuche in der ganzen Pension ausgebreitet, und der beste Schutz davor war eine strenge Quarantäne. Keiner wechselte mit dem anderen ein Wort, und jeder hatte das Gefühl, dass sein Immunsystem komplett versagt hatte.

Ivana legte sich auf ihr Bett, schloss die Augen und rief sich, so gut sie konnte, den weichen Sandstrand in Erinnerung, das helle Mondlicht und Danis Lippen auf ihrer Haut. In jener Nacht hatte eine frische Brise geweht, ihre Schultern waren unbedeckt, ihre Beine nackt gewesen, und sie hatte sich die Schuhe ausgezogen, um barfuß die auslaufenden Wellen zu spüren.

Sie hatten den ganzen Tag zusammen verbracht, manchmal weinend, manchmal lachend, und versucht, einen Weg aus der Sackgasse zu finden, in die sie geraten waren. Ivanas Bruch mit dem britischen Botschafter – den sie als ihren »Arbeitgeber« bezeichnete –, hatte zur Folge, dass ihre Aufenthaltsgenehmigung tatsächlich ihre Gültigkeit verlieren würde. Und dann wäre sie gezwungen, ohne Geld, ohne Job und ohne Zukunft nach Russland zurückzukehren.

Dani hatte ihre Hand genommen und sich vor sie hingekniet, seine Jeans waren in den Wellen ganz nass geworden.

»Heirate mich«, bat er. »Ich werde dich beschützen, dich lieben und glücklich machen. Vertrau mir, Ivana, ich liebe dich.«

Am nächsten Morgen kauften sie zusammen ein weißes Kleid, einen Rosenstrauß, einen Blumenkranz und zwei schlichte, klassische goldene Trauringe, in die sie ihre Namen und das Datum des Tages der unschuldigen Kinder, den 28. Dezember, eingravieren ließen, was wie einer jener Scherze schien, die so ernst waren, dass sie das Leben komplett veränderten. Sich an den Händen haltend, war das Brautpaar zum Standesamt gegangen und hatte nach einem Richter, Bürgermeister oder Standesbeamten gefragt, der bereit wäre, ihren Bund zu beurkunden – und damit zugleich Ivanas neue spanische Nationalität und die Gründung einer Familie durch einen zwanzigjährigen Mann und eine zweiundzwanzigjährige Frau, die sich zwar erst seit drei Monaten kannten, aber bereits ganz sicher wussten, dass sie sich für immer lieben würden.

»In zwei Jahren heiraten wir dann kirchlich. Meine Mutter wird eine Mantilla tragen und du eine fünf Meter lange Schleppe, die nicht ins Auto passt, sodass wir in einer Kutsche vorfahren müssen, mit mindestens hundert Gästen, Orchester und Feuerwerk.«

»Und werden wir Kinder haben?«

»Ein Dutzend!«

Ivana schmiegte sich in ihrem Bett in der Pension in ihr Kopfkissen und begann zu träumen. Doch dann sah sie plötzlich Catalina vor sich, die, wie die böse Hexe aus dem Märchen, in der Kirche auftauchte, sich hinter der Tür versteckte und jenen Moment abwartete, in dem der Priester die grausame Mahnung sprach: »So möge er jetzt sprechen oder für immer schweigen!« Und in diesem Augenblick würde Catalina, von einem diabolischen Feuer umgeben, aus ihrem Versteck springen, mit dem Finger auf die Braut zeigen und rufen: »Ivana ist eine Nutte!«, so wie sie es an die Wand des Fakultätsgebäudes geschrieben hatte, denn inzwischen hatte Ivana keinen Zweifel mehr, wer das Geschmiere dort angebracht hatte.

In ihrer Mansarde telefonierte Cecilia flüsternd mit Andrés Leal.

»Es ist völlig verrückt«, sagte sie gerade, »die Ereignisse überschlagen sich, ich komme kaum noch mit. Ich weiß nicht mehr, was ich von ihnen allen halten soll – weder von Azucena, noch von Ivana, noch von Catalina, noch von Justice … Und ich habe keine Ahnung, was aus Noelia werden soll, Andrés. Keine kommt aus ihrem Zimmer, man hört nur noch noch gedämpfte Stimmen, niemand unterhält sich mehr offen. Dieses Haus ist voller Geheimnisse und Gespenster. Ich habe regelrecht Angst, den anderen auf der Treppe zu begegnen.«

»Wenn du möchtest, komme ich. Von El Boalo aus kann ich in einer Stunde da sein. Auch ich habe dir etwas zu erzählen, Cecilia. Ich glaube, ich weiß, wo Justice ist.«

»Du hast ihn gefunden?«

»Ich denke, ja.«

»Und wo ist er?«

»In Kenia.«

»In Kenia?« Cecilia schluckte, und ihr wurde plötzlich ganz kalt. »Komm schnell zu mir, Andrés, bitte! Lass mich heute Nacht nicht allein. Mir ist kalt, und ich habe Angst.«

23

Das Leben und die Träume anderer zu ruinieren ist untersagt

In der letzten Nacht, die Justice in seiner Hütte im Garten der Pension verbrachte, hatte er kein Auge zugemacht. Einerseits, weil er jede Sekunde Noelias warmen, weichen Körper genießen wollte, die neben ihm ebenfalls wach lag, und andererseits, weil in seinem Kopf nach und nach ein Plan reifte. »Ich werde der sein, der ich für dich sein soll«, hatte er ihr versprochen, und dieses Versprechen würde er halten. Er würde es schaffen, sich eine Zukunft aufzubauen; er würde reich werden; er wäre auch wie Michael Jackson weiß geworden, wenn sie es von ihm verlangt hätte; er würde sie heiraten; er würde sie zur Königin von Saba machen; er würde, wie Rubén Darío es in seinem Gedicht *Margarita* beschrieb, vierhundert Elefanten am Ufer des Meeres aufmarschieren lassen, und sie würden für immer, umgeben von Dienern und Schätzen, in einem Marmorpalast leben.

An jenem Morgen schlich der Tag sich sehr langsam heran. Zuerst schien das Licht ganz schwach durch die Jalousie, doch dann ging die Sonne auf, und das Fenster wurde zur Leinwand eines Stummkinos in Schwarzweiß, in dessen Saal, im Schatten verborgen, ein Liebespaar Zärtlichkeiten austauschte, ohne gemerkt zu haben, dass der Film schon längst zu Ende war und in Kürze das Licht angehen würde.

»Ich muss gehen, Justice, ich möchte nicht, dass Azucena mich ins Haus schleichen sieht«, sagte Noelia leise, nachdem sie festgestellt hatte, dass es bereits nach acht war.

»Du musst dich nicht so beeilen«, entgegnete er und umarmte sie noch fester. »Es ist noch früh. Und es ist sehr kalt. Ich würde dir gern das Frühstück ans Bett bringen.«

»Natürlich, mein Liebster«, Noelia glaubte, er hätte gescherzt, »warum spazieren wir nicht im hellen Tageslicht aus der Hütte und erzählen allen, dass wir die Nacht zusammen verbracht haben.«

»Klar. Wenn du das möchtest …«

Sie stützte sich auf den Ellbogen und sah ihn verblüfft an.

»Du hast das ernst gemeint?«

Justice runzelte die Brauen. Sicher hatte er das ernst gemeint. Seiner bescheidenen Auffassung nach, so erklärte er Noelia, war es äußerst gesund und natürlich, sich zu verlieben, und es gab keinen Grund, dies vor anderen zu verheimlichen. Er war davon überzeugt, dass Cecilia sich sehr freuen würde, wenn sie erfuhr, dass Noelia und er die Freuden der Liebe in ihrer Pension entdeckt hatten. Gut, er hatte es auch vorher schon ein paarmal probiert, doch Noelia hatte in jener Nacht in dem Gartenhäuschen ihre Unschuld verloren, und das erste Mal, noch dazu, wenn man wirklich verliebt war, vergaß man nie. Deshalb würde Cecilia sicher sehr glücklich sein zu erfahren, dass jeder von ihnen den Körper des anderen genossen hatte, dass sie miteinander verschmolzen waren, dass ihre Bewegungen harmoniert hatten, dass es ein tiefes und intensives Erlebnis gewesen war und dass sie es drei Mal hintereinander getan hatten, weil der Hunger so groß gewesen war und sie so jung waren und voller Energie; dass sie noch viele Stunden lang hätten weitermachen können, dass sie sich gewünscht hatten, die Nacht würde ewig dauern, dass es niemals Tag werden würde, dass kein anderes menschliches Wesen auf der Erde existierte außer ihnen beiden, die sich aneinanderklammerten wie das Efeu an die Mauer.

»Um Himmels willen, Justice!«, unterbrach ihn Noelia. »Ich weiß nicht, was in Kenia üblich ist, aber hier in Spanien erzählen die Leute nicht einfach so rum, was sie im Bett machen.«

»Warum nicht?«

»Na ja, aus Scham, weil sie so erzogen sind, was weiß ich?«

In einer plötzlichen biblischen Anwandlung wurde Noelia auf einmal bewusst, dass sie sich nackt im Garten Eden befand. Da kein Feigenblatt zur Hand war, zog sie sich ihre Unterwäsche an und verabschiedete sich von Justice mit der gleichen Leidensmiene wie Adam, als Gott ihn aus dem Paradies vertrieb: Egal, wie süß der Apfel, wie überzeugend die Schlange oder wie verführerisch Eva gewesen war – die Schuld lag nur bei ihm, bei ihm allein, weil er ein Pantoffelheld, ein Schwächling, ein Verräter war.

Nachdem Noelia gegangen war, blieb Justice noch eine Weile liegen, starrte an die Decke der Hütte und dachte an die süße, schutzlose kleine Frau, die ihn schier verrückt machte.

Bis Noelia in seinem Leben aufgetaucht war, hatte Justice sich für einen glücklichen Menschen gehalten. Damit, dass er die Instandhaltungsarbeiten in der Pension verrichtete und den Garten pflegte, verdiente er sich ehrenhaft das

Recht, in der Hütte zu wohnen. Er bekam jeden Tag warmes Essen, und seine Spardose war so voll wie nie zuvor, dank Andrés Leal, der ihm für seine Hilfe bei den Renovierungsarbeiten einen großzügigen Lohn gegeben hatte. Was hätte er mehr vom Leben verlangen sollen? Zum ersten Mal konnte er mit hoch erhobenem Kopf auf die Straße treten und den Menschen ins Gesicht sehen, ohne an der Tür des Supermarkts um ein Almosen bitten zu müssen. Stattdessen ging er genau wie jeder andere zum Einkaufen dorthin. Er konnte einfach so durchs Viertel spazieren und wurde manchmal sogar gegrüßt. Er war sauber und gut gekleidet, und sein Leben als Bettler war nur noch eine unwirkliche, nebelhafte Erinnerung.

Doch dann lernte er Noelia kennen, und das, was er für einen Erfolg gehalten hatte, stellte sich als Scheitern heraus. Ihm wurde bewusst, dass die Leiter viel höher war, als er gedacht hatte, dass er bisher gerade mal die unterste Stufe erklommen hatte und sie ihm viele Sprossen voraus war.

An jenem Morgen, nachdem Noelia und er sich geliebt hatten, sagte sich Justice, ohne den Blick von der Decke der Hütte abzuwenden, dass der einzige Mensch, den er in seinem kurzen Leben kennengelernt und der wirklich etwas Bedeutendes im Dschungel der Zivilisation erreicht hatte, Andrés Leal war. Er dachte an die Geschichte, die Andrés ihm und Cecilia an jenem heißen Tag erzählt hatte, während sie auf der Veranda ihren Durst löschten. Wie er mit seinen eigenen Händen ein Unternehmen aufgebaut und viel Geld damit verdient hatte, wie er sich ein schickes Haus und ein Segelboot gekauft hatte. Man musste sich nur das Auto angucken, das er fuhr, die Kleidung, die er trug, die

Selbstsicherheit, mit der er sprach – seine Arbeiter taten immer sofort, was er sagte. Und Cecilia, die doch so hübsch und gebildet war, war wie ein junges Mädchen, das zum ersten Mal sein Herz verlor, in seine Arme gesunken.

Andrés Leal war der Schlüssel, sagte sich Justice, und er fasste den vielleicht irrsinnigen Entschluss, ihn aufzusuchen und sich ihm zu Füßen zu werfen. Ihn auf Knien zu bitten, ihm einen Job in seinem Unternehmen zu geben, ihm bei den bürokratischen Schritten zu helfen, um seinen Aufenthalt zu legalisieren und ihm den Einstieg zu erleichtern. Dafür wäre er bereit, sein Sklave zu sein, ihm seine Seele zu verkaufen, seine Jugend, all seine Kraft, eine Hypothek auf seine Zukunft zu unterschreiben. »Wenn ich einmal Millionär bin«, würde er ihm sagen, »wirst du es auch sein. Du wirst die Hälfte meines Vermögens erhalten. Dann brauchst du nicht mehr zu arbeiten und kannst auf deinem Boot leben, tausend Mal um die Welt segeln und wirst der reichste Mann der Geschichte sein.«

Justice stand auf, zog sich das Nächstbeste an, was er fand, vergaß den Schlüssel der Hütte in der Schublade und machte sich mit vernebeltem Blick auf den Weg, La Fontaines Geschichte vom Milchmädchen und dem Milchtopf im Kopf, mit den langen Schritten eines Forrest Gump, der Zielstrebigkeit eines Edmund Hillary kurz vor dem Gipfel des Everests und der Angst Amundsens, als es ihm zum ersten Mal so richtig kalt wurde. Er ging mit dem Mut der Verzweiflung in die U-Bahn hinunter, wie ein Minenarbeiter, der weiß, dass die Mine geschlossen werden soll, jedoch unbedingt dort arbeiten will, weil er keine andere Art kennt, sich den Lebensunterhalt zu verdienen. Und auf dem Bahnsteig, kurz bevor der Zug einfuhr, mit dem Herzen in der Hand, wurde er von einem Polizisten in Zivil aufgehalten.

»Ihre Papiere bitte!«

»Welche Papiere?«

»Nun, wie wäre es mit dem Ausweis und der Aufenthaltsgenehmigung?«

»Die habe ich verloren.«

»Dann müssen Sie mich bitte aufs Revier begleiten, junger Mann, um Ihre Daten zu überprüfen.«

Cecilia hörte Andrés' Erzählung mit großen Augen zu. Wie er versprochen hatte, war er nach einer knappen Stunde in der Pension angekommen, und nun saßen sie eng umschlungen auf dem Sofa, teilten sich eine Tasse heiße Brühe, und er erzählte, was er über Justice' Aufenthaltsort herausgefunden hatte.

»In den Polizeiakten war vermerkt, dass sie ihn ein paar Monate, bevor wir auf ihn gestoßen sind, an der Tür eines Supermarkts aufgegriffen und ihn gewarnt hatten, dass er, wenn er nicht in der Lage wäre, seinen Aufenthalt zu legalisieren, und sie ihn noch einmal ohne gültige Papiere erwischen würden, auf der Stelle in sein Heimatland zurückgeschickt würde. Wie es scheint, bekommen die illegalen Einwanderer, wenn sie das erste Mal auffallen, einen Pflichtverteidiger zugeteilt, beim zweiten Mal jedoch handelt es sich um ein Vergehen, das die sofortige Ausweisung nach sich zieht.«

Cecilia war entsetzt.

»Sie haben ihm gesagt, dass er das Glück habe, an Weihnachten wieder zu Hause sein zu können. Sie mussten eine

Boeing 737 mit illegalen Einwanderern füllen, und es waren noch hundert Plätze frei; daher griff die Polizei in diesen Tagen jeden Schwarzafrikaner auf, der ihnen auf der Straße begegnete, und versuchte sich mit ihm auf Suaheli, Bantu oder dem altbewährten *Spanglish* des staatlichen Sicherheitspersonals zu verständigen.« Andrés runzelte die Stirn.

»Das Flugzeug ist noch am selben Tag mit zweihundert illegalen Einwanderern an Bord von Torrejón de Ardoz aus abgeflogen. Jeder von ihnen darf frühestens drei Jahre nach seiner Ausweisung wieder nach Spanien einreisen.«

»Drei Jahre!«, rief Cecilia aus. »Das ist eine Ewigkeit, Andrés, ich glaube nicht, dass es Noelia so lange ohne Justice aushält!«

Für einen Moment schwiegen sie beide.

»Du wärest überrascht, wozu der Mensch fähig ist, um zu überleben«, sinnierte Andrés plötzlich melancholisch. »Man glaubt, dass das Leben keinen Sinn mehr hat, wenn man von den Menschen, die man liebt, getrennt wird, dass es nun nichts mehr gibt, worum es zu kämpfen oder was es zu empfinden lohnt, doch man klammert sich an diese Welt, Cecilia, trotz allem, aus diesem verdammten Überlebensinstinkt heraus. Denn letztendlich sind auch wir nur Tiere und dafür gemacht, den Fortbestand unserer Rasse zu sichern.«

Dieser defätistische Vortrag kam für Cecilia völlig überraschend. Sie löste sich aus seiner Umarmung und sah ihn an.

»Das ist es, was du für mich empfindest? Dass wir den Fortbestand unserer Rasse sichern?«

»Auch wir sind nur Tiere, Cecilia.«

»Natürlich sind wir Tiere«, gab sie zu, »aber wir haben eine Seele. Deswegen sind wir in der Lage zu lieben und zu vielen anderen großartigen Dingen. Wir können lachen, weinen, verzeihen, uns erinnern; und wir sind auch in der Lage, die Menschen, die wir lieben, zu überleben, weil die Liebe uns unsterblich macht. Ich zum Beispiel treffe manchmal meine Großeltern auf dem Flur.«

Andrés Leal sah sie nun genauso verblüfft an.

»Du glaubst an die Existenz des Himmels und den ganzen Blödsinn?«

»Ich weiß sogar aus sicherer Quelle davon.«

Nach diesem kleinen Exkurs umarmten sich Cecilia und Andrés wieder und führten das Gespräch fort, das sie auf diesen Abweg geführt hatte.

»Justice' Fall ist ein ganz typischer«, meinte Andrés seufzend. »Er ist illegal eingereist, wurde erwischt und verwarnt, er hat keine Aufenthalts- und Arbeitsgenehmigung und keine Familienangehörigen hier ... Er hat keine Chance, der Arme.«

»Meinst du mit ›Familienangehörigen‹ zum Beispiel ein Kind?«, wollte Cecilia wissen, in der plötzlich neue Hoffnung aufgekeimt war.

»Ja, ein Kind oder eine spanische Ehefrau. In diesem Fall gilt eine Ausnahmeregelung, die sich Familienbindung nennt, aber dazu muss man vorweisen, dass man mindestens seit drei Jahren hier lebt und eine Arbeit hat.«

»Das ließe sich doch machen!« Cecilia sprang auf. »Das mit den drei Jahren würde ich ihm bescheinigen, auch wenn es nicht stimmt, und das mit der Arbeit könntest du doch regeln. Du stellst ihn rückwirkend bei Michelangelo Buonarroti ein und fertig!«

Andrés Leal räusperte sich unbehaglich.

»Du mit deinem großen Herz!«, sagte er dann. »Leider sind die Dinge nicht so einfach. Erstens ist es illegal, einen Einwanderer ohne Papiere einzustellen, wobei sich dabei die Katze in den Schwanz beißt: ohne Papiere keine Arbeit und ohne Arbeit keine Papiere. Und zweitens hat er keinen Familienangehörigen hier, es sei denn, du willst Justice adoptieren, allerdings fürchte ich, dass das angesichts seiner Volljährigkeit nicht möglich ist.«

»Oh, ich bin sicher, wir finden einen Weg«, entgegnete Cecilia mit einem geheimnisvollen Lächeln.

Justice verbrachte zehn Stunden in einer Gefängniszelle und acht im Flugzeug und verfluchte, wie alle seine Landsleute an Bord, sein Pech. Einige weinten in ihrer Hilflosigkeit, andere starrten einfach vor sich hin, den Blick auf den farblosen Horizont gerichtet, der immer mehr verschwamm.

Justice dagegen hielt sich mit der Würde eines Kriegers aufrecht, weil er immer noch Noelias Duft auf seiner Haut riechen konnte. Er stieg in Nairobi aus dem Flugzeug und dachte sofort darüber nach, wie er möglichst schnell zu ihr zurückkehren könnte.

Wer einmal aus dem Blechnapf frisst, der tut es immer wieder, lautete die Redensart, und Justice hatte inzwischen einiges gelernt. Er wusste, dass man am besten über den Seeweg nach Spanien kam, weshalb er sich gleich nach Marokko aufmachte, wo er nach einem Boot suchen wollte, das die Meerenge kreuzte. Er würde wiederkehren wie der ausgesetzte Hund, der die ganze weite Strecke zurücklegt und, mit wedelndem Schwanz und vor Freude hüpfend, vor der

Haustür seines Herrn steht, ohne zu ahnen, dass der, den er niemals verraten hat, einfach nach dem Tanken die Autotür geschlossen hatte und abgefahren war, nachdem er kurz noch einmal in den Rückspiegel geschaut und sich davon überzeugt hatte, dass er ihm nicht folgte. Der Hund, der so viel Dreck macht, der Hund, der dauernd bellt, der Hund, der ständig frisst, mit dem niemand Gassi gehen will und den niemand liebt. Der Hund, der stört und die Nachbarn belästigt.

»Haben sie bei der Polizei auch etwas über den Diebstahl gesagt?«

»Nein. Nichts.«

»Er hatte also weder den Schmuck noch das Geld bei sich, als sie ihn festgenommen haben?«

»Nichts.«

»Dann war er es vielleicht gar nicht.«

»Natürlich war er es.« Andrés hatte keinen Zweifel. »Wir müssen nur das Versteck finden, wo er die Beute aufbewahrt. Lass uns die Hütte durchsuchen, das Gemüsebeet umgraben … Vielleicht wollte er den Schmuck verkaufen und ist nicht mehr dazu gekommen.«

Cecilia richtete sich auf.

»Vielleicht hat auch schon jemand die Sachen gefunden, sie behalten und uns nichts gesagt«, überlegte sie laut. Da kamen ihr auf einmal Catalinas Worte in den Sinn: Wir müssen mit Azucena sprechen. Sie weiß mehr, als sie sagt. »Catalina und ich haben da auch schon einen konkreten Verdacht«, sagte sie geheimnisvoll.

»Catalina?«

»Ja, sie hat ein paar Erkundigungen eingezogen«, erklärte Cecilia.

»Das ist ja merkwürdig. Ich habe Catalina nämlich neulich bei Gericht gesehen«, meinte Andrés jetzt, »und einen befreundeten Anwalt gefragt, was sie dort gemacht hat.«

»Sie wird ermittelt haben. Sie ist die geborene Detektivin.«

»Nein. Nein«, entgegnete Andrés. »So war es sicher nicht. Wie es aussieht, hat sie eine Kaution für ihren Vater bezahlt. Wusstest du, dass er mit dem Gesetz in Konflikt geraten ist?«

24
Familiäre Verpflichtungen nicht einzuhalten ist untersagt

An Andrés Körper geschmiegt, gelang es Cecilia, einzuschlafen und für ein paar Stunden die Probleme zu vergessen, die sie quälten. Doch als es Morgen wurde und sie ihn mit einem verzweifelten Kuss an der Tür verabschiedete, kehrten die Ängste gleich wieder zurück. Im selben Moment bog Azucena um die Ecke, die so ziemlich der letzte Mensch war, dem Cecilia in diesem Augenblick begegnen wollte. Azucena umarmte sie mit nahezu übermenschlichen Kräften. Dafür dass ihre Ferien zu Ende waren und sie ihren ersten Arbeitstag hatte, schien sie ungewöhnlich gut gelaunt zu sein. Sie behauptete, beinah verrückt geworden zu sein, weil sie nichts zu tun gehabt hatte, und dass sie sie alle unendlich vermisst habe.

Cecilia blickte auf die goldene Kette um ihren Hals und erinnerte sich an den Plan, den sie mit Catalina ausgeheckt hatte: Azucena in die Enge zu treiben, damit sie die Herkunft des Medaillons erklärte, das sie zur Verdächtigen machte. Wobei allerdings noch nicht erwiesen war, ob es tatsächlich um denselben Anhänger ging oder um einen, der genauso aussah, also ob es sich um widerrechtliche Aneignung fremden Eigentums handelte oder lediglich um einen Zufall.

Doch wenn Azucena der letzte Mensch war, dem Cecilia begegnen wollte, dann war Catalina der vorletzte. Denn nun, da Cecilia neue Informationen über die intrigante junge Frau hatte – einen Vater, der mit dem Gesetz in Konflikt geraten war –, fürchtete sie die Explosion weiterer Feuerwerkskörper auf der Überraschungsparty, zu der ihr Leben gerade geworden war.

Azucena betrat, ein Volkslied vor sich hin summend, die Pension, band sich die Schürze um, warf einen Blick auf das Chaos in der Küche und krempelte ohne jeden Kommentar die Ärmel hoch.

Während Azucena mit einem Berg an schmutzigen Töpfen und Tellern hantierte, setzte sich Cecilia an den Tisch und betrachtete die Haushälterin von hinten: die kräftigen Hüften, die Beine, an denen ein paar Krampfadern zu sehen waren, die weichen Arme und die grauen Strähnen in ihrem gelockten Haar. Und auf einmal empfand sie eine unbestimmte Zärtlichkeit für diese Frau mit der harten Schale und dem weichen Kern, und sie musste daran denken, dass Azucena einmal ein verlassenes Waisenkind gewesen war. Plötzlich sah sie sie als siebenjähriges Mädchen mit Zöpfen vor sich, wie sie auf den Zehenspitzen an der Spüle stand, mit rauen Händen und voller Unschuld, auf ihre Art glücklich, weil sie kein anderes Zuhause als das Waisenhaus kennengelernt hatte, keine andere Mutter als Schwester Petra, die für sie einem Engel gleichkam.

»Azucena«, sprach sie sie an, ohne noch einmal darüber nachzudenken. »Setzen Sie sich doch einen Moment zu mir, ich möchte mit Ihnen über etwas reden.«

Azucena blickte Cecilia überrascht an, sah jedoch nur Mitgefühl in ihren Augen, weshalb sie sich weiter keine Gedanken machte.

»Dann schießen Sie mal los«, ermunterte sie ihre Chefin.

»Ich weiß nicht, wie ich anfangen soll«, gestand Cecilia. »Das, was ich Sie fragen möchte, ist sehr persönlich. Vielleicht könnte es Sie sogar beleidigen.«

Instinktiv griff Azucena nach dem Medaillon, das um ihren Hals hing.

»Genau um dieses Medaillon geht es.«

»Das Medaillon?«

»Ja, Azucena.« Cecilia nahm all ihren Mut zusammen. »Ich würde gern wissen, wo Sie es gefunden haben.«

Die Haushälterin wurde rot. Sie runzelte die Augenbrauen und zog die Nase kraus.

»Ich habe es nirgendwo gefunden. Dieser Anhänger gehört mir. Schwester Petra hat ihn mir geschenkt, als ich ins Waisenhaus kam. Ich habe Ihnen ja schon von ihr erzählt.«

»Ja, Sie haben mir erzählt, dass diese Nonne für Sie wie eine zweite Mutter war …«

»Nicht wie eine zweite Mutter, sondern wie eine Mutter, denn eine andere habe ich nie gehabt«, korrigierte Azucena. »Schwester Petra hat sich um die kleinen Mädchen gekümmert, die an der Tür des Waisenhauses ausgesetzt wurden. Sie hat jedem von uns einen Namen gegeben, immer den einer Blume: Azucena eben, was ja Lilie bedeutet, Hortensia oder Margarita. Sie hat uns getauft und uns allen ein Medaillon mit einem Schutzengel geschenkt, damit er uns beschützt, auf uns aufpasst, wenn sie einmal nicht mehr für uns da sein kann, so hat sie immer gesagt.«

»Sie haben also nicht die Dinge gefunden, die Justice uns gestohlen hat?«

»Ich?«, fragte Azucena verwundert und folgerte gleich: »Also war es doch Justice?«

»Ich glaube schon. Ehrlich gesagt, bin ich immer mehr davon überzeugt. Mein Verdacht ist, dass er die Beute, bevor er gegangen ist, irgendwo hier im Haus versteckt hat. Deswegen habe ich gedacht, Sie könnten sie gefunden haben, weil ich genauso ein Medaillon hatte wie dieses.«

»Das ist wirklich seltsam«, meinte Azucena. »Denn mein Anhänger ist über sechzig Jahre alt. Ich glaube nicht, dass es heute noch viele dieser Art gibt.«

Cecilia atmete tief durch. Nun war der Moment gekommen, die Karten auf den Tisch zu legen. Sie wollte nicht auf Catalina warten, die Azucena gnadenlos in die Zange nehmen würde, sondern sich ihr vorsichtig nähern, freundlich sein, bis sie wieder das kleine Mädchen mit den Zöpfen geworden war und Vertrauen gefasst hatte.

»Azucena, bitte sagen Sie mir die Wahrheit!«, sagte Cecilia. »Diese Anzeige, von der Sie mir erzählt haben, in der meine Großeltern nach einer Haushaltshilfe suchten, war es diese?«

Aus der Tasche ihrer Jeans zog sie den Zeitungsausschnitt aus *ABC*: *Gesucht wird Azucena Fernández, die im Waisenhaus der Franziskanerinnen in Madrid aufgewachsen ist, in einer sie dringend betreffenden Familienangelegenheit …*

Azucena wurde blass. Ihre Augen glänzten verräterisch, und ihre Hände begannen zu zittern. Schließlich brach sie in ein stummes Weinen aus, und die lange zurückgehaltenen Tränen rollten über ihre faltigen Wangen.

»Wo haben Sie die Anzeige gefunden?«, fragte sie mit zitternder Stimme.

»An dem gleichen Ort wie Sie«, antwortete Cecilia. »In der Zeitung.«

»Und? Verstehen Sie es?«

»Ob ich *was* verstehe?«, gab Cecilia irritiert zurück.

»Na, ob Sie wissen, warum Ihre Großeltern nach mir gesucht haben?«, erklärte Azucena. »Weil ich sie nämlich nicht gekannt habe und sie auch nicht mehr kennenlernen konnte. Wie ich Ihnen schon erzählt habe, habe ich die Anzeige in der Zeitung entdeckt, als ich in den Ferien in Madrid war, und natürlich war ich neugierig. Aber ich musste zurück nach Österreich, und dann ist so viel passiert, dass die Sache erst einmal in den Hintergrund gerückt ist. Allerdings habe ich ein paarmal die Nummer angerufen, die in der Anzeige angegeben war, nur habe ich nie jemanden erreicht. Und im letzten Jahr ist mir dann beim Saubermachen die Anzeige, die ich in einer Schublade aufbewahrt hatte, noch einmal in die Hände gefallen, und da habe ich mir gesagt: ›Azucena, es ist an der Zeit, dieses Rätsel zu lösen.‹ Aber wie Sie wissen, war es da bereits zu spät. Ihre Großeltern waren gestorben.«

Die beiden Frauen sahen sich eine Weile schweigend an. In ihren Köpfen kreisten die gleichen Gedanken, die sie nicht laut auszusprechen wagten. Tatsache war, dass es zwei gleiche Medaillons gab: eines, das um Azucenas Hals hing, und eines, das im Haus von Cecilias Großeltern eingemauert gewesen war, was offensichtlich die einzige Verbindung zwischen den beiden Geschichten darstellte.

»Wissen Sie, was im Jahr 1976 geschehen ist?«

»1976?«, wiederholte Azucena. »Das war das Jahr, in dem Schwester Petra gestorben ist. Es hat mir so leid getan«, fuhr sie bedauernd fort. »Ich habe keinen Urlaub bekommen und konnte nicht mal zu ihrer Beerdigung gehen.«

»Zufälligerweise ist es auch das Jahr, in dem meine Großeltern nach Madrid gezogen sind und begonnen haben, nach Ihnen zu suchen. Möglicherweise könnten wir im Waisenhaus mehr über die Sache erfahren. Vielleicht gibt es dort noch jemanden, der Schwester Petra gekannt hat«, meinte Cecilia. »Sind Sie bereit, sich dem zu stellen, was wir dort erfahren könnten? Es könnte etwas sein, das uns beide angeht.«

Spontan ergriff sie Azucenas Hände und drückte sie.

»Ich bin bereit«, sagte das Waisenkind von damals. »Und Sie?«

Um den Mädchen, die im oberen Stockwerk noch schliefen, erst gar nicht die Möglichkeit zu geben, sich einzumischen, brachen sie sofort auf. Sie nahmen Cecilias Auto und legten die Strecke zum Kloster der Franziskanerinnen in einvernehmlichem Schweigen zurück, das nur hin und wieder durch einen tiefen Seufzer unterbrochen wurde. Erst kurz vor der Ankunft sagte Azucena plötzlich aufgeregt:

»Dort um die Ecke ist das Waisenhaus!« Ihre Stimme zitterte ein wenig. »Es ist lange her, dass ich das letzte Mal hier war. Ich hatte immer mal vor, wieder herzukommen, aber wie das so geht im Leben …« Sie schwieg einen Augenblick und schaute aus dem Fenster, bevor sie weiterredete. »Ich war sehr glücklich hier, wissen Sie? Schwester Petra war unheimlich nett zu uns. Sie hat uns jeden Abend einen Gutenachtkuss gegeben und vor dem Einschlafen mit uns zusammen zu unserem Schutzengel gebetet, damit er uns und unsere Eltern gut behüte. Schwester Petra hat gesagt, dass alle Kinder eine Mama und einen Papa hätten. Dass einige von ihnen im Himmel seien und andere hart arbeiten müssten, um uns irgendwann abholen zu können. Dass wir für sie das Allerwichtigste seien und auch sie jeden Abend wie wir zum selben Schutzengel beteten, der wie ein guter Hirte sei und genau wisse, welches Lämmchen zu welchem Schaf gehöre. Wenn eine von uns traurig war, hat Schwester Petra die Nacht über an ihrem Bett gesessen. Und wenn wir Geburtstag hatten, hatte sie jedes Mal ein kleines Geschenk für uns: ein Paar Strümpfe, ein Heft, eine Tüte mit Süßigkeiten … Die meisten von uns wussten ja gar nicht, an welchem Tag genau sie geboren waren, aber es wurde einfach von dem Datum aus gerechnet, an dem wir ins Waisenhaus gekommen sind.«

Azucena lächelte.

»Es gab auch noch Schwester Sagrario, die immer auf unsere Disziplin geachtet hat. Was gar nicht so schlecht war, weil Schwester Petra so gutmütig war, dass wir sie nicht immer ernst genommen haben. Schwester Sagrario hat dafür gesorgt, dass wir die Regeln eingehalten haben: dass wir uns jeden Tag ordentlich gewaschen haben, dass wir kein Essen verschwendeten, nicht ein Reiskorn, dass wir in den Fluren nicht gerannt sind, dass wir keine bösen Worte gesagt haben … solche Dinge eben.«

Je mehr sich das Auto dem Waisenhaus näherte, desto mehr schien sich Azucena an alles zu erinnern.

»Und dann war da noch die Lehrerin, Schwester Covadonga, die riesengroß und extrem dick war und die einem, wenn man nicht aufgepasst hat, das Pausenbrot weggegessen hat. Wir haben immer ein Brot mit Butter und Zucker mit in die Schule bekommen, das war damals das Größte für uns!, aber wenn man nur eine Sekunde abgelenkt war, hat sie sich die Brote geschnappt, und weg waren sie«, erklärte sie lachend.

»Und die Novizinnen, was für eine Truppe! Sie waren auch noch Mädchen, aber viel braver, viel frommer, viel sauberer ... Wir alle wollten damals wie die Novizinnen sein, eine Nonnentracht tragen und eine weiße Haube. Natürlich wurde nichts daraus. Und dann wurden wir in alle Richtungen verstreut, einige haben geheiratet, andere haben irgendwo als Haushaltshilfe angefangen, und einige von uns wollten wie ich die Welt kennenlernen ...«

»Haben Sie denn mit keiner Freundin von damals mehr Kontakt?«, wollte Cecilia wissen.

»Ich hatte ein paar Freundinnen, natürlich, aber wenn man so viele Jahre im Ausland ist wie ich, geht der Kontakt nach und nach verloren. Ich war immer sehr allein, Cecilia. Als junge Frau hatte ich mal einen Freund, der irgendwann genug von mir hatte, und danach habe ich niemanden mehr gefunden, der mich geliebt hätte.«

Durch eine unscheinbare Tür betraten sie das alte Backsteingebäude. Sie fragten nach der Mutter Oberin, woraufhin sie in einen fensterlosen Raum geführt wurden, in dem lediglich ein Sofa, zwei Stühle und ein niedriger Tisch standen. Zwei Bilder hingen an den Wänden: ein Aquarell, das Papst Johannes Paul II. darstellte, und eine Tuschezeichnung von Franz von Assisi in Mönchskutte.

Nach einer Weile hieß sie eine etwa fünfzigjährige Nonne mit dickem Brillengestell und zerstreutem Lächeln im Kloster willkommen.

»Früher war hier in diesem Stift ein Waisenhaus untergebracht«, erklärte sie. »Heute ist es nur noch ein Kloster.«

»Cecilia Dueñas und Azucena Fernández«, stellte Cecilia sich und ihre Begleiterin vor, und beide schüttelten sie der Mutter Oberin die Hand. »Wir sind hergekommen, weil Sie uns möglicherweise bei der Aufklärung einer alten Sache behilflich sein können, die etwas rätselhaft ist.«

Da es wohl eine längere Unterredung werden würde, bot die Nonne ihnen Kaffee und Plätzchen an.

»Mit vollem Bauch lässt es sich besser denken«, sagte sie, und dieser Satz rief bei Azucena eine Erinnerung wach.

»Das hat Schwester Covadonga immer gesagt!«, rief sie aus.

»Genau!«, bestätigte die Nonne erfreut. »Haben Sie sie denn noch gekannt?«

In kaum mehr als zehn Minuten weihte Azucena, von der Neugierde der Mutter Oberin ermutigt, diese in das Geheimnis ein, das sie ins Kloster geführt hatte.

»Ach, du meine Güte! Schwester Petra mit ihren Anhängern!«, meinte die Nonne. »Sie hat alle ›ihre Mädchen‹ einem Schutzengel anvertraut. Sie war auch diejenige, die den Kindern ihre Namen gegeben hat. Immer den Namen einer Blume, denn auf diese Art, so sagte sie immer, bildeten alle zusammen einen großen Blumenstrauß für ihre Mutter im Himmel: die Jungfrau Maria.«

»Waren denn alle Mädchen, die hier waren, Waisenkinder?«, wollte Cecilia wissen.

»Nicht alle. Einige waren Waisen, andere wurden aus sonst einem Grund an der Tür des Klosters ausgesetzt. Vielleicht waren die Eltern verzweifelt oder sehr arm und hofften, dass es den Kindern hier besser gehen würde.«

»Und wurden die Kinder dann alle zur Adoption freigegeben?«

»Die, von denen man genau wusste, dass die Eltern tot waren, ja, die anderen nicht. Denn es bestand ja immer noch die Hoffnung, dass eines Tages die Eltern kommen würden, um ihre Kinder wieder zu sich zu holen.«

»Könnten Sie vielleicht meine Akte heraussuchen?«, fragte Azucena schließlich schüchtern. »Ich würde gern wissen, zu welcher Gruppe ich gehört habe.«

Die Nonne mit dem dicken Brillengestell brauchte länger als eine halbe Stunde, um die gewünschten Unterlagen zu finden. Wie sie ihren Besucherinnen erklärte, befand sich das nicht digitalisierte Archiv alphabetisch und chronologisch geordnet im Keller.

»Leider sehe ich nicht mehr so gut, und ich komme auch nicht mehr ganz so leichtfüßig die Treppe rauf und runter«, entschuldigte sie sich.

»Waise«, sagte Azucena leise, nachdem sie die ersten Zeilen gelesen hatte.

»Das tut mir leid«, entgegnete Cecilia mitfühlend.

»Das ist schon in Ordnung«, meinte Azucena und räusperte sich. »Ich habe mir schon gedacht, dass es so ist. Alles andere hätte mich überrascht.«

Die Schwester Oberin, die hinter den beiden Frauen stand, sah genauer hin.

»Moment mal, das scheint eine Doppelakte zu sein«, sagte sie plötzlich.

»Was heißt das?«

»Sehen Sie den Vermerk hier oben links in der Ecke?« Die Nonne wies auf die bezeichnete Stelle. »Dort steht ›Doppelakte‹.«

»Und was bedeutet das?«

»Na ja, dass noch eine zweite Akte dazugehört.«

Cecilia und Azucena sahen sich aufgeregt an.

»Ich sehe noch mal nach«, sagte die Nonne und verschwand wieder im Keller.

Diesmal war sie nach weniger als fünf Minuten wieder da. Ihre Haube war verrutscht, und ein paar Haarsträhnen hatten sich herausgelöst. Sie atmete schnell, denn wie sie gestand, hatte sie sich über das Verbot, in den Fluren zu rennen, hinweggesetzt, obwohl sie als Oberin ja eigentlich mit gutem Beispiel vorangehen sollte.

»Ich habe etwas Interessantes herausgefunden«, sagte sie. »Hier, sehen Sie! Wie es aussieht, hatten Sie eine jüngere Schwester, Azucena. In der Akte ist vermerkt, dass Sie zusammen mit einem anderen Mädchen ins Waisenhaus gekommen sind, das, weil es gerade erst geboren war, schnell Adoptiveltern fand.«

Cecilia zählte zwei und zwei zusammen.

»Und der Name dieses Mädchens war Rosa«, brachte sie schließlich, weiß wie die Wand, heraus.

»Genau«, bestätigte die Nonne. »Schwester Petra hat dem Kind den Namen Rosa gegeben, nach der heiligen Rosa von Lima. Woher haben Sie das gewusst?« Sie schaute Cecilia verblüfft an.

»Ich weiß es«, sagte Cecilia langsam, »weil Rosa der Name meiner Mutter ist.«

25

Unabänderliche Dinge zu beklagen ist untersagt

Die Bibliothek mit dem Ledersessel, dem kleinen Dachfenster, dem Beistelltisch und dem weichen Teppich auf dem Holzboden war ein sicherer und behaglicher Zufluchtsort. Dort saßen Cecilia und Azucena im schwachen Lichtschein an die Bücherregale gelehnt, aßen Plätzchen und tranken Tee aus englischen Porzellantassen, während sie ein Fotoalbum nach dem anderen durchblätterten und dabei jedes Bild so genau betrachteten, als wäre es ein Kunstwerk. Jede eingefangene Szene wurde erläutert, jede abgebildete Person beschrieben, jedes Gebäude, jede Landschaft, in dem Bemühen, mit Worten eine lang vergangene Wirklichkeit auferstehen zu lassen, die mit fortschreitender Zeit der Gegenwart immer näher kam, nicht mehr in Schwarzweiß, sondern in Farbe fotografiert war und dasselbe Haus zeigte wie das, in dem sie sich gerade befanden, allerdings vor dem Umbau, als die Großeltern noch hier lebten, es noch keine Veranda gab und in der Küche ein Kohleherd stand.

Noch fehlten ihnen ein paar Details, um die ganze Geschichte zu verstehen, dessen waren sie sich beide bewusst, doch das, was sie bereits herausgefunden hatten, war schon überraschend genug und zeigte alles in einem anderen Licht. Zunächst hatte sich herausgestellt, dass Rosa, Cecilias Mutter, nicht die leibliche Tochter der Großeltern war und dass sie ursprünglich nicht Quintana hieß wie diese, sondern Fernández. Denn unter diesem Namen hatte Schwester Petra sie eingetragen, nachdem sie das noch blutverschmierte Neugeborene erbärmlich weinend in einem Körbchen an der Klostertür gefunden hatte. Neben dem Säugling saß ein weiteres kleines Mädchen, das genauso verängstigt und ebenfalls schmutzig war, jedoch ein paar Jahre älter, und das den gleichen Nachnamen erhielt – Fernández, einen häufigen, unauffälligen Namen, nicht Expósito oder Iglesias oder einen anderen jener typischen Namen, die Waisenkindern in Klöstern gegeben werden und die sie ein Leben lang prägen, weil sie ihre zweifelhafte Herkunft deutlich machen – und als Vornamen erhielt die Kleine ungeachtet ihres dreckverschmierten Gesichtchens den Namen Azucena, was Lilie bedeutet.

Dass Rosa und Azucena Schwestern waren, war offensichtlich. Sie waren zusammen ausgesetzt worden, und beiden haftete der gleiche Geruch nach Holzkohle an. Beide waren barfuß, teilten sich dasselbe Wolltuch zum Schutz und hatten die gleichen großen traurigen Augen, die runden Gesichter und die kleinen Ohren.

So erlebte Schwester Petra gleich eine doppelte Überraschung, als sie morgens um sechs die Tür öffnete und die beiden Mädchen weinend auf dem Bürgersteig fand. Sie fütterte sie, badete sie, zog ihnen saubere Kleidung an, wiegte sie in den Schlaf und herzte sie – die übliche Aufnahmeprozedur im Waisenhaus –, während Schwester Sagrario zunächst nach den Eltern suchte und schließlich den Neuzugang bei der Polizei meldete.

Sie fand heraus, dass die Mädchen die Töchter einer Witwe waren, die die Geburt der kleinen Rosa nicht überlebt hatte. Dies erfuhr sie von der Hebamme, die vergeblich versucht hatte, das Leben der Mutter zu retten, und schließlich nur das Kind lebend ans Licht der Welt hatte holen können. Es sei ihr erster Einsatz als Hebamme gewesen, ein wahres Blutbad, fügte sie hinzu, und am Ende gestand sie, dass sie es gewesen war, die die Mädchen an der Tür des Waisenhauses ausgesetzt hatte, weil sie nicht wusste, was sie sonst hätte tun sollen.

Man wartete die vorgeschriebene Zeit ab, bevor man die beiden Mädchen ins Geburtenregister eintragen ließ. Doch niemand kam, um sie abzuholen. Schwester Petra freute sich insgeheim ein wenig darüber, denn sie hatte Rosa und Azucena bereits in ihr Herz geschlossen.

»Drei Wochen später sprach dann ein Ehepaar aus Águila, Miguel und Teresa Quintana, im Waisenhaus vor und fragte nach einem Neugeborenen, um es zu adoptieren.« Die Mutter Oberin mit ihrer dicken Brille las aus der Akte vor, als handelte es sich um ein Märchen: »›Das Ehepaar wurde auf die vorgeschriebene Art geprüft und für geeignet befunden. Daher wurde ihnen am 7. April 1950 das Kind Rosa Fernández übergeben.‹«

»Und man hat den beiden nichts von der Existenz des anderen Mädchens erzählt?«, wunderte sich Cecilia. »Niemand hat ihnen gesagt, dass Rosa eine Schwester hat?«

»Das wurde früher anders gehandhabt als heute«, erklärte die Mutter Oberin. »Wenn die Mädchen einmal im Waisenhaus aufgenommen waren, galten sie alle als Schwestern, sie hießen alle Fernández, ausnahmslos. Wenn

Ihre Großeltern nach einem zweiten Kind gefragt hätten, hätte man ihnen vielleicht von Azucena erzählt. Aber das war nicht der Fall. Hier steht, dass sie sich nach einem Neugeborenen erkundigt haben. Sehen Sie?« Sie tippte mit ihrem Finger auf den entsprechenden Satz, und Cecilia nickte und war ein wenig blass um die Nase.

Mit einem etwas mulmigen Gefühl dachte sie daran, dass diese Entdeckung nicht nur für Azucena, sondern auch für ihre eigene Mutter, Rosa Quintana, von Bedeutung sein würde, die bis dahin weder gewusst noch geahnt oder auch nur daran gedacht hatte, dass ihre wahren Eltern nicht die waren, die sie aufgezogen hatten, sondern zwei unbekannte Geister, die in gewisser Weise für sie doppelt verloren waren: Erstens, weil sie nicht mehr lebten, und zweitens, weil niemand jemals über ihre Existenz gesprochen hatte und den leiblichen Kindern somit jenes Andenken genommen wurde, das sie in ihrem Gedächtnis hätten einnehmen sollen.

»Das wird für meine Mutter bestimmt ein ganz schöner Schock sein, wenn sie es erfährt«, sagte Cecilia, die selbst noch ein wenig verwirrt war.

»Also ich bin jedenfalls froh, dass ich es jetzt weiß«, meinte Azucena. »Ich meine … dass meine Eltern mich nicht einfach so weggegeben haben, sondern ich ins Waisenhaus kam, weil sie gestorben sind.«

»Na ja, wenn man es so sieht …«, sagte Cecilia nachdenklich.

Doch nun galt es, für Rosa den Weg ans Licht der Wahrheit vorzubereiten – Rosa, die von all dem keine Ahnung hatte und in ihrer Heimatstadt Águila ihr friedliches, gleichmütiges Leben genoss.

Der leichte Stich, den Cecilia zunächst verspürt hatte, als ihr bewusst wurde, dass ihre Großeltern gar nicht ihre leiblichen Großeltern waren, war schnell vergessen. Als sie nämlich in ihr Inneres horchte, merkte sie überraschenderweise, dass es für sie absolut keinen Unterschied machte. Die Gefühle, die sie für ihre Großeltern empfand, waren unverändert stark und herzlich.

»Ist schon erstaunlich, was einem so alles passieren kann im Leben, nicht wahr?«, meinte sie schließlich und zuckte lächelnd die Achseln, was die Leiterin des Klosters und auch Azucena erleichtert zur Kenntnis nahmen.

Eine weitere Tatsache, die sich aus all dem ergab, war, dass Azucena und Cecilia nun nichts Geringeres als Tante und Nichte waren, was ihre bisher rein berufliche Beziehung von einem Tag auf den anderen zu einer familiären machte.

Und so waren sie nach ihrer Rückkehr in die Pension in die Mansarde hinaufgestiegen, um sich in der Bibliothek gemeinsam die Bilder in den alten Fotoalben anzusehen, die Cecilia dort aufbewahrte.

»Das ist unser Haus in Águila; der dort auf dem Fahrrad ist mein Vater, und die Frau in dem roten Mantel ist meine Mutter«, erklärte Cecilia. »Sie ist in etwa so groß wie du, Azucena, und ihr Gesicht ähnelt tatsächlich dem deinen.«

»Sie sieht viel jünger aus als ich.«

»Ja, meine Mutter hat sich gut gehalten. Sie achtet sehr auf sich: Sie isst gesund, geht jeden Tag spazieren, und sie schminkt sich sorgfältig. Seit ihrem vierzigsten Geburtstag färbt sie sich die Haare, nachdem sie eine erste graue Strähne entdeckt hatte.«

»Wie bei mir?« Azucena wies auf ihr eigenes ergrautes Haar, wobei Cecilia auffiel, dass auch ihre Dauerwelle ziemlich herausgewachsen war und sie dringend zum Friseur musste.

»Weißt du, was wir machen, Azucena?«, schlug sie vor. »Bevor wir nach Águila fahren, gehen wir in den Salon, wo ich mir immer die Strähnchen machen lasse, und anschließend wirst du dich selbst nicht mehr wiedererkennen.«

Sie hatten sich vorgenommen, Rosa vorsichtig an die Wahrheit heranzuführen. Rosa Quintana hatte nicht gerade ein Faible für Überraschungen, im Gegenteil: Ihr Glück basierte auf Ordnung und Planung. Man musste sich nur ansehen, wie sorgfältig sie die Bücher in den Regalen ihrer Buchhandlung angeordnet hatte, um zu verstehen, dass eine solche Neuigkeit sie völlig aus der Bahn werfen würde.

»Das Beste wird sein, dass ich erst einmal an irgendeinem Wochenende allein hinfahre und ihr zunächst nur die Geschichte von dem Medaillon erzähle: dass ich herausgefunden habe, woher es stammt, dass es einem Waisenmädchen aus dem Kloster der Franziskanerinnen gehört hat, dass dieses Mädchen von einem Ehepaar aus Águila adoptiert wurde …«

»Und das mit der Schwester?«

»Ich denke, das sollten wir uns für später aufheben. Eins nach dem anderen, Azucena, wir wollen doch nicht, dass meine Mutter einen Herzinfarkt erleidet.«

»Erzähl mir mehr von deinen Großeltern«, bat Azucena daraufhin und schlug eines der älteren Fotoalben auf.

Das älteste Foto von Großmutter Teresa und Großvater Miguel, das Cecilia hatte, war das von ihrer Hochzeit im Juni 1942. Auf dem sepiafarbenen Bild sah Miguel Quintana, wie alle jungen Leute in jener Zeit, viel älter aus, als er war, mit abstehenden Ohren, breiter Stirn, Mittelscheitel und gestutztem Schnurrbart, schwarzer Fliege und einer Nelke am Aufschlag des Jacketts. Teresa war eine zierliche, lebhaft dreinblickende Frau, die lächelnd in ihrem weißen Kleid mit kleinem Kragen, schmaler Taille und weiten Ärmeln posierte, mit einem Blumenstrauß im Arm und dem von einem breiten Diadem gehaltenen Schleier auf dem Kopf.

»Sie war damals einundzwanzig und er vierundzwanzig Jahre alt«, erklärte Cecilia. »Sie hatten sich als Kinder kennengelernt und waren zusammen aufgewachsen. Dass sie sich auch liebten, ist ihnen an dem Tag bewusst geworden, an dem mein Großvater sich freiwillig zum Kriegsdienst meldete und an die Front geschickt wurde. Bevor er sich auf den Weg machte, ging er noch zu meiner Großmutter nach Hause, bat darum, mit ihrem Vater sprechen zu dürfen, und fragte um Erlaubnis, um ihre Hand anhalten zu dürfen, wie es damals üblich war. Er sagte, dass seine Bitte wahrscheinlich keine praktischen Folgen haben würde, weil er davon überzeugt sei, im Krieg zu sterben, dass er jedoch, wenn Gott aus irgendeinem Grund beschloss, ihn leben zu lassen, dies unbedingt an der Seite von Teresa tun wolle.

Während des Krieges schrieben sie sich ein paar wundervolle Briefe, und 1942 heirateten sie in der Kathedrale von Águila. Das hier ist das abgelegene Haus, in dem mein Großvater Miguel seine Kindheit verbracht hat. Er hat immer erzählt, dass es dort so einsam war, dass er vom Ausbruch des Krieges nur erfahren hat, weil kein Bus mehr fuhr. Die ersten Jahre ihrer Ehe haben meine Großeltern auf dem Land gelebt, doch dann wurde mein Großvater bei der staatlichen Eisenbahn eingestellt, und sie zogen nach Águila.«

»Und dieses Baby hier ist Rosa?«

»Ja. Am Tag ihrer Taufe. Der Mann mit dem dichten Schnurrbart und die kleine Frau an seinem Arm sind meine Urgroßeltern.«

»Was für ein schönes Taufkleid!«

»Das habe ich bei meiner Taufe auch getragen«, erwiderte Cecilia lächelnd. »Ich glaube, dass meine Mutter es zu Hause noch immer aufbewahrt. Sie hat niemals die Hoffnung aufgegeben, doch noch Großmutter zu werden. Du ahnst ja nicht, mit welcher Hartnäckigkeit sie mich immer gefragt hat, ob nicht endlich der Klapperstorch unterwegs sei. Und schließlich hat sie mich darauf hingewiesen, dass die fruchtbaren Jahre nicht ewig andauern und dass Frauen über vierzig es nicht mehr so leicht haben … Aber wie du siehst … Sosehr mein Mann und ich es auch versucht haben, war es uns nicht vergönnt, Kinder zu bekommen.«

»Die Kinder kommen dann, wenn man sie am wenigsten erwartet«, entgegnete Azucena. »Das behauptet zumindest meine Freundin Asunción. Sie sagt, dass Kinder auf den unterschiedlichsten Wegen zu einem kommen, und du siehst ja – deine Mutter und ich sind das beste Beispiel, dass da etwas Wahres dran ist.«

»Meine Mutter hatte eine sehr glückliche Kindheit«, fuhr Cecilia fort und blätterte eine Seite weiter, um das Thema wechseln zu können. »Dieses Bild wurde an Weihnachten aufgenommen. Schau mal, wie schön die Krippe ist, wie viele Geschenke sie bekommen hat und wie lecker der *Roscón*, der Weihnachtskuchen, aussieht, den meine Großmutter gebacken hat.«

Azucena schwieg. Mit einem Mal spürte sie einen Kloß im Hals und merkte, dass ihr Tränen in die Augen traten.

Schwester Petra hatte an Weihnachten immer Bonbons in die Strümpfe der Mädchen getan. Schwester Covadonga hatte sich um ein paar Truthähne bemüht und sie mit Hackfleisch und getrockneten Kirschen gefüllt; Schwester Sagrario hatte traditionsgemäß eine Münze im *Roscón* versteckt. Drei Novizinnen hatten sich als Caspar, Melchior und Balthasar verkleidet und unter den Kleinsten ein paar Spielsachen verteilt: Murmeln, Spielsteine, ein Springseil, eine Puppe aus Filz, einen Stoffball. So war Weihnachten jedes Jahr zu einem magischen Fest geworden. Das pure Glück. Doch nur, weil die kleine Azucena Fernández damals keine Ahnung hatte, dass irgendwo ein solcher Überfluss herrschte wie auf diesen Fotos.

»Wissen Sie, was ich gerade denke?«, sagte sie schließlich. »Mir kommt meine Kindheit plötzlich ziemlich armselig vor.«

Cecilia lächelte verständnisvoll.

»So darfst du nicht denken, Azucena. Glück hat nichts mit materiellen Dingen zu tun. Meine Großeltern haben oft gesagt: ›Reich ist nicht, wer viel hat, sondern wer wenig braucht.‹«

»Sicher«, entgegnete Azucena. »Deinen Großeltern hat es ja auch nie an irgendetwas gefehlt. Da ist es leicht, solche sinnigen Sätze von sich zu geben. Aber ich hätte einen Vater und eine Mutter gebraucht, ein Zuhause, Weihnachtsgeschenke, eine gute Schulbildung, einen netten Freund, der gut zu mir ist, und eine Arbeit, die nicht darin besteht, österreichische Toiletten zu putzen.«

»Das verstehe ich«, sagte Cecilia betroffen. »Aber ich glaube, dass dein Leben an einem Wendepunkt angekommen ist. Meine Mutter wird sich sicher erst einmal mit dem Gedanken anfreunden müssen, eine Schwester zu haben, aber wenn sie es einmal akzeptiert hat, wird sie deine beste Freundin und Verbündete sein. Es wird dir nie mehr an Zuneigung oder Weihnachtsgeschenken fehlen, darauf kannst du dich verlassen, dazu kenne ich sie zu gut.« Sie lächelte Azucena aufmunternd an. »Es bringt nichts, sich über etwas zu beklagen, was nun nicht mehr zu ändern ist. Viel wichtiger ist es, nach vorn zu schauen. Und sich die Haare zu färben natürlich«, fügte sie hinzu, um Azucena ein Lächeln zu entlocken. »Und was hältst du für den Anfang davon, wenn wir uns jetzt einfach mal in den Arm nehmen, liebe Tante?«

26

Es ist den Pensionsgästen nicht gestattet, fremde Personen in den Zimmern unterzubringen

Cecilias Reise nach Águila musste aus Gründen höherer Gewalt aufgeschoben werden: In der Nacht des 28. Februar etwa um drei Uhr morgens stand Noelia auf, weil ihr schlecht war und sie einen eigenartigen Heißhunger auf Oliven verspürte. Sie wollte kein Licht anmachen, um Ivana und Catalina nicht zu stören, die einen leichten Schlaf hatten und morgens eh schon schlecht aus dem Bett kamen. Daher tastete sie sich im Dunkeln zur Treppe vor, stieß ans Geländer, stolperte und fiel zehn der sechzehn Treppenstufen hinunter. Der Lärm weckte Cecilia, die Noelia angsterfüllt auf dem Treppenabsatz fand, wo sie sich mit beiden Händen den Bauch hielt und immer wieder »Mein Baby, mein Baby!« sagte, als ob es sich um ein Mantra handelte.

Alle zusammen halfen sie ihr schließlich, aufzustehen und ins Bett zurückzukehren, wo sie entsetzt mit ansahen, wie sich das Laken vom Blut rot färbte.

Noelia bekam einen hysterischen Weinkrampf, zitterte am ganzen Körper und rief zwischendurch immer wieder nach ihrer verlorenen Liebe Justice. Ivana fächelte ihr mit einem Notizblock Luft zu, während die praktischere Catalina in die Küche gegangen war, um ein Glas Wasser zu holen, aus dem sie Noelia dann in kleinen Schlucken trinken ließ.

Cecilia rief ihre Frauenärztin an, die kurz nach vier Uhr morgens kam und Noelia absolute Bettruhe verordnete. Sie sollte möglichst still auf dem Rücken liegen, mit einem Kissen unter dem Becken, damit sie nicht noch mehr Blut verlor.

»Möglicherweise besteht die Gefahr einer Plazentaablösung«, diagnostizierte die Ärztin. »Ganz sicher kann ich da allerdings erst nach einer Ultraschalluntersuchung sein.«

»Geht es dem Baby gut?«, fragte Noelia ängstlich.

»Der Herzschlag ist normal«, beruhigte die Ärztin sie, »und der Blutfluss lässt nach. Im Prinzip brauchst du dir keine Sorgen zu machen, aber ruft mich sofort an, wenn die Blutungen wieder anfangen. In den nächsten sieben Tagen solltest du konsequent liegen bleiben. Bleib am besten auf dem Rücken liegen, und beweg dich so wenig wie möglich.«

Und so beschloss Cecilia, anstatt nach Águila zu fahren und mit ihrer Mutter zu reden, lieber zu Hause zu bleiben und sich um die Schwangere zu kümmern, die in Gedanken an Justice unaufhörlich weinte und um die Gesundheit ihres Babys fürchtete.

Ein positiver Nebeneffekt von Noelias Unfall war, dass er auf alle Hausbewohnerinnen eine besänftigende Wirkung hatte und für eine Art Waffenstillstand in der Pension sorgte. Die anderen litten mit der unglücklichen Noelia, und jede versuchte auf ihre Weise zu helfen: Azucena in der Küche, indem sie leckere Gerichte kochte und unermüdlich Tees und Süßspeisen zubereitete; Ivana, indem sie Noelia vorlas und ihr die Füße massierte; Catalina mit Witzen und allerlei Ratschlägen und Cecilia, indem sie sich um alles andere kümmerte. Jeglicher Streit, sämtliche Vorwürfe und Beschimpfungen schienen der Vergangenheit anzugehören.

»Ich werde noch wahnsinnig, wenn ich nur hier rumliege, daran denke, dass dem Baby etwas passiert sein könnte, und mich nach Justice sehne«, hörte Cecilia irgendwann einmal Noelia zu Catalina sagen.

»Du könntest ein Buch schreiben, jetzt hast du doch die Zeit dazu«, lautete deren Rat. »Du willst doch Autorin von Liebesromanen werden, oder? Also nichts leichter als das. Deine Geschichte mit Justice ist mindestens so romantisch wie *Bis(s) zum Morgengrauen*, nur dass er kein Vampir ist, sondern Kenianer.«

In einem ruhigen Moment telefonierte Cecilia mit ihrer Mutter. Schließlich musste sie einen plausiblen Grund dafür angeben, den Besuch bei ihren Eltern abzusagen. »Noelia ist leider krank geworden«, erklärte sie. »Nichts Schlimmes, keine Sorge, eine Grippe mit Fieber und Schüttelfrost. Deswegen bleibe ich dieses Wochenende doch lieber in Madrid, um mich um sie zu kümmern. Ich kann sie jetzt wirklich nicht allein lassen. Ich komme dafür dann nächstes oder übernächstes Wochenende zu euch.«

Doch in kleinen Städten wie Águila verbreiteten sich derartige Nachrichten schnell, und so hielt zum allgemeinen Entsetzen am Freitagabend um acht Uhr ein aus Richtung Tierra de Campos kommendes Auto vor der Pension, dem zwei Frauen mit vier Koffern entstiegen, die zwei Schachteln mit Blätterteig-Sahnetorte und ein Riesenproblem mit sich brachten. Die ältere der beiden Damen war Rosa Quintana. Die jüngere, deren Gesicht vom Schönheitschirurgen in eine Maske mit afro-orientalischen Zügen verwandelt worden war – Schlitzaugen, Cleopatra-Nase und wulstige Lippen –, hieß Natalia Pomar de Valdivias und war niemand Geringeres als Noelias Mutter.

»Sag mal … Sieht deine Mutter aus wie eine von den Kardashians?«, fragte Cecilia, die gerade aus Noelias Schlafzimmerfenster schaute und kurz davor war, die Brühe zu verschütten, die auf dem Tablett stand, das sie in den Händen hielt.

»Wieso fragst du?«, erkundigte sich Noelia entsetzt.

»Weil sie gerade zusammen mit meiner Mutter durch den Vorgarten spaziert und jeden Moment unten an der Haustür klingeln wird.«

»Oh Gott, was sollen wir nur tun?«

»Du musst so tun, als ob du eine Grippe hättest. Stell dich schlafend. Ich kümmere mich um den Rest.«

Die Begrüßungsszene war hollywoodreif, was vor allem an der Ähnlichkeit Natalia Pomar de Valdivias mit jenen älteren Filmschauspielerinnen lag, die sich, um den Alterungsprozess zu verzögern, mit Botox und Silikon ausstatten lassen. Die Küsse, die Rosa ihrer Tochter Cecilia gab, waren in der ganzen Calle de la Lanzada und an den Ufern des Manzanares zu hören, wo man das schmatzende Geräusch den Karpfen im Fluss zuschrieb.

»Es erschien uns eine gute Idee, herzukommen und euch Mädchen zu besuchen«, entschuldigte Cecilias Mutter den Überfall, »um dir ein wenig im Haus zu helfen und uns um die arme Kranke zu kümmern …«

»Wo kann ich das Gepäck abstellen?«, erkundigte sich Noelias Mutter, die bereits die Treppe hinaufgegangen war und, ohne es zu wissen, genau an der Stelle haltgemacht hatte, wo ihre Tochter ein paar Tage zuvor nach ihrem Sturz gelandet war.

»Noelia schläft gerade«, erklärte Cecilia.

»Na, dann wecken wir sie auf!«, rief Natalia aus und klatschte in die Hände. »Das wird eine schöne Überraschung!«

Noelia, die sich ja laut ärztlicher Anweisung möglichst nicht bewegen durfte, hatte sich die Bettdecke bis zum Hals hochgezogen, sodass ihr bereits deutlich gerundeter Bauch dank des angewinkelten Beckens von ihrer Mutter nicht gesehen werden konnte. Um das Märchen von der Grippe glaubhafter erscheinen zu lassen, hatte sie sich ein paar Tropfen Wasser aus dem Glas, das neben ihrem Bett stand, ins Gesicht gespritzt und die offenen Locken zerzaust. Ihre übliche Blässe, die dunklen Ringe unter den Augen und ihr magerer Körper taten ein Übriges dazu, die Besucherinnen von ihrem schlechten Gesundheitszustand zu überzeugen und in Alarmstimmung zu versetzen. Die Damen erkundigten sich sofort, ob Noelia von einem Arzt untersucht worden sei, ob sie Antibiotika nehme und ob es nicht besser sei, die Decke zurückzuschlagen, um ein weiteres Ansteigen des Fiebers zu vermeiden. Ob sie es schon mit einem kalten Bad versucht habe, das in jedem Fall entkrampfend wirken würde? Nachdem die ersten heiklen Minuten überstanden waren (die einen wahrhaft kritischen Punkt erreichten, als Natalia Pomar de Valdivia sich schwungvoll auf dem Bett ihrer Tochter niederließ, um sie mit ihren Schlauchbootlippen auf die feuchte Stirn und die geröteten Wangen zu küssen, wobei sie sich ausgerechnet auf Noelias Bauch abstützte), kam die Frage der Unterbringung auf.

Die Mütter hatten es sich so ausgedacht, dass jede von ihnen im Zimmer ihrer jeweiligen Tochter schlafen könnte, was von beiden Töchtern jedoch sofort ausgeschlossen wurde.

»Auf keinen Fall, Mama! Wenn du hier bei mir schläfst, steckst du dich sofort mit dieser schrecklichen Grippe an. Stell dir das mal zusätzlich zu deiner Migräne vor!«

»Ich finde, Noelia hat völlig recht«, bekräftigte Cecilia eilig. Dann schlug sie eine angemessenere Lösung vor: »Im Moment sind leider alle Zimmer der Pension belegt, aber ihr könntet in meinem Zimmer in der Mansarde schlafen.«

»Und was ist mit dir, mein Kind?«, wollte ihre Mutter wissen.

»Mach dir um mich keine Gedanken, Mama«, entgegnete Cecilia. »Ich kann unten in der Hütte im Garten schlafen.«

»Dann leiste ich dir dort Gesellschaft.«

»Auf gar keinen Fall.«

Es gab Annehmlichkeiten, auf die Cecilia nicht bereit war zu verzichten, nicht einmal, um ihre Mutter zufriedenzustellen.

Jeden Freitag nach der Arbeit packte Andrés Leal ein paar saubere Kleidungsstücke und seine Waschutensilien in eine Tasche, auf der das Logo der Firma Michelangelo Buonarroti aufgedruckt war, und siedelte in die Pension um, um dort zusammen mit seiner heimlichen Geliebten das Wochenende zu genießen. Wobei das mit der Heimlichkeit inzwischen nur noch eine reine Illusion war, die ihre Liebesbeziehung ein wenig aufregender gestaltete: »Bitte, sei nicht so laut, man kann uns hören; zieh dir etwas an, wenn du aus dem Zimmer gehst; halt mir den Mund zu, damit niemand mich vor Lust schreien hört …« Denn die Studentinnen wussten genau, dass es die unverwechselbar schleppenden Schritte des Bauunternehmers waren, die freitagabends auf dem Holzboden in der Mansarde zu hören waren, und dass Cecilia jeden Samstagmorgen ein üppiges Frühstück auf dem Tablett mit in ihr Schlafzimmer nahm, das sie dann bis zum Nachmittag nicht mehr verließ.

Daran, dass Andrés Leal sich samstags und sonntags, wenn es Abendessen gab, in der Pension aufhielt, hatten sich inzwischen alle gewöhnt, und niemand wunderte sich mehr darüber, dass er plötzlich, ohne an der Tür geklingelt zu haben, wie durch Zauberkraft im Raum stand und sich vor den Fernseher setzte. Und es fragte sich auch schon längst keiner mehr, ob es irgendetwas zu reparieren gab, wie es sonst der Fall gewesen war, wenn er auftauchte. Die Tatsache, dass Andrés Leal in Cecilias Bett schlief, war zur Selbstverständlichkeit geworden. Genau wie ihre vorgeblich heimliche Liebesbeziehung.

Sobald die Mütter sich in ihr Zimmer im obersten Stockwerk zurückgezogen hatten, rief Cecilia Andrés an, um ihm mitzuteilen, dass sie ihn an diesem Abend in der Hütte im Garten erwarte, nicht um ihm eine animierende Abwechslung in ihrem Liebesleben zu bieten, wie sie ihm erklärte, sondern um ihm die Unannehmlichkeit zu ersparen, ins Schlafzimmer seiner zukünftigen Schwiegermutter zu platzen. Genau so sagte sie es: »Schwiegermutter«, woraufhin sie Andrés beredtes Schweigen am anderen Ende der Leitung durchaus wahrnahm.

In der Hütte war es eng, aber gemütlich. Der von cremeweiß gestrichenen Holzwänden umgebene rechteckige Raum war etwa vier mal sechs Meter groß, hatte an zwei Seiten jeweils ein Fenster, dazwischen befand sich die Tür, und das Ganze wurde oben von einem Satteldach abgeschlossen. Neben dem Schlafbereich gab es eine kleine Küchenecke und eine Nasszelle mit Dusche und Campingtoilette. Letztere hatte Andrés Leal als Lösung vorgeschlagen, da kein Abwasserrohr vorhanden war.

Im Sommer war es in der Hütte heiß wie in einer finnischen Sauna, im Winter dagegen musste man sich mit zwei Elektroheizöfen behelfen, um nicht zu erfrieren.

Cecilia rüstete sich mit Federbetten, dickem Pyjama, Wärmflasche, Plüschpantoffeln und Wolldecken aus, um sich warm zu halten, während der Raum allmählich aufheizte.

Andrés erschien erst nach Mitternacht. Cecilia erwartete ihn in Justice' Bett, in eine Decke aus schottischer Wolle gewickelt und von brennenden Kerzen umgeben.

»Funktioniert das Licht nicht?«, wunderte sich Andrés, der selbst für die Installation der Elektrik in der Hütte verantwortlich gewesen war.

»Meine Güte, bist du unromantisch!«, protestierte Cecilia, die sich bemüht hatte, ein der Liebe würdiges Ambiente zu schaffen.

»Puh, wonach riecht es hier?«

»Nach Magnolie, Vanille und Jasmin. Riecht gut, nicht?«

»Ziemlich süßlich, oder?«

Andrés stellte seine Tasche ab und ging auf Cecilia zu. Der schleppende Gang, mit dem er sein Bein nachzog, verlieh ihm die Verwegenheit eines Piraten, der schon so einige Schlachten überstanden hatte, fand Cecilia, und sie merkte, wie ihr ein wohliger kleiner Schauer über den Rücken lief. Als er sich mit einer achtlosen Geste Lederjacke und Flanellhemd abstreifte, wehte sie der Geruch eines heimkehrenden Seemannes an und vertrieb den süßlichen Vanilleduft der Kerzen.

Den unerwarteten Besuch von Cecilias Mutter sprach Andrés erst mehrere Stunden später an, was sie zum Anlass nahm, ihm eines der wenigen Geheimnisse zu offenbaren, das sie bisher noch nicht mit ihm geteilt hatte – nämlich dass genau hier, in dieser Hütte, höchstwahrscheinlich sogar in demselben Bett, in dem sie sich gerade geliebt hatten, ein Kind gezeugt worden war. Und dass er – sah man einmal von dem werdenden Vater und den Großeltern ab – der Letzte war, der davon erfuhr, da Noelias Schwangerschaft in der Pension inzwischen hinreichend bekannt war. Sie selbst wusste seit Monaten davon, Azucena war von allein darauf gekommen, und Catalina hatte es in die Welt hinausposaunt, sodass es auch Ivana nicht überhören konnte, die übrigens im Dezember heimlich geheiratet hatte. Und da sie nun schon einmal dabei war, nutzte Cecilia die Gelegenheit, um ihm auch gleich Azucenas Geschichte zu erzählen.

»Meine Mutter hat keine Ahnung, dass sie adoptiert worden ist«, meinte sie, als sie geendet hatte. »Also behalt es erst mal für dich.«

Andrés schwieg verblüfft angesichts so vieler Geheimnisse. Dann fragte er Cecilia, ob er die Heizkörper ein wenig herunterstellen dürfe, da er es in der Hütte auf einmal ziemlich stickig fand.

»Eine Sache noch«, wagte er anzubringen. »Hast du deiner Mutter eigentlich von mir erzählt?«

»Aber nein!« Erst in diesem Augenblick fiel Cecilia siedend heiß ein, dass ihre Mutter Andrés zwangläufig begegnen würde. »Was denkst du denn? Auch das muss ich ihr in einer ruhigen Minute ganz schonend beibringen. Sie hasst Veränderungen, weißt du? Wenn du ihr morgen über den Weg läufst, sagst du einfach, dass du der Arzt bist, und dabei belassen wir es erst mal.«

»Ich habe schon immer gern Arzt gespielt«, entgegnete Andrés grinsend. »Zum Beweis werde ich dich gleich mal untersuchen.«

Am nächsten Morgen schreckte Cecilia schon früh aus dem Schlaf. Sie hatte geträumt, dass Justice in einem afrikanischen Gefängnis eingesperrt wäre. Er war krank und lag in seinen Lumpen auf dem nackten Fußboden, und das einzige Wort, was über seine aufgesprungenen Lippen kam, war: Noelia.

Während sie Andrés' gleichmäßigen Atemzügen lauschte, der noch ganz friedlich neben ihr schlief, dachte sie über ihren merkwürdigen Traum nach, über Justice und über den Diebstahl in der Pension. Ihr Gehirn arbeitete plötzlich auf Hochtouren. Irgendetwas stimmte an der ganzen Sache nicht, und als es neun Uhr war, wusste sie auch, was es war.

Sie weckte Andrés, forderte ihn auf, sich rasch anzukleiden, und zog ihn mit sich zur Tür der Pension. Nachdem sie das Haus betreten hatten, das noch im Halbdunkeln lag, begrüßte Cecilia Azucena, die gerade gekommen war, und bat sie, ihr zu folgen. Anschließend ging sie von Zimmer zu Zimmer und weckte die Mädchen, bis sich schließlich alle um Noelias Bett versammelt hatten.

Cecilia schloss die Tür, damit sie in dem blauen Zimmer unter sich waren, dessen Wände sie selbst angestrichen hatte und wo ihr klar geworden war, dass sie sich hoffnungslos in Andrés Leal verliebt hatte.

»Gut«, begann sie schließlich. »Nun sind wir alle hier zusammen, und wir werden diesen Raum erst wieder verlassen, wenn der Dieb gestanden hat. Denn es war einer von uns, der die Sachen gestohlen hat.«

»Wie jetzt?«, fragte Noelia überrascht. »Waren sich denn nicht alle einig, dass es Justice gewesen ist?«

»Stimmt«, gab Cecilia zu. »Dabei haben wir allerdings eine wichtige Kleinigkeit übersehen: Wenn Justice den ganzen Nachmittag mit dir zusammen war und ihr auch die Nacht gemeinsam verbracht habt – und das Resultat ist ja nicht zu verleugnen –, dann kann er nicht der Dieb gewesen sein.«

»Genial«, sagte Catalina anerkennend, »diese Szene ist eine typische Schlüsselszene à la Agatha Christie, und du, Cecilia, bist genau wie Miss Marple.«

»Also ihr könnt mich gern durchsuchen«, forderte Azucena die anderen ein wenig beleidigt auf, »ist die Haushälterin in diesen Romanen nicht immer verdächtig?«

»Das habe ich nicht gesagt«, entgegnete Cecilia. »Aber ich glaube, ich weiß, wer der Dieb ist, und möchte ihm nun die Gelegenheit geben, seine Schuld einzugestehen und um Verzeihung zu bitten.«

Tiefes Schweigen war die einzige Reaktion auf diese überraschende Ansage.

»Diese Anspannung halte ich einfach nicht aus!«, sagte Catalina schließlich. »Es ist doch klar, dass der Schuldige das nicht so einfach zugeben wird.«

»Es könnte ja auch jemand Fremdes gewesen sein«, brachte Azucena noch einmal vor.

»Nein, Azucena«, widersprach Cecilia. »Die Schlösser am Gartentor und an der Haustür waren ja unversehrt. Es muss jemand aus dem Haus gewesen sein. Jemand, der sich jetzt in diesem Raum befindet.«

»Mein Gott, nun sag es doch endlich!«, rief Noelia schließlich, als sie es nicht mehr ertragen konnte.

»Na schön«, willigte Cecilia ein und blickte ernst in die Runde. »Wenn jemand ein Verbrechen begeht, müssen drei Voraussetzungen erfüllt sein: Erstens, der Täter muss ein Motiv haben, zweitens, die Gelegenheit, und drittens, die Möglichkeit. In unserem Fall ist das Motiv offensichtlich: Es können nur wirtschaftliche Gründe sein. Da Justice derjenige unter uns ist, der am nötigsten Geld braucht, sind wir davon ausgegangen, dass er der Schuldige ist. Noelia kommt als Täterin nicht infrage, da sie durch die Unterstützung ihrer Eltern finanziell abgesichert ist. Genauso wenig Ivana, die wertvollen Schmuck und teure Kleidung besitzt – oder zumindest bis zu diesem Zeitpunkt besaß. Ich selbst komme auch gut über die Runden, und Andrés, der sogar die Leitung seines Unternehmens abgegeben hat, um nicht mehr so viel Geld zu verdienen, sowieso …«

»Na ja, das ist jetzt sehr vereinfacht dargestellt«, protestierte der Bauunternehmer.

»Bitte unterbrich mich nicht.« Miss Marple setzte ihre Ausführungen fort. »Außerdem muss ich zugeben, dass Andrés und ich die betreffende Nacht gemeinsam verbracht haben.« Sie schaute zu Catalina hinüber. »Wir waren übrigens auch für die Geräusche verantwortlich, die du damals an der Tür gehört hast. Also kommen auch wir als Täter nicht infrage. Bleiben also nur noch Azucena und Catalina.«

»Oder jemand von außerhalb«, insistierte die Haushälterin.

»Wobei es allerdings so ist«, fuhr Cecilia fort, ohne auf den Einwand einzugehen, »dass Azucena keine Ahnung hatte, dass einer der gestohlenen Gegenstände der Anhänger mit dem Schutzengel ist, der genauso aussieht wie der, den sie selbst an einer Kette um den Hals trägt. Sonst hätte sie diesen wohl kaum getragen.« Azucena legte eine Hand an ihren Ausschnitt. »Und deswegen kann sie es auch nicht gewesen sein.«

Auf einmal richteten sich alle Blicke auf Catalina, die plötzlich ganz rot geworden war.

»Letzte Nacht habe ich von Justice geträumt«, erzählte Cecilia weiter. »Er saß wegen eines Verbrechens im Gefängnis, das er nicht begangen hat. Ich glaube, dass mein Unterbewusstsein auf diese Art meine Aufmerksamkeit eingefordert hat.«

»Dann war es gar nicht Justice? Er ist nicht mit der Beute geflohen?«, rief Noelia hoffnungsvoll aus. »Und warum ist er dann weggelaufen, wenn er gar nicht schuldig ist?«

»Justice ist nicht weggelaufen«, wandte Andrés Leal ein. »Wie es aussieht, wurde er von der Polizei aufgegriffen und am selben Tag noch aus Spanien ausgewiesen. Ihr wisst ja, dass er keine gültigen Papiere hatte. Oder besser gesagt, er hatte überhaupt keine Papiere. Wir haben seine Spur bis nach Kenia verfolgt, aber dort haben wir sie verloren.«

»Warum habt ihr mir nichts davon erzählt?« Noelia begann zu weinen. Sie lag ganz still auf ihrem Bett, nur die dicken Tränen kullerten über ihre Wangen.

»Wir wissen es selbst erst seit Kurzem, und bis heute Morgen waren wir noch davon überzeugt, dass Justice der Dieb gewesen ist«, entschuldigte sich Cecilia. »Wir wollten es dir erst sagen, wenn wir herausgefunden haben, wo genau er sich befindet.«

Catalina war aufgestanden und schaute zum Fenster hinaus. Es war ihr unmöglich, den anderen Anwesenden in die Augen zu sehen.

»Also, ja, ich war's«, gab sie mit zitternder Stimme zu. »Mein Vater wird beschuldigt, eine Prostituierte geschlagen zu haben. Es ist nicht die erste Anzeige dieser Art, und es wird auch nicht die letzte sein. Die Kaution wurde auf zehntausend Euro festgelegt. Ich schwöre euch, dass dieser Mistkerl von meinem Vater es nicht mal eine halbe Stunde im Gefängnis aushalten kann: Er ist ein beschissener Feigling. Ich weiß auch nicht, warum, aber ich wollte ihm helfen. Und ich hatte keine Ahnung, wie ich das Geld sonst von einem Tag auf den anderen hätte auftreiben sollen. An jenem Abend bin ich spät nach Hause gekommen, und als ich gemerkt habe, dass außer mir niemand da ist, bin ich von Zimmer zu Zimmer gegangen und habe nach Geld und Schmuck gesucht, um ihn zu verkaufen.«

»Und du hast es Justice in die Schuhe geschoben!«, wimmerte Noelia noch lauter. »Und mir hast du das Herz gebrochen!«

»Das ist es, was mir am meisten leidtut«, erklärte Catalina verlegen. »Und was den Diebstahl angeht – das war nicht persönlich gemeint«, fügte sie hinzu. »So ist nun mal mein Leben. Ich bin nicht stolz darauf, aber wie es in dem Lied so richtig heißt: ›No la he inventado yo‹ – Nicht ich habe es zu dem gemacht.«

»Du warst auch diejenige, die die Schweinerei auf das Fakultätsgebäude geschmiert hat«, rief Ivana aus.

»Die Schweinerei ist nichts als die Wahrheit«, gab Catalina zurück. »Denn du bist doch eine Nutte, oder nicht?«

»Ich werde dich anzeigen!«, drohte Noelia.

»Dann erzähle ich deiner Mutter, dass du schwanger bist«, entgegnete Catalina kaltblütig. »Und wenn du mich anzeigst«, fügte sie hinzu und warf Ivana einen scharfen Blick zu, »dann sage ich Dani, was du in deiner Freizeit so treibst. Und was euch beide angeht«, sie wandte sich an Cecilia und Azucena, »ihr solltet ebenfalls besser den Mund halten, denn die Sache, mit der ihr euch gerade befasst, ich meine die Zeitungsanzeige und was dahintersteckt, wollt ihr sicher auch erst mal noch unter Verschluss halten.« Sie lächelte maliziös.

In diesem Moment verlor Andrés Leal die Geduld.

»Dann werde *ich* eben die Polizei rufen!«, polterte er los. »Das wollen wir doch mal …«

Ein einhelliges »Nein!« sämtlicher weiblicher Anwesenden im Raum ließ ihn enttäuscht innehalten.

In diesem Augenblick öffnete sich die Tür, und auf der Schwelle erschienen wie zwei Gespenster mit wirrem Haar Rosa Quintana und Natalia Pomar de Valdivia. Sie standen in ihren langen Nachthemden da und starrten die kleine

Versammlung mindestens so erstaunt an wie diese die beiden alten Damen, deren Anwesenheit alle komplett vergessen hatten.

»Was ist denn hier los?«, wollte Cecilias Mutter wissen. Ihre Stimme klang alarmiert. »Und wer ist dieser Mann?«, fragte sie, auf Andrés Leal weisend.

»Das ist der Arzt, Mama!«, rief Cecilia aus.

»Andrés Leal, Hausarzt, zu Ihren Diensten«, stellte sich der angebliche Mediziner vor und reichte den beiden überraschten Damen seine raue Hand.

27

Die Zimmer werden ausschließlich an junge ledige, kinderlose Studentinnen vermietet

Der falsche Doktor Leal diagnostizierte eine höchst ansteckende Virusgrippe und empfahl allen Anwesenden, das Zimmer so schnell wie möglich zu verlassen, wenn sie sich nicht anstecken wollten. Er verordnete Noelia mindestens eine Woche Bettruhe und hielt es nicht für ratsam, dass ihre Mutter, diese auffällige Schönheit, die ganze Zeit über an ihrer Seite weilte, da sie nur wenig für die Patientin tun konnte, außer sie mit ausreichender Flüssigkeit zu versorgen und auf das Abklingen des Fiebers zu warten.

Diese gut gemeinten Ratschläge übten einen unerwarteten Effekt auf Natalia Pomar de Valdivia aus. Plötzlich von der Fürsorgepflicht ihrer Tochter gegenüber befreit, fand sie zu ihrem wahren Selbst zurück: Sie legte die Maske der sich grämenden, besorgten Mutter ab, zwängte sich in eine hautenge Hose aus Ozelotleder, zog ein Paar schwarze Nietenstiefel an, setzte sich eine riesige Sonnenbrille auf, legte einen Haufen Schmuck an und verkündete, dass sie nun shoppen gehen würde und nicht sicher sei, ob sie zum Essen zurück sein oder bei dem schicken Japaner, von dem sie gehört hatte, einen Imbiss einnehmen werde. »Wartet nicht auf mich!«, rief sie, warf ihrer kranken Tochter eine Kusshand zu und regte an, die Zimmertür zu schließen, damit sich der Virus nicht im ganzen Haus ausbreitete, bevor sie ein Taxi bestellte und in diesem über die Calle de la Lanzada in Richtung Innenstadt verschwand.

Rosa Quintana hingegen wich den ganzen Morgen über nicht von Noelias Seite, kühlte ihre Stirn mit kalten Kompressen und lüftete ab und zu das Zimmer. Außerdem unterhielt sie sich mit der Patientin, ließ sie alle fünfzehn Minuten Fieber messen und war mit dem Ergebnis höchst zufrieden. Nach einem Tag intensiven Pflegedienstes teilte Rosa ihrer Tochter Cecilia allerdings mit, dass ihre Haushaltshilfe Azucena eine äußerst eigenartige Frau sei. Sie habe sie mehr als zehn Minuten lang von der Tür aus angestarrt, ohne etwas zu sagen, mit einem etwas einfältigen Lächeln im Gesicht, so als sei sie ein wenig zurückgeblieben.

»Diese Frau ist doch nicht lesbisch, oder?«, fragte sie später, nachdem Azucena sich ihr genähert hatte, um ihr unauffällig übers Haar zu streichen. Schließlich erklärte Rosa Quintana beunruhigt, dass die seltsame Haushaltshilfe ihr eine gehörige Angst einjage und dass sie am Ende vielleicht schizophren sei und möglicherweise, wenn sie eines Tages mal vergaß, ihre Medikamente zu nehmen, auf sie alle mit dem Messer losgehen werde, wie es einmal in einem Madrider Krankenhaus geschehen sei.

»Hast du dich auch genau über diese Azucena erkundigt?«, fragte sie. »Was weißt du von ihr? Kommt sie aus einer anständigen Familie?«

»Nun … Ein paar Dinge weiß ich schon«, antwortete Cecilia, verbiss sich jedoch gleich jedes weitere Wort.

Vielleicht wäre dies sogar der geeignete Moment gewesen, um eine Andeutung in Bezug auf die gemeinsame

Vergangenheit beider Frauen anzubringen, allerdings fühlte Cecilia sich gerade nicht in der Lage, sich noch einer weiteren Krise zu stellen. Dass Catalina tatsächlich die Diebin war, machte ihr bereits genug zu schaffen.

Sie hatten einstimmig beschlossen, die Diebin der Pension zu verweisen. Zwar hatten sie ihr zugestanden, noch bis Sonntagabend zu bleiben, um ihr Zeit zu geben, sich eine andere Unterkunft zu suchen, aber keine von ihnen hatte Lust, länger als unbedingt nötig weiterhin mit einer verlogenen, intriganten Betrügerin wie ihr unter einem Dach zu leben.

In der schönsten Pension der Welt erwies sich einmal mehr, dass Wissen tatsächlich Macht ist: Dank der Informationen, über die Catalina verfügte, entging sie einer Anzeige.

Andrés Leal hatte nachgegeben, als er die Angst in den Gesichtern von Noelia, Ivana, Azucena und Cecilia sah. Keine von ihnen war bereit, Catalina anzuzeigen, wenn dies bedeutete, das eigene Geheimnis lüften zu müssen. Dafür verbrachte Catalina ihre letzten beiden Tage in der Pension wie eine Geächtete, was auch eine Art der Bestrafung darstellte. Sie wurde von den Mahlzeiten ausgeschlossen, durfte nicht an den Gesprächen teilnehmen und wurde weder auf dem Sofa noch in der Bibliothek geduldet. Somit war sie zu einem Hausarrest der übelsten Art verdammt. Ein wortloser Abschied, der sich über lange achtundvierzig Stunden der Missachtung hinzog.

»Wirst du nach einer neuen Mieterin suchen?«, wollte Azucena wissen.

»Ich glaube nicht«, antwortete Cecilia. »Zumindest bis Noelias Baby geboren ist, möchte ich nicht, dass jemand

Neues hier einzieht. Denn uns steht in den nächsten Monaten keine einfache Zeit bevor.«

Um Mitternacht entstieg Natalia Pomar de Valdivia einem Taxi und wankte auf die Tür der Pension zu. Sie war von oben bis unten mit Einkaufstüten behängt und vor allen Dingen voll wie eine Haubitze – wie Andrés es in seiner volkstümlich weisen Art ausdrückte. Sie gab nur noch unverständliche Laute von sich, und ihr Atem roch nach Kneipe. Ohne sich auch nur im Geringsten für ihre Tochter oder irgendetwas anderes zu interessieren, als das Gleichgewicht zu halten, kämpfte sie sich mit der Mühe eines Spaziergängers, der von einem Erdbeben überrascht wird, die Treppe hinauf, fiel in ihren Anziehsachen wie ein Stein aufs Bett und schlief fünfzehn Stunden durch. Als sie schließlich am nächsten Tag um drei Uhr nachmittags erwachte, war sie vollkommen desorientiert und musste sich übergeben, schaffte es jedoch zum Glück bis zur Toilette.

»Madrid ist wirklich toll!«, erklärte sie anschließend mit strahlendem Lächeln den staunenden Hausbewohnern, die am Tisch saßen und gerade das Mittagessen beendet hatten. »In Águila ist man dagegen lebendig begraben«, fügte sie hinzu. »Manchmal habe ich das Gefühl, mein Leben und meine schöne Jugend verschwendet zu haben. Ich habe sehr jung geheiratet, wisst ihr? Dabei hätte ich großartige Dinge tun können: Ich hätte Schauspielerin werden, die Welt kennenlernen und mich in einen Playboy verlieben können.« Sie brach in ein bitteres Lachen aus. Dann zündete sie sich eine Zigarette an, inhalierte tief und ließ den Rauch durch die Nase entweichen. »Knapp ein Jahr nach meiner Hochzeit wurde Noelia geboren«, klagte sie, »und das war das Ende meiner Freiheit. Kinder zu haben ist, wie im Gefängnis zu sein«, bekräftigte sie noch einmal. »Ihr habt keine Kinder, oder?«, fragte sie, an Ivana, Cecilia und Azucena gewandt. »Ihr seid echt schlau! Kinder bringen nur Probleme und Sorgen mit sich; ihr seht ja, was gerade los ist mit Noelia, die oben in ihrem Bett liegt. Was für ein Albtraum!«

»Es geht ihr aber schon wesentlich besser«, wandte Andrés ein, dem das ganze Getue extrem auf den Geist ging. »Sie können beruhigt wieder zurück nach Hause fahren, in ein paar Tagen ist Ihre Tochter wieder völlig auf dem Damm.«

»Ich habe für sie eine Skinny Jeans gekauft, die sie lieben wird«, sagte Noelias Mutter, von Rauchschwaden umwölkt.

»Wie passend«, murmelte Azucena.

»Also wenn du möchtest, dann fahren wir wieder zurück nach Águila«, meinte Cecilias Mutter jetzt.

»Tja, ich glaube, das wäre vielleicht wirklich das Beste, meine Liebe, wir können hier eh nichts mehr tun. Ich geh nur kurz noch mal rauf, werfe Noelia an der Tür eine Kusshand zu, und dann machen wir uns auf den Weg.« Natalia sah auf ihre Uhr und lächelte zufrieden. »Dann kann ich heute wenigstens noch zum Pilates gehen. Der Kurs beginnt um sieben.«

Als das Auto von Noelias Mutter außer Sichtweite war, sahen sich alle Anwesenden vielsagend an. Diese so wenig mütterliche Frau war dafür verantwortlich, dass Noelia so schwach und schutzbedürftig war. Offenbar war sie als Kind sehr einsam gewesen und in dem Gefühl aufgewachsen, unerwünscht zu sein. Valentín Villanueva de Campos und Natalia Pomar de Valdivia hatten ihre exklusiven Nachnamen zu einem pompösen Wortgebilde vereinigt, das zu ihrem eleganten Haus, ihrem müßigen Lebensstil und ihrem geerbten Vermögen passte. Erstaunlicherweise hatten sie eine intelligente Tochter bekommen, die in der Lage war, die innere Schönheit der Menschen zu erkennen und jemanden für das zu lieben, was er war, und nicht für das, was er besaß. Eine Tochter, die so mutig war, dass sie für ihre Liebe zu einem schwarzen Immigranten ohne Papiere und dem Kind in ihrem Bauch alles riskierte.

Ivana war die Erste, die reagierte. Leicht beschämt ging sie die Treppe hinauf und klopfte an Noelias Zimmertür. Sie fand die Ärmste wie so oft in letzter Zeit in Tränen aufgelöst vor.

Ivana setzte sich an ihr Bett, reichte ihr ein Päckchen Taschentücher und nahm – zu Noelias Überraschung, die immer gespürt hatte, dass die Russin sie aus irgendeinem Grund nicht leiden konnte – ihre Hand.

»Es tut mir sehr leid, dass ich so ungerecht zu dir war«, sagte sie. »Ich möchte mich dafür entschuldigen.«

Noelia sah sie überrascht an.

»Weißt du, Noelia, jedes Mal, wenn ich dich gesehen habe, war ich so unheimlich wütend. Du hattest alles, was ich nicht hatte, das dachte ich zumindest. Das verwöhnte, zimperliche, reiche Mädchen, das von allen verhätschelt wird. Du wurdest mit dem goldenen Löffel im Mund geboren, ich hingegen musste auf die erniedrigendste Art, die man sich nur vorstellen kann, ums Überleben kämpfen. Manchmal habe ich mir fast gewünscht, dass es dir auch mal richtig schlecht geht.«

»Und jetzt nicht mehr?«

»Jetzt verstehe ich dich. Ich kann deine Schutzbedürftigkeit nachfühlen, und deine Einsamkeit kenne ich auch. Wir könnten versuchen, Freundinnen zu sein. Ich werde mich um dich kümmern, solange du im Bett bleiben musst. Und auch später, wenn dein Kind da ist, werde ich für dich da sein, wenn du mich brauchst.«

Erneut kullerten die Tränen Noelias Wangen hinunter.

»Dieses Kind braucht eine Familie, ein Zuhause und Beständigkeit«, sagte sie, »und ich fürchte, dass keine von uns beiden ihm das bieten kann. Zumindest im Moment noch nicht.«

»Zu dumm, dass eine Schwangerschaft nur neun Monate und nicht neun Jahre dauert«, meinte Ivana seufzend. Und bevor sie aufstand und Noelia in ihrem Meer an Zweifeln zurückließ, drehte sie an ihrem Ehering und fügte hinzu: »Aber du wirst eine Lösung finden. Wenn du deinem Herzen folgst, wirst du die richtige Antwort erhalten. Und manchmal macht das Leben einem überraschende Geschenke.«

Als Cecilia im selben Moment an die Tür klopfte, war sie äußerst erstaunt, Ivana im Zimmer anzutreffen, die gerade im Begriff war, zu gehen, während Noelia weinend im Bett saß.

Cecilia biss sich auf die Lippen und wartete schweigend ab, bis die Weinende sich wieder beruhigt hatte. Schließlich war es Noelia, die als Erste etwas sagte, und ihre Worte sollten Cecilias Existenz in ihren Grundfesten erschüttern.

»Ich bitte dich, Cecilia, sei du die Mutter meines Kindes! Mir fällt niemand ein, der besser dafür geeignet wäre. Ich bin gerade mal achtzehn Jahre alt, und meine Familie wird das, was passiert ist, niemals akzeptieren. Was habe ich diesem Kind denn zu bieten?«

Cecilia ließ sich auf das Fußende des Bettes sinken. Wie im Zeitraffer lief vor ihrem inneren Auge der Film ihres Lebens ab: die zwölf Jahre, in denen sie vergeblich versucht hatte, schwanger zu werden, der lächerliche Besuch in dem Zentrum für künstliche Befruchtung, der Satz, den Azucena gesagt hatte: »Kinder kommen dann, wenn man sie am wenigsten erwartet, und auf den unterschiedlichsten Wegen.«

Noelia hatte ihr gerade ein Kind geschenkt. Nicht mehr und nicht weniger. »Ich habe mir alles gut überlegt, glaub mir. Du kannst es adoptieren, es wird deinen Namen tragen, du kannst den Vornamen auswählen und ihm beibringen, ›Mama‹ zu sagen. Bitte sag Ja, Cecilia, ich bitte dich, von ganzem Herzen, du bist meine einzige Hoffnung!«

Cecilia schwieg eine Weile, bevor sie antwortete. »Ich werde es Teresa nennen, nach meiner Großmutter, oder Miguel nach meinem Großvater«, sagte sie dann. »Ich werde es rundum verwöhnen, werde es lieben, als hätte ich es selbst geboren, und es wird in diesem Haus aufwachsen; es wird einmal zur Universität gehen, frei sein, stark und fröhlich. Ich verspreche dir, Noelia, ich werde dieses Kind glücklich machen. Viel glücklicher als du und ich es jemals für uns erträumt haben. Aber es soll auch wissen, wer seine leiblichen Eltern sind. Und auch wenn es mich ›Mama‹ nennen wird und dich und Justice bei den Vornamen, wird es immer auch euer Kind sein.«

Zitternd umarmten sie sich. Gerade hatten sie einen Pakt fürs Leben geschlossen, waren eine engere Bindung eingegangen, als wenn in ihren Adern dasselbe Blut geflossen wäre. Durch dieses ungeborene Kind, das in diesem Augenblick gerade mal zehn Zentimeter maß und nur hundertfünfzig Gramm wog, riesengroße Augen hatte, zwei winzige Augenbrauen und die Angewohnheit, am Daumen zu lutschen, wenn es merkte, dass seine Mutter weinte.

Schau mal, Mama, ich habe schon Finger und Zehen und kann strampeln, und ich höre dich, wenn du weinst und wenn du lachst und wenn du Cecilia bittest, dass sie sich um mich kümmern soll!

Unter diesen ganz neuen Voraussetzungen begleitete Cecilia Noelia zur Frauenärztin, als die verordneten sieben Tage Bettruhe überstanden waren. Der Gedanke daran, dass sie bald das Gesichtchen dieses Babys sehen würde, das wie durch Zauberkraft in ihr Leben getreten war, ließ Cecilia sogar die herbe Enttäuschung vergessen, die sie mit Catalina erlebt hatte. Diese war inzwischen ausgezogen. Sie war gegangen, als alle noch schliefen, und als der Tag begann, war sie einfach nicht mehr da gewesen.

Die Ultraschalluntersuchung brachte zutage, dass das Baby, da es ein Mädchen war, Teresa heißen würde und dass es mit Zähnen und Klauen ums Überleben kämpfen musste, da die Plazenta sich tatsächlich vorzeitig abzulösen drohte.

»Das heißt, es besteht das Risiko einer Fehlgeburt oder einer Frühgeburt, falls du überhaupt die siebenundzwanzigste Woche erreichst, was ich derzeit leider nicht garantieren kann. Du wirst bis zum Ende der Schwangerschaft liegen müssen, selbst zum Waschen oder auf die Toilettegehen solltest du das Bett nicht verlassen, du brauchst jemanden, der sich um dich kümmert. Wenn du strikt im Bett bleibst, dann haben wir eine Chance«, sagte die Ärztin mit Blick auf Cecilia.

»Aber geht es dem Baby gut?«

»Das Baby ist nicht das Problem, sondern die Plazenta«, erklärte die Gynäkologin. »Solange sie sich nicht ablöst, ist alles in Ordnung. Aber du solltest wirklich jede vertikale Position vermeiden und natürlich jegliche körperliche Anstrengung. Ich werde alle zwei Wochen zu dir kommen und nach dir sehen, in Ordnung?«

»In Ordnung«, entgegneten Cecilia und Noelia wie aus einem Munde.

»Macht euch nicht allzu große Hoffnungen«, fügte die Ärztin ernüchternd hinzu. »Derartige Risikoschwangerschaften gehen nicht immer gut aus.«

Nachdem sie die Praxis mit der Aussicht verlassen hatten, dass Noelia in den nächsten fünf Monaten im Haus würde bleiben müssen, fuhr Cecilia zu einem Geschäft für Babyausstattung. Dort kaufte sie ein klappbares Babybett, winzige rosafarbene Babybettwäsche, einen Wickeltisch mit Badewannenaufsatz, jede Menge Babykleidung, mehrere Pakete Windeln, einen zum Buggy umbaubaren Kinderwagen, Fläschchen, Schnuller, Pflegecreme und Badezusatz, rosa Wandfarbe, Pinsel und Farbrolle, Tapetenbordüre mit Teddybär-Muster und eine Lampe mit regulierbarer Lichtstärke.

»Ich weiß jetzt, was ich mit Catalinas Zimmer anstellen werde«, meinte sie.

»Aber wir sollen uns doch keine allzu großen Hoffnungen machen«, entgegnete Noelia, die die letzten Worte der Ärztin noch längst nicht verkraftet hatte.

»Vergiss es! Wir schaffen das!«, erklärte Cecilia und machte den Motor des Wagens an, der bis unter das Dach voll beladen war, während sie sich Andrés' Gesicht vorstellte, wenn er sah, dass die von ihm weiß gestrichenen Wände plötzlich babyrosa waren.

28

Entscheidungen, die die Pension in ihren Grundfesten erschüttern, sollten vorher gründlich überdacht werden

Aus irgendeinem seltsamen Grund heraus fürchtete sich Cecilia davor, mit ihrer Mutter zu telefonieren. Das war nicht immer so gewesen. Im Gegenteil. Zu Anfang ihrer inzwischen gescheiterten Ehe hatten sie regelmäßig lange Gespräche geführt, wobei die unterschiedlichsten Themen zur Sprache gekommen waren, unter anderem wie das tägliche Leben in Águila sich gestaltete oder welche Spülmaschinen-Tabs die besten waren. Inzwischen fragte sich Cecilia, ob jene unendlichen Telefonate nicht vielleicht auch zum Niedergang ihrer Ehe beigetragen hatten. Möglicherweise kostete es sie deswegen, seit sie ihr neues Leben begonnen hatte, also seit sie sich entschieden hatte, die Pension zu eröffnen, eine derart große Willensanstrengung, zum Hörer zu greifen und die Nummer zu wählen, die sie mit Rosa Quintana verband.

An diesem Abend jedoch hatte sie keine andere Wahl, als auf den aufdringlichen Klingelton zu reagieren, der aus dem Lautsprecher ihres Handys durch das ganze Haus schallte.

»Cecilia, meine Süße«, überfiel ihre Mutter sie sofort, »dein Vater und ich halten es vor Neugier nicht mehr aus: Ist dieser Doktor Leal nun dein Freund oder nicht? Mir ist aufgefallen, wie du ihn ansiehst und wie er dich anhimmelt.«

»Mama!«, setzte Cecilia zum Protest an.

»Nicht dass es uns stören würde!«, meinte Rosa Quintana beschwichtigend. »Wir würden uns sogar darüber freuen, denn er hat einen sehr guten Eindruck auf mich gemacht. Und dann ist er auch noch Arzt und nicht irgend so ein … Nur schade, dass er hinkt. Weißt du, was mit seinem Bein passiert ist? Nun ja, vielleicht hat er sich ja unter Einsatz seines Lebens verletzt, als er andere gerettet hat, irgendwo im Krieg oder bei der Explosion von einer dieser Minen.«

»Er ist ein Freund«, gelang es Cecilia in den Wortschwall ihrer Mutter einzuwerfen. »Ein sehr besonderer Freund, ja. Aber nicht mein Freund, nein.« Cecilia wusste selbst nicht so genau, ob sie nun eine feste Beziehung mit Andrés hatte, oder nicht.

»Noch nicht«, fügte ihre Mutter enttäuscht an.

»Im Moment nur Freunde, nicht mehr, Mama.«

Cecilia bemerkte, dass ihre Mutter den Lautsprecher des Telefons mit der Hand abdeckte, und hörte, wie sie ihrem Vater referierte: »Sie behauptet, sie seien nur Freunde, aber ich versichere dir, sie ist völlig in ihn verknallt.«

»Dein Vater sendet dir tausend Küsse«, sagte sie dann. »Er geht jetzt zu Bett.«

»Richte ihm aus, dass ich ihn lieb habe.«

»Und jetzt, da wir unter uns sind …« Rosa Quintana senkte die Stimme, »… muss ich dir noch etwas ganz Seltsames erzählen. Halt mich nicht für verrückt, Cecilia, aber als ich bei dir war, ist mir etwas Eigenartiges passiert.«

Cecilias Mutter schwor, dass sie nicht geschlafen habe und dass das, was sie ihr nun erzählen würde – und was ihr Mann auf keinen Fall hören dürfe, da er sie sonst für komplett verrückt halten würde –, kein Traum infolge eines schweren Magens gewesen sei, sondern so gewiss wie die Tatsache, dass die Erde rund sei und keine Scheibe. Es sei mitten in der Nacht passiert, erzählte sie. Natalia Pomar de Valdivia habe schlafend neben ihr gelegen, und der unangenehme Geruch nach Tabak und Whisky habe das Zimmer erfüllt. Sie selbst sei hellwach gewesen, erklärte Rosa Quintana, denn ihre Zimmergenossin habe beim Nach-Hause-Kommen einen solchen Krach gemacht und dann dermaßen laut angefangen zu schnarchen, dass sie kein Auge mehr zugetan hätte. Sie habe sich mehrere Stunden lang im Bett gewälzt und sogar mit dem Gedanken gespielt, zu ihr hinunter in die Hütte zu ziehen, um dort zu schlafen – in diesem Moment stellten sich Cecilia vor Schreck die Nackenhaare auf –, als sie plötzlich bemerkt habe, wie ihr jemand übers Haar strich.

Es sei nicht das Gefühl einer körperlichen Berührung gewesen, betonte sie, sondern eine Art metaphysische, übernatürliche Wahrnehmung. Es sei keine Hand vorhanden gewesen, keine Finger, die ihren Kopf berührt oder in ihr Haar gegriffen hätten, nein. Doch auf die gleiche Art, wie man manchmal in Momenten der Angst den Eindruck hatte, nicht allein zu sein, und spürte, meine Lieben sind bei mir, habe sie die plötzliche Kälte gespürt, die dem Auftreten von Hektoplasma angeblich vorausgehe, zusammen mit einem leichten Verwesungsgeruch – der vielleicht von ihrer Zimmergenossin kam, vielleicht aber auch aus dem

Jenseits –, und dann war es geschehen: Jemand habe ihr übers Haar gestrichen.

Sie habe sich in den Kissen aufgesetzt und gemeint, im fahlen Licht die unverwechselbare Gestalt von Großmutter Teresa zu sehen, die eine geblümte Schürze getragen habe und dazu Hausschuhe und ein Seidentuch um den Hals – was ihr nicht gerade als der passendste Aufzug für die Ewigkeit erschienen war –, aber dennoch war es unverkennbar ihre Mutter gewesen, die durch das Zimmer geschwebt sei und sie aufgefordert habe, ihr aus dem Zimmer zu folgen.

Vor der Tür habe sie, wie Cecilias Mutter hoch und heilig schwor, Großvater Miguel erwartet, der seine Gärtnerkleidung trug – Gummistiefel an den Füßen, die Gartenschere am Gürtel – und Pfeife rauchte. Der Geruch nach altem Holz und Tabakrauch habe sie gleich in ihre Kindheit zurückversetzt, versicherte Rosa Quintana, und tatsächlich habe sie festgestellt, dass ihr Kopf auf einmal nicht mehr von so weit oben auf den Fußboden hinuntergesehen habe, sondern von viel weiter unten, so als wäre sie plötzlich nur noch ein Meter zwanzig groß und etwa sieben Jahre alt.

Dann habe der Großvater seine Hand in eine Wand im Badezimmer gesteckt und sie mit einer Goldkette baumelnd am Zeigefinger wieder herausgezogen.

»Er hat mir die Kette umgehängt, als wollte er mir eine Auszeichnung verleihen: den ersten Preis für das pünktlichste Kind der Schule oder eine Goldmedaille bei den Olympischen Spielen. Jedenfalls schien es für ihn ein äußerst feierlicher Moment zu sein.«

Gut – das mit dem Übers-Haar-Streichen könne noch eine Reaktion ihres Unterbewusstseins auf das seltsame

Verhalten von Cecilias Haushaltshilfe sein, vermutete Rosa Quintana. Diese Azucena habe nämlich auch dieser eigenartigen Traumszene beigewohnt. Sie sei im Badezimmer gewesen, und da die Tür offen stand, konnte Rosa beobachten, dass sie sich dort ein altes Fotoalbum ansah.

Das Nächste, an das sich Rosa erinnerte, war ihr eigenes Bild im Badezimmerspiegel – wie sie im zerknitterten Nachthemd breitbeinig auf dem Rand der Toilettenschüssel saß. Sie war aufgestanden, hatte um sich geblickt und keine Ahnung gehabt, wie sie dort, auf dem stillen Örtchen, gelandet war.

»Ich musste mir die ganze Szene erst nach und nach wieder ins Gedächtnis rufen.« Rosa Quintana versuchte vergeblich, ihre Erzählung den Parametern einer nicht existierenden Logik anzupassen. »In den letzten Tagen habe ich viel nachgedacht, Cecilia, über die Verstorbenen, die wir einmal geliebt haben, und ihren Wunsch, sich aus dem Jenseits zu Wort zu melden. Ich glaube, dass meine Eltern mir etwas Wichtiges sagen wollen. Vielleicht etwas, das mit diesem Medaillon zu tun hat, das du in der Wand gefunden hast.«

»Tja, das ist wirklich seltsam, Mama!«, war das Einzige, was Cecilia auf diese mysteriöse Geschichte hin zu sagen einfiel.

»Aber glaubst du mir?«

»Ja, natürlich«, versicherte Cecilia. »Ich bin auch schon ein paarmal den Großeltern auf dem Flur begegnet. Sie kamen mir glücklich vor.«

»Mir auch«, bestätigte Rosa.

Und Cecilia sagte sich, dass es höchste Zeit war, sich auf den Weg nach Águila zu machen.

Doch bevor sie zu ihren Eltern fuhr, hielt sie es für angebracht, ein paar Dinge mit Andrés zu klären. Schließlich war es sehr wahrscheinlich, dass ihre Mutter einen ersten Schock erlitt, wenn sie die Wahrheit über ihre Herkunft und ihre verwandtschaftliche Bindung zu Azucena erfuhr – und einen zweiten, wenn sie ihr mitteilte, dass sie in wenigen Monaten Großmutter werden würde – wenn auch nicht eines leiblichen Enkelkindes – und sie, Cecilia, eine alleinerziehende Mutter.

Um diesen beiden Aufregungen entgegenzuwirken, war Cecilia darauf gekommen, eine weitere Neuigkeit zu verkünden, die mehr im Sinne ihre Eltern war und an die sie sich klammern konnten, während sie die anderen Neuigkeiten zu verkraften versuchten. Und die einzige gute Nachricht, die ihr einfiel, war, dass es Andrés in ihrem Leben gab, den vermeintlichen Arzt, der ihrer Mutter so gut gefallen hatte. Daher beschloss Cecilia, dass sie nun unbedingt ein ungemütliches, aber nötiges Gespräch mit ihm führen musste, um sich darüber klar zu werden, wie sie ihre Eltern am besten über seine Existenz in Kenntnis setzen sollte.

»Sind wir jetzt offiziell zusammen, oder nicht?«, fragte sie geradeheraus.

Die Frage blieb im Raum stehen und erhitzte die Luft, während Andrés Leal versuchte, die Lawine an Neuigkeiten zu verarbeiten, die gerade wie ein heftiger Hagelschauer über ihm niedergegangen war.

Cecilia hatte ihn gebeten, zu ihr zu kommen, weil sie »etwas zu besprechen« hätten, und kurzzeitig hatte er befürchtet, sie wolle ihre Beziehung beenden. Diese Ängste schwanden jedoch sogleich, als sie ihm, lächelnd und wunderschön, die Tür öffnete und ihn mit einem Kuss begrüßte, der ihn auf der Schwelle beinah das Gleichgewicht verlieren ließ. Für einen Moment glaubte er fälschlicherweise, dass sie ihn zu einem leidenschaftlichen Stelldichein bestellt hätte und dass dieses »etwas besprechen« lediglich ein Vorwand war. Diese Annahme verwarf er jedoch sogleich wieder, als sie ihn ins Wohnzimmer schob, die Tür hinter ihnen schloss, ihm einen Stuhl heranzog und ihn bat, sich lieber hinzusetzen.

»Ich werde Mutter«, verkündete sie, und Andrés spürte auf einmal, wie die Erde unter ihm bebte.

»Du bist schwanger?«, vergewisserte er sich, während er merkte, wie sein Blutdruck anstieg.

»Nein, du Dummkopf«, entgegnete sie mit einem glockenhellen Lachen und erzählte ihm dann, dass Noelia sie unter Tränen gebeten hatte, sich um die kleine Teresa zu kümmern, die inzwischen schon Augenbrauen und Zehen hatte und manchmal am Daumen lutschte. Sie erklärte ihm, dass das Kind mit allen Konsequenzen ihre Tochter werden würde und sie deren Pflegemutter, ihr rechtlicher Vormund und die Großmutter ihrer Kinder, wenn sie denn einmal welche haben würde.

Vielleicht war sie ein wenig zu direkt, angesichts der Tatsache, dass es Andrés generell nicht leichtfiel, Veränderungen zu verkraften, vielleicht hätte sie sich, bevor sie die Bombe platzen ließ, erst einmal die Konsequenzen klarmachen sollen. Später, nachdem er gegangen war, hatte sie jedenfalls genug Zeit, darüber nachzudenken, warum er ohne ein Wort aufgestanden war und mit eiligen Schritten das Haus verlassen hatte.

Sie hatte sehr viel Zeit, um einzusehen, dass man eine solche Entscheidung als Paar treffen sollte, wenn sie das denn waren: ein Paar und nicht eine Notlösung gegen die Einsamkeit. Darum hatte sie ihn gefragt, ob sie denn nun offiziell zusammen seien, da sie sich bis zu diesem Moment nicht wirklich im Klaren darüber gewesen war, worauf ihre Beziehung hinauslief oder welche geometrische Figur sie gemeinsam bildeten. Ihre Liebe war ja noch ein ganz zartes Pflänzchen und eine gemeinsame Zukunft ungewiss, und dass sie Andrés einfach so mit der Tatsache überrumpelt hatte, dass sie bald ein Kind haben würde, war vielleicht nicht die beste Idee gewesen. Sie hätte diese ganze Sache anders angehen müssen.

In der ersten Woche hielt sie es nur mühsam aus, darauf zu warten, dass er anrief oder zu ihr kam; in der zweiten fuhr sie mit dem Auto zu seiner Wohnung in der Calle Juan Bravo, wo die Tür fest verschlossen war und sich die Post am Briefkasten im Eingangsbereich bereits stapelte. In der dritten Woche erhielt sie eine Nachricht – so kurz, dass Cecilia sich weigerte, sie als »Brief« zu bezeichnen –, in der Andrés sich dafür entschuldigte, so plötzlich verschwunden zu sein, und ihr als einzige Erklärung mitteilte, dass er mit seinem Boot unterwegs sei, um nach Justice zu suchen. Er wisse – von einem Freund eines Freundes bei der Einwanderungsbehörde –, dass Justice, als er in Madrid im Gefängnis saß, lautstark geschworen hatte, nach Spanien zurückzukehren, und angesichts der Vorgeschichte des Jungen kamen da nur zwei Möglichkeiten infrage: entweder über den Grenzzaun nach Melilla oder an Bord eines Bootes. Andrés' Plan war es nun, Justice aufzuspüren und, in seinem Boot versteckt, mit zurück zu nehmen.

Abschließend teilte er Cecilia mit, dass ein Kind einen Vater brauche und dass er sich nicht sicher sei, ob er dieser Vater sein könne. Außerdem würde die Überfahrt ihm vielleicht dabei helfen, eine Antwort auf die Frage zu finden, ob er zumindest zum Lebensgefährten tauge, woran er im Moment auch seine Zweifel habe.

»Andrés ist unterwegs, um Justice zu finden«, erklärte Cecilia Noelia in dem Tonfall, in dem sie ihrer zukünftigen Tochter einmal Märchen zu erzählen gedachte. »Er sagt, dass Teresita einen Vater braucht.«

»Und er möchte nicht der Vater sein?«, fragte Noelia enttäuscht.

»Wie es aussieht, nicht. Anscheinend zieht er es vor, den richtigen Vater herzuschleifen.«

Cecilia blieb viel Zeit, ihre Ängste und ihren Kummer mit Noelia zu teilen, sodass sie in der Enge von Noelias Zimmer darin zu ertrinken drohten, während die Tage wie graue Wolken vorbeizogen und der Himmel manchmal weinte und sich manchmal in heftigen Gewittern mit Blitz und Donner Luft machte. Beide trauerten sie ihren schwierigen Liebesbeziehungen hinterher und träumten von dem Tag, an dem das Unwetter abflauen und der Himmel über ihnen von tausend Sonnenstrahlen durchstoßen werden würde.

Alle zwei Wochen lauschten sie auf den Herzschlag der kleinen Teresa, der jedes Mal ein wenig lauter und kräftiger klang, und jeden Tag fühlten sie, wie sie sich in dem runden Fischglas bewegte, zu dem Noelias Bauch geworden war.

Es blieb genügend Zeit, um Andrés zu hassen und den Tag zu verfluchen, an dem sie ihm die Tür geöffnet und ihn in ihr Haus gelassen hatte.

Gute Nachrichten waren rar und unbedeutend: Heute scheint die Sonne, morgen ist Freitag. Die Ängste waren erdrückend, die Unsicherheit weit wie das Meer. Das Leben in der Pension war still und leer wie die Wüste. Ivana war dabei, sich mit einem redlichen Ehemann ihre Zukunft aufzubauen, und Azucena wartete geduldig auf den richtigen Moment, ihre verlorene Schwester in die Arme zu schließen: »Das hat keine Eile, Cecilia. Wir mussten vierundsechzig Jahre warten, um uns wiederzufinden, da machen ein paar Monate mehr nun auch nichts mehr aus.« Es blieb genügend Zeit, um so zu tun, als wäre alles egal, und um aus dem Haus zu gehen, als hätte Andrés Leal niemals existiert; genügend Zeit, um zu bereuen und ihn zu vermissen, genügend Zeit, um zu verzweifeln und um neue Hoffnung zu schöpfen. Und um endlich, bevor sie mit dreiundvierzig Jahren vor Kummer verging, eine mutige Entscheidung zu treffen.

29

Um Energie zu sparen, wird tagsüber das Licht ausgeschaltet und am 15. Mai die Heizung abgestellt

Es war bereits Mai, und alles grünte und blühte. Im Gebirge duftete es nach feuchten Pinien und Rosmarinknospen. Das Licht fiel im schrägen Winkel auf die Dächer der Häuser, und die tägliche Routine der spätnachmittäglichen Spaziergänge nahm ihren Lauf. Es war etwa fünf Uhr, als sie in El Boalo ankam, und die Kinder tobten vor dem Schultor.

Cecilia parkte wie beim letzten Mal unter der Steineiche und war genauso nervös wie bei ihrem ersten Besuch bei Andrés' Eltern. Damals hatte Catalina ihr Mut gemacht, die mit entschlossenem Gesichtsausdruck neben ihr ging, nun jedoch fühlte sie sich einsamer als Gary Cooper, der mit dem Cowboyhut auf dem Kopf, der Pistole im Halfter und der Taschenuhr in der Weste den Banditen gegenübersteht. Wieder ging sie über den grasbewachsenen Sandweg zum Haus hinüber und wartete an der Tür darauf, dass ihr jemand öffnete.

Danilo Leal erschien im Türrahmen und sah aus wie ein Abbild des gealterten Andrés. Der gleiche Bürstenhaarschnitt, die gleichen breiten Schultern, der gleiche schelmische Blick des kleinen Jungen, der die Lehrerin an der Nase herumführt.

»Ich weiß nicht, ob Sie sich noch an mich erinnern«, sagte Cecilia zur Begrüßung.

»Natürlich«, entgegnete er. »Es funktioniert nicht mehr alles, aber mein Gedächtnis ist noch immer hervorragend. Sie sind Cecilia Dueñas, und Ihnen gehört jetzt das Haus am Ufer des Manzanares.«

»Genau.«

»Bitte kommen Sie herein und fühlen Sie sich wie zu Hause.«

Cecilia reagierte wie ein Automat. Wieder ging sie durch die Diele mit den Fotos von Kindern und Großeltern, und erneut fiel ihr Blick auf das Foto von Andrés Leal, der eine Frau heiratete, die nicht sie war. Danilos Aufforderung folgend, nahm sie auf einem Sofa mit Blumenmuster Platz und ließ sich auf sein freundliches Angebot hin von ihm ein Glas Rotwein einschenken.

»Inmaculada ist ausgerechnet heute nach Madrid gefahren«, bedauerte Andrés' Vater. »Sie macht sich genau wie ich große Sorgen um Andrés.«

»Hat er sich denn nicht bei Ihnen gemeldet?«

»Das letzte Mal im März.«

»Genau wie bei mir.«

»Es ist nicht das erste Mal, dass er einfach so verschwindet«, erklärte Danilo und rieb sich fröstelnd die Hände.

Er stand aus dem Sessel auf, ging zum offenen Kamin hinüber und bückte sich, um ein flackerndes Feuer zu entzünden, das sie beide in einen behaglichen Mantel hüllte und den Rest des Nachmittags über wärmte.

»Andrés war verheiratet, wie Sie sicher inzwischen erraten haben, auch wenn er niemals darüber spricht. Mir ist Ihr Gesichtsausdruck aufgefallen, als Sie das Hochzeitsfoto hier zum ersten Mal gesehen haben.« Cecilia senkte verlegen den Blick. »Sie hieß Dulce, und der Name passte perfekt zu ihr, denn sie war das liebste Mädchen, das ich kannte. Sie war zierlich, immer fröhlich und sehr liebevoll. Die beiden waren einige Jahre zusammen und haben dann hier in der Pfarrei von El Boalo geheiratet, denn Dulces Eltern leben auch hier im Ort. Andrés war schon immer sehr sensibel.« Schon wieder dieses Wort, das so gar nicht zu dem rüden Andrés passte. »Ein paar Jahre nach der Hochzeit hat er für uns dieses Haus gekauft, um jederzeit die ganze Familie an einem Tisch versammeln zu können.« Danilo Leal wies mit dem Kopf in Richtung Esszimmer. »Eine Weile hatte er versucht, unser altes Haus am Ufer des Manzanares zurückzubekommen, das Haus, das Ihre Großeltern gekauft hatten und das jetzt Ihnen gehört. Andrés hatte die romantische Vorstellung, dort seine Kinder aufwachsen zu sehen. Er hatte sogar schon die Pläne fertig, stellen Sie sich das vor! An den Wochenenden kam er mit Dulce her, setzte sich mit mir an den Tisch dort, breitete die Pläne aus und erklärte mir, wo er eine Zwischenwand einbauen wollte, wo einen Wandschrank und wo das Kinderzimmer sein sollte …«

»Das Kinderzimmer?«

»Ja, sie erwarteten ein Kind.« Danilo Leal räusperte sich, als ob er etwas im Hals hätte. Insgeheim war er froh, dass seine Frau Inmaculada nicht zu Hause war. Denn sie brach jedes Mal in Tränen aus, wenn das schreckliche Ereignis zur Sprache kam. »Dulce war im vierten Monat schwanger, als der Unfall passierte.« Er schwieg, und für eine längere Zeit hörten sie dem Knistern des Feuers zu, als ob es etwas zu erzählen hätte. Danilo Leal rutschte unbehaglich auf seinem Sessel hin und her. »Es passierte nur ein paar Kilometer von hier entfernt, an der Autobahnauffahrt. Es war ein Verkehrsunfall wie all die anderen, von denen wir täglich im Radio hören, die nichts als Zahlen und Statistiken sind, die üblichen schlechten Nachrichten, die uns kaum noch erschüttern, weil sie einfach zum Leben dazugehören.« Cecilia schluckte. »Andrés überlebte wie durch ein Wunder. Und dieser Hund, verdammt noch mal!«, beschwerte sich Danilo Leal. »Wenn Gott schon Leben retten wollte, dann hätte er das von Dulce verschonen sollen und nicht das des blöden Köters.«

Wütend wischte er sich mit dem Ärmel seines Flanellhemdes über die Augen und nahm sich dann die Zeit, zu seiner Haltung zurückzufinden. Er richtete den Blick durch das gut isolierte Alu-Fenster mit dem Sicherheitsglas, wie sie auch in der Pension eingebaut worden waren, und starrte ins Nichts, und Cecilia dachte unwillkürlich, dass ihre Traurigkeit immerhin den gleichen Rahmen hatte, denn auch sie betrachtete den Horizont durch ein Fenster wie dieses.

»Danach hat Andrés zusammen mit dem Hund die Welt umsegelt«, fuhr der Vater schließlich fort. »Viele Monate lang haben wir nichts von ihm gehört. Wir hatten schon befürchtet, dass er sich etwas angetan haben könnte. Beinah hätten wir die Küstenwache verständigt. Sagen Sie, Cecilia …« Er sah ihr direkt in die Augen, und sein Blick bat um Aufrichtigkeit, »… wissen Sie, warum er diesmal weggefahren ist?«

»Ich glaube, ja«, antwortete sie. »Diesmal ist er aufgebrochen, um einen Vater zu suchen. Um ihn aus dem Meer zu retten und ihn gesund wieder an Land zu bringen. Er hat eine Mission, und deswegen muss er einfach überleben.«

»Wo ist er?«

»Ich schätze, dass er inzwischen in der Nähe von Tanger ist. Sie wissen ja selbst, wie stur Ihr Sohn sein kann. Vielleicht werden wir nichts mehr von ihm hören, bis er zurück ist«, klagte Cecilia. »Passiert es eigentlich oft, dass er einfach so verschwindet?«

Danilo Leal war schlau wie ein Fuchs. Er hatte sofort verstanden, was Cecilia meinte.

»In den letzten Jahren gab es einige Frauen«, sagte er. »Wir haben nicht alle von ihnen kennengelernt, aber von unseren anderen Söhnen oder durch Andrés' Freunde von ihnen erfahren. Aber bis jetzt ist er nie wieder, ohne irgendjemandem Bescheid zu sagen, einfach so weggefahren. Señor Valbuena, der Geschäftsführer der Baufirma, war genauso überrascht wie wir. Andrés' Brüder wissen nichts, und seine Freunde sagen nur, dass er nicht ans Telefon geht.«

»Einige Frauen?« Eine verräterische Frage. Danilo lächelte.

»Aber keine hat ihm so den Kopf verdreht wie Sie.«

Als es Abend geworden war, verabschiedeten sich Danilo und Cecilia mit einer Umarmung und dem Versprechen, sich schon sehr bald wiederzusehen. Es war bereits dunkel, und ein Wind kam auf. Der alte Mann begleitete sie über den grasbewachsenen Weg zum Auto.

»Sagen Sie – hat Ihr Großvater dieses Mädchen eigentlich gefunden?«, fragte er plötzlich.

»Wie bitte?«

»Ob er das Mädchen gefunden hat, nach dem er auf der Suche war.«

»Mein Großvater hat Ihnen gegenüber Azucena erwähnt?«

»Genau, Azucena. So war ihr Name.« In der Dunkelheit konnte Danilo Leal nicht sehen, was seine Worte bei Cecilia auslösten.

»Was hat er denn über sie erzählt?«

»Wir haben uns gut verstanden, Ihr Großvater und ich«, erklärte Danilo. »Ehrlich gesagt, ist es mir sehr schwergefallen, das Haus zu verkaufen. Ich habe Ihrem Großvater damals erzählt, dass es unser erstes gemeinsames Zuhause gewesen ist, dass wir dort sehr glücklich gewesen sind und unsere Söhne in diesen Räumen haben aufwachsen sehen. Daraufhin gestand er mir, was der wahre Grund für seinen Umzug nach Madrid war, und es hat mich zu Tränen gerührt.«

Cecilia wollte die Erzählung nicht unterbrechen. Sie zitterte, denn sie fühlte eine Kälte, gegen die mit warmer Kleidung und heißer Suppe nichts auszurichten war.

»Ihre Großeltern hatten ein gerade geborenes Mädchen adoptiert, richtig?«

»Ja, meine Mutter.«

»Er erzählte mir, dass sie erst wenige Monate zuvor von dem Waisenhaus angerufen worden waren, in dem sie die Kleine damals gefunden hatten. Offensichtlich lag die Nonne, die die Adoption vermittelt hatte, im Sterben und wollte ihnen noch etwas sagen. Ihre Großeltern sind ins Waisenhaus geeilt, und zu ihrer Überraschung wurde ihnen dort mitgeteilt, dass ihre Tochter eine ältere Schwester hatte.«

»Azucena.«

»Ja. Sie erfuhren es nur, weil die sterbende Nonne mit einem Mal fürchtete, dass das Mädchen ganz allein auf der

Welt sein könnte. Doch als Ihre Großeltern im Waisenhaus ankamen, war die Nonne schon verstorben, und niemand wusste, wo das Mädchen abgeblieben war. Ihr Großvater hat mir erzählt, dass er beinah explodiert ist. Er war extrem aufgebracht, weil sie bereits so viele Jahre verloren hatten. Es hat ihm in der Seele wehgetan.«

»Und darum sind sie nach Madrid gezogen?«

»Genau. Sie glaubten, dass Azucena sich einsam und verlassen irgendwo dort aufhalten könnte. Offenbar war sie in ihrer Vorstellung immer noch ein kleines Mädchen. Sie wollten sie finden, und sie sollte zu ihrer zweiten Tochter werden. Außerdem wusste Ihre Mutter nicht, dass sie ein adoptiertes Kind war, und Ihre Großeltern wollten nicht, dass sie es erfuhr, solange sie das andere Mädchen nicht aufgespürt hatten. Ich war immer sehr neugierig, wie die Geschichte ausgegangen ist.« Danilo Leal sah sie fragend an.

»Sie haben sie nie gefunden«, entgegnete Cecilia traurig. »Am Ende war es Azucena, die sich nach Jahren auf ihre Anzeige hin gemeldet hat. Aber da war es bereits zu spät. Meine Großeltern waren beide schon tot.«

»Verflixt«, meinte Danilo Leal und schüttelte den Kopf. »Was für eine tragische Geschichte!«

An diesem Abend fuhr Cecilia sehr langsam nach Hause. Als sie von der Autobahn abfuhr, verlangsamte sie das Tempo noch ein wenig mehr. Sie ließ das Fenster herunter und blickte in den Himmel und meinte Milliarden von Sternen zu sehen, die ihr zuzwinkerten. Und die ganze Zeit hallte ein Satz über das laute Zirpen der Grillen hinweg wie ein Echo: »Aber keine hat ihm so den Kopf verdreht wie Sie.« Immer wieder hörte sie Danilo Leal diese Worte sagen, während sie allein durch die Nacht fuhr und später allein in ihrem Bett lag. Während sie den Morgen des nächsten Tages begrüßte und an all den anderen Tagen, an denen Andrés irgendwo auf dem Meer unterwegs war.

30

In Gewitternächten ist zu überprüfen, ob Fenster und Türen fest geschlossen sind

Als Andrés Leal zusammen mit Bicho sein einunddreißig Fuß langes einmastiges Segelboot mit den zwei Kajüten bestieg, hätte er niemals gedacht, dass das Abenteuer, in das er sich stürzte, länger als einen Monat, im Ganzen sogar zwei Monate dauern würde. Das lag daran, dass er bei seiner ungefähren Zeiteinschätzung nicht bedacht hatte, dass die Natur es einem manchmal schwer machte, im richtigen Hafen anzukommen.

Weder blies der Wind so, wie er sollte, noch trieb ihn die Strömung in die richtige Richtung, und immer wieder kam es zu heftigen Regenfällen. Er hatte nicht genug zu essen, litt unter Kälte und Heimweh, wurde seekrank, und die Feuchtigkeit nistete sich überall ein und zog ihm in die Knochen.

Eine Überfahrt bei diesen Witterungsverhältnissen war völlig verrückt, wie ihm alle Seeleute, denen er unterwegs begegnete, immer wieder sagten. Sie rieten ihm, in irgendeinem sicheren Hafen auf besseres Wetter zu warten, doch er hörte auf nichts und niemanden und fuhr einfach immer weiter, mit dem einzigen Ziel: Justice zurück nach Hause zu bringen.

Dabei konnte er weder den Grund für sein offensichtlich irrationales, leichtsinniges Verhalten nennen, noch verstand er, warum die Erinnerung an Cecilia in ihm derart widersprüchliche Gefühle auslöste. Er vermisste sie mit einer Verzweiflung, die mindestens so stark war wie der Schmerz, den sein gequältes Herz seit Jahren fühlte. Und noch immer war er sich nicht sicher, was er für Cecilia empfand. Konnte es Liebe sein, wenn es so wehtat?

An manchen Tagen glaubte er, in den schäumenden Wellen Dulce mit den Delfinen herumtollen zu sehen, die ihm mit ihren silberglänzenden Flossen zum Abschied zuwinkten. Und auch das tat weh.

Als Herr und Hund im Hafen von Algeciras ankamen, boten sie einen bemitleidenswerten Anblick. Bicho war abgemagert und hatte viel von seinem Fell verloren. Und Andrés, dem die Kleidung in Fetzen vom Körper hing und der inzwischen einen Vollbart hatte, sah aus wie ein Schiffbrüchiger. In einem kleinen Supermarkt am Hafen deckte sich Andrés mit dem Nötigsten ein, was sie für den gefährlichsten Teil ihrer Reise brauchten, der noch vor ihnen lag. Er erledigte den anfallenden Papierkram, besserte die Segel aus, überprüfte Taue und Rollen, füllte die Vorräte an Wasser und Treibstoff auf, und Anfang Mai machten sie sich an einem sonnigen Morgen auf den Weg nach Afrika.

In Boukhalef in der Nähe von Tanger teilte sich Justice derweil mit einer Gruppe junger Somalis ein Matratzenlager. Er hatte sich ihnen in Addis Abeba angeschlossen, und sie hatten den jungen Mann aufgenommen, weil er wegen seiner somalischen Vorfahren ihre Sprache sprach und ihre Gewohnheiten kannte. Justice' Großeltern hatten genau wie er ihr Land verlassen und, ebenfalls auf der Suche nach einer besseren Zukunft, ihr Leben aufs Spiel gesetzt.

In Agadez hatten Justice und die Somalis Zwischenstation gemacht und sich dort viel länger aufgehalten, als es ihm lieb war. Doch sie erklärten ihm, dass die Weiterreise nach Tamanrasset sehr gefährlich sei und dass sie einen guten Führer und ein taugliches Fahrzeug brauchten, um dieses Abenteuer lebend zu überstehen.

Im Februar gelang es ihnen endlich, eine Mitfahrgelegenheit in einem Konvoi von vier Jeeps zu finden, der von einem stämmigen Marokkaner geführt wurde, dem sie dafür sämtliches Geld geben mussten, das sie hatten. Die Durchquerung der Wüste war lebensgefährlich: In jedem der Jeeps drängten sich zehn junge Männer, die in der Hitze zu verdursten drohten. Wasser und Essensvorräte wurden rationiert; nachts schliefen sie, zitternd vor Kälte, in der Nähe der Feuerstellen; tagsüber mussten sie Überfälle bewaffneter Banditenbanden abwehren, und manchmal kam es in den eigenen Reihen zu Streitereien, und die erhitzten Gemüter mussten beruhigt werden.

Justice vertraute niemandem. Er wusste, dass er zwar in Begleitung, aber trotzdem allein war. Dass Freundschaften, die in der Not geschlossen wurden, nicht hielten und dass im Ernstfall niemand ein Risiko eingehen würde, um ihm zu helfen. Doch in den dunklen Nächten in der Wüste meinte er in den tanzenden Flammen des Feuers Noelias rotblondes Haar zu sehen, ihre seidenweiche Kleidung, ihre helle Haut, ihre Angst, ihn zu lieben und nicht zu wissen, wie.

Als Justice zum ersten Mal das Herz Afrikas durchquert hatte, hatte er es aus Hunger getan und aus Lust am Abenteuer. Diesmal tat er es aus Liebe. Dem heißesten Feuer, das es gab.

Von Tamanrasset aus, wo sie eine Weile blieben, waren es noch tausendfünfhundert Kilometer bis nach Oujda.

Oujda war die Heimatstadt des Führers ihres Konvois. Dort lebte seine Familie in einem großen Haus mit einem von Steinwänden umgebenen Innenhof, wo die Reisenden erst einmal Unterschlupf fanden. Das war ein Teil der Abmachung.

In Oujda kreuzten sich viele Wege, und viele andere trennten sich für immer. Justice wollte nicht mehr als eine Woche Zeit verlieren. Er aß seine Suppe und sein Brot, und sobald er wieder einigermaßen bei Kräften war, machte er sich auf den Weg nach Tanger.

Als er mit der wilden Entschlossenheit eines Tigers aufbrach, wollten sich ihm drei jüngere Männer anschließen. Er schickte sie zurück in den Innenhof des marokkanischen Hauses, weil er die Verantwortung nicht übernehmen wollte. Doch sie hörten nicht auf ihn.

Nach einem Fußmarsch von mehreren Tagen erreichten sie schließlich das Ziel ihrer Reise. Im Stadtzentrum von Tanger fanden sie keine Unterkunft, dafür jedoch ein wenig außerhalb, in Boukhalef, wo sie sich zu viert ein Zimmer teilten. Die Überwachung der Küste war seit dem vergangenen Sommer deutlich verstärkt worden, daher drängten sich die schwarzafrikanischen Flüchtlinge in der Hafenstadt, wo sie ums Überleben kämpften.

Mitte Juni schließlich rief einer der jungen Somalis, mit denen Justice sich das Zimmer teilte, sie zusammen, um ihnen mit leiser Stimme mitzuteilen, dass die marokkanische Polizei hatte durchblicken lassen, in den nächsten achtundvierzig Stunden großzügig über die Flüchtlinge hinwegzusehen, die sich in Richtung Spanien einschifften. Offenbar war es dringend nötig, der überfüllten Stadt ein wenig Luft zu verschaffen, bevor es zu einer Katastrophe kam.

»Sie öffnen die Schleusen, alle sind auf dem Sprung«, erklärte er. »Sie werden in Schlauchbooten und Ruderbooten aufbrechen. Die Vermieter der Zimmer sind bereits dabei, Matratzen und schmutzige Kleidung zu verbrennen. Das gesamte Gebiet bis siebzig Kilometer vor der Küste wird in den nächsten zwei Tagen nicht mehr überwacht. Der Moment ist gekommen.«

»Dann ist es jetzt Zeit, dass wir uns trennen«, meinte Justice. »Ich habe euch ja gesagt, dass ich allein reise.«

31

Den Glauben an eine Sache zu verlieren ist verboten

Andrés Leal und Bicho überquerten die Meerenge von Gibraltar in sieben Stunden, unter einer heißen Sonne, die gnadenlos vom Himmel brannte, ansonsten jedoch ohne weitere Widrigkeiten. Auf der Überfahrt begegneten ihnen Delfine, Orcas, Lastkähne, Segelschiffe, Fähren und das ein oder andere Kreuzfahrtschiff, das Touristen zur Haifischjagd an Bord hatte.

Sie mieteten einen Anlegeplatz im Jachtclub von Tanger und begannen mit der Suche nach Justice, was sich sehr bald als ein aussichtsloses Unterfangen herausstellte.

Die Taktik, von Haus zu Haus zu gehen und nach ihm zu fragen, erwies sich als sinnlos: In dieser Stadt der Heimatlosen wusste niemand etwas über andere. Die Hilfsorganisationen hatten ein paar Informationen über die bevorzugten Wege der Schwarzafrikaner durch die Wüste, die Städte, in denen sie Zwischenstation zu machen pflegten, die Mafiosi, die die Konvois zusammenstellten, und sie kannten ein paar Namen von ortsansässigen Führern und Schleppern.

Zum Beispiel wussten sie, dass einige Lastwagenfahrer hin und wieder gegen eine beträchtliche Summe Geldes Leute in ihren Fahrzeugen versteckten, entweder hinter einer Trennwand oder zwischen der Ladung. Und natürlich gab es auch Schlepper, die nicht davor zurückschreckten,

Männer, Frauen und Kinder in völlig überfüllten Booten auf die Reise zu schicken, was in letzter Zeit wegen der verstärkten Überwachung der Küste zum Glück nicht mehr ganz so häufig vorkam. Und das sorgte wiederum in der Stadt für große Probleme.

»Es sind zu viele verzweifelte Menschen hier«, erklärte die Mitarbeiterin einer Hilfsorganisation Andrés in ihrem kleinen Büro, das eher wie eine Schmugglerhöhle aussah. »Es gibt keine Unterkünfte mehr und keine Arbeit, von der sie sich ernähren können. Die Behörden müssen dringend eine Entscheidung treffen. Entweder sie bringen die Menschen weg von hier, oder sie drücken für eine Weile beide Augen zu und lassen die Boote in See stechen. Das mit den Massendeportationen ist schwieriger; das andere führt lediglich zu Problemen mit Spanien.«

»Und wie weiß man, wann es so weit ist, dass sie grünes Licht geben?«

»Das wird äußerst kurzfristig entschieden«, informierte ihn die Frau. »Es hängt von der Strömung und dem Mond ab, denn beides sollte für die Flucht günstig sein. Normalerweise wird die Information erst ein paar Tage vorher gestreut; die Polizei hat da ihre Vertrauensleute. Am Anfang wird es unter der Hand weitergesagt, am Ende weiß es jeder. Wenn Sie mir Ihre Telefonnummer hierlassen, gebe ich Ihnen Bescheid, wenn wir etwas hören. Wir machen uns dann immer zum Kap Spartel auf, am Eingang der Straße von Gibraltar, um dort Streitereien zu schlichten und zu verhindern, dass alleinreisende Kinder und Schwangere auf die Boote gehen. Was uns nicht immer gelingt, wie Sie sicher aus den Nachrichten wissen.«

Der Anruf erfolgte in einer Nacht Mitte Juni, während Andrés schwitzend in der Kajüte im Bug seines Schiffes schlief, mit der Leuchtpistole in der Hand und im Vertrauen darauf, dass Bicho ihn mit seinem Bellen vor einem möglichen Überfall warnen würde. In dem Jachtclub gab es weder Überwachungskameras noch Nachtwächter. Derart seinem Schicksal überlassen, blieb Andrés nichts anderes übrig, als alle Luken fest zu schließen und zu hoffen, in der kurzen Ruhepause zwischen dem Lärm in den Bars und Diskotheken und den Rufen des Muezzins ein wenig schlafen zu können.

»Es ist so weit«, erfuhr er. »Von heute Nacht an haben die Flüchtlinge für achtundvierzig Stunden freie Bahn!«

Von der Polizei ermutigte Männer drangen, mit Stöcken und Macheten bewaffnet, in die Wohnhäuser in den Randbezirken ein und drängten ganze Familien zu den Stränden. Sie holten die Menschen aus den Betten, zwangen sie, nur mit dem, was sie am Leib trugen, sofort aufzubrechen, und trieben sie wie Vieh zu den drei oder vier engen Durchgängen, hinter denen bereits die Holzkähne, die Schlauchboote und die Verkäufer von Gummibooten auf sie warteten.

Andrés startete den Motor seines Bootes, legte ab und machte sich auf den Weg zum Kap Spartel. Ihm war klar, dass die Wahrscheinlichkeit, Justice in diesem Chaos zu finden, mehr als gering war. Zumal er nicht einmal sicher sein konnte, dass der Junge es überhaupt geschafft hatte, die Sahara zu durchqueren.

Doch dann dachte er an Cecilia, daran, wie sie sich kennengelernt hatten, an die Liebe, von der er meinte, ihr nie wieder zu begegnen. Und da verstand er, dass alles Teil einer riesigen unerklärlichen Verrücktheit war.

Er blickte in den Himmel mit all seinen Gestirnen, von denen aus die Erde nicht mehr war als ein Sandkorn. Das ganze Leben war eine aberwitzige Verrücktheit, ein riesiger unvorhersehbarer Zufall, doch solange man lebte, war alles möglich.

Das Gleiche dachte in diesem Moment auch Justice – auch wenn er nicht in den Himmel blicken und wie Andrés herumphilosophieren konnte. Er war vollauf damit beschäftigt, sich auf dem Floß über Wasser zu halten, auf dem er rudernd die fünfzehn Meilen bis zur Küste überqueren wollte. Allein übers Meer zu fahren war einerseits riskanter als an Bord eines der größeren Boote der Schlepper, die – je nachdem, wie man es sah – mit der Verzweiflung oder mit der Hoffnung der Menschen, die sich ihnen anvertrauten, Geschäfte machten. Andererseits war die Chance größer, von den Wachpatrouillen nicht gesehen oder einfach durchgelassen zu werden, weil es eben nur um eine arme Seele ging und nicht um Hunderte, die sich der Gefahr aussetzten.

Justice wusste, dass er, wenn er von der Küstenwache aufgegriffen würde, sofort wieder deportiert werden würde und von vorn anfangen müsste. Sein Foto, seine Fingerabdrücke und sein Abschiebungsbeschluss waren bei der Polizei hinterlegt. Er war sozusagen ein alter Bekannter der spanischen Einwanderungsbehörde.

Andrés Leal machte den Suchscheinwerfer an und beleuchtete die ängstlichen Gesichter der Menschen, denen er auf dem Meer begegnete. Er sah Furcht, Panik, kleine Kinderhände und Mütter mit angstvollen Augen, er hörte Weinen und Gebete, Flüstern und Hilfeschreie. Immer wieder rief er nach Justice, was einige vielleicht für einen Schlachtruf oder einen Appell an die Gerechtigkeit hielten. »Justice!« – ein Wort, dessen Bedeutung man überall verstand.

Und mitten in all dem Chaos wurde es langsam hell. Das Licht tanzte übers Meer wie ein goldener Delfin, und da sah er ihn: Justice, der mit dem Rücken zu ihm rudernd auf einem Floß saß, seine Schultern, unverwechselbar, im Gegenlicht der orangefarbenen Sonne.

»Justice!«, brüllte Andrés erneut von seinem Boot aus.

Der Junge hörte auf zu rudern. Dann hörte er Bichos Bellen. Er wandte sich um und konnte es nicht glauben. Fassungslos blickte er in die Augen von Andrés Leal, die ihn aus einem fremden Gesicht ansahen – dem Gesicht eines alten bärtigen Mannes, dessen Haut von der Sonne und dem Wind gegerbt war, und dessen langes ungepflegtes Haar im Wind flatterte.

»Komm an Bord!«, forderte Andrés ihn auf und beleuchtete mit dem Scheinwerfer das Heck, wo sich eine kleine Badeplattform in den Wellen hob und senkte und gegen den Rumpf des Bootes stieß.

Viele andere Boote schwammen um Andrés' Boot herum, doch niemand machte Anstalten, seinen Platz zu verlassen, den er mit so viel Mühe erobert hatte. Erst als Justice ins Wasser sprang und dabei seine Vorräte und Schutzkleider von dem wankenden Floß fielen, versuchte der ein oder andere, danach zu greifen. Und ein weiterer junger Mann, der etwa in Justice' Alter war, nahm seinen Platz auf dem unsicheren Floß ein und vertraute sich dem ungewissen Schicksal an, das es ihm bot.

Andrés und Justice umarmten sich ungläubig in der Morgendämmerung. Als es heller wurde, bot sich ihnen vom Deck des Segelbootes aus ein erschreckendes Bild: Mehr als achtzig Boote, darunter Holzkähne, Schlauchboote und Ruderboote, mit mehr als tausend Menschen an Bord, näherten sich der spanischen Küste.

»Das sieht aus wie nach dem Untergang der *Titanic*«, meinte Andrés Leal schockiert.

Völlig durchnässt versuchte Justice wieder zu Atem zu kommen, während Bicho immer wieder erfreut an ihm hochsprang.

»Das ist also das berühmte Boot?«, fragte er Andrés, als er seine klappernden Zähne wieder einigermaßen unter Kontrolle hatte. »Es ist schön, wenn ich es mir auch viel größer vorgestellt hatte.«

»Hat man Töne?!«, entgegnete Andrés, der zum ersten Mal seit Monaten wieder lächelte. »Dem Kleinen gefällt mein Boot nicht! Es ist nicht zu fassen!«

»Ich meine wegen Cecilia«, sagte Justice. »Du solltest es ein wenig sauber machen, bevor du sie darauf einlädst, du weißt ja, dass sie Schmutz überhaupt nicht leiden kann.«

Sie fielen sich erneut in die Arme, diesmal lachend, und ließen ihren Tränen freien Lauf.

»Bring mich nach Hause!«, stammelte der Junge schließlich.

»Das werde ich versuchen, Justice, aber das Schwierigste steht uns noch bevor«, sagte Andrés. »Vor der Küste sind viele Wachpatrouillen unterwegs. Wenn die Polizei mich erwischt, sind wir verloren.«

In der Kajüte am Heck befand sich hinter dem winzigen Badezimmer ein leerer Raum, der etwa zwei Meter breit und einen Meter hoch war und in dem die Ersatzsegel aufbewahrt wurden. Andrés leuchtete mit seiner Taschenlampe hinein und zeigte ihn Justice. Das war das Versteck, das er für ihn vorgesehen hatte, falls er von der Polizei kontrolliert würde. Er sagte dem Jungen, dass er unter die Segel kriechen sollte, sich auf keinen Fall bewegen und bloß kein Geräusch von sich geben durfte.

»Wenn sie mit Hunden an Bord kommen, dann ist es für uns beide gelaufen.«

»Keine Sorge«, entgegnete Justice. »Wenn sie mich finden, werde ich sagen, dass du nichts gewusst hast. Dass ich mich hier versteckt habe, während du geschlafen hast.«

Der Wind wurde stärker, die Wellen höher, und Andrés und Justice ließen die anderen Boote hinter sich. Nach einer Weile bot der Atlantik vor ihnen das gleiche Bild wie immer – mit den üblichen Lastkähnen, Fischerbooten, Jachten, Segelschiffen, Delfinen und Orcas. Und nur eine Stunde später würden die Nachrichten vermelden, dass eine neue Flut an Booten die Zahl der schwarzafrikanischen Einwanderer, die an diesem Tag die spanische Küste erreichten, auf mehr als zweitausend ansteigen ließ.

32

Größere Überraschungen in Abwesenheit der Hauseigentümerin sind grundsätzlich untersagt

Natürlich war Cecilia sich im Klaren darüber, dass es da noch eine Sache gab, die sie regeln musste und nicht ewig vor sich herschieben konnte. Irgendwie musste sie ihrer Mutter möglichst schonend das Geheimnis ihrer wahren Herkunft beibringen.

Sie hatte überlegt, dass es eine gute Strategie wäre, zunächst noch einmal auf den Fund des eingemauerten Medaillons im Haus der Großeltern zu sprechen zu kommen, von dem ihre Mutter ja auch geträumt hatte. Sie würde ihr erzählen, dass sie die Spur des Anhängers bis zu dem Franziskanerinnen-Kloster verfolgt hatte, in dem Azucena aufgewachsen war. Dann konnte sie erklären, dass alle Mädchen, die einmal dort gewesen waren, einen solchen Anhänger bekommen hatten. Doch zerstreut, wie ihre Mutter war, würde sie daraufhin wahrscheinlich so etwas sagen wie: »Seltsam! Wie kommt der Anhänger denn dann in dein Haus?«, um gleich darauf nach Andrés zu fragen: wie sie ihn kennengelernt hatte, wie alt er war, welche Absichten er hatte; und sie würde ihrer Tochter seufzend gestehen, dass der gut aussehende Arzt nur die Antwort auf all ihre Gebete sein konnte.

Daraufhin würde Cecilia in hysterisches Weinen ausbrechen, und die Geschichte um Azucena, Schwester Petra und die tragische Suche ihrer Großeltern nach der Schwester von Rosa würde in den Hintergrund rücken. Ihre Eltern würden das tun, was sie immer taten, wenn sie mal wieder mit einer der großen Enttäuschungen im Leben ihrer Tochter konfrontiert waren, und ihr eine tröstende Spezialbehandlung angedeihen lassen, die aus heißer Schokolade mit geröstetem Brot, der Wolldecke vor dem Fernseher, mitleidigen Blicken, Schulterzucken und dem üblichen »Genau wie ich befürchtet habe, ich habe es dir ja gesagt« bestand.

Allerdings waren seit ihrer Entdeckung in den Akten des Waisenhauses nun schon einige Monate ins Land gegangen, und Azucena, die ständig im Sessel der Bibliothek saß und wie eine Besessene in den alten Fotoalben blätterte, wurde allmählich unruhig. Noelia hingegen hatte gegen jede Vorhersage die dreißigste Woche ihrer Risikoschwangerschaft überstanden.

Alle vierzehn Tage kam die Ärztin vorbei, um sie zu untersuchen. Sie versicherte ihnen, dass die kleine Teresa sich normal entwickele, dass sie bereits über zwei Kilo wiege und dass die Plazenta auch mitwachse, weiterhin jedoch das Risiko einer Ablösung und einer Frühgeburt bestand. Danach war Cecilia jedes Mal den Rest des Tages über damit beschäftigt, Noelia zu trösten.

»Andrés wird bald wieder hier sein«, wiederholte sie immer wieder. »Und du wirst sehen, er bringt deinen Justice mit.«

Inzwischen war es Mitte Juni. Cecilia hatte sich selbst um den Garten und die Pflege der Beete gekümmert, und das Ergebnis konnte sich sehen lassen. Rund um das Haus blühten rosafarbene Petunien, und auf der Veranda hatten sich die Hortensien, die den Winter über auf ein paar mickrige Stängel zusammengeschrumpft waren, wieder zu üppigen Büschen mit leuchtend grünen Blättern und riesigen blauen Blütenkugeln ausgewachsen. Im Gemüsebeet mussten die Tomatensträucher bereits angebunden werden, damit sie Halt fanden und nach oben wuchsen, die Kürbisse wurden jeden Tag größer, der Salat wuchs üppig, und die Möhren reckten schüchtern das auf ihren Köpfen wachsende, noch zarte Grün aus der Erde.

Zu dieser Jahreszeit standen im Haus von Cecilias Eltern überall Sträuße aus Wildblumen. In Águila blühten die Veilchen später als in Madrid, genau wie die wilden Pfingstrosen, die Berglilien und der Thymian. Der große Krug, der auf dem Tisch im Esszimmer stand, war mit einer bunten, duftenden Blumenpracht gefüllt, die nur auf Cecilia wartete, um ihren vierundvierzigsten Geburtstag zu feiern.

»Am Samstag fahre ich nach Águila«, verkündete sie Azucena. »Ich denke, der Moment der Wahrheit ist gekommen. Ich werde dein Medaillon und den Zeitungsausschnitt mitnehmen. Wünsch mir Glück!«

»Geh mit Gott«, entgegnete das ehemalige Waisenkind und umarmte sie fest.

Durch das offene Fenster in Noelias Zimmer im ersten Stock der schönsten Pension der Welt war der Mond zu sehen. Wieder stand er als große, runde goldene Scheibe am Himmel – wie damals, als er ihre erste und einzige Liebesnacht mit Justice beleuchtet hatte. Und derselbe Mond blickte fünfzehn Seemeilen und sechshunderteinundsiebzig Kilometer entfernt auf den Vater ihrer Tochter, der gerade aus den Wellen gerettet worden war und nun über das Meer zu ihr fuhr, um sie nie wieder zu verlassen.

In der Pension klingelte das Telefon. Es war sechs Uhr morgens und der letzte Sonntag vor Ivanas Prüfungen an der Uni. Noelia hörte das Klingeln vom Bett aus und vertraute darauf, dass Ivana hinuntergehen und den Anruf entgegennehmen würde. Die Uhrzeit war ungewöhnlich, sicher handelte es sich um eine wichtige Angelegenheit, sagte sie sich. Wie jedes Mal, wenn jemand anrief, flehte sie Gott an, dass es Neuigkeiten von Justice gab. »Wenn ich nur wüsste, dass er noch lebt!«, bat sie im Stillen. »Auch wenn ich ihn nie mehr wiedersehe! Es würde mir reichen zu wissen, dass er noch am Leben ist!«

Ivana hatte einen leichten Schlaf. Sie hatte Cecilia versprochen, sich in den etwas mehr als vierundzwanzig Stunden, die diese in Águila sein würde, um Noelia zu kümmern. Sie habe nicht vor, die Pension an diesem Wochenende auch nur einmal zu verlassen, hatte Ivana ihrer Vermieterin versichert. Das Semester war fast zu Ende, und sie wollte um jeden Preis alle Prüfungen bestehen. Seit ihrer heimlichen Hochzeit im Dezember hatte sie das Gefühl, an einem Hindernislauf teilzunehmen, bei dem jedes Fach eine Hürde war und sie die olympische Athletin, die sie alle überwinden musste, ohne auch nur eine zu reißen. Und am Ende der Rennstrecke erwarteten Ivana anstatt der Ziellinie das geöffnete Portal einer blumengeschmückten Kirche und ihr geliebter Dani vorn am Altar.

Sie hatte ihm verboten, sie an diesem Wochenende zu besuchen. Er hatte protestiert und versucht, sie mit dem unschlagbaren Argument zu überzeugen, dass ihre Vermieterin schließlich nicht da sei und Noelia im Gegensatz zu Cecilia ihr Einverständnis gegeben hatte. Und schließlich waren sie verheiratet.

Ivana jedoch brauchte Ruhe, um sich auf die Prüfungen konzentrieren zu können. Für die Liebe würden sie in den Ferien, in denen sie vorhatten, auf Danis Motorrad durch Italien zu fahren, noch genug Zeit haben.

Genau wie Noelia wurde also auch Ivana vom Klingeln des Telefons geweckt, und als sie auf dem Weg zur Treppe an Noelias Zimmer vorbeiging, sah sie, dass diese mit offenen Augen dasaß und ihre gefalteten Hände gegen den Mund gepresst hielt. Sie sah aus wie ein kleines Mädchen, das betete.

Eilig lief Ivana die Stufen hinunter und hörte kurz darauf eine aufgeregte Stimme, die nach Noelia fragte.

»Es ist Justice!« Ivanas Ruf kam aus tiefstem Herzen. Allerdings dachte sie in diesem Moment nicht daran, welche Auswirkungen dies auf die Schwangere haben könnte.

Noelia sprang aus dem Bett, blickte durch das Treppengeländer nach unten und konnte von Ivanas Gesicht die Antwort auf ihre Gebete ablesen: Justice war gesund und munter.

In demselben Moment, als Justice Ivana anflehte, mit Noelia sprechen zu dürfen, spürte diese den ersten schmerzhaften Stich. Sie hatte in den siebeneinhalb Monaten ihrer Schwangerschaft bereits viel erdulden müssen, doch dieser Schmerz war anders als alles andere: durchdringend und unwirklich. Sie spürte, dass eine warme Flüssigkeit an ihren Beinen hinablief, sah nach unten und blickte erschreckt auf das Blut.

»Ivana!«, rief sie. »Ivana!«

Mit einem dumpfen Geräusch, so als fiele ein Sack Mehl um, sackte Noelia zusammen. Ivana ließ den Hörer fallen und rannte die Treppe hinauf.

»Oh mein Gott! Das Kind kommt!«, rief sie, als sie Noelia, sich vor Schmerz windend, in einer Blutlache liegen sah.

»Ruf die Ärztin an!«, brachte die Schwangere mühsam heraus.

»Dazu ist es zu spät«, entgegnete Ivana. »Das Kind kommt jetzt!«

Ohne ein weiteres Wort ließ sie sich nieder. Direkt vor Noelia sitzend, ließ sie diese mit den Knien gegen ihre Brust drücken. Sie nahm ihre Hände und sah sie eindringlich an.

»Noelia«, sagte sie, ohne den Blick aus ihren himmelblauen strahlenden Augen von der Freundin abzuwenden, »es ist nicht das erste Mal, dass ich bei einer Geburt dabei bin. Atme tief durch! Du bist in guten Händen. Meine Großmutter war die Hebamme bei uns im Dorf, und ich habe ihr oft geholfen. Alle meine Schwestern sind bei uns zu Hause geboren. Atme! Ich weiß ganz genau, was zu tun ist. Pressen. Die Frauen in unserem Dorf haben immer gesagt, dass ich eine Gabe habe. Meine Hände. Meine Stimme. Atme. Meine Augen. Atme. Dass ich in der Lage sei, die Entbindende damit zu beruhigen. Dass sie den Schmerz vertreiben. Pressen. Ich weiß, wie man das Baby im Bauch herumdreht. Wie man den Kopf entgegennimmt, ohne dass er wegrutscht. Pressen. Wie man das Kind herauszieht und es dabei mit den Fingern streichelt. Wie man es in der Welt empfängt. Pressen, Noelia.«

»Ich sterbe, Ivana.«

»Nein, du stirbst nicht. Pressen. Noch einmal … Da ist es.«

»Oh Gott!«

»Schau! Hier ist deine Tochter. Nimm sie.«

Derselbe Vollmond, der durchs offene Fenster der Pension hereinschien und langsam verblasste, hatte Andrés Leals Boot zu Justice geführt. Und dieselbe rot glühende Sonne, die Justice die Hoffnung nie hatte verlieren lassen, eines Tages zu Noelia zurückzukehren, fiel nun zum ersten Mal auf seine neugeborene Tochter.

»Justice«, verkündete Ivana mit trotz der Anstrengung heiterer Stimme dem Mann am andere Ende der Leitung, der laut nach ihr rief und noch immer am Telefon war, »du bist gerade Vater einer wunderhübschen Tochter geworden. Andrés wird dir alles erklären. Ich muss auflegen, damit ich die Ärztin anrufen kann.«

33

Es ist stets die Wahrheit zu sagen

Es war nicht nötig, dass Justice Andrés den Grund für seine vor Erstaunen geweiteten Augen und das Zittern seines Kinns erklärte, denn es konnte nur heißen, dass die kleine Teresa geboren worden war. Daher nahm er einfach im Heck des Bootes neben dem jungen Mann Platz und erzählte ihm die ganze Geschichte von Anfang an. Er berichtete ihm, dass Noelia nicht einen Moment an ihm gezweifelt hatte, gestand jedoch auch, dass er der Erste gewesen war, der ihn des Diebstahls verdächtigt hatte.

»Ich war überzeugt davon, dass du dich mit dem Geld und dem Schmuck aus dem Staub gemacht hast«, meinte er unglücklich. »Mir ist kein anderer Grund eingefallen, der dein plötzliches Verschwinden hätte erklären können. Ich habe eine ganz schlechte Angewohnheit, Justice, und ich bitte dich, mir zu verzeihen, denn ich bin bereit, mich zu ändern: Ich kann niemandem vertrauen. Ich gehe immer vom Schlechtesten aus. Cecilia dagegen ist herzensgut. Sie vertraut erst einmal auf das Gute und hat mir beigebracht, immer erst zu überlegen, welchen Grund ein Mensch haben könnte, sich auf eine bestimmte Art zu verhalten.«

»Ich verzeihe dir, *brother*.«

Noelia sei sehr tapfer und mutig gewesen, erklärte Andrés ihm weiter, und habe sich entschieden, um das Leben ihres Babys zu kämpfen, obwohl sie völlig allein und ihr Herz ganz schwer war.

»Aber sie liebt dich, Justice. Auf eine völlig bedingungslose Weise. Sie selbst bekommt es mit der Angst, wenn sie über ihre Gefühle nachdenkt und feststellt, dass sie ohne dich niemals glücklich sein wird.«

»Wir haben eine Tochter«, sagte Justice und versuchte diese ungeheure Neuigkeit zu begreifen.

»Cecilia wird sich um das Baby kümmern. Noelia hat sie gebeten, die Pflegemutter des Kindes zu sein. Wenn du auch einverstanden bist, natürlich. Ich fürchte nur, dass es, wenn das Kind jetzt bereits geboren wurde, Komplikationen gegeben hat«, fuhr Andrés besorgt fort. »Denn eigentlich wäre es erst im August so weit gewesen. Was hat Ivana am Telefon genau gesagt?«

»Dass sie die Ärztin anrufen will.«

In der schönsten Pension der Welt war die Lage dramatisch. Ivana war es gelungen, Noelia zurück ins Bett zu bringen, und sie hatte ihr das kleine Bündel überreicht, in dem das winzige Baby, anscheinend gesund und noch warm und nicht gesäubert, wie ein kleines Kätzchen wimmerte und blind nach seiner Mutter suchte. Das Problem war, dass Noelias Blutung sich trotz all der dicken Binden, die Ivana ihr anlegte, nicht stoppen ließ.

Die junge Mutter hatte sehr viel Blut verloren. Sie wurde immer blasser, und ihre Lippen waren blau, als wäre sie kurz davor zu erfrieren. Sie sagte noch, dass ihr schwindlig sei, dann verlor sie das Bewusstsein. Über die Calle de la Lanzada raste mit heulender Sirene ein Rettungswagen heran, der das ganze Viertel alarmierte, das am Sonntagmorgen um diese Zeit noch längst nicht erwacht war. Als die Ambulanz vor der Pension hielt, betete Ivana, dass es noch nicht zu spät war.

»Andrés«, stotterte Justice und wies mit zusammengezogenen Augenbrauen mit dem Kopf in Richtung Horizont.

»Verdammt!« Andrés stieß einen deftigen Fluch aus. »Eine Wachpatrouille. Versteck dich da unten und mach keinen Muckser!«

Im Gegenlicht zeichnete sich die furchterregende Silhouette eines Festrumpfschlauchbootes mit zwei Mann Besatzung an Bord ab. Beide trugen die grüne Uniform mit den Wasserschutzanzügen und dem unverwechselbaren Polizeiabzeichen. Schon von Weitem forderten sie Andrés zum Anhalten auf und fuhren dicht an sein Boot heran. Es waren ein Mann und eine Frau.

Der Wortführer der Küstenwache war ziemlich dick und sprach mit deutlich andalusischem Akzent.

»Guten Tag«, grüßte er, »Routinekontrolle. Wären Sie bitte so freundlich, uns die Schiffspapiere und die Zollgenehmigung zu zeigen?«

»Natürlich«, antwortete Andrés. »Bitte kommen Sie an Bord.«

»Ist der Hund bissig?«

»Aber nein. Der tut überhaupt nichts.«

Um den Polizisten behilflich zu sein, ließ Andrés die Plattform am Heck hinunter. Er half dem ersten Polizisten, an Bord zu kommen, und hielt dann dessen Kollegin die Hand hin, die ihm folgte. Sie hatte das Haar zu einem Knoten geschlungen und trug eine dunkle Sonnenbrille. Der Kragen ihrer Schutzjacke verdeckte einen großen Teil ihres Gesichts, doch ihr Mund, der zu einem leichten Lächeln verzogen war, kam Andrés irgendwie bekannt vor, jedoch aus einem völlig andern Zusammenhang.

»Polizeianwärterin Carrión«, sagte sie jetzt. »*Catalina* Carrión.«

Ihr Chef wandte sich verwundert um. Offenbar war es nicht üblich, sich namentlich vorzustellen.

»Andrés Leal«, entgegnete Andrés ungläubig.

»Haben Sie etwas dagegen, dass meine Kollegin sich hier mal umsieht?«, fragte der Polizist. »Wir haben den Befehl, in diesen Tagen die Boote in der Meerenge genau zu überprüfen.«

»Warum das?«, erkundigte sich Leal, um Zeit zu gewinnen, obwohl er die Antwort bereits kannte.

»Wir suchen nach illegalen Einwanderern«, erklärte der Mann von der Küstenwache. »Einige von ihnen verstecken sich an Bord von Booten wie Ihrem. Natürlich ohne, dass der Besitzer davon weiß«, erklärte er. »Zumindest behaupten das alle, wenn wir sie erwischen.«

Catalina legte die Hand an ihre Kappe und stieg dann vorsichtig die Leiter hinab, die zu den Kajüten führte.

Kurz darauf kam sie wieder nach oben.

»Alles in Ordnung«, sagte sie.

»Haben Sie auch in dem Verschlag hinter dem Bad nachgesehen, wo die Segel aufbewahrt werden?«

»Jawohl.«

»Bitte überprüfen Sie diesen noch mal!«, forderte ihr Chef sie mit einem Blick nach unten auf.

Catalina stieg wieder nach unten und öffnete die Tür des kleinen Badezimmers an Steuerbord. An der Hinterseite befand sich der Zugang zu Justice' Versteck.

»Hier ist nichts.«

»Schauen Sie auch zwischen den Segeln nach.«

Catalina beugte sich nach vorn, den Blick ihres Vorgesetzten im Nacken. Sie hob eine der blauen Planen an und blickte direkt in Justice' dunkle Augen, die sie flehend anschauten.

An dem Tag, an dem Catalina aus der Pension herausgeflogen war, hatte sie begriffen, dass sie ihr Leben ändern musste. Sie konnte ihrem Vater nicht länger ständig den Rücken freihalten, wenn dieser mal wieder gegen das Gesetz verstieß. Seit sie denken konnte, war es in ihrem Leben immer nur um Anklagen, Kautionszahlungen und Strafen gegangen. Damit er nicht ins Gefängnis musste und weitersaufen konnte, bis er erneut festgenommen wurde, war Catalina gezwungen gewesen, alle Menschen, denen sie in ihrem jungen Leben begegnet war, zu bestehlen, zu betrügen, zu erpressen und zu hintergehen. Deswegen hatte sie keine Freunde. Denn das, was ihr nun mit den Mitbewohnerinnen in der Pension passiert war, war vorher schon unzählige Male geschehen, sodass es niemanden mehr gab, den sie um Hilfe bitten, zu dem sie sich flüchten oder zurückkehren konnte.

An jenem Morgen, als sie ihren Koffer über die Calle de la Lanzada hinter sich hergezogen hatte und es keinen Ort gab, an dem sie Zuflucht finden konnte, hatte Catalina über ihre Zukunft nachgedacht. Sie war jetzt neunzehn Jahre alt.

Und die Polizei würde irgendwann nicht mehr so verständnisvoll mit ihr umgehen wie bisher. Irgendwann würde sie sie festnehmen.

Auf der Bürgersteigkante sitzend, kam sie zu dem Schluss, dass ihr Leben bislang ein einziges Räuber-und-Gendarm-Spiel gewesen war. Und sie hatte immer zu den Räubern gehört, sagte sie sich, deswegen wollte sie es nun zur Abwechslung einmal bei den Gendarmen probieren.

Sie hatte schon immer gern ermittelt. Sicher wäre sie als Detektivin besser denn als Schriftstellerin. Letztendlich war der Beruf, für den sie sich entschieden hatte, eher etwas für Bücherwürmer. Und sie brauchte immer auch ein wenig Action. Das – und die Tatsache, dass sie bisher noch keine einzige Prüfung an der Uni bestanden hatte – überzeugte sie am Ende davon, einen neuen Schritt in dem Roman ihres Lebens zu wagen. Sie hielt ein Taxi an.

»Bitte fahren Sie mich zum Polizeipräsidium.«

»Ah, in die Calle Rodríguez San Pedro, stimmt's?«

»Wieso fragen Sie? Sie sind der Taxifahrer, nicht ich.«

»Man merkt sofort, dass Sie Polizistin sind, meine Liebe.«

Um erste Erfahrungen zu sammeln, würden sie sie gleich mal nach Cádiz schicken, wo sie die Flüchtlingsboote in Empfang nehmen könne, teilten ihre neuen Vorgesetzten ihr lachend mit, als handle es sich um einen Witz. Die Uniform war ihr viel zu groß und die Stiefel waren schwer wie Ziegelsteine. Sie war die Kleinste von allen. In Cádiz wurde sie deshalb scherzhaft »Signorina Lilliput« genannt.

»Hier ist niemand, Chef!«, erklärte Catalina, ohne den Blick von Justice' angsterfüllten Augen abzuwenden.

Dann deckte sie die Plane wieder über den nassen, zitternden Körper des Jungen. Sie verabschiedete sich von Andrés Leal nur mit einem knappen Kopfnicken. Und dann brauste das schnelle Schlauchboot in Richtung Süden davon, bis es sich irgendwann am blauen Horizont verlor.

34

Sich geschlagen zu geben ist untersagt

Jeden Sonntag läutete der Pfarrer von Santa Brígida in Águila um Viertel vor acht zur Messe, obwohl sich einige Einwohner der Stadt über den frühen Zeitpunkt an dem arbeitsfreien Tag beschwerten, worauf der Mann der Kirche jedes Mal zur Antwort gab, dass der Sonntag vielleicht arbeitsfrei, jedoch nicht frei von Verpflichtungen sei, und ohne weitere Skrupel das ganze Viertel mit seinem Glockengeläut weckte.

An diesem Morgen läuteten die Glocken so zeitig wie immer, allerdings waren die drei Mitglieder der Familie Dueñas hellwach und schon auf den Beinen, nachdem sie die ganze Nacht nicht geschlafen hatten.

Vielleicht wäre es besser gewesen, ihre Eltern in der Nacht schlafen zu lassen und erst am Morgen mit der ganzen Geschichte herauszurücken, dachte Cecilia, als sie die dunklen Augenringe und die geröteten Tränensäcke, das wirre Haar und die zitternden Körper ihrer Eltern sah, die ihr plötzlich alt und gebrechlich erschienen. Natürlich waren sie noch nicht *wirklich* alt. Zwar hatten beide die sechzig weit überschritten, doch sie lebten gesund, bewegten sich viel und vermieden plötzliche Aufregungen, was sicher zu ihrem im Allgemeinen gesunden Aussehen beitrug.

Heftige Gemütsbewegungen sind am Tag einfach leichter zu verkraften, sagte sie sich mit schlechtem Gewissen, doch als sie am Vorabend angekommen war, war es so gemütlich und anheimelnd gewesen. Einer von jenen Abenden, an denen man über die Allee zum Fluss spazierte, um den Vollmond zu betrachten, und unterwegs auf Nachbarn und Bekannte traf. An denen man sich schnell noch ein Hörnchen mit Eis gönnte, bevor die Eisdiele schloss, und dann müde, aber zufrieden nach Hause zurückkehrte. Dankbar für die Nacht und diesen Mond, dankbar dafür, dass sie alle zusammen waren und durch die Straßen ihres geliebten Águila flanierten wie früher, bevor Cecilia das Nest verlassen hatte.

Es war schon nach elf gewesen, als sie es sich noch einen Moment im Wohnzimmer bequem gemacht hatten, und auf einmal hatte Cecilia das Bedürfnis verspürt zu reden.

»Ich muss immer wieder an die Großeltern denken«, begann sie vorsichtig. »An ihre Gründe, warum sie Águila verlassen haben und nach Madrid gezogen sind.«

»Ich habe das nie verstanden.« Rosa zuckte die Schultern und kräuselte missmutig die Lippen. »Ich meine, sie hatten hier doch alles – ein angenehmes, ruhiges Leben, ihre Freunde, die Buchhandlung, den schönen Garten … Und auf einmal kriegten sie diesen Koller – so habe ich es jedenfalls immer empfunden, als einen Koller.«

»Nein, Mama. Das war kein Koller«, hatte Cecilia sie leise korrigiert, bevor sie ihre Hände nahm und sich so dicht neben sie setzte, dass sie beinah dieselbe Luft einatmeten. »Es war etwas anderes. Etwas, das ich vor ein paar Monaten herausgefunden und dir noch nicht zu erzählen gewagt habe.«

Und dann hatte sie mit ihrer Rede begonnen, die sie monatelang in der Einsamkeit ihres Zimmers geübt hatte, in den unendlichen schlaflosen Nächten, wenn die Angst um den verschwundenen Andrés für eine Weile in den Hintergrund getreten war und Raum für andere Gedanken ließ. Sie berichtete von Azucenas schicksalhaftem Auftauchen auf der Veranda der Pension, von dem goldenen Medaillion, das manchmal in ihrem Ausschnitt zu sehen und mit dem Anhänger identisch war, den sie in der Zwischenwand gefunden hatte, und von der Zeitungsanzeige, mit der die Großeltern ihre Botschaft ins All gesandt hatten: Ihr Sterne, findet die kleine Azucena und bringt sie zu uns, indem ihr den Weg für sie beleuchtet; tragt sie zu uns herüber, ihr Winde; lasst uns lang genug leben, dass wir sie kennenlernen und lieb gewinnen können.

Rosa Quintana hatte geweint und gelacht. Sie hatte sich in die Umarmung ihres Mannes und ihrer Tochter geflüchtet, hatte nach ihrer Brille verlangt, um die kleine Schrift in der Anzeige ganz genau lesen zu können, nach einer Decke, um sich zwischendurch aufzuwärmen, nach Kaffee, um wach zu bleiben, nach einem Fächer, um sich Luft zuzufächeln, und nach einer Riesendosis Zärtlichkeit, um zu verstehen, warum ihre Eltern ihr dieses eine Geheimnis verschwiegen hatten: dass sie zwar nicht aus ihrer Liebe geboren war, sich jedoch davon genährt hatte und damit aufgewachsen war. Und dass diese Liebe das Mädchen hatte erblühen lassen, das sie einmal gewesen war, und die Frau, die nun hier saß – diese beschützende, gütige, tapfere und hingebungsvolle Mutter.

»Und du wirst auch noch eine wunderbare Großmutter sein«, versicherte Cecilia.

»Kind, um Himmels willen!«, entgegnete Rosa kurz vor einer Ohnmacht. »Du wirst mir doch jetzt nicht auch noch erzählen, dass du schwanger bist, oder?«

»Na ja, nicht direkt, Mama«, sagte Cecilia behutsam, »allerdings werde ich bald ein Baby bekommen, was nicht das Gleiche ist, aber fast.«

Sie waren gerade dabei, diesen Überfluss an aufregenden Neuigkeiten irgendwie zu verdauen, als Cecilias Handy klingelte und sie erfuhr, dass auf der Treppe der Pension die kleine Teresa zur Welt gekommen war.

»Dem Kind geht es gut. Es ist sehr klein, aber auch gesund und kräftig«, sagte Ivana am anderen Ende der Leitung. »Noelia ist allerdings noch sehr schwach. Sie bekommt Bluttransfusionen und ist noch nicht wieder bei Bewusstsein. Es wäre gut, wenn du sofort kommen könntest, Cecilia.«

Daraufhin setzten sich sämtliche Mitglieder der Familie Dueñas sofort ins Auto, der Vater ans Steuer und Mutter und Tochter auf den Rücksitz, wo sie, eng aneinandergeklammert, überlegten, ob sie die Familie Villanueva de Campos benachrichtigen sollten oder nicht. Einerseits war die Lage so kritisch, dass es durchaus zu vertreten war, das Versprechen, das Cecilia Noelia gegeben hatte, zu brechen; andererseits waren, wenn sie das Geheimnis lüfteten, die Folgen unabsehbar. Wer würde sich um das Neugeborene kümmern? Was würde mit Justice geschehen, wenn Noelias Eltern ihn den Behörden auslieferten? Am Ende beschlossen sie, erst mit den Ärzten und mit Noelia zu reden und dann in Ruhe eine Entscheidung zu treffen. In der Notaufnahme des Krankenhauses wurden sie von Ivana und Dani empfangen, die sie zum Zimmer des Chefarztes führten. Der begrüßte sie mit sehr ernster Miene und teilte ihnen die erschreckenden Neuigkeiten mit: Noelia hatte so viel Blut verloren, dass sie in Lebensgefahr schwebte.

»Sie hat einen hypovolämischen Schock erlitten«, erklärte er ihnen. »Wir versuchen nun, ihren Herzrhythmus und die Sauerstoffsättigung zu stabilisieren.«

»Können wir sie sehen?«

»Im Moment nicht. Vorerst kann ich Sie nur bitten zu warten. Sobald es Neuigkeiten gibt, informieren wir Sie.«

»Und das Baby?«

»Dem Baby geht es sehr gut.« Der Arzt schien erleichtert, dass er ihnen zumindest diese positive Nachricht mitteilen konnte. »Gehen Sie ruhig zur Säuglingsstation und bitten Sie darum, es sehen zu dürfen.« Nach kurzem Zögern fügte er hinzu: »Sie sind doch Verwandte der Patientin, oder?«

»Ja!«, rief Cecilia aus, ohne auch nur eine Sekunde zu zögern. »Die beiden sind die Großeltern des Neugeborenen«, bekräftigte sie und wies auf ihre Eltern.

Zu fünft machten sie sich anschließend auf den Weg zur Säuglingsstation.

Cecilias Herz klopfte so heftig, wie sie es selten erlebt hatte, und ihre Füße schienen sie rein mechanisch durch die langen Flure der Klinik zu tragen. Auf der Säuglingsstation gab es hinten links eine große Glasscheibe, hinter der die kleine Teresa darauf wartete, ihre Familie kennenzulernen. Kurz darauf drückten drei Leute ihre Nasen an die Scheibe und entdeckten im dritten Bettchen von rechts ein winziges Bündel mit einem dunkelhäutigen Baby darin, das üppige pechschwarze Locken hatte und genauso genüsslich am Daumen lutschte wie vorher im Bauch seiner Mutter.

Die Kinderschwester nahm die Kleine lächelnd auf den Arm und trat durch eine Seitentür in den Flur.

»Und wer von Ihnen hat nun die Ehre, diesem Schätzchen das erste Fläschchen seines Lebens geben zu dürfen?«

Alle Blicke richteten sich auf Cecilia, die dem winzigen Mädchen, in das sie sich sofort hoffnungslos verliebt hatte, ihre Arme, ihre Brust, ihren Blick, ihr Herz, den Duft ihrer Haut und ihr Lachen entgegenstreckte.

Vollkommen verzaubert zog sich Cecilia in ein Zimmer zurück, in das ein Babybettchen geschoben wurde, das jedoch vorerst ungenutzt blieb. Denn in den nächsten sechs Stunden wanderte Teresa von Arm zu Arm, um ihre Großeltern und ihre Pflegemutter kennenzulernen, und für jeden von ihnen hatte sie ein Geschenk: ein Augenzwinkern, ein Gähnen, ein Händchen, das sich um einen Finger schloss, ein leises Weinen, ein Pipibächlein und die Erleichterung, das kleine Wesen atmen, sich bewegen und trinken zu sehen, wobei sogar die Krankenschwestern erstaunt waren, wie lebendig dieses Frühchen war, das unter derart dramatischen Bedingungen zur Welt gekommen war.

Ivana schenkte die kleine Teresa ihr erstes Lächeln, wobei jemand meinte, dass es sich so kurz nach der Geburt noch nicht um ein richtiges Lächeln handelte, sondern nur um einen Reflex, was Ivana völlig egal war, solange sie angelächelt wurde. Und Großmutter Rosa hatte das große Vergnügen, das Baby bei seinem ersten Wutanfall beruhigen zu dürfen.

Auf Cecilias Arm schlief die Kleine dann schließlich ein, und so fand Andrés die beiden vor, als er am Nachmittag in das Zimmer stürzte und sich dieser anrührenden Szene gegenübersah.

»Cecilia«, sagte er noch an der Tür, »ich bin gekommen, um dir zu sagen, dass ich dich liebe.« Cecilia traten die Tränen in die Augen. »Dass mir endlich klar geworden ist, wie sehr ich dich liebe. Dass ich ohne dich nicht mehr leben kann. Dass du die Frau meines Lebens und die Mutter meiner Tochter bist.« Cecilias Kinn begann zu zittern. »Stellst du mich unserer kleinen Tochter jetzt vor?«

Andrés' Segelboot hatte um kurz nach neun Uhr morgens im Jachthafen von Algeciras angelegt, und um zehn saßen Andrés und Justice bereits in einem Mietwagen und fuhren mit dem schlafenden Bicho auf dem Rücksitz quer durch Spanien Richtung Madrid. Über Handy hielten sie ständigen Kontakt zu Ivana, die ihnen Noelias kritischen Zustand schilderte und sie mit russischer Strenge anhielt, nur ja keine Pause zu machen. Nach sechs Stunden ununterbrochener Fahrt im Anschluss an die schlaflose Nacht kamen sie schmutzig, zerlumpt und völlig erschöpft wie zwei Schiffbrüchige am Krankenhaus an und wurden nur eingelassen, weil Ivana, die für ihre guten Absichten bürgte, darauf bestand.

Und nun stand Andrés Leal endlich vor Cecilia: Abgemagert und mit dunklen Ringen unter den Augen, mit wundem Herzen und flehendem Blick streckte er die Waffen und kniete sich vor die Frau, die ihn, das Kind auf dem Arm, mit ruhigem Blick ansah.

»Sag mir, dass du mich liebst«, flehte er Cecilia an und senkte den Kopf. »Sag es, oder ich sterbe.«

»Ich liebe dich«, flüsterte Cecilia. »Ich liebe dich«, wiederholte sie etwas lauter. »Ich liebe dich!«, schluchzte sie auf, sodass das Baby erschreckt erwachte.

Andrés streckte seine schmutzige Hand mit den schwarzen Nägeln nach dem kleinen Mädchen aus, das den rauen

Finger mit ungeahnter Kraft mit seinen kleinen Fingerchen umschloss. Sie hielt ihn fest, während sich ihre neuen Eltern umarmten, und wollte ihn auch danach nicht loslassen, bis sie wieder eingeschlafen war. Erst dann löste Andrés vorsichtig ihre winzigen Finger, die ihn wie die Gitterstäbe eines entzückenden Käfigs gefangen hielten.

Justice betrat die Intensivstation wie ein Sheriff den Saloon. Er riss die Tür auf und marschierte direkt auf Noelias Bett zu, bevor die Oberschwester ihn zurückhalten konnte. Die Frau rief ihm ein paar unverständliche Worte über grüne Kittel, Überschuhe und Mundschutze, Desinfektionsmittel und ärztliche Erlaubnis hinterher. Doch Justice hörte nur Noelias leisen Herzschlag, der zwischendurch immer wieder aussetzte. Ihr stoßweises Atmen, das Flüstern ihrer Seele, die den Ausgang suchte, um ihren Körper zu verlassen.

Er trat ans Kopfende des Bettes, beugte sich über ihr zartes Gesicht und drückte seine Lippen auf die ihren. Und so gab er ihr mit einem Mal all die Küsse, die er wie Schätze für sie aufbewahrt hatte – die genaue Anzahl hatte er vergessen, weil es zu viele waren –, und hauchte ihr Wärme und Leben ein. Es war wortwörtlich eine Auferweckung, denn zur Verblüffung des gesamten Krankenhauspersonals schlug Noelias Herz plötzlich kräftiger, die Sauerstoffsättigung stieg, und der Saft des Lebens strömte wieder durch ihre Adern. Noelia öffnete die Augen und sah direkt in die warmen braunen Augen ihres Liebsten.

»Du brauchst keine Angst zu haben«, sagte er in Erinnerung an ihre erste und einzige gemeinsame Nacht. »Ich werde dich mein ganzes Leben lang lieben.«

35

Dem Schicksal zu misstrauen ist untersagt

Rosa Quintana verließ durch die Tür zur Notaufnahme das Krankenhaus und stieg in ein Taxi. Sie bat den Fahrer, sie zum Ufer des Manzanares zu bringen und an der Ecke zur Calle de la Lanzada abzusetzen. Sie wusste, dass Azucena im Haus auf sie wartete, weil Cecilia mit ihr telefoniert hatte. Es würde also keine Überraschung sein. In den letzten Stunden hatte es genügend aufregende Neuigkeiten gegeben, sodass es nun an der Zeit war, die Dinge in Ruhe anzugehen.

Azucena war nicht dazu gekommen, sich beim Friseur die Haare färben zu lassen, aber zumindest würde ihre schöne Schwester Rosa sie besser frisiert und gekleidet antreffen als beim letzten Mal. Sie warf einen prüfenden Blick in den Spiegel und entdeckte mit einem Mal eine Ähnlichkeit mit Rosa, die sie vorher nicht gesehen hatte.

Hinter den Kastanien war das Licht des späten Nachmittags bereits leicht gedämpft, und es kühlte ein wenig ab, was die Nachbarn nutzten, um im Schatten ihre Pflanzen zu gießen. Es roch nach trockener Erde und dankbaren Blumen.

Azucena wartete nervös und beschäftigte sich damit, die Kissen aufzuschütteln, die Rosen zu entwirren und die Narden, Azaleen und Peonien zurechtzuzupfen, in die sie ein halbes Monatsgehalt investiert hatte, um die schönste

Pension der Welt zur perfekten Kulisse für diese Begegnung zu machen.

Es klingelte an der Tür. Azucena warf einen letzten Blick in den Spiegel. Sie ordnete sich die Locken und strich den Rock glatt. Dann öffnete sie.

Auf der anderen Seite der Tür stand Rosa. Und plötzlich sah Azucena das kleine, dünne Mädchen mit den Zöpfen und den langen schlanken Beinen vor sich, das Rosa einmal gewesen war. Ihr Kinn zitterte. Voller Sehnsucht streckte sie die Arme aus, und in ihren dunklen Augen spiegelte sich das Bild des anderen Mädchens, das ein wenig kräftiger war, ein paar Zahnlücken hatte, Grübchen an den Fingerknöcheln und aufgeschürfte Knie. Beide versuchten, das Weinen zu unterdrücken.

Dann stürzte Rosa sich in die Umarmung wie jemand, der in einem Schaumbad versinkt, sie vergaß alles um sich herum und spürte nur, wie sich nach und nach eine wohlige Wärme in ihrem Körper ausbreitete.

Azucena legte den Kopf an die Schulter ihrer Schwester und atmete deren Geruch ein, der ihr gleichzeitig vertraut und vergessen erschien. Es war eine vage Erinnerung in Form eines Duftes, wie man sie empfindet, wenn man das Haus eines anderen betritt: eine einzigartige Mischung verschiedener, unvergleichlicher und unübertragbarer Aromen, die – wer wusste das schon – Shampoos und Hautcremes entstammten, schmutzigen Socken und Schuhcreme, reifen Früchten aus der Vorratskammer, Essensresten und Krümeln im Teppich, nackten Füßen und dem Parfüm deiner Mutter, dem Rasierschaum deines Vaters, dem Rest des Bratens im Ofen, dem, was von der Pizza übrig ist, Schulbüchern, verbotenen Zigaretten und dem Mottenpulver in den Schränken, in denen im Sommer die Winterkleidung aufbewahrt wurde. Jenen Hauch, der alle Mitglieder derselben Familie umgibt und den man nur durch seine Abwesenheit bemerkt, wenn die Tür eines anderen Hauses geöffnet wird.

Ein Spaziergänger, der, ohne zu ahnen, was sich tatsächlich gerade dort im Eingangsbereich der Pension abspielte, Zeuge dieser Szene wurde, hätte sie sicher als das freudige Wiedersehen zweier nicht mehr junger Frauen beschrieben. Wahrscheinlich hätte er nicht länger über diese Angelegenheit nachgedacht als jene Zehntelsekunde, die es dauerte, um das Gesehene zu realisieren.

Niemals hätte er sich vorgestellt, dass hinter dieser heftigen Umarmung zwei Schicksale steckten, deren Fäden von unsichtbarer Hand geknüpft und verbunden worden waren.

Hätte er nach oben gesehen, wären ihm vielleicht hinter der Scheibe des schrägen Dachfensters der Mansarde, in der Cecilia Bücher und alte Fotoalben aufbewahrte, die beiden alten Leute aufgefallen, die dort eng umschlungen wie Fred Astaire und Ginger Rogers tanzten, mal einen Bolero, mal einen Chachacha oder auch einen Stepptanz, sie in einer geblümten Schürze, er in Gummistiefeln, ein harmonisches, glückliches Paar. Glücklich, dass sie nun in Frieden jenseits der Wolken Ruhe finden würden.

Großmutter Teresa und Großvater Miguel betrachteten ihr Werk, während sie die Himmelsleiter hinaufstiegen, so wie vielleicht Michelangelo die Decke der Sixtinischen Kapelle begutachtet hatte, als er das Gerüst verließ: mit immer größer werdendem Abstand; und sie beglückwünschten sich zu ihrer gelungenen Arbeit.

Was für ein Zufall, würden die Leute später sagen, dass Cecilia und Andrés an jenem Morgen Justice in dem Schuppen entdeckt hatten. Was für ein Glück, dass Azucena genau an jenem Tag vorbeigekommen war. Welch unglaubliche Fügung, dass Andrés Leal ein Boot hatte und Catalina zur Polizei gegangen war, dass Ivanas Großmutter Hebamme war und die kleine Teresa auf diese Art und Weise das Licht der Welt erblickt hatte. Welch ein Glück schließlich, dass die Bauarbeiter das in der Wand versteckte Medaillon gefunden hatten und dass Danilo Leal über ein so gutes Gedächtnis verfügte. Vielleicht würde es sogar jemanden geben, der einen Sinn in der Trauer und im Schmerz sah, im Verlust und im Verlassenwerden und in der Sehnsucht, die niemals aufhört. Und der sagen würde: Oft geht es nicht darum zu verstehen, warum die Dinge geschehen, sondern was daraus wird. Wenn du damals nicht die Strümpfe der Geliebten deines Mannes zwischen deiner Unterwäsche gefunden hättest, Cecilia, würdest du vielleicht immer noch in der Wohnung am Retiro-Park vor dich hin welken.

Die Erde ist ein großer Planet, die Gezeiten sind schwer zu beherrschen, Kinder kommen, wann sie wollen, und Herzen lassen sich genauso wenig kontrollieren wie das Wasser, denn ein bewachter Kessel kocht nicht.

Doch am Ende war alles gelungen. Die Großeltern konnten nun zufrieden und glücklich davonschweben.

Sie erhoben sich über die Dächer und betrachteten von oben den Fluss, das Land, die ganze Stadt Madrid und Águila. Und später auch den Felsen von Gibraltar und Kenia, die Ozeane und die Wüsten, den Vollmond und die orangefarbene Sonne.